Jennifer Rardin

Jaz Parks n'en démord pas

Une aventure de Jaz Parks – 4

Traduit de l'anglais (États-Unis) par Lionel Évrard

Milady

Milady est un label des éditions Bragelonne

Titre original : *Bitten to Death – A Jaz Parks Novel*

ISBN : 978-2-8112-0617-8

Bragelonne – Milady
60-62, rue d'Hauteville – 75010 Paris

E-mail : info@milady.fr
Site Internet : www.milady.fr

Je dédie ce livre à la mémoire de mes deux bébés, Tessa et Ivan. Quand l'amour est là, l'existence la plus brève peut vous changer à jamais.

Remerciements

Ce livre a été pour moi le plus difficile à écrire jusqu'à présent. Je n'aurais pu en venir à bout dans d'aussi bonnes conditions sans le soutien de mon mari, Kirk, qui constitue pour moi une source constante de force tranquille. J'aimerais également remercier mes éditrices, Devi Pillai et Bella Pagan. C'est drôle comme une simple question peut ouvrir de toutes nouvelles perspectives sur un personnage et son environnement… Ma profonde reconnaissance, comme d'habitude, à mon agent, Laurie McLean, à tous les gens formidables de chez Orbit, et à mes précieuses relectrices, Katie et Hope. Que les habitants de Patras veuillent bien accepter mes excuses pour m'être sentie libre de réarranger à ma guise l'architecture de leur cité. Soyez assurés que j'ai tout remis en ordre après avoir achevé le roman… Quant à vous, mes formidables lecteurs, c'est tellement cool de m'avoir tenu compagnie jusqu'ici ! Attendez un peu de voir ce que j'ai en réserve pour vous dans le prochain…

Chapitre premier

Au clair de lune, la cour pavée de la villa grecque dans laquelle nous nous trouvions paraissait vaste et antique. Pour un peu, j'aurais pu me prendre pour la déesse Héra, mais j'étais trop en rogne pour ça. Je venais de brandir Chagrin, le Walther PKK modifié pour moi par Bergman, mon consultant high-tech. Je tenais fermement ma cible en joue, et puisqu'il s'agissait d'un vampire, j'avais pressé le bouton magique, transformant mon flingue en arbalète. Ledit vampire prenait la menace très au sérieux. C'était la seule raison pour laquelle il respirait encore.

À côté de moi, mon boss jouait son rôle à la perfection. De la surprise feinte qu'il avait affichée quand j'avais braqué mon arme sur l'un de nos hôtes, il était déjà passé à la résignation tout aussi factice que j'aie pu une fois de plus le plonger dans l'embarras. Peut-être jouait-il si bien la comédie parce qu'il y était habitué. Disons que j'avais tendance à rendre son existence… intéressante.

Vayl tourna légèrement la tête vers moi. La brise printanière qui dévalait dans notre dos le flanc de la montagne ne dérangeait en rien ses mèches sombres coupées court. Il arrivait cependant à ne pas quitter de l'œil le vamp que j'avais en ligne de mire ainsi que ceux qui auraient pu éventuellement surgir de la demeure tentaculaire aux murs couleur sable pour lui prêter main-forte.

— Vous êtes sûre de le reconnaître ? me demanda-t-il.

— C'est bien lui ! insistai-je. J'ai lu son dossier pas plus tard que la semaine dernière. Il s'appelle Alan Binns. Il est recherché pour meurtre dans trois pays. Sa petite spécialité, c'est la famille. Les photos étaient...

À gerber. Ces mots m'avaient traversé l'esprit pour rester coincés en travers de ma gorge. Le sourcil gauche de Vayl tressaillit. Je venais de marquer un point, mais à cette minute je me foutais comme de ma première chemise de nos habituels petits jeux.

Dans le monde merveilleux des vampires, c'est le rapport de forces qui prime. Il faut engager le bras de fer dès que l'on met un pied chez eux. Pourtant, je n'aurais pas demandé mieux que de régler tout de suite son compte à celui que je tenais en respect, rien que pour rayer de notre liste noire un autre monstre à abattre. En fait, pouvoir l'ajouter à notre tableau de chasse me faisait même me sentir un peu... sale. Je sais : en tant qu'assistante du meilleur tueur professionnel de la CIA, je suis mal placée pour donner des leçons de morale, mais cela ne m'a jamais beaucoup gênée.

— Vous ne pouvez rien prouver ! fanfaronna Binns.

Ses cheveux, d'un marron terreux, lui arrivaient aux épaules, et ne dissimulaient pas un énorme front bombé.

— Pas besoin, triple buse ! (Oh ! Comme j'aurais aimé pouvoir faire de la rage qui m'animait un vase empli de cobras à lui jeter en pleine gueule !) Vous autres alterhumains avez si peu de droits qu'ils pourraient tenir au verso de mon permis de conduire ! Si je vois en toi une menace véritable et imminente pour la société – ce que tu es –, je suis libre de te pulvériser sans autre forme de procès !

— Que signifie tout ceci ? s'enquit une voix de femme. Qui êtes-vous et que faites-vous chez moi en pleine nuit ?

La nouvelle venue déboulait d'une des quatre portes donnant sur la cour, bordées de bleu et encadrées de lampes solaires imitant des réverbères anciens. Avec les manches démesurées de sa robe en mousseline noire voletant dans son sillage, elle avait tout d'une candidate à un concours de beauté, furibarde que ses copines aient pu voter pour une autre plus moche qu'elle. Sa splendeur apprêtée n'aurait pas déparé dans un défilé de mode, mais j'eus l'impression d'avoir été projetée dans une décharge publique en recevant de plein fouet l'impact de son énergie psychique. Quel genre de foutue vamp était-elle donc pour me faire un tel effet ?

Vayl se retourna et s'interposa entre nous. Pour l'empêcher d'avancer, il planta sur les dalles grises la canne sculptée de motifs de tigres qui ne le quittait jamais. La vamp stoppa net, à trois pas de lui. On aurait dit qu'elle venait de heurter un mur de verre. Ses yeux couleur café – ou plutôt lavasse délayée – s'agrandirent démesurément. Une expression de colère mêlée de surprise peinée passa sur ses traits de manière fugitive, comme si elle avait subi une injection de Botox qui l'aurait empêchée de trahir la moindre émotion.

Moi, je faisais de mon mieux pour ne pas lorgner de leur côté (j'avais un job à faire, après tout), mais ses effluves mentaux et sa façon de dévisager mon boss avaient réveillé la fouille-merde qui sommeille en moi. Je reportai mon attention sur Binns, qui avait avancé d'un demi-pas et lui adressai un sourire éloquent. *Allez viens, connard! Facilite-moi la tâche...* Il se figea aussitôt.

D'un ton furieux, la vamp reprit à l'intention de Vayl :

— Qu'est-ce que tu fais là ?

L'espace d'un instant, je sentis les pouvoirs du patron monter brusquement en puissance. Je crus qu'il allait la congeler comme un filet de colin, mais il se contenta de déclarer tranquillement :

— J'avais entendu dire que tu étais morte.

Du coin de l'œil, je la vis secouer sèchement la tête, comme pour chasser un souvenir amer.

— Tu vois bien que non ! aboya-t-elle d'une voix de seconde en seconde plus sèche et haut perchée. Nous avons eu un léger... différend, Hamon et moi, mais il a été réglé il y a des années.

— Où est ton *Deyrar*? s'enquit Vayl.

Je feuilletai mentalement mon dico plutôt limité de langue vampire jusqu'à y retrouver le terme pour une fois pourvu de sa définition. Un *Deyrar* était le guide suprême d'une communauté secrète chez les suceurs de sang – autrement dit, d'une Alliance. Une sorte de roi, mais l'addiction au jeu et les attaques de goutte en moins.

— C'est moi, la *Deyrar*! répondit-elle en se dressant de toute sa hauteur, qui devait culminer à un peu plus d'un mètre soixante.

Vayl et moi, nous ne partageons pas à proprement parler de lien télépathique, mais nous parvenons à communiquer un maximum de choses par un simple échange de regards.

— *On est baisés ?* lui demandai-je en haussant les sourcils.

— *Excellente question, Jasmine !* me répondit-il, les yeux plissés. *On va la jouer prudemment. Manifestement, elle ne nous attendait pas. Ce qui veut dire qu'elle ne sait rien de notre deal.*

— *Et merde !*

Nous avions traité avec Hamon Eryx, leader (destitué ?) du groupe de vampires dont cette villa constituait le repaire. Ils formaient l'un des maillons d'une chaîne d'Alliances du même genre réparties à travers le monde. Vayl avait partagé leur existence il y avait de cela une centaine d'années.

C'était à la demande d'Eryx, briscard rusé, que nous avions fait le voyage jusqu'à Patras. En échange, il nous laissait toute latitude pour buter Edward Samos, alias le Rapace. Samos avait perpétré ou commandité suffisamment d'actes terroristes au cours des dernières années pour grimper tout droit en tête de liste des hommes à abattre par notre service. Il avait proposé à Eryx une association qui n'intéressait en rien ce dernier, qui comptait refuser. Sachant que tous ceux qui s'y étaient risqués n'étaient plus là pour s'en vanter, il s'était résolu à demander l'aide de Vayl.

S'il se révélait à présent que le *Deyrar* avait été évincé, notre mission semblait bien partie pour finir à la poubelle avant même d'avoir commencé. Sans compter que nous nous étions de nous-mêmes précipités dans le repaire d'une Alliance bien établie. D'une minute à l'autre, nous pouvions nous retrouver cernés par quinze ou vingt vamps sur les dents, flanqués de leurs gardiens humains, tous ravis d'avoir un bon prétexte pour nous étriper. De vrais boute-en-train, ces dingos de vampires : un rien les amuse…

Comme s'il avait pu lire mes pensées, un bellâtre tout en muscles choisit cet instant pour franchir la porte empruntée précédemment par la nouvelle *Deyrar*. Son apparence, encore plus déstabilisante que celle de sa maîtresse, faillit me convaincre de réduire tout de suite ma cible en poussière afin de pouvoir lorgner à ma guise le nouveau venu. On ne crève pas de chaud au printemps en Grèce – pour l'heure il devait faire dans les seize degrés –, ce qui n'empêchait pas ce type de se balader torse nu. À en juger d'après sa plastique sculpturale, il devait consacrer dans les trois heures à sa gonflette quotidienne. Cela ne m'aurait fait ni chaud ni froid s'il avait été un vampire, mais il était humain – le genre d'homme dont les éditeurs aiment imprimer la photo en couverture de livres aux titres aussi évocateurs que *Folies interdites* ou *Désirs coupables*.

— Disa, la fête va bientôt commencer…, dit-il avec animation à celle qui l'avait précédé dans la cour.

Ses yeux se posèrent sur Vayl. Il tressaillit, comme s'il venait de l'apercevoir, et demanda :

— Qui êtes-vous ?

— Je m'appelle Vayl. Et voici Lucille Robinson.

— Ma mère s'appelait Lucille, intervint Binns.

— Ferme-la…, grondai-je d'un ton menaçant.

— Sais-tu que je l'ai tuée ? reprit-il. Depuis, je tue toutes celles qui portent ce nom et qui ont le malheur de croiser ma route. Le savais-tu, Lucille, Lucy, Lucillia Robin…

— *Ta gueule, avant que je te coupe la langue !*

Il referma la bouche dans un claquement de dents.

Je respirai calmement par le nez, pour empêcher la colère de prendre le dessus à mes dépens. Je savais ce qu'il essayait de faire.

Vayl m'avait expliqué que, chez les vampires, connaître le nom de quelqu'un permet d'avoir une emprise sur lui. C'est pourquoi Hamon Eryx avait imposé lors des négociations un échange de certificats de naissance. En retour, Vayl lui avait demandé de garder secrète ma véritable identité. Dans les rangs de l'Alliance, il valait donc mieux me faire connaître sous mon pseudo favori. Mais si j'avais su que cela suffirait à titiller le sadisme de Binns, j'en aurais choisi un autre. Non pas parce que cela me dérangeait, mais parce que je ne tenais pas à le tuer dans un accès de colère. Ça ne fait jamais très professionnel…

Monsieur Muscle, ayant remarqué que Disa avait été choquée par mon langage fleuri, suggéra :

— Voulez-vous que je les tue ?

J'en restai comme deux ronds de flan. C'était *moi* qui brandissais une arme chargée… Pouvait-il être *bête* à ce point ?

— Inutile, Tarasios…, répondit-elle avec lassitude. Va chercher les autres.

Pendant que son sbire rentrait après avoir acquiescé d'un signe de tête, Disa se tourna vers moi et demanda :

— Qu'êtes-vous, au juste, pour Vayl ?

Le regard qu'elle posait sur moi en disait long sur ce qu'elle en pensait. « *Il a beau vouloir se ranger, un vampire doit toujours trouver sa pitance quelque part… Seriez-vous sa réserve personnelle, sa délicieuse petite lampée ?* »

— Je suis son assistante.

Je lui avais répondu en lui jetant un bref regard glacial, avant de reporter mon attention sur Binns, qui commençait à respirer. Sans doute s'imaginait-il que sa *Deyrar* allait pouvoir le tirer de ce pétrin. Il regarda sa poche de poitrine l'espace d'une fraction de seconde avant d'y porter les doigts. Sans hésiter, je tirai.

Chancelant sur ses jambes, il regarda le carreau qui pointait de son épaule gauche et me dévisagea, sous le choc.

— Pourquoi t'as fait ça ? gémit-il.

— J'ai la détente facile.

Pas tant que ça, en fait. Ce taré aimait torturer ses victimes avant de les tuer. La moitié d'entre elles, par sa faute, n'avaient jamais pu fêter leur douzième anniversaire. Et plus son mode opératoire me revenait, moins mon cerveau exerçait de contrôle sur mon doigt.

— Je te suggère de rester très, très sage, maintenant…, repris-je. Je ne voudrais pas qu'il t'arrive un malencontreux accident avant que j'aie décidé de ce que je vais faire de toi.

Dans le silence de plomb qui s'ensuivit, seul se fit entendre le mécanisme bien huilé de Chagrin qui se rechargeait automatiquement.

J'observai la réaction de Disa à temps pour voir ses yeux passer par une série de changements impressionnants. Ils virèrent successivement au noir, puis passèrent au rouge, puis à l'orange, avant de devenir jaune vif et de repasser au brun, leur couleur habituelle. *Waouh ! Plutôt psyché, le light-show ! Et à vous donner la gerbe…* Le seul autre vampire de ma connaissance dont les yeux changeaient de couleur au gré de ses humeurs, c'était Vayl. Cela signifiait-il que tous les membres de son ancienne

Alliance étaient dotés de ce petit talent, ou bien lui et Disa avaient-ils… *Arrête, Jaz ! T'es juste un peu parano parce que…*

Parce que, lors de notre dernière mission, Vayl avait failli faire le grand plongeon. L'improbable embryon d'avenir commun que nous partageons, il avait failli le jeter aux orties en goûtant au sang d'une Voyante iranienne prénommée Zarsa. Nous avions survécu à cette secousse sismique, mais cela ne signifiait pas qu'une autre ne suffirait pas à nous détruire.

— Comment osez-vous attaquer mon *knaer* ? s'indigna-t-elle.

Je réprimai un soupir. *Ils ne peuvent pas parler normalement ? Il va vraiment falloir que Bergman commence à bosser sur un interprète universel. Un* knaer *? Vayl a dû m'en parler… Si ma mémoire est bonne, c'est en rapport avec leur hiérarchie interne. Côté pouvoirs, un* knaer *doit être tout en bas de l'échelle – seul un humain lambda est moins puissant.* Sans le savoir, j'avais choisi la victime idéale…

Je lui répondis en dardant sur elle mon regard le plus noir.

— Alan Binns est un ennemi de ceux que j'ai juré de protéger. Et c'est chez vous que je tombe nez à nez avec lui. De quoi se demander quels autres petits secrets bien glauques vous cachez encore.

Je la vis tourner la tête, probablement en quête d'un objet quelconque à me jeter dessus. Heureusement pour moi, elle n'avait rien à se mettre sous la main. Faute de mieux, elle serra les poings. Je me pris à espérer que la prochaine étape de son royal courroux consisterait à hurler et à taper du pied. Moi qui manquais de distraction ces temps-ci, j'étais servie.

Hélas, avant que Disa ait eu le temps de me satisfaire, ses petits copains vamps et leurs gardiens humains surgirent dans la cour. Des cris de rage fusèrent quand ils virent que leur pote était blessé. Leurs regards se firent haineux dès qu'ils comprirent que c'était moi qui avais fait le coup. De nouveau, le rapport de forces s'inversait. Je jetai un coup d'œil à Vayl. Il me répondit d'un bref hochement de tête. Je vis sur ses lèvres ce qui peut passer chez lui pour un sourire. Tordus comme nous le sommes, c'est quand nos chances de l'emporter sont quasi nulles que nous prenons notre pied. Parce que c'est là, vraiment, qu'on commence à s'amuser.

Chapitre 2

Lorsque Vayl mobilise ses pouvoirs et que je suis dans les parages, j'ai l'impression de me retrouver plongée dans une tornade glacée. Mais ça ne fait pas mal. En tant que Sensitive, je reste à peu près insensible aux influences vamps. C'est l'un des avantages d'avoir fait par deux fois la nique à la mort. Avec mon nouveau tee-shirt favori – jaune vif et orné d'un motif artistique évoquant à mes yeux deux minotaures en train de se battre –, je portais ma veste en cuir noir, un pantalon assorti et une paire de boots. Ce qui me donnait des frissons, ce n'était donc pas le froid mais l'excitation. On allait enfin passer aux choses sérieuses...

Puisque ma survie en dépendait, je pris le temps de graver dans ma mémoire la configuration des lieux. Le mont Panachaikon se dressait au-dessus des vergers d'oliviers et des vignes qui émaillaient le paysage, tel un ogre géant. On aurait dit que le bâtiment du XVIIe siècle abritant l'ex-Alliance de Vayl formait un mélanome sur son gros orteil. Seul Cole, aspirant play-boy et à l'occasion l'un de mes frères d'armes, aurait pu le décrire correctement. Après avoir jeté un coup d'œil à cet empilement de formes cubiques, à ces escaliers extérieurs partant en tout sens, à ces balcons plaqués au hasard sur des façades trouées de petites fenêtres occultées par des volets, il se serait exclamé : « Oh ! Une maison en Lego, genre manoir hanté… Ils construisent un parc d'attractions, dans le coin ? »

Un mur d'enceinte en pierre, tout autour de la villa, décourageait les visiteurs. La seule voie d'accès conduisait, en contrebas d'une colline escarpée au nord-est, à une sorte de bâtiment agricole cerné de mauvaises herbes. Nous avions dû garer notre Range Rover vert métallisé dans un chemin creux et faire le tour pour atteindre la double porte qui restait grande ouverte sur notre droite. Vayl avait compté sur la présence d'Eryx pour nous permettre d'entrer, mais ce comité d'accueil inattendu avait de quoi nous faire craindre pour notre sécurité.

Derrière nous, une longue table au plateau couvert de mosaïque et entourée de chaises en teck courait le long d'une pergola envahie par le jasmin. Celle-ci précédait un garage à trois places aux portes en bois vermoulu encadrées de vigne vierge. À notre gauche, quelques tables rondes en fer ajouré, garnies de sièges en toile, donnaient aux lieux un faux air de terrasse de restaurant. Des orangers miniatures plantés dans de grands pots atténuaient l'austérité de la portion du mur d'enceinte qui fermait cette partie de la cour.

Entre nous et la villa, les membres de l'Alliance présentaient un front uni – du moins, à première vue. Six vampires et cinq humains, tous sur leur trente et un, s'étaient rangés en un approximatif demi-cercle autour de Disa, à l'exception de deux gardiens postés tels des mâts totémiques dans son dos.

La conjonction de leurs pouvoirs, aussi puissante et imprévisible que la foudre, faisait presque crépiter l'air ambiant. Vayl m'avait mise en garde à ce sujet, mais la réalité du phénomène dépassait tout ce à quoi j'aurais pu m'attendre. Me retrouver confrontée d'un coup à la force unie d'une Alliance me donnait l'impression de descendre d'une voiture climatisée en plein Sahara. J'avais les joues en feu. Vayl m'avait avoué qu'il n'y était pas lui-même entièrement insensible. S'il nous fallait traîner un peu dans le coin, nous avions intérêt à nous tenir constamment sur nos gardes et à nous couvrir l'un l'autre.

J'avais à peine conçu cette crainte que deux vamps firent mouvement pour tenter de nous prendre à revers, mais une décharge du pouvoir arctique de Vayl parvint à les faire reculer.

— Nous sommes ici sur l'invitation de Hamon Eryx ! lança-t-il d'une voix ferme. Il a signé avec moi un pacte de sang nous offrant un sauf-conduit parmi vous en échange de l'aide que nous pouvons vous apporter. Êtes-vous prêts à honorer la parole de votre *Deyrar* ?

— C'est moi, la *Deyrar* ! piailla Disa de plus belle.

Une jeune femme plantureuse à la poitrine opulente vint lui poser la main sur l'épaule et précisa :

— Ainsi le *Vitem* en a-t-il décidé.

À mon intention, Vayl avait déniché ou crayonné des portraits robots de ceux qui étaient encore susceptibles, selon ses termes, d'être « embrigadés dans l'Alliance ». Je reconnus celle qui venait de s'exprimer comme étant Sibley. En tant que membre du *Vitem* d'Eryx (que mon boss avait comparé à un cabinet présidentiel), elle avait été sa conseillère la plus conservatrice. Elle avait apparemment endossé à présent le rôle de lèche-cul et de soutien moral, mais celui-ci ne paraissait pas lui convenir.

En effet, aussitôt que sa main s'était posée sur l'épaule de Disa, ses yeux avaient roulé dans leurs orbites et elle l'avait retirée pour la frotter sur la manche de sa longue robe rouge.

Puisqu'elle se tenait à proximité immédiate de Disa, je déduisis qu'elle devait être le membre le plus puissant de son *Vitem*. Sans cela, j'aurais pu croire que cet honneur revenait au type debout à côté d'elle. Ses cheveux argentés, tirés vers l'arrière en une queue-de-cheval serrée, mettaient en valeur les traits fins et sculptés de son visage. J'estimai son âge, comptai vingt ans de plus à cause de sa chevelure, et décidai qu'il devait avoir été métamorphosé peu après la cinquantaine. Sa maturité et son statut auraient dû lui conférer une allure imposante, mais ses yeux inquiets me firent penser à ceux d'un écureuil guettant l'apparition du moindre rapace pour déguerpir. *Celui-ci doit être Marcon*, conclus-je *in petto*.

Il était facile de repérer les autres membres du *Vitem* : ils se tenaient, autour de Disa, à la tête de leur petite coterie. L'un d'eux, à sa gauche, ne la quittait pas des yeux et opinait du bonnet d'un air approbateur, qu'elle ait quelque chose à dire ou non. Il avait l'air si habitué à faire la carpette devant elle qu'il ne devait plus rien sentir quand elle lui marchait dessus. Vayl n'avait pas exagéré en me faisant le portrait de Genti, celui qui avait été en quelque sorte sa Némésis. À sa décharge, il fallait admettre que ce béni-oui-oui se contentait de peu : tout ce qu'il attendait de l'existence, c'était le meilleur moyen de se faciliter la vie.

Lui et sa bande semblaient avoir dévalisé un magasin de costumes de carnaval avant de nous rejoindre.

Genti s'était coiffé d'un bonnet de fourrure orné de plumes, et sa veste de smoking violette jurait avec un pantalon imprimé léopard. Le deuxième vampire masculin s'était quant à lui déguisé en mitrailleur de bombardier de la Seconde Guerre mondiale. Leur acolyte de sexe féminin avait préféré le look SDF. Puisque je ne reconnaissais ni l'un ni l'autre, je conclus qu'ils devaient avoir rejoint l'Alliance après le départ de Vayl. Leur gardien humain, une femme assez jolie, dans le style blonde californienne, avait eu la drôle d'idée de se faire des dreadlocks. *Beurk*…

Le dernier membre du *Vitem* retint mon attention parce que, de tous, il paraissait le moins effrayé. De plus, c'était le premier vamp que je rencontrais – mon boss mis à part – qui ne dégageait pas une puanteur de tombe. Je commençais à croire que cela devait signifier quelque chose quant à la qualité de leur âme. Ce n'était cependant qu'une théorie. Et comment le vérifier ?

L'odeur psychique de Vayl évoquait pour moi une promenade dans une forêt de pins. Celle de ce type me faisait davantage penser à… des grappes de raisin fraîchement coupées. Je l'étudiai autant qu'il m'était possible de le faire tout en gardant un œil sur le criminel recherché que je menaçais de mon arme. Bien que plus longs, plus raides et plus roux que les miens, ses cheveux accentuaient la virilité de ses traits et la dureté de ses yeux gris fer. Un costume assez classe, bleu argenté à fines rayures, mettait en valeur sa haute silhouette élancée, assez comparable à celle de Vayl.

Et celui-ci doit être Niall, songeai-je. Mon patron ne me l'avait pas précisé, mais d'après ce qu'il m'avait dit, j'avais eu l'impression qu'ils avaient été amis, tous les deux, avant l'exil de Vayl. Le compagnon de Niall, fier guerrier au physique de dieu grec qui répondait au nom d'Admes, lui était parfaitement loyal et dévoué. Un humain d'une quarantaine d'années complétait leur trio. Sous ses airs tranquilles, son attitude m'indiquait clairement que, si je voulais m'en prendre aux deux vamps, j'aurais d'abord affaire à lui.

— L'Alliance a toujours respecté la volonté de son *Deyrar*, intervint Niall. Aussi bien passée que présente.

À en juger d'après son accent, il devait être né du côté de Dublin. Comment un Irlandais avait-il fait pour échouer si loin de chez lui ? Mais peut-être avait-il été exilé de sa mère-patrie, comme Vayl, plus de deux siècles auparavant.

— Quelle aide Hamon vous a-t-il demandée ?

— Qu'est-ce que ça peut faire ? éructa Genti. Vayl a tourné le dos à l'Alliance. Il ne doit rien attendre de nous !

Vayl m'avait informée que Genti était originaire d'Albanie, au nord de la Grèce, mais avec ses cheveux noir corbeau et ses yeux marron foncé luisants de rage, il pouvait passer pour un autochtone. J'avais du mal à déterminer si lui et son groupe détestaient Vayl à ce point parce qu'il était parti ou s'ils le méprisaient parce qu'il était revenu. Seule la réaction de la blonde ne laissait planer aucune ambiguïté. Sa façon de regarder mon boss d'un air aguicheur me donnait l'envie de lui écraser le visage dans la poussière.

En apostrophant l'Albanais, Niall lui assena sur l'épaule une tape d'apparence amicale, mais qui fit grimacer celui-ci.

— Franchement, G-mec… Ça t'arrive d'arrêter de crier pour écouter ce qu'on te dit ? Il me semble avoir entendu dire que c'était Hamon qui attendait quelque chose de Vayl.

L'autre démarra au quart de tour.

— Mon nom est Genti Luan, chien d'Irlandais ! Et si tu ne le prononces pas avec tout le respect qu'il mérite, je te clouerai à une croix et te regarderai griller !

Aussitôt que Genti eut révélé l'intégralité de son nom, Niall me jeta un coup d'œil en coin, assorti d'un sourire entendu. Intéressant… Si dans ce milieu connaître l'identité de quelqu'un conférait un réel pouvoir sur lui, il venait de me tendre une arme de choix.

— Veuillez l'excuser, Mlle Robinson…, reprit-il. Genti est incapable d'avoir une conversation civilisée. C'est de naissance.

L'intéressé bomba à ce point le torse qu'il donna l'impression d'avoir enfilé au forceps un pantalon volé à un gamin.

— Tu sembles croire que l'Alliance n'a rien à redouter de la réapparition de Vayl, mais je ne suis pas de cet avis ! s'emporta-t-il. Admettre des étrangers ici est déjà risqué en temps normal, alors en ce moment… Je dis que c'est une folie !

Faisait-il allusion à la menace que constituait Samos ? Ou à une autre plus sinistre encore ? Je n'eus pas le temps de m'appesantir sur le sujet. Un mouvement brusque, en périphérie de mon champ de vision, requit toute mon attention. Binns, croyant profiter de ma distraction, avait décidé de me sauter dessus. Ignorante créature… S'attendait-il réellement à ce que je panique en le voyant bondir sur moi à toute allure, une lueur meurtrière dans ses yeux injectés de sang ? Oh que non… Je me contentai de me fier à l'afflux d'adrénaline qui me fit relever de quelques centimètres mon bras armé de l'arbalète et de tirer.

Un carreau d'érable finement poli lui transperça le cœur. Binns écarquilla les yeux et resta un instant bouche bée avant de se volatiliser. Il s'évapora littéralement dans la nuit. Ses vêtements ainsi qu'une partie de ses restes retombèrent à mes pieds. Faute de m'écarter suffisamment vite, ils couvrirent même en partie la pointe de mes boots. Je résistai à l'envie de les essuyer contre l'arrière de mon jean et laissai retomber mes bras avec soulagement tandis que Chagrin se rechargeait.

— Vous l'avez tué ! hurla le simili-mitrailleur de Genti.

Il fumait déjà probablement de mauvais cigares au moment où mon papy Lew apprenait à faire du quatre-pattes, mais il avait l'air juvénile d'un candidat au permis de conduire tapotant son stylo sur son bureau au lieu d'apprendre les subtilités du changement de voie en cours de code. J'appris plus tard qu'il s'appelait Rastus et qu'il n'avait rejoint l'Alliance que six mois plus tôt. Frappant du dos de sa main aux ongles laqués de noir la poitrine couverte de dentelle de Genti, il s'exclama :

— Moi je dis qu'il faut lui arracher les membres un par un et la battre à mort avec !

Sans me laisser le temps de réagir, Vayl dégaina l'épée dont sa canne constituait le fourreau, rejoignit l'insolent en un rien de temps et la lui planta en travers de la gorge.

Ce qui me fit éclater de rire. Je sais… mauvaise réaction, mauvais timing. Que puis-je dire pour ma défense ? Rien de plus hilarant qu'une brochette de vampires ébahis, surtout lorsqu'ils ressemblent à de grosses et stupides chauves-souris endimanchées.

— Alors ! lançai-je à la cantonade. Où en étions-nous ? Ah, oui ! Je crois que quelqu'un discutait de la nécessité de me battre à mort avec mes propres membres arrachés.

À retardement, un frisson de peur me parcourut, que je m'efforçai de ne pas trahir. *Du cran, Jaz ! Si ces prédateurs décèlent une faiblesse en toi, tu peux dire adieu à la vie.*

— Un choix pas très avisé, repris-je en secouant la tête et l'index. Comme vous pouvez le constater, Vayl peut faire de gros dégâts avec cette épée. Mais je suis sûre que, si nous trouvons un terrain d'entente, il serait prêt également à la retirer en douceur de la gorge de votre ami. Et si vous voulez mon avis, m'arracher un membre après l'autre ne serait pas très drôle : l'hémorragie causerait ma mort bien avant que vous ayez pu commencer à me battre avec.

— Sans compter, ajouta Niall, que Rastus n'a pas suffisamment d'ancienneté pour avoir voix au chapitre.

Hum ! Dois-je faire remarquer le ridicule de cette assertion, ou tout le monde l'a-t-il bien senti ? Avant que quiconque disposant d'une réelle autorité s'avise de m'infliger une mort plus sinistre encore, je décidai de passer aux choses sérieuses.

— Edward Samos veut faire alliance avec vous.

Je m'exprimai en prenant garde de regarder Disa et Niall dans les yeux. Ce dernier parce que je découvrais en lui un allié potentiel, et la *Deyrar* parce que c'était elle, manifestement, qui aurait le dernier mot.

— Eryx savait que Samos désirait en fait vous absorber, repris-je. Vous dépouiller de votre autonomie à jamais. Il savait également qu'un refus de sa part lui vaudrait la perte de son leadership au profit de Samos.

Je marquai une pause, le temps de les laisser comprendre que cela s'était peut-être déjà produit. Admes et la vampire SDF glissèrent un regard discret mais curieux en direction de Disa.

— Voilà pourquoi Eryx s'est décidé à prendre contact avec Vayl, conclus-je.

— Et toi, qui es-tu pour élever la voix au sein de cette assemblée ? s'enquit Genti.

Ce fut Vayl qui répondit pour moi.

— Lucille est mon *avhar*.

Il m'avait préparée à la divulgation de la grande nouvelle. Je crois que les vampires éprouvent quelques difficultés à accéder au stade *sverhamin-avhar*, aussi ceux qui y parviennent sont-ils traités avec le plus grand respect. Je trouvais ça assez drôle que nous puissions être considérés comme des stars aux yeux des semblables de Vayl, ces créatures qui se regroupent en Alliances, mais qui ont le plus grand mal à accéder à ce qui ressemble le plus à un mariage chez eux.

Non pas que je me sentais moi-même parfaitement à l'aise dans cette relation. Je n'avais pas encore lu les conditions rédigées en petits caractères relatives aux négociations au creux de la nuit et à qui pouvait en fin de compte emporter le morceau. Mais cette situation me convenait en tout cas mieux qu'à Disa, qui avait l'air, pour l'heure, d'avoir mordu dans une tomate pourrie.

Les autres vamps réagirent davantage comme je m'y étais attendue. Niall vint nous présenter ses félicitations. Bouche bée, Sibley en resta comme deux ronds de flan. Admes dévisageait Vayl comme s'il ne l'avait jamais vu auparavant. Marcon inclina la tête respectueusement et dit à Vayl :

— Je pense que vous pouvez libérer Rastus, maintenant.

Comme s'il était simplement en train de l'immobiliser par une clé au cou... Mais le plus drôle – ou le pire, c'est selon –, c'était que je m'habituais à vitesse grand V à l'insouciance avec laquelle on versait le sang chez les vampires. Et dire que je m'étais lancée dans cette mission avec la certitude que tout le monde était frappé, chez eux. Je n'osais m'attarder sur ce que cela révélait sur mon compte.

D'un coup, Vayl retira son épée et fit un bond de côté pour éviter le flot de sang qui alla arroser le pavé de la cour. L'hémorragie cessa presque immédiatement, et pas seulement parce que Rastus avait posé la main sur la plaie : celle-ci cicatrisait déjà.

Genti resserra les rangs de sa petite bande, offrant avec ostentation son épaule à Rastus pour le soutenir, alors que celui-ci n'en avait de toute évidence nullement besoin. Il jeta encore quelques coups d'œil meurtriers à Vayl, qui se tournait vers Disa, son long manteau en cuir agité derrière lui par un petit vent annonciateur de pluie.

Bien qu'il soit cerné, Vayl ne paraissait aucunement en position de faiblesse. Son apparence y était pour beaucoup. Avec son polo noir, son pantalon gris clair et ses boots neuves, aussi polies que de l'onyx, il évoluait avec la prestance d'une panthère. Mais son apparente invulnérabilité tenait également à sa façon d'essuyer son épée dans son mouchoir avant de la rengainer. Il affichait la détermination létale et sans faille du tueur qui tient la mort au bout d'une courte laisse sur le point de se rompre.

— Nous sommes décidés à honorer notre part du contrat, annonça-t-il. Si vous choisissez vous-mêmes de ne pas renier la parole de votre précédent *Deyrar*, nous pourrions même pardonner l'insulte que ces deux-là nous ont faite.

Du bout de sa canne, il désigna successivement Rastus et les restes de feu Alan Binns.

Waouh ! Plutôt gonflé... C'est nous qui les attaquons, et il exige des excuses. Nos hôtes semblaient partager mon avis pour la plupart, mais je vis le visage de quelques-uns d'entre eux trahir un certain respect.

— Nous n'avons pas besoin d'aide ! grogna la vampire du groupe de Genti.

Je pris le temps de l'examiner d'un peu plus près. À vrai dire, c'était la première fois que je voyais une vamp aussi mal fagotée. Un bon soutien-gorge et un peu de temps devant un miroir auraient suffi à régler le problème, mais plus qu'un look, son allure de SDF m'avait tout l'air d'être dans sa nature.

— Tu connais mon nom ! lui rappelai-je. Comment dois-je t'appeler ?

— Koren !

Elle avait craché ça avec la violence d'un direct du droit susceptible de m'envoyer valser dans le décor.

— Eh bien, Koren, repris-je avec indolence, désolée de devoir te contredire. Si vous pouviez vous débrouiller seuls, vous n'auriez pas sur le dos un dingue assoiffé de pouvoir désireux de gober votre Alliance comme un œuf au p'tit déj. Sans compter que, si vous étiez si doués que ça pour assurer votre protection, Eryx aurait fait venir un fleuriste plutôt qu'un duo de tueurs américains. Et puis, si vous n'étiez pas aussi nuls, peut-être même qu'il serait encore en vie. Ou peut-être l'avez-vous simplement ligoté dans quelque sombre cachot ?

Vayl m'adressa un regard éloquent. *« Hé ! Je vous avais demandé de jouer les alphas, pas de tout foutre en l'air ! »*

J'aurais sans doute mieux fait de l'écouter, mais ça m'amusait de voir jusqu'où je pouvais pousser le bouchon avec Disa. Je n'avais pas compris que ce serait Koren qui le prendrait comme un affront. Elle affichait une drôle d'expression qui me fit prendre conscience qu'elle devait avoir été proche d'Eryx – peut-être même son *avhar* – et qu'elle était prête à me faire payer mon insolence sur-le-champ.

— Salope ! hurla-t-elle.

Les yeux exorbités, tous crocs et toutes griffes dehors, elle bondit vers moi puis se figea tout aussi subitement, sans me laisser le temps de réagir. Avec une expression de surprise intense, elle porta lentement son regard vers son abdomen, d'où pointait un carreau d'arbalète vert fluo gros comme un doigt et vibrant encore sous la force de l'impact.

— Tu pensais vraiment que nous nous serions pointés ici sans assurer nos arrières ? demandai-je, heureuse pour la première fois que nous ayons été forcés d'amener l'homme qui se tenait tapi dans un arbre tout proche. Mais nous n'avons plus vraiment le temps de papoter. La capsule rouge fixée à la pointe de ce projectile est conçue pour se dissoudre dans une ou deux minutes, provoquant une réaction en chaîne comparable à celle que pourrait causer l'apparition du soleil : tu cuis, tu pèles, et – pouf ! – plus personne… (Horrifiée, Koren ne me quittait pas des yeux.) Désolée de ne pouvoir te donner une estimation plus précise : ce n'est pas une science exacte.

La voyant agripper à deux mains le carreau pour l'arracher, je haussai les épaules avant de la mettre en garde :

— À ta place, je m'abstiendrais. Je suis la seule à pouvoir l'extirper sans que la capsule se détache pour accomplir son sale boulot.

Cela serait du moins le cas si Bergman n'avait pas foiré la mise à jour d'une de ses précédentes inventions, ce qui restait du domaine du possible. Ses prototypes ne fonctionnaient pas toujours comme sur la notice, mais je me gardai bien de le préciser.

Vayl verrouilla son regard sur celui de Disa. Elle n'avait pas bougé depuis que le carreau avait atteint Koren. Aucun d'eux, d'ailleurs, n'avait fait le moindre geste. Seuls des humains se seraient mis à crier, à gémir à ce spectacle ou à tourner de l'œil. Chez *ces gens-là*, on se contentait de ne pas en perdre une miette et de s'en réjouir. À croire que, derrière leurs protestations de façade, la pulvérisation de Binns, l'embrochage de Rastus et le canardage de Koren les distrayaient au plus haut point.

— Alors ? insista Vayl. Sommes-nous des vôtres, oui ou non ?

Le *Vitem* se réunit autour de Disa pour un rapide conciliabule.

Pendant ce temps, l'humaine qui chaperonnait Genti et les siens apporta un fauteuil en teck et aida Koren à s'y asseoir. Comme pour les costumes et l'épaule compatissante offerte au mitrailleur blessé, je soupçonnai le geste d'être davantage théâtral que nécessaire.

J'observai les délibérations du *Vitem* en prêtant une attention toute particulière à Marcon et Sibley. Difficile de dire, sans le son, s'ils se contentaient de débiter leurs répliques sans y croire ou s'il s'agissait, comme dans le cas de Niall, d'opinions sincères. Dix secondes plus tard, Disa émergea du groupe.

— Nous nous conformerons au contrat signé par Hamon Eryx, annonça-t-elle.

— Parfait ! se réjouit Vayl tandis que je me dirigeais vers Koren.

— Arrière ! lançai-je à la blonde à dreadlocks qui veillait sur elle.

— Pourquoi ? s'enquit-elle.

En la voyant me dévisager d'un air hautain, je compris qu'elle devait venir de la haute. Le genre de famille où l'on se débarrasse de ses gamins en les envoyant en pension et en camp de vacances jusqu'à ce qu'ils aient l'âge d'apprendre à conduire et qu'une rente mensuelle leur permette de ne pas casser les pieds à leurs parents avant d'avoir atteint la trentaine.

— Pour une raison simple, répondis-je. Le gars qui assure mes arrières a pour ordre de me garder en vie à n'importe quel prix. Et s'il décide que tu es trop près de moi, je ne donne pas cher de ta peau.

Koren, la voyant hésiter encore, intervint :

— Fais ce qu'elle demande, Meryl.

La blonde recula enfin et je pus empoigner le carreau. Je le maintins en place d'une main et abaissai légèrement son extrémité de l'autre. Koren poussa un gémissement mélodramatique.

— Mauviette ! maugréai-je. C'est du sang de navet que t'as dans les veines ?

— Comment osez-vous me parler sur ce ton ! s'offusqua-t-elle, une note d'hystérie dans la voix.

— Fallait pas commettre l'erreur d'attaquer une tueuse appointée. Ceux qui s'y risquent ne doivent pas s'attendre ensuite à tailler tranquillement une bavette sur leur patio.

— Nous n'avons pas de « patios », à Patras. Où diable Hamon est-il allé vous chercher ? Vous êtes une vraie sauvage !

D'un coup d'œil, j'interrogeai mon boss. *Je dois vraiment sauver la mise à la reine du grunge ?* Mais lui-même paraissait bien plus outré que moi.

— Vous ne croyez pas si bien dire, gronda-t-il d'un air menaçant. Et vous feriez bien de vous en souvenir, si vous ne tenez pas à mourir prématurément.

Je libérai le fil au bout duquel se trouvait la capsule antivamp et tirai d'un coup sec. Bergman avait mis cette arme au point lors d'une précédente mission. Parce qu'il n'avait pas eu le temps de la perfectionner, j'avais hésité à l'intégrer à notre arsenal. Mais dans ce cas de figure, elle se révélait tout simplement idéale.

Après avoir débarrassé la capsule de sa gangue de cire, je la montrai à Koren et conclus :

— Estimez-vous heureuse que Disa ait décidé de jouer le jeu.

D'un geste impatient, elle désigna le carreau qui pointait toujours de son ventre.

— Et ça ? cria-t-elle.

— Gardez-le, répondis-je. Un souvenir pour vous rappeler de ne pas chercher noise aux p'tites rouquines venues d'Amérique.

Chapitre 3

Je fis le signal convenu et le dernier membre de notre trio sauta de son perchoir, un arbre en bordure d'un bois de sapins, de chênes et de châtaigniers au sud du chemin d'accès à la villa. Il l'avait choisi pour la vue panoramique qu'il offrait sur la cour. Son uniforme – armure corporelle intégrale, tenue de camouflage vert et noir, casque assorti – trahissait sa condition militaire. Armé jusqu'aux dents, il était équipé d'un couteau de combat, de lunettes de vision nocturne, d'un kit de premier secours et d'un téléphone satellitaire. Il avait laissé son fusil d'assaut à la maison, mais il portait comme moi un Beretta M9 dans un holster dissimulé sous sa veste. L'arbalète, nous la lui avions fournie.

Je me mordis la lèvre pour juguler l'angoisse qui me mordait les tripes. Je n'aimais pas me rappeler pour quelle raison l'état-major des Forces spéciales nous avait imposé la présence d'un de ses meilleurs éléments pour cette mission. Je me tournai vers Disa, qui restait seule dans la cour après avoir renvoyé le reste de l'Alliance. Tous s'étaient empressés de retourner à ces réjouissances mystérieuses que notre intrusion avait interrompues.

— Voici David, lui annonçai-je tandis que notre homme nous rejoignait à la table disposée le long du garage, autour de laquelle nous nous étions installés.

J'avais omis son patronyme. J'espérais qu'elle ne détecterait pas que son haleine était chargée au whisky et qu'elle ne remarquerait pas non plus que nous étions jumeaux. Quelqu'un de moins égocentrique aurait pu voir la ressemblance. Nous partagions les mêmes yeux verts et le même menton volontaire. Mais Disa ne pouvait s'intéresser à un homme qu'elle considérait comme notre larbin. Elle ne le salua même pas quand il se positionna juste derrière mon épaule. Sans doute n'aurait-elle pas haussé un sourcil si je m'étais retournée pour lui filer un gnon – et Dieu sait que j'étais tentée de le faire. Qu'est-ce qu'il avait donc dans le crâne pour se cuiter pendant le service ? Ce n'était pas le moment de le lui demander. Disa relançait la conversation.

— T'imaginais-tu que j'irais aussi loin ? demanda-t-elle à Vayl.

Il riva sur elle ses yeux d'un bleu de lac de montagne glacé.

— Pas le moins du monde, reconnut-il.

Le sourire de la *Deyrar* me faisait penser à celui d'une ado ayant profité de l'absence de ses parents pour aller faire la bringue dans une méga-teuf.

— En fait, reprit-elle, pour ça, c'est toi que je dois remercier.

— Il n'y a pas de quoi.

Eh bien… Pourquoi cette réponse aimable la met-elle en rogne ? Je n'en étais pas certaine, mais j'eus soudain l'impression qu'elle l'aurait volontiers empoigné pour le faire tournoyer au-dessus de sa tête avant de le projeter sur une armée de prêtres brandissant des pieux. Je risquai un coup d'œil en direction de mon boss et le découvris, à ma grande surprise, aussi remonté qu'elle, bien que seul quelqu'un d'aussi habitué que moi à le côtoyer aurait pu le remarquer. Maître dans la dissimulation de ses émotions, Vayl ne les trahissait que par la plus imperceptible altération de ses traits. Il n'y avait pour l'heure qu'une minime dépression de ses sourcils, accompagnée d'une légère crispation de ses doigts autour du joyau bleu enchâssé dans le pommeau de sa canne, pour indiquer qu'il ne lui aurait pas déplu de voir Disa connaître le même sort que Binns avant la fin de notre mission.

Elle se pencha en avant, les coudes posés sur la table, joignant les mains devant son visage de mannequin. Ses ongles laqués cramoisis formaient un contraste saisissant sur la pâleur de sa peau.

— Si la décision avait dû me revenir, tu sais, bien sûr, que je n'aurais pas fait appel à toi. (Disa s'adressait directement à Vayl, comme si Dave et moi nous étions subitement dissous et écoulés dans les fissures entre les pierres sous ses pieds.) Je peux très bien prendre soin de moi toute seule.

Après avoir souligné ses propos d'un hochement de tête, elle ajouta, comme prise d'un remords :

— Et de l'Alliance.

— Je le sais, répondit Vayl.

Il avait dit cela après avoir hésité un instant. Sans doute avait-il été sur le point de répondre autre chose.

— Je n'ai jamais eu l'intention de m'allier à Samos, poursuivit-elle. Hamon avait raison, au moins à ce sujet.

(Le ton de sa voix indiquait clairement que de son point de vue, sur bien d'autres sujets, il s'était royalement planté.) Quoi qu'il en soit, les négociations débuteront demain, deux heures après le coucher du soleil.

Elle se leva brusquement. Dave réagit au quart de tour en pointant son arbalète vers sa poitrine avant que la chaise ait fini de racler le dallage.

— Allez-vous enfin poser cette chose ? lança-t-elle sèchement en le fusillant du regard.

— Peut-être vaudrait-il mieux que tu évites les mouvements brusques, suggéra Vayl à mi-voix.

Sans lui laisser le temps de répliquer, il ajouta :

— Quant à notre contrat et au rôle que nous comptons jouer dans ces négociations, il serait sans doute plus avisé d'en discuter dès à présent.

Disa balaya l'argument d'un geste las de la main censé nous signifier que de telles broutilles ne la concernaient en rien.

— Je vous enverrai le *Vitem* pour régler tout cela, répondit-elle. Après le *Sonrhain*.

Le quoi ? Nul ne jugea utile de traduire. Disa se pencha pour tapoter presque joyeusement la main de Vayl. Dans cette position, ses seins distendaient le tissu de sa robe à le faire craquer.

— Tu as toujours eu le même problème, conclut-elle. Tu ne sais pas déléguer. Maintenant, nous avons suffisamment gâché la soirée. Place aux réjouissances ! Suivez-moi.

Le visage de mon boss était un masque. Même mes regards scrutateurs et avisés ne me permirent d'obtenir aucune réponse aux questions que je lui posais silencieusement. *Bordel de merde, qu'est-ce qui se passe? Avons-nous affaire à une folle?* Ce qui fait que je suivis Vayl sans être préparée à la cour des miracles qui m'attendait à l'intérieur.

Chapitre 4

Sonrhain signifie apparemment en langue vampire « en faire un max pour débecter nos hôtes humains ». Après être entrés dans la salle à manger de la taille d'une piscine olympique et avoir jeté un coup d'œil à ce qui s'y passait, nous avions échangé un regard, Dave et moi, puis nous étions ressortis.

— Lequel je tue d'abord ? s'enquit-il en glissant la main sous un pan de sa veste.

Ne sachant pas s'il allait en sortir son Beretta ou une flasque de Jack Daniel's, je retins son bras pour l'en empêcher. Dans un cas comme dans l'autre, c'était une mauvaise idée.

— Tu connais les règles, répondis-je. À partir de maintenant, personne ne doit mourir si nous ne sommes pas directement menacés.

— Tu te fous de moi, pas vrai ? Tu veux que je fasse quoi ? Rester là sans bouger, à regarder… cette horreur et à applaudir ?

J'avais autant que lui envie de vomir. En secouant la tête, je répliquai :

— Contente-toi d'ouvrir l'œil et de rester au régime sec.

Il riva son regard sur le mien.

— C'est ça que le général Kyle t'a raconté ? s'insurgea-t-il. Que j'avais besoin d'une nounou pour m'éviter de biberonner ?

Je soutins son regard sans ciller.

— Pas du tout ! Il m'a dit que tu étais un excellent combattant qui venait de vivre l'enfer. Grosso modo, il m'a demandé de te donner quelque chose de constructif à faire avant que ça pète sous ton casque et que tu deviennes incontrôlable au point de bousiller ta carrière !

Bon, d'accord, ce bon général m'avait dit quelques petits trucs en plus. Par exemple, que mon frère s'était transformé en volcan sur pattes depuis qu'il était revenu de notre précédente mission. Il m'avait dit aussi qu'il s'était pris de passion pour la bouteille et que ça l'avait conduit à cogner quelques sympathiques officiers. Ceux-ci – Dieu merci – l'appréciaient suffisamment pour ne pas avoir porté plainte. Mais il m'avait clairement prévenu que, s'il ne reprenait pas ses esprits rapidement, Dave pouvait dire adieu à la carrière militaire.

Je fouillai l'une des poches de mon frère et mis dans le mille au premier essai : j'en tirai un flacon de whisky à moitié vide.

— C'était juste pour me tenir chaud ! protesta-t-il. Le temps que vous en ayez terminé tous les deux avec vos histoires.

Je plongeai le regard au fond d'une paire d'yeux si semblables aux miens que cela me foutait parfois la trouille, et je sentis mon cœur se briser un peu plus. Après tout ce qu'il avait traversé, je me disais que mon frère méritait mieux. Mais je n'étais pas là pour lui pincer les joues et donner du gonflant à ses oreillers. D'une voix aussi inflexible que possible, je lui répondis :

— Ne joue pas au con avec moi, Dave.

Je fourrai la bouteille dans ma poche et j'attendis qu'il se décide. Au terme d'une longue pause, il décréta :

— Je ne veux pas entrer là-dedans.

— Moi non plus.

Aussi, ce fut côte à côte que nous nous décidâmes à franchir la double porte.

Marrant comme l'heure qu'il est peut influencer l'humeur du moment… Cela faisait neuf bons mois que je travaillais de nuit, mais à 22 h 30 bien tapées, je ne pouvais me sortir de la tête que notre journée de boulot était finie. S'il n'en avait tenu qu'à moi, je serais volontiers allée siroter un cocktail dans un des hôtels chic de la côte. Mais en rejoignant Vayl de l'autre côté de la porte trompeusement anonyme de la salle des fêtes de l'Alliance, mon horloge interne afficha illico midi et je me retrouvai plongée en plein turbin.

La pièce n'aurait cependant pas dû me surprendre ni me faire frissonner. De part et d'autre de l'entrée, des tentures de satin rouge couraient du sol au plafond, retenues par des embrasses de manière à révéler des fresques murales. Celles-ci représentaient de larges baies ouvertes sur un paysage de campagne. L'une d'elles donnait l'impression d'ouvrir sur le golfe de Patras et sur les bateaux mouillant au port, d'où sortait un ferry en partance pour l'Italie. L'autre encadrait un panorama boisé, agrémenté de deux chutes d'eau en arrière-plan. L'ensemble aurait pu paraître paisible et engageant…

sans les coulures de sang dégoulinant sur les « vitres » de ces fenêtres virtuelles.

Tu peux supporter ça, tentai-je de me convaincre. *Ne te laisse pas atteindre, c'est tout*... J'eus l'impression qu'une nouvelle couche de protection se déposait autour du plus intime de mon être ; une épaisse carapace nacrée, qu'il me suffirait d'astiquer ultérieurement pour la débarrasser des souillures sanglantes qui l'éclaboussaient. Vayl prit mon coude au creux de sa main pour me conduire à mon siège et je me détournai sans regret de ces spécimens d'art vampire. Je me retrouvai installée à deux sièges de distance de Disa, qui avait pris place à la table principale. Couverte d'une nappe de soie noire, celle-ci formait avec quelques autres un grand U autour du ring dressé au centre de la salle. En observant ce qui s'y passait, je m'efforçai de rester impassible, sous peine de perdre mes galons de dure-à-cuire fraîchement gagnés dans la cour.

De longues barres argentées tombaient du plafond, formant une cage – genre *Ultimate Fighter* – autour du ring. Je pinçai les lèvres pour contenir le flot de jurons rageurs qui ne demandait qu'à en sortir quand j'eus compris en quoi consistait l'attraction de la soirée.

Au centre du ring, deux garous s'écharpaient sans merci, à coups de dents et de griffes accompagnés de grondements féroces. L'un d'eux était un loup de la taille d'un tigre du Bengale. Dès qu'il se mettait en mouvement, la pièce rapetissait. J'étais heureuse d'avoir quelques barres d'acier entre lui et moi. Une de ses oreilles ne tenait plus que par un fragile lambeau de chair. Son œil gauche tuméfié était totalement fermé. Impossible de dire s'il avait été énucléé ou juste si gravement blessé qu'il ne s'ouvrait plus.

Le loup-garou se battait contre un ours qui, sous sa forme garou, paraissait nettement moins mignon que son cousin du zoo. Imaginez la bestiole en plus mince, dotée de crocs plus longs, de griffes semblables à des machettes, de la rapidité d'un jaguar, et vous aurez le tableau. Il lui manquait de grosses touffes de fourrure et sa gorge ressemblait à quelque pièce sanguinolente sortie de la poubelle d'un boucher. Les deux combattants avaient la gueule et le dos couverts de sang. En se battant, ils glissaient dans les flaques d'hémoglobine répandues sur le sol, si bien qu'ils luttaient autant l'un contre l'autre que pour rester debout.

Je demeurai figée. L'odeur était telle que je devais me retenir de vomir. Comble de la cruauté, on avait empêché les garous de se métamorphoser totalement. Quelqu'un dans cette perverse petite Alliance avait le pouvoir de les maintenir à mi-chemin entre l'homme et l'animal, de telle sorte que certaines parties de leur torse, de leurs bras et de leurs jambes conservaient un semblant d'humanité et une terrible vulnérabilité. J'ignorais ce qui me révoltait le plus. Étaient-ce les cris d'encouragements des membres de l'Alliance aux champions qu'ils s'étaient choisis ? Étaient-ce les billets qui passaient de main en main au rythme des paris gagnés ou perdus ? Ou était-ce que, confronté à un spectacle véritablement sanguinaire, mon esprit continuait à lutter pour ne pas ruiner l'aura de force implacable dont nous étions parvenus à nous entourer ? Rendre mes tripes – ou pire encore : défaillir – aurait suffi à ruiner nos efforts.

Genti et Koren me tirèrent de mes débats internes par leurs cris de triomphe. Assis à ma droite, ils encourageaient avec jubilation le loup-garou. Rastus se tenait à leur côté mais il économisait quant à lui le filet de voix qui lui était revenu. Tel un pochard aviné, il manifesta son soutien à leur champion en tapant violemment du poing sur la table. Toute la vaisselle fut prise d'un tremblement de valetaille effrayée. Alors que je notais leurs positions, Meryl se glissa dans la pièce et vint s'asseoir à côté de Rastus, non loin de la table d'honneur, ce qui me surprit. En fonction de la hiérarchie interne de l'Alliance, j'aurais imaginé que la place la plus éloignée de Disa lui serait réservée. Mais peut-être Genti souhaitait-il interposer entre lui et la *Deyrar* autant de ses supporters que possible, au cas où celle-ci finirait par péter les plombs. Je m'interrogeai également sur les places vides près de Genti – de quoi asseoir trois ou quatre personnes. À quoi cela rimait-il ?

— Arrache-lui la gorge, Wolfie ! hurla-t-il.

Comme pour lui donner l'exemple, il déchira à belles dents un morceau de l'énorme cuisse de dinde qu'il brandissait. Il avait déposé son chapeau devant lui, près de son assiette en verre rouge, exposant un crâne chauve et luisant de sueur sous l'effet de l'excitation. De son poing libre, il boxait dans le vide. Et lorsque le loup planta ses crocs dans l'épaule de l'ours, un nouveau hurlement victorieux jaillit de sa gorge.

De l'autre côté du ring, Niall et Admes étaient engagés dans une conversation si animée qu'elle en paraissait presque belliqueuse. Pour atténuer cette impression, il n'y avait de temps à autre que l'habitude du premier de toucher la main du second ou celle du second de poser la main dans le dos du premier. Leur compagnon humain poussa un rugissement d'approbation lorsque l'ours se libéra d'une prise du loup et lui décocha un direct du droit qui fit voler quelques dents. Aussitôt, le gardien bondit sur ses pieds pour aller encaisser un pari victorieux. Marcon lui tendit les billets et reconnut sa défaite en secouant avec fatalisme sa queue-de-cheval argentée. L'humain alla ensuite se rasseoir et je notai que quelques places libres semblaient avoir été réservées à leur table également. *Dans quel but?* me demandai-je une fois de plus. Mais fallait-il chercher midi à quatorze heures ? Je ne visais peut-être inconsciemment qu'à détourner mon attention de la tuerie sanglante en cours sous mes yeux.

J'arrachai mon regard du ring encagé et observai Vayl à la dérobée en m'efforçant de faire de mon visage un miroir du sien. J'avais repéré quelques regards braqués sur nous, dont le moins scrutateur n'était pas celui de Disa.

— C'est donc ça, le *Sonrhain* ? demandai-je en articulant autant que me le permettaient mes dents serrées pour réprimer mon envie de gerber.

J'avais pris soin de me glisser dans la peau de mon *alter ego*, Lucille Robinson. Elle, il ne lui viendrait jamais à l'idée de plaquer un vamp contre un mur en lui demandant si ça lui plairait, à lui, d'être un maillon faible dans la chaîne alimentaire.

— Comme c'est gentil de votre part de nous avoir réservé des places de choix...

En prime, j'adressai à Disa mon plus brillant sourire, celui qui m'avait permis d'accomplir de petits miracles par le passé.

Elle aussi me souriait, mais à la façon vicieuse de ces gens qui vous mijotent en douce un coup tordu. Soudain, elle claqua des dents si fort que ses crocs de vampire se plantèrent dans sa lèvre inférieure. D'un coup de langue, elle essuya l'écoulement de sang qui en résulta ; elle retint ce qu'elle avait été sur le point de dire et montra les chaises que Vayl m'avait indiquées un peu plus tôt.

— Il manque une place, fis-je remarquer.

— Que voulez-vous dire ? s'étonna-t-elle.

D'un coup de menton, je désignai Dave et répondis :

— Mon gars a besoin de s'asseoir aussi.

— Je pensais qu'il resterait debout, répondit-elle en jetant un coup d'œil à ses propres gardes du corps qui flanquaient la porte d'entrée, identiques à deux replètes statues de Bouddha. Eh bien, je suppose que nous pourrions…

— Ne vous donnez pas cette peine, intervint Dave sèchement. Je vois une place là-bas.

De la tête, il désigna une extrémité du fer à cheval, et il alla s'y asseoir sans me laisser le temps d'objecter. Je faillis le suivre pour l'en dissuader, mais j'y renonçai faute d'argument convaincant. De là où il se trouvait, il bénéficiait d'un bon poste d'observation sur toute la pièce et pouvait nous porter secours en cas de besoin. En outre, j'aurais eu l'air d'une trouillarde, à lui courir après pour le retenir près de moi. Je ne tenais pas à ce que ces redoutables vamps s'imaginent que j'avais peur de rester seule parmi eux.

Nous nous installâmes donc à la table de Disa, Vayl juste à côté d'elle, moi à la droite de mon boss. Sibley, quant à elle, se tenait à gauche de la *Deyrar*. Celle-ci dut se pencher en avant pour s'adresser à moi.

— Vous avez de la chance d'être tombés sur notre petite fête. L'avènement d'un nouveau *Deyrar* est si exceptionnel qu'il nous arrive rarement d'apprécier un bon combat de garous.

Je hochai la tête et feignis un sourire de ravissement.

— Dans ce cas, approuvai-je, on peut dire qu'aujourd'hui nous sommes de sacrés veinards...

Je parvins à ne pas grincer des dents tandis qu'une nouvelle salve de cris – poussés par les spectateurs autant que par les combattants – s'élevait autour de moi. Mais il s'en fallut de peu. Sous la table, je palpai le poignard que je conservais dans ma poche droite. Souvenir d'un vétéran de la première guerre mondiale, l'arme vibrait presque, me mettant au défi. Comme il était tentant de la dégainer pour décapiter Disa et transformer la petite sauterie de son couronnement en veillée funèbre...

— Je vois que Vayl vous a remis notre petit cadeau de bienvenue, dis-je pour me distraire de mes fantaisies vengeresses.

— Oui, répondit-elle en tournant les yeux vers lui. Vayl est resté aussi attentionné que dans mon souvenir.

Accroché à une chaîne en argent, un pendentif représentant l'Hydre – symbole de l'Alliance – ornait son décolleté. Nous avions prévu de le remettre à Hamon, mais Vayl avait décidé que son allure masculine ne déplairait pas à Disa et il avait eu raison. Ce que la *Deyrar* ignorait, c'est que Bergman avait installé une mini-caméra dans le torse surdimensionné de la figurine. Ses images allaient être transmises aux micro-ordinateurs de la taille d'un Palm qui faisaient partie de l'équipement remis à Vayl, Dave et moi-même. Bergman avait également implanté dans chacune des neuf têtes ce qu'il avait appelé des « capteurs à distance ». Il ne m'en avait pas expliqué le fonctionnement, mais d'après ce qu'il m'avait dit, j'avais compris que, si le système de sécurité de l'Alliance était du dernier cri – ce qui devait être le cas étant donné la paranoïa maladive de Hamon Eryx –, ces capteurs allaient nous permettre de pirater le flux d'images transmis par les caméras vidéo dont il devait être doté. Ces machins-là avaient également d'autres applications, plus agressives, que nous serions amenés à utiliser selon que la situation l'exigerait ou non.

En regardant Disa caresser du bout des doigts le corps serpentin de l'Hydre, je me promis d'effacer toute trace de cette scène de mon Monise – le petit nom donné par Bergman à nos ordis de poche. Si Vayl voulait garder une copie pour la postérité, grand bien lui fasse !

Il avait passé son bras sur le dossier de ma chaise, sans me toucher, mais son geste n'en demeurait pas moins aussi éloquent que la réponse qu'il fit à la *Deyrar*.

— Mon *avhar* et moi sommes impatients de poursuivre notre collaboration avec toi et ton Alliance, Disa…

Je ne pus m'en empêcher : je me rengorgeai comme un paon, aussi incapable de renoncer à mon contentement que Cole au chewing-gum auquel il était accro. Puisqu'il m'était impossible de maintenir plus longtemps mon sourire de façade, je me tournai vers ma voisine.

— Lucille Robinson…, lui dis-je.

Je m'étais déjà présentée, mais, dans ce groupe si activement occupé à se contempler le nombril, on ne devait pas retenir le nom des étrangers très longtemps.

— Enchantée…, répondit-elle, même si ce n'était manifestement pas le cas.

Elle ne prit pas la peine, quant à elle, de renouveler les présentations.

— Vous êtes Meryl, pas vrai ? (Hochement de tête indifférent.) Ravie de vous rencontrer. (*Ouais, c'est ça…*) Ferez-vous partie de l'équipe chargée des négociations ?

Meryl secoua la tête.

— Seuls les membres du *Vitem* s'en chargeront, précisa-t-elle. Ainsi que Koren, naturellement.

Elle désigna Miss Clodo du menton. Celle-ci n'avait pas jugé utile d'aller se changer et gardait sa chemise maculée de sang.

— Pourquoi elle ? m'étonnai-je.

— Elle était l'*avhar* de Hamon. Cela lui donne un droit de regard sur l'application des décisions prises avant sa mort.

Ainsi, Eryx était définitivement hors course. Ce qui faisait de Koren une sorte de veuve. Ce que je serais moi-même si jamais Vayl… *Fais gaffe où tu mets les pieds, Jaz… Jamais Vayl ne… enfin, tu partiras sans doute avant lui. C'est le scénario le plus plausible.* Je jetai un coup d'œil à son profil austère, à son long nez romain, à ses lèvres pulpeuses.

La dernière fois qu'elles étaient entrées en contact avec les miennes, c'était lors de notre précédente mission. Un baiser à faire tourner la tête, qui continuait de hanter mes rêves, et dont le souvenir délicieusement sucré me tourmentait. Une bonne part de moi-même se démenait comme un chien fou bavant au bout de sa chaîne. *Wouf, wouf! Miam miam, le grand beau mec!* Mais malgré ce baiser, nous avions laissé notre relation aller à vau-l'eau. Elle flottait tel un radeau pris dans les flots et qui ne pourrait accoster tant que Vayl n'aurait pas trouvé le moyen de vivre en paix avec le souvenir de ses fils morts depuis des siècles.

Il avait attendu longtemps que je puisse moi-même faire le tri des horreurs personnelles qui me hantaient. Ce qui n'était peut-être pas encore tout à fait le cas. Une femme ne peut aimer un homme tel que Matt Stae et le regarder mourir sans salement morfler. Même si j'étais parvenue à lui dire adieu, il m'arrivait encore de me réveiller certains matins la main pressée sur ma poitrine tant mon cœur me faisait mal et tant je me languissais de le revoir, ne serait-ce que cinq minutes. Parfois, cela devenait même mon vœu le plus cher, celui pour lequel j'aurais tout donné : juste pouvoir lui parler quelques instants, histoire de savoir que tout allait bien pour lui et que je lui manquais autant qu'il me manquait. La route qui nous avait conduits l'un vers l'autre n'avait donc pas été de tout repos, ni pour Vayl, ni pour moi. Et puisqu'il s'était montré patient avec moi, je pouvais lui rendre la pareille. Je lui devais bien cela. Et plus encore.

Je revins à la réalité, les yeux rivés sur mon assiette. Je n'étais pas dupe : ma petite introspection n'avait eu pour objectif que de me permettre de m'évader un brin. Comment supporter ce spectacle atroce, avec ces garous à demi humains grognant de rage et de douleur, sous les yeux de ces suceurs de sang surexcités se repaissant du carnage ? *Ça va aller, Jaz...*, tentai-je de me convaincre en inspirant à fond. *Fais quelque chose. Dis quelque chose. N'importe quoi, pour bloquer le bruit.*

J'en revins à ma conversation avec Meryl. Je n'en attendais rien de précis, mais ça valait toujours mieux que de rester silencieuse en écoutant le loup et l'ours s'entre-tuer.

— Eryx avait-il discuté avec Genti de la façon dont il comptait mener les négociations ?

Elle me prit de haut, s'efforçant de m'écrabouiller de sa supérieure beauté et de son élégance, comme elle le faisait sans doute déjà au lycée avec les boutonneux qui avaient l'outrecuidance de l'aborder.

— Il n'a jamais rien dit à personne, répondit-elle. Et il nous avait également caché qu'il avait invité le *Tolic* et son *avhar* à séjourner au sein de l'Alliance.

Bien qu'occupé à discuter avec la *Deyrar*, Vayl n'en tressaillit pas moins en entendant Meryl le traiter ainsi. Il sursauta même si fort que je me demandai un instant si Disa ne venait pas de le poignarder en plein cœur.

Je pivotai sur mon siège, remarquai que ma voisine avait noué ses deux mains autour de son gobelet et soutins son regard hautain. L'insulte était flagrante. Vayl avait déserté l'Alliance. À ma connaissance, il n'y avait jamais eu qu'un seul autre vampire à s'y être risqué. Mon boss m'avait expliqué que, pour la plupart de ses anciens compagnons – pour ne pas dire tous –, son départ constituait la pire des trahisons.

— À votre place, répliquai-je tranquillement, je ferais attention aux mots que j'emploie pour parler de lui.

Et pour lui prouver que je ne plaisantais pas, je glissai une main sous ma veste.

Les paumes tendues devant elle en un geste d'apaisement, elle s'adossa à son siège et maugréa :

— Je ne fais que répéter ce que j'entends dire de lui depuis que je suis arrivée ici il y a dix ans.

Sibley se pencha en avant et ajouta :

— Beaucoup, parmi nous, n'ont pas encore digéré le départ de Vayl. Il est à l'origine, avec Hamon, de la fondation de notre Alliance.

— Et aujourd'hui, intervint Disa, c'est moi qui suis là pour assurer sa refondation.

— Naturellement ! répondit vivement Sibley. Je ne voulais pas sous-entendre le contraire.

Le ton employé par Disa me restait en travers de la gorge, de même que son absolue mainmise sur ces vampires dont la puissance psychique me cernait. Pourquoi se montrait-elle si chatouilleuse et tenait-elle tant à faire reconnaître son statut de leader incontesté ? Cela me donnait encore plus envie de la titiller...

— Comment Eryx est-il mort ? m'enquis-je innocemment.

Je faillis sursauter lorsque le loup lâcha un cri d'agonie et qu'une giclée de sang vint s'écraser sur le sol devant moi.

— Dans un accident de voiture, répondit la *Deyrar* d'une voix soudain aussi dénuée d'inflexions que celle de Vayl.

Je vis clair dans son jeu, principalement parce que j'avais vu si souvent mon boss faire de même : elle réprimait ses émotions en les fourrant dans une petite boîte fermée à clé.

— Waouh…, commentai-je vaguement. Cela paraît si… normal. Comment ça se fait qu'il n'y ait pas survécu ?

Ce fut Meryl qui me répondit.

— D'après Genti, qui conduisait derrière lui, il a déboîté alors qu'un camion de livraison arrivait en face à toute vitesse. L'impact lui a arraché la tête.

Ouais… ça tient la route.

— Y avait-il quelqu'un dans la voiture avec lui ? demandai-je.

— Vous ne faites pas partie de l'Alliance ! aboya Disa. Ne vous avisez pas de vous mêler de nos affaires internes !

— Désolée…, m'excusai-je de bonne grâce. Vous savez comment nous sommes, nous autres flics ou assimilés : toujours à chercher la petite bête.

Mais derrière le masque affable de Lucille, ça carburait sec. Partout où Edward Samos se manifestait, les gens avaient tendance à mourir prématurément. D'où mon petit interrogatoire pour savoir si la disparition récente d'Eryx pouvait paraître louche. J'étais allée fouiner en gardant en tête la Règle Numéro Un en matière de tragédies : les gens adorent raconter les détails les plus sanglants – à moins qu'ils ne soient eux-mêmes mouillés dans une affaire criminelle.

Que devais-je en conclure ? Que Disa avait fait assassiner Eryx ? Possible. Elle était manifestement convaincue que ses qualités de leader laissaient à désirer, ce sur quoi quelques membres du *Vitem* pouvaient la rejoindre. C'était le timing qui clochait. Mais peut-être avait-elle craint qu'Eryx fasse foirer les négociations et s'était-elle résolue aux solutions extrêmes pour empêcher

Samos de faire main basse sur l'Alliance ? À moins qu'elle n'ait elle-même rien su de l'offre du Rapace…

Tout cela n'était que conjectures, mais je soupçonnai Vayl de les partager quand je l'entendis déclarer :

— Il manque quelques membres de l'Alliance que je m'attendais à retrouver ici ce soir.

Elle balaya du regard les quelques places libres que j'avais repérées précédemment et il ajouta :

— Où sont Aine, Fielding et Blas, ainsi que mes vieux amis Camelie et Panos ? Ont-ils été eux aussi victimes de l'accident de voiture qui a décapité Hamon ?

Le silence ne retomba pas complètement dans la pièce. Les garous continuèrent à se battre avec la même sauvagerie, plus que jamais décidés à s'entretuer et sur le point d'y parvenir, même en y mettant le temps. Mais tous les vampires, eux, se tournèrent vers leur *Deyrar* pour voir comment elle allait réagir à la question de Vayl.

— Depuis combien de temps es-tu absent ? lui demanda-t-elle.

— Presque une centaine d'années.

— Il peut se passer beaucoup de choses dans un tel laps de temps.

Elle semblait évoquer bien plus que l'absence des membres de l'Alliance qu'il avait mentionnés.

— Quoi, par exemple ? s'enquit-il.

— Des changements peuvent intervenir, répondit-elle d'un ton presque rêveur. Une évolution peut se produire. Des temps nouveaux survenir, où les Alliances seront bien plus que de simples conclaves obsolètes et fermés. Elles pourraient devenir…

Deux déflagrations la réduisirent au silence et me firent sauter de ma chaise. En me saisissant de Chagrin, je débloquai le cran de sûreté et passai la pièce au crible pour débusquer le tireur. Quand je le découvris debout dans un coin, son Beretta encore pointé en direction des deux garous abattus, je compris à quel point mon frère se tenait en équilibre précaire au bord du précipice.

Chapitre 5

Un lourd silence se fit, semblable à celui qui précède une émeute. La voix de Dave vint y mettre un terme, si retentissante que plusieurs vamps durent se boucher les oreilles.

— Ils sont libres ! hurla-t-il. (Son regard d'allumé se rivait sur tous ceux qu'il pouvait croiser.) Et dès que j'aurai découvert lequel d'entre vous a mis ces pauvres bougres dans cet état, je lui ferai suivre le même chemin, bande de sangsues !

Putain de Dieu ! Dave perd la boule !

Une part de moi-même aurait voulu l'attraper par le colback et le secouer jusqu'à lui faire cracher toutes ses dents, mais la part restante ne pouvait le blâmer. Comment oublier que mon frère avait récemment été victime d'un nécromancien appelé « le Magicien » ? Ce marchand de terreur l'avait tué avant de le ranimer de manière à ce que son âme demeure prisonnière en lui, esclave de ses moindres caprices. Nous lui étions venus en aide, mais il nous avait fallu pour cela le tuer pour de bon. C'était à ce moment-là que mon Guide spirituel était entré dans la danse.

Raoul recrute des gens comme Dave et moi pour combattre les monstruosités en tout genre, ceux que les humains de base ne peuvent pas détecter et contre qui ils n'ont pas la force de se défendre. Nous avons cette fêlure en nous qui nous permet de le faire parce que nous sommes morts – au moins – une fois déjà. Avoir été ramenés à la vie par Raoul suffit à développer en nous les capacités sensorielles qui nous mettent mentalement le pied à l'étrier. Malheureusement, l'enfer par lequel nous sommes passés ce faisant a également tendance à avoir sur notre santé mentale l'effet d'un séisme californien. J'aurais donc dû me douter que Dave s'identifierait à tout individu forcé de se battre contre sa volonté. Mais comment aurais-je pu deviner qu'il aurait recours au coup de grâce pour régler le problème ?

Avant que quiconque ait eu le temps de réagir, Vayl bondit sur ses pieds, envoyant valser sa chaise contre un mur.

— Personne ne bouge ! cria-t-il. Ce divertissement rend caduc notre contrat.

Ses pouvoirs se répandaient à travers la pièce, aussi impalpables qu'une brume glacée. La nuance de commandement hypnotique dans le ton de sa voix ne m'avait pas échappé. Je fus néanmoins surprise de voir les vamps se le tenir pour dit.

Je me tenais debout près de lui. Ma présence à ses côtés et le fait que je brandissais Chagrin devait suffire à faire soigneusement réfléchir nos hôtes avant qu'ils tentent quoi que ce soit.

Les lèvres de Disa s'étaient retroussées en un rictus si prononcé qu'il lui laisserait probablement des rides à vie. Le *Vitem* paraissait également ne pas goûter la plaisanterie.

— Assez ! éructa Genti en grimpant d'un bond sur la table.

Il pointa un index à l'ongle démesuré en direction de Dave et ajouta :

— Ce salaud a gâché notre *Sonrhain* ! Tuons-le !

Niall et Admes se levèrent et lancèrent dans un bel ensemble :

— Genti, non !

Leur numéro était tellement au point que, si j'avais eu la tête à ça, je leur aurais suggéré de se présenter à une audition.

Genti avait fait tomber sa coiffe en fourrure sur le sol dans sa hâte de tuer mon frère. Retroussant les lèvres, il exhiba ses crocs mais obtempéra.

— Qu'entends-tu exactement par là, Vayl ? s'enquit Niall.

— Précisément ce que je viens de dire. Lucille et moi sommes des agents du gouvernement des États-Unis. Nous n'aurions pas décidé de travailler avec Hamon s'il n'avait pas accepté de suspendre toute activité illégale pendant notre séjour au sein de l'Alliance.

— Tu choisis bien ton moment pour révéler ce détail ! railla Disa.

Vayl lui adressa un regard qui aurait suffi à congeler une coulée de lave.

— Je t'ai *effectivement* suggéré de passer en revue les détails du contrat, objecta-t-il. C'est toi qui m'as demandé d'attendre la fin du *Sonrhain*. En tant qu'invité, je pouvais difficilement m'y opposer.

Cela d'autant plus que, dominés comme nous l'étions en nombre, il aurait difficilement pu s'insurger contre cette boucherie. Jusqu'à ce que Dave le fasse pour lui et ne lui laisse plus le choix.

Un long gémissement douloureux s'éleva au centre de la pièce, captant l'attention collective.

— Ils ne sont pas morts…, murmurai-je.

— L'arme de David n'était pas chargée avec des balles en argent ? demanda Vayl.

— Il ne s'attendait pas à tomber sur des garous au cours de cette mission, répondis-je.

Nous ne quittions plus des yeux les deux bêtes allongées, qui avaient repris leur forme animale. J'avais entendu dire que leurs plaies cicatrisaient mieux ainsi. Libres de toute entrave et blessés comme ils l'étaient, je ne tenais pas spécialement à demeurer plus longtemps en leur compagnie.

— Pensez-vous qu'ils soient encore sous l'effet de l'envoûtement ? demandai-je à mon boss.

— J'en doute. La fin du combat a dû y mettre un terme.

— Ce qui signifie ?

— Difficile à dire. Ils luttent déjà pour se remettre debout, et dès qu'ils tiendront sur leurs pattes, ils passeront sans doute à l'attaque. Ils pourraient le faire l'un contre l'autre, comme précédemment… ou ils pourraient se choisir des adversaires moins coriaces.

— Mais… les barreaux ?

Je levai les yeux au plafond, comme pour m'assurer que les attaches qui les y retenaient tiendraient bon.

— Ils sont là pour les empêcher de tomber dans le public plus que pour les emprisonner, répondit Vayl. Ce qui les retenait captifs, c'était davantage le pouvoir qui les empêchait de se métamorphoser tout à fait et qui les forçait à se battre.

Nom de Dieu !

— Dave ! criai-je à mon frère. Sors d'ici tout de suite !

Perdu en plein cauchemar, il me regarda sans me voir.

Le loup fut le premier à se mettre debout. Chancelant, il parcourut la pièce du regard. Cherchait-il l'arme qui l'avait abattu, ou le vampire dont les pouvoirs l'avaient maintenu dans un état de sujétion ?

— Sortez ces garous d'ici ! cria Disa.

— Ne serait-il pas préférable d'évacuer la salle et de les y enfermer jusqu'à ce qu'ils retrouvent leur forme originelle ? suggéra Vayl.

Je l'approuvai d'un vigoureux hochement de tête avant même qu'il ait terminé sa phrase. Un bon plan.

Mais Disa ne l'entendait pas de cette oreille.

— C'est *moi* la *Deyrar* ! hurla-t-elle en pointant le menton.

Ses yeux virèrent au noir avec la rage qui s'emparait d'elle.

J'ouvris la bouche pour lui signifier qu'elle était également une idiote, mais Vayl me fit taire en posant la main sur mon avant-bras. *Pas le temps.* Il me désignait le ring du regard. L'ours s'était redressé lui aussi. Et il fondait sur mon frère.

— Dave ! criai-je de plus belle. (Bien qu'ayant les yeux rivés sur les miens, il ne me répondit pas.) Tu vas te faire bouffer par un ours, espèce de crétin !

Cela finit par attirer son attention. Il se retourna pour faire face à la menace. Je franchis d'un bond la table qui se trouvait devant moi. Me frayer un chemin parmi les chaises abandonnées et les membres de l'Alliance plus ou moins coopératifs aurait suffi à me faire arriver trop tard. Je fonçai droit sur mon frère alors que l'ours le chargeait à la vitesse de la lumière.

L'ancien Dave aurait vidé sans hésiter son chargeur sur la bête furieuse. Mais après l'avoir libérée des liens qui la maintenaient en esclavage, l'abattre de nouveau – même temporairement – semblait au-dessus de ses forces.

Moi, je n'avais pas ce problème de conscience.

Je fis feu sur le garou au moins cinq fois avant que celui-ci atteigne sa cible. Pourtant, cela ne suffit pas. Emporté par son élan, il arracha la grille du plafond comme s'il ne s'était agi que d'un rideau de douche. Sous une pluie de plâtre et de débris de tuiles, il fonça sur Dave, qui faillit perdre la tête dans le brusque surgissement d'un bras massif et velu garni de griffes meurtrières.

D'une manière ou d'une autre – sans doute aidé en cela par sa Sensitivité –, mon frère parvint à reculer assez vite pour ne prendre qu'un coup dans l'assaut du garou. Mais sans ce réflexe ultime, ce coup aurait suffi à lui fracasser le crâne. Une griffe de l'ours trancha sur son front un morceau de chair d'où jaillit aussitôt un flot de sang qui l'aveugla.

C'est comme pour les vamps..., tentai-je de me rassurer en attrapant Dave par le bras. *Il ne risque de devenir un ours-garou que si l'autre manque d'abord de le tuer.*

Aussi vite que possible, j'éloignai mon frère du monstre dont les plaies commençaient à cicatriser et tentai de l'entraîner vers la porte. En chemin, Genti et sa bande nous empêchèrent de passer. Ils avaient décidé que le meilleur moyen de capturer les garous, c'était encore de les entortiller dans les nappes du festin. Rastus, Koren et Meryl s'activaient à stocker sur des chaises la vaisselle délicate et sans doute hors de prix pendant que leur chef les exhortait à faire plus vite, sans lever le petit doigt pour les aider.

Mais de qui se moque-t-on ?

Aussitôt, je flanquai Dave contre un mur.

— Ne bouge pas de là ! criai-je tandis qu'il s'efforçait d'essuyer le sang qui l'aveuglait.

J'attrapai ensuite à pleines mains l'extrémité de la nappe la plus proche et tirai un grand coup.

Vous avez sans doute déjà vu ce truc à la télé : on tire d'un coup sec et la toile glisse, laissant la vaisselle et l'argenterie intactes et parfaitement en place. Dommage que je n'en sois pas capable…

Porcelaine de Chine, verre soufflé, couverts en argent, bols, soupières et assiettes encore pleines de nourriture allèrent s'écraser avec un grand fracas sur le sol. Genti, Rastus, Koren et Meryl me lançaient des regards outrés d'antiquaires dont on aurait vandalisé la boutique sous leurs yeux.

— Voilà !

Je leur lançai la nappe et conclus :

— Maintenant, *bougez-vous le cul* !

— Comment osez-vous ? s'étrangla Genti.

— Genti Luan ! intervint sèchement Disa.

Elle n'avait pas bougé de l'endroit où elle se trouvait. Si elle n'aimait pas, de toute évidence, se salir les mains, elle adorait en tout cas mettre son nez partout.

— Oui, *Deyrar* ? répondit l'intéressé.

— Immobilisez immédiatement cet ours !

Pendant que les Marx Brothers s'activaient, j'entraînai Dave pour l'éloigner du danger. Sa chemise, trempée de sang, collait à son torse. Il en avait vraiment partout sur lui.

— Ça va aller ? m'enquis-je en le poussant en direction de Vayl.

— Naturellement !

J'aurais dû m'en douter. Si la créature lui avait bouffé un bras, il se serait contenté de poser un garrot pour faire cesser l'hémorragie en prétendant qu'il s'agissait d'une égratignure. Mon frère tout craché : le Chevalier noir en personne.

Des cris venus de l'autre bout de la pièce attirèrent mon attention. Niall, Admes et leur gardien cernaient le loup. C'était du moins ce qu'il me semblait. L'humain tenait une arme de poing de petit calibre dont je ne pouvais distinguer le modèle de là où je me trouvais. Admes, lui, brandissait une épée que je reconnus aussitôt, même s'il m'était difficile d'y croire. Mais la lame de deux pieds de long à la poignée d'ivoire ne laissait pas de place au doute. J'en avais admiré une identique au musée d'histoire naturelle américain lors de mon dernier passage à New York. *Un glaive romain... Admes se bat avec une arme deux fois plus vieille que Cassandra !*

La nouvelle chérie de Dave – dont les aptitudes psychiques nous avaient déjà sauvé la mise avant que ces deux-là se rencontrent – avait laissé entendre qu'elle parcourait le monde depuis un millier d'années. Si Admes était aussi âgé que son arme, nous devions tous ressembler à ses yeux à d'irritants petits marmots...

Malgré son âge, ce grand costaud de vamp n'avait rien perdu de son habileté au combat. Quant au loup, il semblait savoir reconnaître un adversaire de valeur quand il en voyait un – quand il en voyait deux, en fait, car Niall usait de pouvoirs si puissants qu'ils faisaient se dresser les cheveux sur ma nuque. Le garou devait les avoir perçus également. Aussi, après avoir hésité un instant, il fit son choix et fondit plutôt sur l'humain esseulé.

Je dus lui reconnaître ce mérite : l'homme en qui Niall avait toute confiance pour veiller sur son sommeil ne céda pas à la panique. Il résista à l'assaut sans reculer, espérant avoir tout le temps de vider son chargeur sur son assaillant. Il avait cependant commis l'erreur fatale de sous-estimer à quel point l'animal avait récupéré et la vitesse à laquelle il pouvait se déplacer. Il le percuta de plein fouet et ils allèrent valser contre un mur sur lequel le crâne du gardien se fracassa avec un bruit écœurant. Avant que Niall et Admes aient eu le temps de saisir le garou pour le tirer en arrière, celui-ci déchira à belles dents la gorge de l'homme, faisant jaillir une fontaine de sang artériel dont les jets allèrent en diminuant avec les derniers battements de son cœur.

L'espace d'une seconde, il me fut impossible de voir autre chose que ce flot d'hémoglobine répandu. Du sang partout : sur le sol, les murs, le visage de mon frère, sa chemise. Et soudain, une face émergea de cet épais et sombre liquide, un visage dont les crocs saillants dégouttaient si abondamment de sang qu'on aurait pu les croire dotés de leurs propres réserves.

La bouche se tordit en une grimace d'agonie. Les yeux se fermèrent brusquement. De grosses larmes dévalèrent les joues grêlées de l'homme qui donnait l'impression de n'avoir survécu à de longues tortures que pour se noyer dans le flot du fluide vital d'un autre.

— Ma très chère enfant…, lâcha-t-il dans un souffle. Je savais que tu viendrais.

Cela faisait des semaines que je n'avais pas fait de cauchemar. À présent, je savais pourquoi. Mes démons personnels s'étaient tenus en embuscade, rassemblant leurs macabres forces pour une grosse frayeur susceptible de me replonger illico dans les horreurs de mon passé. Toutes celles auxquelles j'avais survécu sans parvenir à les digérer tout à fait : les morts de Matt, de la femme de Dave, Jessie, et de notre équipe de Helsingers. Ce visage ne ressemblait à aucun des leurs. Le pire, c'était que j'aurais préféré que ce soit le cas…

Ma main plongea dans ma poche gauche et serra l'alliance que Matt m'avait offerte deux semaines avant nos derniers instants passés ensemble. Je l'y gardais tout le temps, comme une sorte de talisman, pour me protéger de ce type d'événements. Je fermai les yeux. Très fort. Quand je les rouvris, le visage cauchemardesque avait disparu. Mais ce faisant, j'avais activé les lentilles spéciales que je portais en permanence : celles que Bergman avait trafiquées pour que je puisse voir même dans le noir. Le temps de les désactiver, je vis tout en vert, avec ces soulignements de jaune et de marron que ma Sensitivité avait ajoutés au phénomène quand Vayl avait dû boire mon sang parce que sa réserve avait été corrompue.

Je n'avais pas besoin d'y voir mieux, bordel ! En fait, j'aurais apprécié de pouvoir bénéficier d'une sorte de Lasik[1] à rebours. Ouais… *Moins de stimuli visuels ne serait pas de refus*, songeai-je. *Parfois, j'ai l'impression que mes yeux sont comme ceux de Jackson Browne dans* Doctor My Eyes[2] *: je les ai laissés trop longtemps ouverts.*

1. Lasik : « LAser in-Situ Keratomilensis », opération chirurgicale consistant à corriger certains troubles visuels en remodelant la cornée au laser. (*NdT*)
2. *Doctor My Eyes* (1972), chanson écrite et enregistrée par Jackson Browne sur son premier album. « Doctor, my eyes/Tell me what is wrong/Was I unwise to leave them open for so long ? » (*NdT*)

Chapitre 6

Debout devant la fenêtre aux volets clos et au store baissé de la suite dans laquelle nous avait conduits Tarasios, le sbire de Disa, je regardais Vayl recoudre le front de Dave, mais c'était aux garous que je pensais.

Au moins, je n'avais pas halluciné à leur sujet. L'épisode ne m'en rendait pas plus heureuse pour autant, mais il avait le mérite d'être vrai. Après avoir été capturés, les deux garous avaient été bouclés en lieu sûr, où ils pourraient récupérer et guérir de leurs plaies avant de reprendre leur existence habituelle. C'était du moins ce que Tarasios m'avait expliqué. Plus je faisais connaissance avec lui, plus mon estimation de son Q.I. baissait. Tandis qu'il nous entraînait loin de la salle de banquet noyée de sang et du corps mutilé du gardien de Niall, je l'avais cuisiné longuement.

— Où seront-ils enfermés ? lui avais-je demandé.

Par-dessus mon épaule, j'avais regardé Niall et Admes embarquer le loup muselé après avoir passé une tringle à rideau entre ses pattes entravées.

— Le loup sera enfermé au garage, m'avait répondu Tarasios. J'ai moi-même sorti toutes les voitures pour éviter qu'elles soient rayées. L'ours ira au hangar à charrettes. Je ne sais pas pourquoi on continue de l'appeler comme ça, vu que nous n'avons aucune charrette… Mais c'est comme ça qu'on l'appelle, alors c'est là qu'il ira.

J'avais longuement contemplé son visage parfait, perché au sommet d'un corps plus parfait encore, en songeant que Dieu était décidément un sacré farceur.

— Le hangar à charrettes ? m'étais-je étonnée. Serait-ce cette grande construction ancienne, à l'entrée de la propriété ?

Il avait acquiescé d'un hochement de tête, avant d'ajouter en gloussant comme un gamin ravi de son propre humour pathétique :

— Je suppose qu'il faudra maintenant l'appeler le hangar à garou !

Pour nous conduire à nos quartiers temporaires, Tarasios nous avait fait passer par l'entrée principale. J'aurais été impressionnée par la puissance magique que dégageait ce lieu même si l'œil de l'esprit n'avait pas roulé en moi dans son orbite imaginaire. Nous avions brièvement fait halte devant la rambarde de la galerie du premier pour examiner le hall en contrebas et sa massive double porte voûtée. Ses poignées imitaient des squelettes grandeur nature émergeant de la surface plane comme d'une autre dimension. Ainsi ouvrait-on la porte à ces macabres trophées en même temps qu'au visiteur invité à entrer.

Juste derrière le seuil, c'était l'effigie grossièrement sculptée d'une divinité qui accueillait celui-ci. Bien que dépourvue de visage, la statue ne pouvait que représenter une créature surnaturelle. Aucun être humain n'aurait pu tenir debout précédé d'un si impressionnant braquemart, et le fait que ce dieu ithyphallique avait été doté des seins de Pamela Anderson ajoutait encore à sa divinité.

Un lustre de la taille d'un écran de télé géant pendait au plafond, savamment travaillé de manière à représenter un visage. J'y jetai un coup d'œil méfiant, parcourue par un frisson d'appréhension, mais non, cette face n'était pas celle de ma vision, bien qu'ayant les traits distinctifs du vampire. De ses crocs s'écoulait un flot de cristaux couleur rubis, et une masse de petits bulbes blancs représentaient ses cheveux.

Le carrelage de l'entrée, couleur bordeaux, s'égayait en outre d'un tapis qui m'avait tout l'air d'être tissé de cheveux humains. Quant au pied du parasol disposé de manière étrange près de l'escalier, il avait dû servir autrefois de jambe de bois à un unijambiste. Mais tels n'étaient pas les éléments de décoration les plus intéressants dans la pièce. Cet honneur revenait sans conteste à la collection de masques.

Ceux-ci étaient accrochés au mur qui longeait l'escalier menant à la galerie où nous avions fait halte. En métal, en ivoire, en verre ou en bois, ils semblaient avoir été façonnés avec une grande variété d'outils, du canif de poche au rayon laser. Alignés en fonction de leur taille – il aurait fallu être un homoncule pour passer le plus petit, et un géant pour arborer le plus grand –, ils étaient la source de la puissance magique qui donnait à mes dents l'envie de se rétracter dans mes gencives.

— Belle collection…, commentai-je en les désignant d'un geste.

Bien vite, je plongeai la main dans ma poche pour empêcher Tarasios de la voir trembler. Que diable l'Alliance pouvait-elle faire de ce sinistre bric-à-brac ?

— Ils sont censés fonctionner à la manière des rayons d'une roue, répondit-il avec enthousiasme. Disa dit que quelque part il y a…

Il s'interrompit en posant la main sur sa bouche, comme un gamin surpris en train de révéler la cachette des cadeaux de Noël.

— Il y a quoi ? insistai-je.

— Rien du tout ! Suivez-moi…

Sur ce, Tarasios décampa, nous laissant Vayl et moi échanger un regard intrigué par-dessus la tête bringuebalante de Dave.

Plus nous nous enfoncions dans les entrailles de la villa, plus la déco foutait les jetons. La moquette noire et le papier floqué rouge et or me laissaient de marbre. Ce qui me secoua, ce fut la petite décharge de pouvoir que je décelai en passant devant une vitrine où se trouvaient exposés différents crânes dont les dents avaient été soigneusement alignées devant eux. Ou cette étagère garnie d'anciens bols en terre cuite, maculés à l'intérieur de traces dont je sentis qu'elles ne devaient rien à une quelconque teinture. Mais ce qui me fit sursauter, ce fut un cadre qui paraissait vide tant que l'on ne passait pas devant pour se retrouver épié par une paire d'yeux holographiques.

Dave les vit également. La soudaineté de leur apparition le fit trébucher. Je me retins de glisser un bras sous le sien pour le soutenir. Son habituel teint hâlé avait fait place à une couleur assez semblable à celle du céleri. Si je lui avais offert mon aide, il aurait bien été capable de ne plus jamais me parler. Qui plus est, Vayl, qui l'encadrait avec moi, fut suffisamment rapide pour l'empêcher de tomber. Je me décidai donc à relancer Tarasios en lui tapant sur l'épaule.

— Nous y sommes presque ! assura-t-il en hâtant le pas.

D'accord. Il ne veut parler ni des masques ni de quoi que ce soit d'autre susceptible d'être repéré par mon radar à ondes paranormales. Essayons autre chose…

— Vous n'avez pas peur que les flics finissent par vous faire des ennuis à cause des garous ? lui demandai-je. Je sais qu'ils ne sont pas plus protégés que les vamps, mais vous auriez du mal à justifier la présence de l'un d'eux dans votre garage. Si vous ne pouvez prétendre qu'il a boulotté la moitié de votre famille et que vous attendez le passage du bourreau local, cela pourrait vous mettre dans la merde au regard de la loi.

— Eh bien, puisque Hamon…

Je vis Tarasios rougir de manière charmante et jeter un coup d'œil par-dessus son épaule, comme s'il s'attendait à voir sa maîtresse bondir de derrière la statue que nous venions de dépasser. Il s'agissait d'une représentation assez horrible de la déesse Athéna émergeant de la tête de Zeus. Je devais reconnaître que voir Disa en surgir et hurler « Je suis la *Deyrar* ! » aurait achevé de la rendre plus flippante encore.

— N'aie crainte, lui dis-je gentiment. Nous ne lui dirons pas que tu nous as parlé de Hamon. N'est-ce pas, Vayl ?

— Et comment ! marmonna-t-il. Si le feu prenait à ses cheveux, je doute même que nous le lui dirions.

Voyant Tarasios lui lancer un regard outré, j'agitai la main devant ses yeux pour capter de nouveau son attention.

— Faut pas faire attention à lui, assurai-je. Il aime bien rigoler.

Le bellâtre haussa les épaules et pencha la tête sur le côté, un peu embarrassé.

— Je voulais juste dire que les appartements de Hamon ne sont plus occupés. Mais nous avons été empêchés... enfin je veux dire que nous n'avons pas pu débarrasser du tout. Pas question, donc, d'y enfermer un garou.

Radieux, il s'adressa à Vayl et ajouta:

— Vous avez entendu? Ça rime! « Du tout » et « garou »...

— T'es un poète, mon pote! railla Dave. Et tu ne le savais pas. Mais tu pourrais peut-être nous dire enfin où on va crécher?

Pendant que Tarasios nous menait jusqu'à notre porte, nous échangeâmes Vayl et moi quelques regards intrigués. Qu'est-ce qui pouvait empêcher une bande de vampires déterminés de vider les tiroirs de leur leader défunt? *Vu le décès tragique du prédécesseur de Disa, il flotterait comme un parfum de sortilège protecteur que cela ne serait pas pour m'étonner: le genre de charme à n'agir qu'en cas de mort inattendue de son auteur.*

Je mourais d'envie de visiter le pied-à-terre de Hamon Eryx. Mais d'abord, je devais prendre possession du nôtre.

La suite comportait deux pièces. La première, peinte en vert forêt, paraissait incapable de décider quel usage elle pouvait avoir. Une table donnant l'impression d'avoir échappé à l'incendie d'une bibliothèque avait été installée contre le mur situé à gauche de la porte d'entrée. Deux sièges à haut dossier avaient été repoussés si profondément dessous qu'ils penchaient légèrement et ne reposaient que sur leurs pieds de derrière. Des étagères de bois sombre – du noyer, peut-être – couraient le long du mur du fond. Un tas de babioles s'y trouvaient exposées : fragments de poteries qu'on aurait cru tout droit sortis d'un chantier de fouilles archéologiques, figurines de femmes dénudées et de petits hommes ronds au sexe énorme. Mais il n'y avait que peu de livres et tous étaient rédigés en langue vampire.

Au milieu de la pièce se trouvait une fontaine ornée d'une statue de femme nue tenant une urne sur sa tête. Six fauteuils en osier garnis de coussins fleuris semblaient blottis autour d'elle. Difficile de savoir, au vu de l'ameublement, si l'occupant des lieux était censé bûcher ses examens ou recevoir pour le thé. Il ne paraissait de toute façon pas très sain de faire l'un ou l'autre dans cette pièce. Il émanait des murs une vague odeur de moisissure et c'était une eau brunâtre qui coulait le long des flancs de pierre de la belle dame nue. Quant aux traces suspectes sur le plancher, au seuil de la pièce voisine, il me semblait évident qu'avec les moyens d'investigation nécessaires j'aurais pu prouver qu'il s'agissait de taches de sang.

La porte ouverte invitait à l'exploration, mais tandis que Vayl recousait le front de Dave, je préférai rester près de mon frère pour lui soutenir le moral. Il avait tout l'air du gars qui vient de se faire rectifier le portrait à coups de barre de fer par une mauvaise rencontre au détour d'une rue. Je restai donc debout près de la fenêtre occultée, à côté du siège en osier où il palpitait des narines chaque fois que l'aiguille piquait un peu trop profond. Mon *sverhamin* opérait pourtant avec une surprenante délicatesse pour quelqu'un qui avait subi – et fait subir – tant d'actes violents. À quoi m'étais-je donc attendue ? À quelque scène gore digne d'un vieux western ? « *Tiens : mords ce bâton pendant que je te fais le plus mal possible avec mon instrument de torture passé de mode et émoussé – hum ! je veux dire : pendant que je suture ta plaie.* » Tout au contraire, il semblait bien que Vayl avait une expérience sûre et un doigté certain pour recoudre les blessures.

À bien y réfléchir, rafistoler les éclopés de la famille Parks semblait être devenu une habitude pour lui. Je revins en esprit à cette première nuit suivant notre retour, après notre mission en Iran, où je l'avais rejoint sur le pas de sa porte.

Devant la maison victorienne en briques ceinte par un porche et flanquée d'une tour du haut de laquelle Rapunzel aurait pu laisser choir sa tresse, je m'étais efforcée de réconcilier l'image mentale que je me faisais de Vayl avec ce que je découvrais de lui. Jamais je n'aurais imaginé qu'il puisse être très attaché à son cadre de vie. Je m'étais attendue à le retrouver dans un lieu assez semblable à celui dans lequel je vivais : petit, quelconque, d'une froideur d'hôpital. Mais contrairement à ce que je m'étais imaginé, mon boss entretenait des plates-bandes de fleurs et avait planté au bas de son perron une colonne à boule bleue[1]*. Cela ne fut pas de nature à me tranquilliser, car j'étais déjà bien secouée. Pas tout à fait paniquée, mais presque, ce qui explique sans doute pourquoi je ne pus m'arrêter quand j'eus commencé à tambouriner du poing contre sa robuste porte en chêne.*

— Jasmine ?

Il avait ouvert si vite que je lui martelai un instant la poitrine avant de pouvoir m'arrêter. Il emprisonna mes mains dans les siennes et s'inquiéta :

— Qu'est-ce qui ne va pas ?

— Je… (Les dents serrées, je fis de mon mieux pour rassembler mes idées afin d'énoncer clairement ce que j'avais à lui dire.) On dirait que je n'arr… n'arrête pas de trembler.

Je sentis qu'il me soulevait dans ses bras et j'entendis la porte se refermer derrière nous. Je me blottis contre lui, dans sa chaleur fiévreuse, et j'en conclus qu'il venait d'avaler une des poches de sang conservées dans son frigo. Je n'avais pas froid, et pourtant mes dents cliquetaient comme des doigts sur un clavier. J'enfouis mon visage dans sa chemise de soie blanche et inhalai profondément son odeur. Je n'en continuai pas moins de frissonner autant que si j'avais passé les dix heures précédentes dans un camion frigorifique.

Vayl s'assit lentement, en m'installant telle une enfant dans son giron. J'eus un vague aperçu d'une pièce lambrissée de panneaux carrés taillés dans un bois d'un brun profond, éclairée par deux grandes lampes en ivoire à abat-jour et meublée d'une table basse couverte de piles de livres.

---

1. Accessoire de décoration semblable à une grosse boule de Noël colorée juchée au bout d'un piquet, en vogue dans certains jardins d'Amérique du Nord. (*NdT*)

—Racontez-moi tout, dit-il.

—Je ne sais pas comment…

—Quand cela a-t-il commencé ?

—Quand je défaisais mes bagages. Je mettais en pile du linge à laver. Tout allait bien. Puis j'ai ouvert la mallette dans laquelle je transporte mes armes et j'ai sorti les couteaux pour les nettoyer. Le sang de Dave était encore dessus. J'avais dû lui entailler la gorge pour en retirer l'ohm du Magicien. Celui qui lui permettait de le contrôler quand il était encore un zombie. (Vayl savait tout ça. Je divaguais mais je ne pouvais m'en empêcher.) Vous vous rappelez ? insistai-je. Il contenait un fragment d'os d'un de ses doigts et…

—Naturellement, m'interrompit-il.

— C'est… c'est alors… que je me suis mise à… à trembler.

Et ça ne s'arrangeait pas. En parler suffisait à provoquer de tels spasmes que Vayl dut refermer ses bras autour de moi et me serrer fort contre lui pour m'empêcher de tomber au bas du long divan en cuir que nous partagions.

Au bout d'une ou deux minutes, je parvins à me calmer suffisamment pour demander :

—Bordel ! Mais qu'est-ce qui m'arrive ?

Vayl, qui avait passé un bras autour de ma taille, glissa sa main libre dans mes cheveux. Tout en passant lentement ses doigts dans mes boucles de manière répétée, il se pencha vers moi jusqu'à ce que nos fronts se touchent. Chacun de ses gestes ne visait qu'à me détendre et, peu à peu, je commençai à me relaxer.

—Jasmine…, dit-il à mi-voix. Corrigez-moi si je me trompe, mais au cours de ces trois derniers mois, vous avez été tuée par un Kyron et ramenée à la vie par Raoul.

Vous avez également passé plusieurs semaines à l'hôpital, vous êtes devenue tante et vous avez enduré des cauchemars suicidaires. Sans oublier que vous avez dû digérer la perte de votre fiancé, sauver le monde au moins deux fois et libérer votre frère d'une existence de damné uniquement pour devoir accepter de le voir mourir. Ensuite, il vous a fallu libérer votre nièce des griffes de dévoreurs d'âmes extraterrestres, soupirer de soulagement lorsque David est revenu à la vie pour reprendre son existence normale, et vous refaire un sang d'encre en découvrant que votre père était la cible d'un meurtrier.

Hocher la tête ne semblait pas faire partie de mes capacités à ce moment-là, aussi me contentai-je de cligner des yeux.

— Ça doit être à peu près tout, dis-je laborieusement.

Pour ne pas me mordre accidentellement la langue, je préférai en rester là.

— Chérie…, reprit Vayl. Votre corps est en train de vous signifier qu'il est temps de le laisser un peu en paix, sous peine de vous retrouver à l'asile.

J'étais écartelée. Devais-je être aux anges que mon boss m'ait appelée « chérie », ou terrifiée qu'il ait pu imaginer me fourrer dans une maison de dingues ?

Mes pieds, qui pendaient sur le côté du divan, commencèrent à s'agiter pour toucher terre, ce qui ne devait pas être joli à voir.

— Je vais bien, assurai-je en luttant pour me remettre debout. Ça va aller. Je n'aurais pas dû venir. Je n'aurais pas dû vous déranger.

— Jasmine. Regardez-moi.

Pour une fois, ma Sensitivité me fit défaut. Ce ton hypnotique qu'avait pris sa voix ne se laissait pas ignorer.

D'eux-mêmes, mes yeux se rivèrent sur les siens, brillants et de couleur ambre. Il se pencha et m'embrassa – si tendrement... – sur chaque joue.

— Ça va aller, assura-t-il à son tour. Vous avez simplement besoin de temps et de repos. Allez dormir. C'est comme cela que vous commencerez à guérir.

Comme d'habitude, il avait vu juste. Je regrettais simplement que Dave n'ait pu rentrer avec nous, afin de pouvoir bénéficier de sa sagesse lui aussi. Peut-être, alors, ne se serait-il pas retrouvé réduit en miettes, mentalement comme physiquement.

Mon portable se mit à vibrer contre mon fessier, me ramenant à une réalité plus immédiate et me signalant l'arrivée d'un nouveau texto. *Super! Comme si je n'avais pas assez de gars à propos de qui me faire du mouron, il faut encore qu'un autre en rajoute...*

Je sortis l'appareil de ma poche et consultai l'écran. Gagné : il s'agissait bien de Cole. Lâché dans le vaste monde pour sa première mission en solo, il se faisait un devoir de me pourrir l'existence. Chaque fois qu'une vibration insistante signalait contre ma fesse droite l'arrivée d'un de ses messages tendres et drôles, je me faisais un sang d'encre à l'idée de lui briser le cœur quand je devrais lui annoncer : « Non, Cole. Désolée, mais je ne me vois vraiment pas mariée avec toi. »

Ce n'était pas mon seul sujet d'inquiétude. Je l'avais aidé à s'entraîner et je n'appréciais pas de sentir l'aiguillon de la peur se planter dans mon échine quand je pensais à tout ce qui pouvait lui arriver à présent qu'il se débrouillait seul. C'était principalement à cause de cela que je tolérais ses textos ridicules au lieu de le remettre à sa place. Au moins, de cette manière, je pouvais être sûre qu'il était toujours vaillant.

Je lus rapidement le message, heureuse que Cole m'épargne la corvée de devoir décoder, en écrivant en toutes lettres.

> Me fais chier comme un gay au *Crazy Horse*. Me pèle aussi. Ma cible est en retard. Très mal élevé de sa part, non ? Rêve de toi en après-ski et toque de fourrure – rien d'autre ! Dis à Vayl qu'il est nul. Lov, C.

Oh-oh ! Cole, assis tranquillement, en train d'attendre que sa cible se montre. À se demander qui fera cracher le silencieux le premier... Je lui répondis immédiatement de faire gaffe à lui et remis le portable en place en renvoyant à plus tard un examen plus minutieux. Parvenir à déterminer dans quel coin de la planète Cole avait été envoyé m'aiderait peut-être à lui donner des conseils plus spécifiques sur le meilleur moyen de rester en vie.

— Désolé, Jaz..., s'excusa soudain Dave.

— Pourquoi ?

— Je sais qu'à l'instant même tu es folle de rage contre moi.

— Vraiment ? Qu'est-ce qui te fait dire ça ?

— Tu regardes ma chemise. Ce qui veut dire que tu évites mes yeux. Et que tu fais tout ton possible pour ne pas me taper dessus.

Ha, ha, ha ! Mais non, penses-tu... J'étais juste en train de prier pour que cette bizarre gueule d'hémoglobine ne me saute plus à la figure avant que nous ayons brûlé la serpillière qui te sert de chemise. Ensuite, maintenant que tu en parles, je pourrais peut-être bien te remettre les idées en place en t'administrant la dérouillée de ta vie.

Sans me laisser le temps de répondre à mon frère, Vayl s'immisça dans la conversation.

— Le tact n'est pas la vertu cardinale de votre famille... Exact ?

Nous échangeâmes un sourire désabusé, Dave et moi, avant de répondre de concert :

— Exact.

Puisqu'il semblait avoir eu le dernier mot, Vayl se concentra sur les points de suture qu'il lui restait à faire et je m'aventurai quant à moi dans la chambre voisine. À gauche de la porte se trouvait un lit à baldaquin dont la tête était un panneau en bois savamment sculpté. Il pendait suffisamment de voiles et de dentelles à ses traverses pour habiller trois mariées, si bien que le coffre à couvercle arrondi installé au pied semblait avoir survécu à un naufrage. À côté se trouvait une table dont le plateau s'effritait comme de l'écorce de noyer. Une lampe était posée dessus, de même qu'un saladier en bois suffisamment grand pour confectionner un gâteau d'anniversaire. De l'autre côté de la table se trouvait un fauteuil en piteux état mais qui avait dû à l'origine accueillir des postérieurs princiers, à en juger d'après le velours bleu et vert fané qui le tapissait.

Deux armoires blanches qui auraient bien eu besoin d'un coup de peinture couvraient le mur contigu au lit. J'étais prête à parier que leur utilité principale consistait à dissimuler une fenêtre. La salle de bains s'ouvrait sur la droite, petit cabinet marqué de traces d'eau et de moisissures dans lequel je ne me serais risquée à prendre une douche qu'après avoir tout récuré à la Javel. Comme dans les deux autres pièces, le plancher à larges lames d'origine avait été laissé apparent.

J'allais me décider à revendiquer le lit et à laisser les garçons dormir par terre quand je jetai un coup d'œil plus attentif à la toile pendue au mur d'en face. Impossible à celui ou celle qui dormirait là d'y échapper avant de fermer les yeux, à supposer que le sommeil puisse survenir quand on avait été exposé à d'aussi terribles images. Le tableau représentait le festin de rêve de tout vampire, sans la moindre trace de véritable nourriture, mais avec une abondance de victimes hurlant de douleur. Leur sang s'écoulait comme un bitume rouge, avec en arrière-plan une ville en flammes : Chicago, peut-être, à l'époque où tout y était encore inflammable, trottoirs compris.

Cela me fit hésiter un instant. Devais-je me résigner à somnoler dans un fauteuil du salon voisin, près de la fontaine aux eaux rouillées, entre quatre murs empestant le moisi ? Des clous ! J'allais prendre possession du lit, mais le tableau devrait disparaître.

Quelques coups frappés contre la porte de la suite me ramenèrent dans la pièce voisine.

— On attendait quelqu'un ? demandai-je à Vayl.

— Toujours, répondit-il gravement.

Après avoir récupéré Chagrin, j'appuyai sur le bouton magique et me laissai glisser dans le fauteuil voisin de celui de Dave en installant confortablement l'arbalète dans mon giron. Tout ce que ma Sensitivité m'indiquait, c'était que notre visiteur était un vampire. Déjà ça… Avant de mourir une première fois, j'avais été comme tout un chacun cantonnée à ne me servir que des cinq sens de base. Je n'étais pas encore parvenue à déterminer si les bonus qui m'avaient été accordés ensuite en valaient la peine, mais pour le moment tout avantage qu'ils me procuraient était bon à prendre. Vayl attendit que je lui aie donné mon accord d'un signe de tête pour lancer d'une voix forte :

— Entrez !

Marcon entra et se figea sur le seuil. Son regard fit des allers et retours entre Vayl et Chagrin. Il cligna nerveusement des paupières, ce que je trouvai bizarre jusqu'à ce que je comprenne en le voyant recommencer qu'il s'agissait d'un tic. Il y avait donc du nouveau. Il avait déjà fait preuve de nervosité auparavant, mais il était plus que stressé désormais.

— Disa et Sibley voudraient discuter du contrat conclu par Hamon avec vous, annonça-t-il.

— Il est un peu tard pour ça ! protestai-je vertement.

— Ah… Toutes mes excuses. (Il fit une courbette directement venue d'un autre âge qui me donna l'impression d'être une gueuse mal fagotée et sans éducation.) Notre mode de vie semble n'être jamais en phase avec celui du monde extérieur.

Assumant mes racines roturières, je repartis au combat.

— Qu'y a-t-il à discuter, de toute façon ? En violation de l'accord conclu, vous avez failli causer la perte de mon camarade ici présent. En plus, vous avez l'air incapable de distinguer votre trou de balle d'un trou dans le sol. Qu'est-ce qui nous prouve que vous n'allez pas tenter quelque manœuvre idiote au cours des négociations, qui réduirait à néant nos chances d'éliminer Samos, ou pire encore, qui nous serait fatale ?

Une des paupières de Marcon tressaillit si violemment qu'il dut la frotter.

— Sibley m'a demandé de présenter à chacun de vous les plus plates excuses du *Vitem*, répondit-il. Elle vous demande également d'envisager la possibilité de renouer le contrat initialement conclu. Si vous acceptez, nous sommes prêts à confirmer tous les points sur lesquels vous vous êtes mis d'accord avec Hamon, mais également à étudier toute nouvelle clause que vous souhaiteriez nous soumettre.

— Marcon ? demanda gentiment Vayl. De quoi Disa t'a-t-elle menacé au cas où tu n'arriverais pas à nous convaincre ?

— De ri… de rien du tout ! assura-t-il avec un haussement d'épaules.

— Mais si je ralliais l'Alliance, tu me le dirais…

Marcon lui jeta un regard piteux et fit « non » de la tête.

— Tu n'aurais jamais dû partir, grommela-t-il.

— Je n'étais rien de plus qu'un assassin quand j'étais ici.

— Peut-être. Mais tu étais *des nôtres*.

Vayl haussa lui aussi les épaules.

— Je suis un assassin de la CIA, maintenant, reprit-il. (Ses yeux se rivèrent sur les miens.) Et un peu plus encore.

Marcon poussa un soupir qui ressemblait presque à un sanglot.

— Alors ? s'enquit-il. Que dois-je répondre au *Vitem* ?

Vayl noua le dernier point et coupa le fil de suture avec le ciseau que Dave lui tendait.

— Je vais leur donner moi-même ma réponse, annonça-t-il.

— Vous voulez que je vienne aussi ? demandai-je.

— Pas cette fois.

Sans me laisser le temps de protester, il vint s'accroupir à côté de moi et je sentis ses doigts chauds se poser sur mon visage.

— Il vaudrait mieux que je sois là pour protéger vos arrières, murmurai-je.

Ses yeux s'illuminèrent pour adopter cette teinte de vert qui évoquait pour moi de longs et voluptueux baisers.

— C'est le rôle de David, dit-il.

Mais il est blessé ! Sans parler du danger que nous courons tous. Si nous nous séparons ici, alors que tout le monde est contre nous, comment pouvons-nous être sûrs de nous retrouver un jour ?

Vayl répondit à mon adresse muette par un léger hochement de tête.

— Vous pourriez peut-être aller chercher nos bagages et nous installer ici ? suggéra-t-il. Il me semble que ce véhicule que vous ne vouliez pas laisser au bord de la route est à présent au garage. Du moins, ajouta-t-il en arquant un sourcil, je suis à peu près sûr que Tarasios nous a dit l'y avoir garé.

Il me fallut plus de temps que nécessaire pour voir où il voulait en venir. Je dus passer outre à ma réaction instinctive – *Je ne suis pas ta putain de boniche qui défait tes bagages à ta place !* – avant de parvenir à déchiffrer le véritable message. Tarasios nous avait expliqué avoir sorti tous leurs véhicules du garage. Le nôtre n'était même pas garé sur la propriété de l'Alliance. Mon boss m'offrait donc sur un plateau l'occasion de sortir, mais pour quoi faire ?

La réponse s'imposait : pour éviter que Disa fasse éliminer les deux garous qu'elle ne pouvait laisser en vie.

Sous leur forme animale, ils étaient trop difficiles à abattre, aussi attendait-elle sans doute qu'ils se métamorphosent pour envoyer un de ses laquais le faire à distance. Si le loup regagnait sa meute et racontait le traitement qu'on lui avait infligé, cela pouvait barder pour l'Alliance. Quant à l'ours, il faisait lui aussi partie d'une ligue, moins soudée mais qui serait tout aussi enragée d'apprendre sa mésaventure. On avait vu des guerres déclenchées pour moins que ça.

Mon boulot ne consistait pas à prévenir les conflits. Cette tâche revenait à des gens plus élevés que moi dans la hiérarchie. Mais je pouvais sauver une ou deux vies. Pour une fois. Ce qui signifiait… *Encore un petit round d'entraînement avec deux garous blessés et furieux. Merci beaucoup, patron !*

Je n'en souris pas moins intérieurement. J'aimais cette facette de mon boss. Un tas d'humains que je connaissais ne se seraient même pas préoccupés du sort des deux changeformes, mais lui, il considérait leur survie comme une part intégrante de notre mission.

Sachant que ma sollicitude allait le rendre fou de rage, je demandai néanmoins à Dave :

— Tu crois que ça va aller pour toi ?

Comme il fallait s'y attendre, il se leva brusquement de son siège et maugréa en s'emparant de son arbalète :

— Arrête tes conneries ! Ce n'est qu'une égratignure.

Je lui adressai un sourire cynique. Pas très charitable, je sais, mais j'en étais malade de le voir ruminer. Je préférais le voir s'offusquer et gueuler un bon coup que ronger son frein en broyant du noir.

Pendant que Dave se rendait à la salle de bains pour faire un brin de toilette, Vayl me prit à part et me glissa discrètement :

—À mon retour, il faudra qu'on parle, tous les deux.

Il avait beau s'exprimer à mi-voix, j'étais certaine que Marcon pouvait nous entendre. Ses efforts pour préserver notre intimité n'en paraissaient que plus curieux ; comme s'il avait cherché à attirer l'attention du vamp sur nous.

—J'ignorais que Disa était toujours vivante, reprit-il sur le même ton. Et que nous la trouverions ici. Sans quoi, j'aurais évoqué l'histoire plus tôt.

—Ah !

Je n'avais pas besoin de dessin pour comprendre que ce n'était pas de l'histoire avec un grand H qu'il parlait, mais d'une histoire bien plus intime et bien plus dérangeante pour moi.

—Je suis sûr qu'il n'y a pas de quoi en faire un plat, conclut-il. Surtout depuis que je vous ai près de moi, mon *avhar*...

Vayl caressait mon visage du regard. On aurait dit qu'il cherchait à en mémoriser le moindre détail.

Je ne pus cependant réprimer un sentiment d'appréhension quand il fallut nous séparer. Marcon me donna quelques indications dont je n'avais pas besoin pour retrouver mon chemin et entraîna à sa suite Dave et Vayl. Je les regardai s'éloigner par-dessus mon épaule jusqu'à ce qu'ils aient disparu de ma vue. Ensuite, prenant conscience qu'avoir la tête ailleurs pouvait me coûter la vie, je repoussai mes inquiétudes dans un coin de mon esprit et me concentrai sur ma mission.

Je revins dans la cour par laquelle nous étions arrivés mais ne tentai pas de passer par les portes du garage encadrées de vigne vierge. En dépit des volets fermés, je soupçonnais qu'on puisse me voir de l'intérieur de la villa. Je préférai donc quitter les lieux comme j'y étais arrivée, en passant par la double porte restée ouverte. Mais plutôt que de gravir la colline pour retrouver le chemin creux où notre véhicule était garé, je longeai le mur qui encerclait la demeure et fis halte derrière le garage. Du temps de Vayl, celui-ci n'existait pas. Quand il avait dessiné le plan des lieux pour nous permettre de le mémoriser, il n'avait signalé à son emplacement qu'une bâtisse en pierre d'une pièce, qu'il avait baptisée *cabane du jardinier*. Il nous avait expliqué qu'à l'époque celle-ci servait de local provisoire d'accueil des vampires nouvellement recrutés.

— Pourquoi deviez-vous les garder à distance ? avait demandé Dave avec incrédulité. De quoi aviez-vous peur ? Qu'ils se lèvent une demi-heure avant tout le monde, piquent l'argenterie et s'enfuient par les cuisines ?

Le gloussement amusé de Vayl s'était élevé, clair et cristallin, de ses lèvres retroussées. Habituellement, il avait plus l'air d'un type qui s'étrangle avec son steak lorsqu'il riait.

— Vous oubliez que Hamon Eryx était du genre parano. Il savait que l'Alliance devait s'agrandir pour survivre, mais il n'en était pas moins persuadé que toutes les autres allaient tenter de l'infiltrer pour percer à jour ses secrets et lui piquer tout ce qu'il s'était donné tant de peine à bâtir.

— Dans ce cas, s'était étonné Dave, pourquoi ne se contentait-il pas de trouver de nouvelles recrues en transformant de simples humains ?

Voyant que je le dévisageais avec indignation, il avait levé les mains devant lui et protesté en secouant la tête d'un air attristé :

— Hé ! Je ne me fais que l'avocat du diable ! Dieu sait que je ne pourrai jamais cautionner cette pratique, Jaz…

J'avais fini par me détendre, mais mon cœur s'était serré lorsque mon frère avait posé cette question. Sa femme, après avoir été transformée en vampire, s'était pointée à la porte de mon arrière-cour, me suppliant de la laisser entrer avec la secrète envie de me faire ma fête. J'avais mis un terme à la non-mort de Jessie parce que je lui en avais fait la promesse, bien avant que nous puissions imaginer que nos destins tordus nous conduiraient un jour à devoir l'honorer. D'un hochement de tête, j'avais remercié Dave de ne pas regretter le pardon qu'il m'avait accordé.

— Tout ce que je veux dire, avait-il ajouté, c'est que du point de vue d'Eryx il aurait pu disposer ainsi d'une équipe plus loyale et plus digne de confiance.

— Ce n'est pas faux, avait admis Vayl. Mais personne, au sein d'une Alliance, n'est autorisé à vampiriser un être humain. En fait, c'est même un crime passible de la peine de mort.

Cette conversation me parut encore plus signifiante en examinant le garage dans lequel il me fallait entrer.

— S'ils tuent ceux des leurs qui s'en prennent aux humains, murmurai-je pour moi-même, devine ce qu'ils feraient à une humaine qui se risquerait à libérer deux de leurs prisonniers. Au fond, conclus-je en armant Chagrin, vaut sans doute mieux ne pas le savoir.

À l'extérieur du garage, sur une aire en béton qui rejoignait l'allée principale, se trouvaient les véhicules que Tarasios avait déplacés : une BMW 523i qui me fit saliver ; une Porsche Boxter deux places qui me donna des idées que ma Corvette aurait jugées adultérines ; un minibus Fiat Scudo bleu dont je supposai que l'Alliance se servait pour ses excursions, le genre de véhicule dont on devine au premier regard qu'il est équipé d'un Klaxon à deux tons.

Le garage était dépourvu de fenêtres. Les portes basculantes, closes et fermées à clé, constituaient les seules issues. L'unique présence que j'avais repérée jusqu'alors était celle du loup-garou enfermé à l'intérieur. Puisque les serrures semblaient sophistiquées et que les forcer aurait fait du bruit, je décidai de m'occuper d'abord du hangar. S'il m'était plus facile de libérer l'ours en premier, cela ne pouvait qu'arranger tout le monde.

Le hangar à charrettes, un bâtiment carré au toit de tuiles, ressemblait à un modèle réduit de la villa et était entouré sur trois côtés par une masse confuse de verdure. À mon grand soulagement, je n'y décelai la présence d'aucun vampire. Tout ce que je ressentais, c'était un picotement au niveau de la nuque m'indiquant que ce qui se terrait derrière cette large porte de grange possédait une psyché bipolaire seulement à moitié humaine.

C'est tout simplement idiot! me dis-je en rengainant Chagrin et en tirant de sous mon tee-shirt mon collier de coraux. *Ce foutu ours t'attend probablement là-dedans en aiguisant ses griffes pour se faire une délicieuse petite Américaine nourrie au grain en guise de casse-croûte.*

La dent de requin, au centre du collier, s'ajusta parfaitement dans le cadenas qui gardait la porte fermée. Je la vis quasiment adopter sous mes yeux la forme requise. *Ce Bergman est tout simplement trop génial. Parfois, j'aimerais bien être incapable d'entrer comme ça partout où je veux. Dans un endroit comme celui-ci, par exemple...*

Le cadenas s'ouvrit sans difficulté. Une voix, assez semblable à celle de Cartman dans *South Park*, retentit sous mon crâne. *Bordel de merde!*

Comme attaché à mon bras par un ressort, Chagrin revint immédiatement se glisser au creux de ma main. Pour rester discrète, je le transformai en arbalète. Plaquée contre le mur, je repoussai l'un des vantaux avec mon pied. Il s'écarta d'une cinquantaine de centimètres, ouvrant un trou noir et béant semblable à une brèche dans la trame de l'univers.

Rien d'autre ne se produisit.

Est-ce qu'il est tapi là-dedans, à me guetter, ou est-il inconscient? Pourquoi Vayl ne me confie-t-il jamais les jobs les plus faciles? C'est vrai, ça... S'il fallait un jour aller se faire masser, ou visionner pour le compte de l'Oncle Sam l'intégralité de la saison un de Futurama, *je parie qu'il s'en chargerait lui-même!*

— Ça ne te dirait pas de rentrer chez toi? me décidai-je enfin à lancer. Je n'ai pas toute la nuit!

— OK, OK... Désolé d'avoir peur d'être exécuté!

J'ignore qui de nous deux fut le plus surpris lorsque l'ours-garou, désormais totalement transformé en impressionnant spécimen d'humanité, sortit du hangar en traînant les pieds, les mains levées en l'air. Enfin… *une* main levée. L'autre couvrait ses parties génitales, les vamps n'ayant pas jugé utile de lui rendre ses vêtements avant de l'enfermer.

Sous la toison épaisse qui lui couvrait le torse, les marques roses et plissées signalant l'impact des balles luisaient littéralement. Il avait été mordu à de si nombreuses reprises au cou qu'il donnait l'impression de porter une chaîne rouge.

— Tu te rappelles ce qui t'est arrivé avant d'être amené ici ? m'enquis-je.

Il secoua la tête, faisant valser ses longues boucles brunes.

— Pas beaucoup. J'étais en train de flirter avec une fille au bar de l'hôtel *Patra*. Et puis… plus rien.

— À quoi ressemblait cette fille ?

— Jolie, la peau claire, des yeux comme du miel. Petite. Gentille. Je n'aimais pas ses cheveux, mais tout le reste en valait la peine.

— Qu'est-ce qu'ils avaient, ses cheveux ?

— Elle portait ces trucs… Comment vous les appelez, déjà ?

Il passa sa main libre dans les siens, serrant les doigts jusqu'à les rassembler dans son poing.

— Des dreadlocks ? suggérai-je.

— C'est ça !

D'accord. Meryl avait donc joué un rôle de premier plan dans l'enlèvement des garous.

— Maintenant, sauve-toi ! repris-je. Je ne sais pas combien de temps encore ils vont être occupés, mais quelqu'un va bien finir par se pointer et ce ne sera pas pour t'apporter un jean.

— Mais… laissez-moi d'abord vous remercier. Et je dois connaître votre nom, pour les prières de bénédiction.

— Inutile de me remercier. Je m'appelle Jasmine Parks.

Me faire passer pour mon *alter ego* ne m'avait pas traversé l'esprit. Lucille Robinson était déjà suffisamment bénie comme ça…

— Merci, Jasmine Parks ! ajouta l'ours-garou. Moi, je m'appelle Kozma. Puisse Rhiaak te bénir !

Une détonation retentissante se fit entendre en direction du garage et nous fit sursauter.

— Merde ! Le loup ! m'exclamai-je.

— Il faut le sauver !

D'une main contre sa poitrine, je retins Kozma qui déjà s'élançait. Même de là où nous nous trouvions, je savais à quoi m'en tenir.

— Il est mort, annonçai-je. Et le vamp qui lui a tiré dessus sera bientôt ici pour te régler ton compte. Tu peux courir ?

— Pas très vite. Je suis encore faible, à cause des blessures.

— OK. Alors suis-moi.

Rejoindre l'allée depuis le hangar à charrettes ne prit qu'une demi-minute, mais il fallait grimper et Kozma se retrouva pantelant au bout de quelques pas.

— Il arrive…, lui murmurai-je. Je peux le sentir. Il est encore trop loin pour nous voir ou nous entendre, mais il est trop près pour qu'on puisse l'éviter. Cache-toi sous les arbres. (Je lui tendis les clés de la Rover et lui expliquai où la trouver.) Elle sera ouverte, conclus-je. Et tu trouveras de quoi t'habiller à l'arrière. Quand la voie sera libre, retourne dare-dare en ville.

— Comment pourrai-je jamais vous remercier ? demanda-t-il en enroulant la chaîne du porte-clés autour de son doigt.

— Débrouille-toi pour que l'agence de location puisse récupérer le véhicule demain. Et puis… je sais que ta ligue va vouloir se venger quand tu leur auras raconté ce qui s'est passé. Mais il faudrait que tu arrives à les empêcher d'attaquer cette Alliance au moins une semaine. OK ? Après, nous en aurons terminé avec eux et vous pourrez en faire ce qu'il vous plaira.

Je devinai à la lueur que je vis flamber dans ses yeux que, quoi qu'il ait pu avoir en tête pour punir ses bourreaux, ce ne serait pas joli à voir. Mais vu le coup de feu que nous venions d'entendre et la soudaine disparition de l'empreinte psychique du loup-garou, c'était le cadet de mes soucis.

— D'accord, on fait comme ça, dit-il.

Je tombai nez à nez avec Rastus à mi-pente de la colline. Il ne prit pas la peine de cacher le Makarov qu'il brandissait, ce qui me fit comprendre deux choses : ce fils de pute savait choisir ses armes de poing, et me retrouver dans sa ligne de mire suffisait à me faire franchir une dangereuse ligne rouge. Était-ce une si mauvaise chose qu'une punkette amatrice de pogo et de castagne veuille chercher la confrontation ? Pas si sûr. Cela ne porte pas à conséquence quand une lime à ongles constitue l'arme la plus dangereuse dont on dispose et qu'on a pour seul don celui de savoir choisir ses accessoires. Mais en disposant de suffisamment de temps et d'un peu de chance, la sauvageonne qui sommeillait en moi était capable de décimer tout un village si je la laissais faire. Et le fait de la découvrir si près de prendre le pouvoir n'était décidément pas bon signe.

En plus du bagage de Dave, j'avais sur le dos le sac noir dans lequel je transporte mon armurerie miniature. Dans la main gauche, je serrais la poignée de ma vieille malle de voyage miteuse, et dans la droite, celle de la valise de Vayl allégée d'un change complet laissé dans le coffre de la Rover à l'intention de Kozma. Je serrai les poings jusqu'à en avoir mal. Peut-être la douleur allait-elle m'aider à me reprendre.

— Qu'est-ce que c'est que tout ça ? demanda Rastus.

Il agitait son flingue sous mon nez, comme s'il s'imaginait que je pouvais encore cacher un ou deux commandos des Forces spéciales dans la Samsonite de Vayl. Sa voix s'était épaissie depuis que l'épée de mon *sverhamin* avait rendu visite à ses cordes vocales. Je lus dans ses yeux qu'il n'aurait pas demandé mieux que de me rendre la monnaie d'une pièce qui ne m'appartenait pas. J'espérais être capable de ne pas lui en fournir le prétexte.

Je lui fourrai ma malle dans les bras, ne lui laissant d'autre choix que de l'attraper.

— À ton avis ? répliquai-je durement. Ça ressemble à quoi ? Où est-ce que tu étais passé, d'abord ? Ça fait vingt minutes que j'attends.

— Je…

Après avoir désigné le garage d'un geste, il s'interrompit en comprenant qu'il ne pouvait en dire plus. Il ne quittait pas le hangar à charrettes du regard.

— J'avais à faire, maugréa-t-il vaguement.

— Tiens !

Sur son bras toujours tendu devant lui, je venais d'accrocher le sac de Dave, le faisant ployer de telle sorte que, si le Makarov s'était déclenché accidentellement, il m'aurait emporté la moitié d'une cuisse.

— Tu sais où se trouve notre suite, repris-je négligemment.

— Je suis occupé.

Après avoir laissé tomber la valise de Vayl à ses pieds, j'approchai mon visage du sien, pointai un index vengeur contre sa poitrine et laissai libre cours à mon courroux.

— Vous autres vampires, vous vous croyez vraiment supérieurs à tout le monde sur cette planète, pas vrai ? Trop supérieurs pour faire la vaisselle ou porter les bagages de simples humains… (Je lui donnai une bourrade dans la poitrine qui faillit le faire basculer en arrière.) Tu sais quoi ? conclus-je. Toi et ton Alliance, vous pouvez aller vous faire foutre ! Je m'en bats l'œil !

Sur ce, je me précipitai dans la cour, me laissai tomber sur une chaise et fis de mon mieux pour l'ignorer pendant la demi-minute au cours de laquelle il se demanda ce qu'il devait faire de son flingue. Finalement, après avoir décidé qu'il serait tout aussi bien au fond de sa poche, il passa une minute supplémentaire à se charger du tombereau de bagages dont je m'étais délestée sur lui.

J'attendis de le voir disparaître à l'intérieur de la villa pour examiner les clés que j'avais subtilisées au fond de sa poche. Hé oui… Il n'est pas dans ma nature de partir au combat sans munitions.

En écoutant décroître au loin le moteur de la Range Rover qui emmenait Kozma loin de tout danger immédiat, je remarquai qu'un jeu correspondait au minibus que j'avais vu garé à l'extérieur. Deux autres clés semblaient ouvrir des portes et une troisième ce qui devait être une consigne ou un coffre. La dernière, enfin, commandait à distance l'ouverture de la porte du garage.

Après un dernier regard en arrière pour m'assurer que Rastus s'acquittait bien de sa corvée, j'allai me camper devant la porte et l'ouvris juste assez pour jeter un coup d'œil à l'intérieur en m'aplatissant au sol.

Tout comme Kozma, le loup avait fini de se métamorphoser. Affalé dans la mare formée par son propre sang sur le béton, on aurait dit qu'il y apprenait à nager. Ses lèvres demeuraient retroussées en un rictus figé. Dans ses yeux de combattant grands ouverts se lisait la colère.

Une petite seconde… Ses yeux ne devraient-ils pas plutôt paraître vitreux ? Le bougre serait-il encore vivant ? Impossible… Je ne sens aucune présence. À moins que…

Je me glissai sous la porte, la refermai et allai m'accroupir à côté de lui. Tout en cherchant son pouls, je fis appel aux perceptions extrasensorielles que Vayl nourrissait en moi depuis notre rencontre. Enfin, je la dénichai au fond de lui : l'empreinte du loup, si faible que l'écrasante présence des vampires dans la demeure voisine la masquait presque totalement. Ensuite, son pouls se fit sentir sous mes doigts, lui aussi, presque inexistant.

— Oh, purée ! m'exclamai-je tout bas. Maintenant, qu'est-ce que je vais bien pouvoir faire de toi ?

Tout ce que je connaissais des garous, c'était l'art et la manière de s'en débarrasser. La balle dont s'était servi Rastus devait donc être en argent. Même si elle l'avait traversé de part en part, elle devait avoir laissé suffisamment de résidus en lui pour causer un lent et fatal empoisonnement du sang. Mais le vamp avait bâclé le travail en se contentant de cet unique tir. Si vous voulez être sûr qu'un garou est bien mort, il faut lui couper la tête, parce que ce genre de bestiau est capable de se mettre en transe végétative pendant que son corps fait tout son possible pour réparer les dégâts. Ce que ce type semblait avoir fait. Je supposai donc qu'il avait une petite chance de s'en tirer, si je parvenais à le planquer, et si nous trouvions le moyen de le purger de l'argent qu'il gardait en lui, avant de lui administrer un antidote.

À la recherche d'une quelconque inspiration, je laissai mon regard balayer le garage.

Un établi était appuyé contre le mur du fond. Des étagères couvertes de pots de peinture, de bidons d'huile, de boîtes d'engrais et de tout un tas d'autres machins couraient sur deux côtés. Dans un coin, une poubelle emplie d'outils de jardinage. Mais à part ça, il n'y avait rien d'autre que du sang.

— Il doit déjà en avoir perdu la moitié, murmurai-je, découragée.

Je l'avais tellement mauvaise de ne pouvoir rien faire pour sauver le garou que je ne sursautai même pas lorsqu'un visage – *le* visage – apparut à la surface de la mare de sang.

— Super ! marmonnai-je. Et dire que j'imaginais m'être sortie de ce puits de cauchemars et de ténèbres où j'avais sombré après… après ma grande épreuve. Je commençais à me tirer de cet enfer et qu'est-ce qui se passe ? Je redeviens folle à lier.

— J'aime bien les fous, assura le visage de sang avec un sourire tourmenté. Ils sont tellement plus intéressants que les gens raisonnables.

— Seigneur Dieu ! Tu ne pourrais pas la fermer pendant que je deviens folle ?

Le visage se tordit.

— Pas ce nom-là ! C'est une abomination pour moi et je souffre déjà suffisamment. Pourrions-nous au moins nous entendre pour que tu évites toute référence sainte ? Je te considérerai en échange comme saine d'esprit jusqu'à ce que nous ayons sauvé le garou.

— Seulement si tu me dis ton nom.

— Je ne le connais même pas ! Chaque jour, j'ai l'impression de perdre un peu plus de ma substance. Bientôt, il ne restera rien de moi.

J'aurais pu lui signaler qu'il n'était déjà rien de plus que de petits yeux étroits, deux pommettes saillantes et une paire de crocs émergeant d'un flot de sang, mais nous n'avions pas de temps à perdre et je tenais à ce que la conversation devienne plus rationnelle, pas plus étrange encore.

— OK. Je dois disposer d'à peu près cinq minutes avant que Rastus revienne se débarrasser du – presque – cadavre. Donc… étant donné que ce loup-garou est quasiment mort, as-tu la moindre idée de ce qu'il faudrait faire pour le ramener à la vie ?

— Il lui faut du sang frais.

— Pas question que je lui verse le mien dans la bouche !

Soupir consterné.

— Comme s'il pouvait l'avaler ! railla-t-il. Non, femme. Sois plus directe. Je sens les pouvoirs dont tu disposes de là où je suis. Quelques gouttes directement dans la plaie entameront le processus. Ensuite, tu devrais savoir que faire.

Il n'y avait pas une seconde à perdre, mais je ne pus m'empêcher d'en perdre pourtant quelques-unes.

— Comment mon sang est-il censé l'aider ? Il n'est quasiment plus de ce monde.

— Il fera office de stimulant. Un peu comme quand les médecins administrent de l'adrénaline aux patients présentant une allergie grave aux piqûres d'abeille.

Pendant que mon hallucination continuait son bavardage, je me décidai à agir. Après avoir tiré mon bolo, je pratiquai une incision quelques centimètres au-dessus de mon poignet. *Tu parles d'un équipement !* songeai-je en grimaçant. L'un de mes poignards de lancer aurait davantage fait l'affaire, mais je n'avais pu me résoudre à les fixer de nouveau à mon bras depuis notre retour d'Iran.

Je maintins ensuite mon poignet au-dessus de la blessure par balle du garou, massant ma chair pour faire couler autant de sang que possible dans un minimum de temps.

Le liquide coula, mais rien d'autre ne se produisit.

Il n'en a plus pour longtemps, pensai-je tristement. *Quand il aura passé l'arme à gauche, je devrai le laisser là. Après notre mission, je contacterai ceux de sa meute pour leur expliquer ce qui lui est arrivé. Je pourrai peut-être les aider à localiser le corps.* Mes yeux se posèrent machinalement sur les pelles que j'avais repérées dans un coin. Nous aurions probablement bien du mal à le retrouver. Si nous y parvenions un jour.

J'étais si convaincue que le garou n'allait pas survivre que, lorsqu'il s'agrippa soudain à mon bras, je décollai littéralement du sol.

— Nom de Dieu !

Il murmura quelque chose que je ne pus comprendre. Cela ressemblait à du grec. En utilisant mon bras comme support, il se souleva jusqu'à se retrouver à demi assis sur le sol. Figés l'un et l'autre dans cette position, nous laissâmes nos regards se fondre l'un dans l'autre dans un moment de parfaite communion. Je sentis ma vision s'élargir, comme si mes lentilles étaient brusquement devenues télescopiques. Mais il s'agissait de bien plus que cela. L'œil de l'esprit – qui me permettait habituellement de repérer de l'extérieur les alterhumains, de les traquer, de découvrir leurs faiblesses et de les abattre – s'ouvrit *vers l'intérieur*. Alors, je compris... qu'il m'était possible d'envelopper dans ma vision tout l'être du garou, de l'appréhender au plus profond de lui-même, de diffuser dans tout son corps le peu de sang que je lui avais donné, et de lui donner l'efficacité régénératrice d'une averse en plein désert.

Ce que je fis.

Mais je n'avais pas anticipé ce que j'allais recevoir en retour. Sans doute était-ce de cela que Vayl m'avait parlé la première fois qu'il avait consommé de mon sang. Il m'avait affirmé qu'en dépit des apparences, il ne s'agissait pas d'un don à sens unique, mais d'un échange. L'espace d'un instant qui me parut durer l'éternité, je fis l'expérience de l'existence du garou et lui de la mienne. Il ne pouvait plus y avoir aucun mensonge, aucun faux-semblant entre nous. Littéralement, je le *connaissais*. Non pas dans les plus petits détails – comme le nom ou l'adresse –, mais dans les grandes lignes : ses intentions, ses croyances, ses espoirs, ses regrets, qui suscitaient un écho en moi, se frottaient à mes propres croyances, à mes propres espoirs, provoquant parfois quelques étincelles, mais sans une once de mesquinerie ou de jugement. Et comme ça, tout d'un coup, je sus que je l'aimais. Non pas comme j'avais aimé Matt ni comme je pouvais aimer Vayl. L'amour que je lui portais ressemblait davantage à celui que j'avais voué à mon équipe de pourfendeurs de vampires, dans ce bon vieux temps où j'avais pu m'imaginer qu'ils vivraient à jamais.

Aussitôt que je sentis son énergie vitale revenir, je fermai l'œil de l'esprit. Je repris conscience de moi-même en comprenant que j'étais trempée de sueur, que je souffrais d'un terrible mal de crâne et d'une crampe dans mon pied droit pour être restée trop longtemps assise dans une mauvaise position.

— *Merde alors !* murmurai-je. On ne le refait plus, d'accord ? Ça me paraît un peu trop… extrême. En plus, après, on parle tout seul.

Je me redressai et aidai le garou à faire de même. Il baragouina autre chose en grec.

— Désolé, mon pote…, m'excusai-je. Mon interprète universel est encore au stade des trucs-qu'il-serait-chouette-d'inventer-un-jour.

— Qu'allons-nous faire ? demanda-t-il dans un anglais parfait.

— Te cacher quelque part, répondis-je. Comment tu t'appelles ?

— Trayton.

Allez, viens, mon vieux. S'il te plaît, arrête de me regarder comme si tu avais eu toi aussi l'esprit soufflé par une explosion. Peut-être pourrait-on prétendre que nous sommes normaux quelques instants encore ?

— Tu peux m'appeler Lucille, repris-je. Écoute... Il se trouve que je connais l'existence d'un tunnel secret entre un hangar qui se trouve là en contrebas et la villa derrière nous. Seulement, tu vas devoir marcher nu sur deux cents mètres dans la fraîcheur de la nuit pour y parvenir. Tu crois pouvoir faire ça ?

— Je peux faire tout ce que tu me demandes.

Tandis qu'il me regardait, je sentis ses yeux d'une couleur cuivrée se glisser droit jusqu'au fond de mon cœur. C'était aussi pour ça que je ne voulais plus jamais recommencer ce que je venais de faire. Au moins, à cet instant, seule au fond de mon crâne, je pouvais admettre qu'il était trop douloureux de s'attacher à quelqu'un. En fait, cela me foutait une trouille bleue. Car dès que quelqu'un me manifestait de l'affection, cette personne attendait de moi que je réponde à ses sentiments. Et cela, ça équivalait à se lancer tête baissée à l'assaut d'un ennemi réfugié au sommet d'une colline fortifiée. Bon Dieu ! Je n'avais nullement besoin de davantage d'amis.

Je dissimulai ma grimace en m'essuyant la bouche d'un revers de manche.

— D'accord, conclus-je. Foutons vite le camp d'ici avant que Rastus se pointe et vienne tout gâcher.

Chapitre 7

Je n'aime pas trop traîner dans des chambres de garçons. Surtout dans celles qui servent beaucoup. Dans celle-ci, des bougies à demi consumées, groupées par quatre ou cinq, couvraient toutes les surfaces disponibles : la table basse aux pieds imitant des pattes griffues, la commode, la petite table flanquée de deux fauteuils tapissés d'un tissu rouge orné de pointes de diamants dorées. Le lit n'était pas fait, ses draps bleus froissés invitant ses habituels occupants à reprendre là où ils en étaient restés aussitôt que possible. Mentalement, je leur présentai mes excuses en aidant Trayton à s'allonger sur ces articles de luxe. Difficile de ne pas sentir, au toucher, qu'ils devaient coûter les yeux de la tête.

— Ne prends pas tes aises, lui dis-je. Nous allons devoir trouver un autre point de chute.

Aussitôt que j'aurai deviné où nous sommes.

Rapidement, j'allai fermer la porte secrète, qui disparut derrière une horloge ancienne. Ses aiguilles nous indiquèrent que nous venions de réintégrer l'antre des vampires quelques minutes après minuit. Le garou avait survécu un jour de plus, ce que je choisis d'interpréter comme un bon présage.

Cette chambre possédait deux issues. La première ouvrait sur une portion de couloir que je ne reconnus pas. Pourtant, immédiatement, je sus quelle direction emprunter et à quel endroit tourner pour rejoindre notre suite. Je possède un sens de l'orientation infaillible, qui s'est encore développé avec l'éveil de ma Sensitivité. En certaines occasions, ce n'est pas pour me plaire. Par exemple lorsque Vayl, furax, m'avait larguée seule au beau milieu de Téhéran, sachant parfaitement que je pourrais sans difficulté rejoindre notre base. À présent, mon radar intégré m'indiquait que nous avions rejoint le corps principal de la villa.

La seconde porte se révéla fermée à clé, mais en posant l'oreille contre le panneau de bois sombre et lustré, je parvins à entendre de la musique de l'autre côté. Quelque chose comme une complainte lente et sombre, issue de ce qui ressemblait à un piano. Je perçus également un murmure – ou un chant.

Un gémissement venu du lit derrière moi me ramena au chevet du loup-garou agonisant. Ses yeux étaient révulsés.

— Trayton ? demandai-je. Comment ça va ?

— Ça fait mal, répondit-il dans un murmure.

— Je sais. (Je pouvais sentir moi-même le mal progresser, et presque le voir, voile morbide couleur de pus sur le point d'ensevelir son corps.) Tu te rappelles celui qui t'a envoûté ? Comment ça s'est passé ?

— Son odeur…

— Tu as senti quelque chose ?

Il grimaça, battit de ses cils noirs et épais et gémit :

— Du raisin.

Pourquoi cela éveillait-il un écho en moi ?

Tu y réfléchiras plus tard. Pour l'instant, contente-toi de mettre ce loup à l'abri.

— Désolé, vieux..., dis-je en en posant une main sur son épaule. Nous allons devoir bouger. Encore une fois, mais ce sera la dernière. Ensuite...

Ensuite quoi ? Je lui avais peut-être évité le grand plongeon, mais il était loin d'être tiré d'affaire.

Une chose à la fois, Jaz. D'abord, trouver de quoi le couvrir. Ensuite, rejoindre la suite sans se faire gauler. S'il est toujours vivant après tout ça, on pourra reparler de le soigner.

Je rejoignis la commode, dont j'ouvris tous les tiroirs jusqu'à avoir trouvé de quoi l'habiller. L'épée que je découvris dans le troisième tiroir, je la confisquai également.

— Ça devrait t'aller, assurai-je en déposant les vêtements et l'épée près de lui. Tu as besoin d'aide ?

— Non, répondit-il avec un regard reconnaissant. Je pourrai me débrouiller.

Il parvint effectivement à s'habiller, mais je dus l'aider à descendre du lit. Dès qu'il fut debout, il prit mes mains dans les siennes et les porta à sa bouche. Avant de les lécher...

— Hé, mec ! protestai-je. Qu'est-ce qui te prend ?

J'avais un bras enroulé autour de sa taille. L'autre, immobilisé entre ses mains, ne demandait pas mieux que de lui échapper et de glisser le long de la chemise blanche qui pendait sur lui comme une toile de tente. Plus que toute autre chose encore, c'est ce qui me fit comprendre que cette chambre devait être celle d'Admes. Je n'avais pas capté son odeur jusqu'alors. Mais désormais, ce relent de feuilles mortes resterait associé dans mon esprit au regard peiné que Trayton me lança. Chancelant et tout penaud, il s'écarta précipitamment.

— Désolée..., m'excusai-je aussitôt. Absolument désolée. Je n'arrive pas à me mettre dans le crâne que tu es *aussi* un loup. C'est juste que... je ne sais foutrement rien de vos coutumes.

— Chez nous, un grondement signifie généralement : « Casse-toi ! »

Sa voix tremblante suffit à ramener mes yeux sur lui. Je compris alors que je ne m'étais pas donné jusqu'à cet instant la peine de l'observer. Puisqu'il avait été sur le point de baiser les doigts de pieds de la camarde, pourquoi aurais-je voulu graver dans ma mémoire le portrait d'un gamin à peine sorti de l'adolescence, doté d'une tignasse noir corbeau qui ne cessait de lui chatouiller les yeux ? Son visage venait tout juste de renoncer aux rondeurs de l'enfance pour adopter les traits plus saillants de l'âge adulte. Et cette expression farouche dans son regard – *« Bon-Dieu-j'y-arriverai ! »*– prouvait avec éloquence qu'en cas de coup dur on pouvait compter sur lui.

Je ne pourrais plus désormais dissocier ce visage de ce que j'avais découvert à son sujet durant notre partage d'identités. Je savais qu'il préférait courir que manger. Il détestait le goût de la bière, mais pour rien au monde il ne l'aurait admis devant ses amis. Il s'était fiancé à une jeune garou du nom de Phoebe, mais il ne cessait de remettre le mariage à plus tard parce qu'il craignait secrètement qu'elle fasse une bien mauvaise mère.

— Excuse-moi d'avoir grogné contre toi, repris-je. C'est de famille. Mon père est un grogneur incorrigible.

Mais lui, quand il grogne, on dirait une benne à ordures essayant de digérer toute une ménagère en argent.

En guise de sourire, Trayton retroussa les lèvres d'une manière qui me fit penser à Vayl. J'aurais tant voulu que mon *sverhamin* nous rejoigne, prenne ce quasi-gamin dans ses bras et fasse de lui *son* problème !

— Ton père n'a pas l'air commode, commenta-t-il.

— Une fois, il a réussi à faire pleurer un général.

— Non !

— Sans mentir ! Le type a dû prendre sa retraite après ça. Tu imagines ? Comment espérer se faire obéir de qui que ce soit après qu'un simple colonel vous a fait chialer ?

Il secoua la tête d'un air incrédule – ceux à qui je narre les exploits d'Albert Parks réagissent habituellement ainsi –, mais la tension autour de ses yeux s'était relâchée.

— La voie est libre, annonçai-je après avoir vérifié.

Notre longue marche en direction de la suite commença. Bien que pesant lourdement contre moi, Trayton avait insisté pour tenir l'épée.

— Je ne sens aucun vamp dans le coin, annonçai-je quand nous eûmes à moitié dévalé et à moitié descendu une volée de marches. Mais si par hasard nous finissons par en croiser, il nous faut une excuse valable pour justifier ta présence. À moins qu'ils aient tous vu ton visage ?

— Non. Seulement celui qui m'a tiré dessus et celui qui sentait le raisin.

— Alors préparons un bobard pour expliquer que tu puisses être ici avec moi.

— On pourrait dire que je faisais de la rando, que je me suis perdu et que tu m'as trouvé ?

— C'est plausible.

Au bas de la dernière marche, je l'entendis gémir. Nous n'étions plus très loin de notre but, mais lui paraissait ne plus pouvoir aller bien loin non plus.

— Mais ton histoire ferait ronfler n'importe qui. Nous pourrions dire plutôt que tu es mon petit ami et que je t'ai… vidé. Enfin, tu vois ce que je veux dire…

Il tourna la tête vers moi et sourit en me voyant hausser les sourcils de manière suggestive.

— Comme si c'était possible…, murmura-t-il.

Bon Dieu ! Un mec reste un mec, où que ce soit dans le monde et fût-il à l'article de la mort…

Je répondis à son assaut de machisme par un sourire.

— Non pas que je suggère quoi que ce soit de ce genre entre nous, me hâtai-je de préciser. C'était façon de parler. En plus, ça me donnerait le beau rôle et ils ne m'en craindraient que davantage.

— Donc, tu n'es pas du côté de ces vampires ?

— Juste en visite, confirmai-je.

Je sentis ses épaules s'affaisser. L'instant d'après, sans me laisser le temps de réagir, il enfouit son nez dans mes cheveux. D'instinct, je me raidis.

— Personne ne t'a jamais touchée ? s'étonna Trayton.

— Euh… non. Du moins, jusqu'à il y a peu. (Devoir y penser me plongea dans une certaine frustration.) Et encore, il n'y avait pas de quoi sauter au plafond…

— Relax… Cela n'a rien de sexuel. OK ? Pense aux loups. Je peux sentir ton sang couler en moi. Tu fais partie de moi, désormais. Il en sera toujours ainsi.

Et je fais partie de toi, moi aussi. Alors laisse-moi faire connaissance.

Difficile d'ignorer l'indignation qui faisait vibrer sa voix. Comme si, à mon âge, j'aurais dû tout savoir de ce qu'il devait m'expliquer. Et comme s'il avait sur moi un droit légitime que je lui refusais d'exercer.

Bon, d'accord. Après tout, il n'y avait peut-être pas de quoi fouetter un chat. Je fis de mon mieux pour me détendre, puis je me vis soutenant ce post-ado par la taille le long de ce couloir pendant qu'il me sniffait les cheveux jusqu'au scalp. Je ne pus m'empêcher d'imaginer un top model, un flacon de Head & Shoulders à la main, en train de scander : « Même un loup-garou voit la différence ! » Ce fut plus fort que moi : je me mis à pouffer.

— Qu'est-ce qu'il y a ? gronda-t-il.

— Ça chatouille !

Il renifla de nouveau longuement avant de protester :

— Maintenant, on dirait que tu mollardes sur mes racines.

Je m'arrêtai, principalement parce que nous avions atteint notre but, mais aussi parce qu'il venait de poser son menton sur mon épaule.

— Tu sais ce que je pense ? demanda-t-il.

Je lui jetai un coup d'œil, en espérant ne pas croiser son regard.

— Vas-y, dis-le-moi ! répliquai-je.

— Tu as besoin d'un camarade.

— J'ai déjà des amis.

Il secoua la tête et ses cheveux dissimulèrent son visage, de sorte que je pus à peine voir ses yeux briller de malice quand il ajouta :

— Tu oublies une chose : je suis allé faire un tour dans ta tête.

— On pourrait peut-être éviter d'en parler ?

Trayton frotta sa joue contre mon bras. Déjà, son contact me paraissait moins menaçant.

— Tu n'admets qu'un cercle restreint d'amis autour de toi, reprit-il. Mais c'est en agissant ainsi que tu te fais le plus de mal. (Il hocha la tête, comme s'il venait de parvenir à une conclusion.) Je peux être celui que tu attends, conclut-il.

— Sauf que *je* n'attends rien de toi, protestai-je. À part de guérir au plus vite pour que je puisse te rendre à ta meute. La pire chose qui pourrait arriver serait qu'ils entrent en guerre contre cette Alliance dès maintenant.

Sur ce, j'ouvris la porte à la volée, le poussai vivement à l'intérieur et refermai derrière nous. Dès que je l'eus installé sur le lit, il parut décider qu'il n'avait plus besoin de feindre d'aller bien. Son visage prit une teinte crayeuse et de violentes nausées le secouèrent. Au cas où il ne pourrait rejoindre la salle de bains à temps, je lui apportai la corbeille à papier.

— Tu dois trouver celui qui a une odeur de grappes de raisin, expliqua difficilement Trayton. C'est lui qui m'a enlevé et forcé à me métamorphoser. Il a le pouvoir d'extraire l'argent de mon corps.

Aucun problème, mon pote... Comme toi, il me suffit d'aller leur sniffer les fesses jusqu'à découvrir lequel de ces maniaques peut bien sentir... Une petite minute, Jaz !

Des grappes de raisin ? Je le connais, celui-là ! Dans la cour… Personne ne sortait du lot, sauf Disa, dont le fumet psychique me donnait envie de vomir, et ce type qui évoquait la vigne fraîchement vendangée – Niall !

— Je reviens tout de suite ! lui annonçai-je.

Mais Trayton ne m'entendit pas. Il avait déjà sombré dans l'inconscience.

Chapitre 8

Je trouvai Niall dans la salle du *Sonrhain*, en train d'éponger le sang – au sens propre. Genti et sa bande faisant également partie de l'équipe de nettoyage, je ne pouvais simplement le rejoindre et lui demander son aide pour m'aider à sauver le garou. Je m'avançai donc prudemment vers lui, remarquant au passage que les barreaux d'acier pendaient de nouveau du plafond. À l'aide d'un balai-éponge à long manche, il transférait le sang ramassé sur le sol dans un grand baquet bleu.

Dans leur coin, Koren et Meryl ramassaient le verre brisé pendant que Genti et Rastus empilaient la vaisselle encore intacte dans des conteneurs en plastique.

— Tu es venue donner un coup de main ? s'enquit sèchement Genti.

— C'est déjà fait, répliquai-je. J'ai empêché l'ours de t'arracher la tête, non ? Désolée de vous déranger, ajoutai-je à l'intention de Niall. Mais puisque Disa et Vayl sont en pleine négociation, ils demandent que nous allions ensemble en ville chercher du champagne pour fêter dignement l'accord à venir. J'irais bien toute seule, mais je ne connais pas le coin.

Pour seul avertissement que Genti me fonçait dessus, je vis du coin de l'œil une masse en mouvement et sentis un courant d'air déplacer mes cheveux sur mes épaules. Je fis volte-face, ma seringue d'eau bénite déjà en main, en hurlant :

— Genti Luan, stop !

Connaître son nom fut ce qui me sauva. Dès qu'il m'entendit le proférer, mon assaillant se figea, ses crocs à quelques centimètres de mon cou. J'avais déjà plongé l'aiguille dans sa poitrine. Lentement, il baissa les yeux.

— Eau bénite, l'informai-je, le pouce pressé sur le piston.

Prenant conscience que je haletais, j'inspirai à fond pour reprendre mon souffle.

Niall brandissait le manche de son balai comme une lance.

— Assez, Genti ! lança-t-il sévèrement. Nous avons besoin d'eux si nous voulons vaincre Samos.

— Admes pourrait ne pas être d'accord avec toi, répliqua l'autre vamp.

— Admes est en patrouille, comme la *Deyrar* le lui a ordonné. Ce qui veut dire qu'il a sa confiance. Mais imagine comment elle réagirait si elle découvrait que *toi* tu as tué l'*avhar* de celui avec qui elle doit mener les négociations ?

Les lèvres épaisses de Genti commencèrent à trembler.

— Retire l'aiguille ! m'ordonna-t-il dans un grondement féroce.

Je m'attardai un instant. La tentation était forte.

— Tu as de la chance que j'aime mon boulot, conclus-je en extrayant finalement l'aiguille. C'est uniquement grâce à ça que tu n'as pas été réduit en un nuage de fumée dispersé par les conduits d'aération.

Après avoir rengainé ma seringue, je tournai les talons et quittai la pièce, supposant que Niall allait me suivre – ce qu'il fit.

— Je dois vous parler ! (Voilà que je me remettais à grogner... Songeant à Trayton, je fis l'effort de m'éclaircir la voix.) Durant le combat, repris-je en observant sa réaction par-dessus mon épaule, j'ai cru remarquer que vous n'étiez pas très porté sur l'étripage de garous.

Niall attendit qu'une distance suffisante nous sépare de la salle de banquet pour me répondre.

— J'ai la même loyauté envers mon Alliance que vous vis-à-vis de votre job. J'imagine que, pour préserver notre place dans l'ordre des choses, nous avons dû l'un et l'autre consentir à faire des compromis qui nous ont déplu.

Foutus bonshommes !

— Vous comprenez les termes de notre contrat ? insistai-je.

— Je le pense.

— OK. Selon ces termes, vous êtes tenus de nous aider à faire tout ce qui sera de nature à vaincre Samos.

Niall paraissait amusé, comme si j'étais en train de lui chatouiller le menton en lui parlant comme à un bébé.

— Je ne demande pas mieux, assura-t-il.

— Eh bien la faveur que j'ai à vous demander entre de manière indirecte dans cette clause. Parce que, si vous ne m'aidez pas, votre Alliance pourrait se retrouver dans de très sales draps et tellement affaiblie que Samos n'aurait qu'à se baisser pour vous cueillir à distance. Et s'il ne daigne pas se montrer pour négocier, nous sommes foutus.

— Je n'ai pas la moindre idée de ce dont vous voulez parler.

Nous étions parvenus devant ma suite. Je le fis entrer, le priai de s'asseoir dans un des fauteuils et allai me camper entre lui et la porte de la chambre.

— Vayl et moi ne pouvions permettre que les garous soient exécutés, annonçai-je.

— Cela va sans dire.

— Je vous demande pardon ?

— J'avais l'intention d'aller régler ce problème avant la fin de la nuit.

— Niall… Je sais que vous avez participé à leur capture.

Il baissa la tête et maugréa piteusement :

— Quand la *Deyrar* ordonne… il faut obéir. Sachant que je risquais de me montrer réticent, elle avait appelé Admes pour qu'il reste auprès d'elle tant que je ne m'étais pas acquitté de ma mission. À portée de ces choses tranchantes comme des rasoirs qu'elle… (Sans achever sa phrase, il redressa le menton et écarquilla les yeux. S'était-il retenu à temps de trahir un secret ?) Je me suis donc exécuté, conclut-il d'une voix morne, mais je m'étais promis de me racheter tout de suite après le combat.

— Apparemment, vous avez trop attendu. Elle a chargé Rastus de les descendre.

— De les… « descendre » ? répéta-t-il en secouant la tête. Je ne…

— De les tuer ! traduisis-je. (*Quel vieux schnock…*) J'ai aidé Kozma, l'ours-garou, à s'échapper à temps. Mais je suis arrivée trop tard pour le loup. (J'allai attraper

Niall par la main et le tirai hors de son siège.) Il dit que vous pouvez l'aider, conclus-je.

— Il me connaît ?

— Il a en tout cas repéré votre odeur. Et l'argent est en train de l'empoisonner. (Je l'entraînai en direction de la chambre.) Savez-vous comment l'extraire de son corps ?

— Bien sûr. Les lycanthropes entrent tout naturellement dans la sphère d'influence de mes pouvoirs.

Dès qu'il eut passé le seuil de la chambre devant moi, il stoppa si brutalement que je lui rentrai dedans. Il prit à peu près trois secondes pour assimiler le fait que Trayton était allongé sur mes draps bruns en coton pima bordés d'un galon doré. Ensuite, il claqua la porte si fort qu'elle en trembla sur ses gonds et il s'y adossa comme si une armée menaçait de l'autre côté de l'enfoncer à coups de bélier.

— Je pensais que vous alliez chercher dans cette pièce une veste et un trousseau de clés ! chuchota-t-il à la manière d'un aparté de théâtre. Pour que vous puissiez me conduire à l'endroit où vous le cachiez : dans les bois, peut-être. Mais il est *ici* ! Parmi nous ! Au beau milieu de l'Alliance ! Êtes-vous devenue folle ?

Je me mis à rire, et je ne pus m'arrêter. Personne, semblait-il, ne m'avait jamais posé de question aussi hilarante. Niall, évidemment, ne comprit pas pourquoi. Tandis que je me tenais le ventre et que de grosses larmes coulaient sur mes joues, il alla examiner Trayton. J'avais bandé sa plaie avec une compresse d'essuie-tout fixée par du chatterton d'électricien trouvé au garage. S'il fallait se soucier d'une infection, quelqu'un d'autre s'en chargerait. Mon boulot consistait à éviter que le garou laisse derrière lui une piste sanglante que son exécuteur aurait pu suivre.

— Trayton est mon… (À mon tour, je m'abstins de poursuivre.) Contentez-vous de le guérir. Autrement, notre contrat sera caduc et nous nous chargerons nous-mêmes de Samos, Vayl et moi.

Il regardait fixement les armoires et semblait voir au-delà du bois et du mur caché derrière. Je le voyais lutter contre les peurs multiples qui affleuraient sur son visage comme les insectes au fond d'une fosse d'aisance ou sur une scène de crime.

— Très bien, conclut-il finalement. (Ses épaules s'affaissèrent sensiblement.) Je vais voir ce que je peux faire.

Il se pencha sur le garou. Déjà, ses pouvoirs entraient en action. Les vampires appellent leur petit talent principal une *cantrantia*. La sienne agissait comme une force d'attraction jusque sur la moelle de mes os. Elle se déversait de lui, onde primitive qui me fit vérifier que j'avais effectivement un mur solide dans mon dos.

Je le vis braquer cette puissance énorme sur Trayton, qui bondit comme sous l'effet d'un choc électrique. Aussitôt, sa plaie se mit à bouillonner. Il en sortit d'abord un magma rouge, puis argenté lorsque les résidus d'argent commencèrent à affleurer. Il agrippa le matelas et se mordit la lèvre pour résister à la douleur qui l'assaillait.

Et merde ! Je pris mon ventre à deux mains. Il paraissait ne pas mieux supporter ce spectacle que mes genoux sur le point de flancher. Comment avais-je pu laisser une chose pareille se produire ? Le dernier type qui s'était risqué à me lécher la main avait rendu l'âme sur le sol d'un entrepôt trente secondes plus tard. Bon, d'accord : il s'agissait d'un employé fédéral psychotique, adepte du *mail-bombing,* qui avait réussi à gravir tous les échelons hiérarchiques du secrétariat d'État avant que nous le coincions. Mais quand même…

Niall leva les yeux pour me découvrir en train de le lorgner.

— J'ai besoin de quelque chose pour essuyer ça ! lança-t-il. Des mouchoirs en papier. Une serviette. N'importe quoi, mais vite ! Cela pénétrera de nouveau dans sa peau, si je ne l'enlève pas tout de suite.

Je fonçai dévaliser le placard sous le lavabo de la salle de bains. Depuis la porte, je lançai une serviette à Niall avec la force et l'habileté de l'avant-centre des Cleveland Browns.

— Ça devrait faire l'affaire, marmonna-t-il.

— Alors ? demandai-je en le rejoignant dans la chambre. Ça fait quoi d'avoir une *cantrantia* qui vous permet de contrôler les garous ? Vous devez bien vous amuser… Vous avez probablement songé à fonder votre propre petite colonie d'esclaves, avec ce genre de pouvoir. Ou au moins une florissante salle de paris clandestins.

— *Faute !* lança Mamy May depuis la table de bridge qui occupait l'avant-plan de mon cerveau.

Pour cette partie, elle faisait équipe avec Running Bull contre Docteur Who et Darwin. Celui-ci l'approuva d'un hochement de tête.

— *Il t'aide, et toi tu ne trouves rien de mieux à faire que de jouer la finaude avec lui !*

— *Elle ne veut pas voir la vérité en face*, intervint ma Garce Intérieure depuis son tabouret de bar favori. *Chaque fois qu'elle se rapproche de quelqu'un, elle cherche la bagarre. Comme ça, elle est peinarde…*

— *On pourrait arrêter les commérages égotistes ?* suppliai-je. *Ce n'est pas de moi qu'il s'agit. C'est de… merde ! V'là que j'ai oublié. Espérons que le vamp s'en souviendra.*

Niall prit son temps pour nettoyer la plaie de Trayton avant de me répondre.

— Les garous ne sont pas – et n'ont jamais été – mes cibles. Pas avant que…

— Avant que Disa pointe son nez ? suggérai-je.

— Oh ! Elle est ici depuis le milieu du XIXe siècle, à peu près. Mais elle n'était à l'époque qu'une pièce rapportée, qui faisait pitié. Elle a caché ses ambitions – et ses pouvoirs réels – jusqu'à très récemment. Il était alors trop tard pour que nous puissions l'arrêter. Même si nous avons essayé.

Trayton se mit à gémir. Niall posa une main sur son front et il se calma aussitôt.

— Si elle est si forte, m'étonnai-je, pourquoi n'a-t-elle rien tenté pour maîtriser les garous quand ils ont échappé à tout contrôle ?

— Je suppose qu'elle ne s'y est pas risquée parce que vous étiez là. Vous aviez déjà souligné que Hamon nous avait contraints à ne pas enfreindre de lois pendant votre séjour parmi nous. Elle ne pouvait mettre l'Alliance en danger.

— Peut-être s'imaginait-elle que *vous* pourriez le faire ?

— J'ai essayé. Mais une fois que l'emprise initiale est brisée, il est difficile d'en mettre en place une nouvelle – surtout lorsque les garous sont blessés et furieux. Donc, nous n'avons rien pu faire. (Une grimace de dépit déforma ses traits.) Voilà pourquoi nous avons dû sacrifier l'un des nôtres, conclut-il. Disa pensait que ça en valait la peine.

Après tout, c'était l'un des membres les moins importants de l'Alliance.

Je sentis bien qu'en disant cela, Niall cherchait à s'en convaincre lui-même.

Toujours cette loyauté à la cause... Je peux comprendre ça, mais au point de rationaliser les pertes et d'accepter de dévoyer sa cantrantia *? Je dois chercher à en savoir plus sur cette petite bonne femme qui obtient toujours ce qu'elle veut.*

— Comment Disa a-t-elle été intégrée à l'Alliance ? demandai-je.

— Vous voulez dire que vous l'ignorez ?

— Pourquoi devrais-je le savoir ? m'étonnai-je en haussant les épaules.

Niall pouffa et répondit :

— Parce que c'est Vayl qui l'a amenée ici.

Chapitre 9

Je ne suis pas extralucide, mais parfois il m'arrive d'avoir quelques pressentiments. Comme cette fois où le téléphone a sonné et où j'ai tout de suite su qu'il valait mieux ne pas répondre. Je l'ai fait quand même : c'était Mamy May, qui appelait pour me dire que ma mère – sa fille – venait de mourir d'une crise cardiaque foudroyante. Ma grand-mère n'a pas fait de vieux os après ça, prouvant une fois de plus que les parents ne devraient jamais survivre à leurs enfants.

À présent, je prenais conscience que j'aurais dû laisser tous ces détails dans l'ombre. Cela n'aurait dû avoir aucune influence sur ma mission. Cela aurait même pu la compliquer. Pourtant, je devais savoir.

— Vayl est arrivé ici avant Disa ?

Niall évitait de me regarder, mais je sentais l'impatience de me faire sa petite confession irradier de lui. On aurait dit une grenouille de bénitier, sur un banc d'église, pressée de glisser à sa voisine un ragot croustillant, mais supputant le tort que cela pouvait causer à sa vie dans l'au-delà.

— Bien avant, se décida-t-il enfin à répondre.

— Pourquoi l'a-t-il fait entrer dans l'Alliance ?

Niall alla fureter dans toute la suite, vérifia que la porte était bien verrouillée et revint s'asseoir à côté de Trayton. Pendant ce temps, j'avais installé le fauteuil près du lit.

— Vayl vous a-t-il parlé de ses fils ? s'enquit-il quand nous fûmes installés.

— Oui.

Hanzi et Badu avaient été les seuls enfants survivants d'un mariage conclu au XVIIIe siècle avec Roma Liliana, sa première compagne. Le meurtre des deux garçons avait provoqué la transformation de leurs parents en vampires, la vengeance de Vayl contre le fermier qui les avait assassinés, et sa quête sans fin de leurs âmes réincarnées.

— En 1857, poursuivit Niall, exactement à cette époque de l'année, en fait, Vayl a entendu parler d'une Voyante qui avait acquis une grande renommée dans les cercles lettrés d'Athènes. Il n'a eu de cesse qu'il lui ait demandé si elle pouvait sentir la présence de l'âme de ses fils, soit dans le monde des ténèbres, soit ici, sur terre.

— J'imagine qu'il devait être très excité.

Niall se pencha pour essuyer un nouveau résidu d'argent. L'épanchement se réduisait à presque rien, offrant un répit à Trayton qui, bien qu'aussi pâle que son infirmier vampire, reposait tranquillement.

— Il jubilait quasiment d'allégresse, confirma-t-il. Il avait tellement changé, par rapport à son comportement habituel, que quelques-uns parmi nous s'imaginaient qu'il avait dû consommer du sang corrompu.

Le retour du printemps n'avait pas dû arranger les choses. Ses fils étaient morts en avril.

— Il se rendait souvent à Athènes ? demandai-je.

— Très souvent. Chaque semaine, pendant un semestre. Et plus il s'y rendait, plus son comportement devenait erratique. Avec des pics délirants, où il aurait ri, dansé et réclamé de grandes fêtes, et des passages à vide éprouvants au cours desquels il hantait seul les rues, se mettant lui-même en danger ainsi que l'Alliance.

— Que chassait-il ?

J'avais soudain la gorge très sèche.

— Nous devons nous nourrir pour vivre, constata froidement Niall. Mais déjà à l'époque, nous préférions les donneurs volontaires. Mieux vaut cohabiter que survivre, non ?

Je dus hocher vaguement la tête. Mais comme je me sentais étrangement détachée de moi-même, je ne pus en être sûre.

— Vous voulez dire que Vayl, lui, se nourrissait grâce aux donneurs « involontaires » ? insistai-je.

— Précisément. Il s'en prenait à ceux qui n'allaient manquer à personne, ceux dont les humains eux-mêmes voulaient se débarrasser. Il s'attaquait à des bandes entières de voyous et revenait, ensanglanté et en piteux état mais triomphant. Ensuite, il retournait à Athènes.

— Qu'est-il arrivé, finalement ?

— Il a commencé à soupçonner que Disa ne possédait peut-être pas la seconde vue qu'elle prétendait avoir. Il m'a demandé de l'accompagner pour l'aider à découvrir la vérité.

— Une minute…, protestai-je. Vous voulez dire que Disa était cette fameuse Voyante, et qu'elle était humaine à l'époque ?

— Oui.

— OK. Donc, vous êtes allés lui rendre visite tous les deux. Où ? Elle avait un cabinet en ville ?

Niall secoua la tête et expliqua :

— Disa était la fille d'un riche commerçant, qui l'entretenait dans une maison proche du centre, où elle effectuait ses « consultations. »

— Elle faisait payer ses services ?

— Non. Mais les gens semblaient ravis de lui offrir de somptueux présents. Vayl lui a fait cadeau d'une rivière de diamants et d'une paire de pendants d'oreilles assortis, en récompense de ses efforts.

Waouh ! La bougresse savait embobiner ses victimes. Je l'ai peut-être sous-estimée.

Niall poursuivit son récit.

— Nous sommes donc allés lui rendre visite par une belle soirée d'octobre. Vayl émergeait tout juste d'un épisode dépressif carabiné, au cours duquel il n'avait pas quitté ses appartements pendant trois ou quatre jours. En chemin, il était tout excité et ne parlait plus que de rencontrer Disa, d'obtenir d'elle une bonne prédiction et de découvrir enfin quelques pistes tangibles. Il était si impatient et si excité qu'il avait tout oublié des raisons pour lesquelles il m'avait demandé de l'accompagner.

— Tu seras poli avec elle ? s'inquiéta-t-il quand nous attachâmes cette nuit-là nos chevaux à une rambarde de la maison de Disa.

— Tant qu'elle ne fait pas se dresser devant moi le spectre de mon grand-père défunt..., plaisantai-je.

Cela ne le fit pas rire.

Nous utilisâmes un heurtoir en forme de tête de sanglier pour nous annoncer. La façade du bâtiment de deux étages donnait directement sur la rue, sans jardin ni fioritures architecturales pour atténuer sa blanche et nue platitude. Les volets peints en brun foncé étaient tirés. Sans autre lumière que celle fournie par un réverbère à un demi-bloc de distance, ils ressemblaient à des orbites vides dans le visage pâle d'un homme mourant.

Disa vint nous ouvrir après nous avoir longuement laissés frapper à sa porte. Elle avait passé un mince peignoir blanc sur sa chemise de nuit. J'ai pensé que cela n'était pas bon signe pour mon compagnon. Comment la Voyante avait-elle pu ne pas prévoir sa visite ? Ce détail parut lui échapper.

—Dites-moi où sont mes fils ! la pressa-t-il en prenant ses deux mains dans les siennes. Je ne peux pas attendre plus longtemps. Quand et où finirai-je par les retrouver ?

Je m'attendais à voir ses yeux virer au blanc et sa bouche se relâcher, comme ceux que le Don livre à leurs visions. Mais Disa se contenta de retirer ses mains en expliquant d'une voix traînante :

—Vayl, si c'était si facile, ne pensez-vous pas que vous les auriez retrouvés depuis longtemps ?

À cet instant, il me consulta du regard, et je lus dans ses yeux qu'il se rappelait pour quelle raison il m'avait fait venir.

—Pouvons-nous entrer ? m'enquis-je.

Elle aurait manifestement préféré nous éconduire, mais Vayl n'aurait eu alors plus aucune confiance en elle. Aussi répondit-elle :

—Naturellement.

D'un geste, elle nous invita à la suivre. Elle nous entraîna dans une petite pièce où trônait une table ronde recouverte d'une grande nappe noire traînant jusqu'au sol et entourée de chaises à barrettes. Cinq bougies noires marquaient le centre. Elle les alluma et nous demanda de nous asseoir en nous installant de chaque côté d'elle.

J'eus le temps de remarquer les longs rideaux noirs tirés devant deux fenêtres, la cheminée au manteau nu et à l'âtre vide en dépit de la fraîcheur automnale, les étagères couvertes d'un bric-à-brac allant de la tasse en chine à l'urne en terre cuite en passant par un vase empli de fleurs flétries. Ensuite, je reportai mon attention sur Disa, qui avait de nouveaux plans en tête pour son client.

Elle se pencha sur Vayl et son peignoir s'entrouvrit, offrant une vue déstabilisante sur son décolleté.

—Étant donné que toutes les Voyantes – moi y compris – ont rencontré les pires difficultés pour localiser vos fils, puis-je suggérer un changement de tactique ?

Vayl était en proie à une telle obsession que pas un instant ses yeux ne quittèrent le visage de Disa.

—À quoi pensez-vous ? demanda-t-il.

—Laissez-moi essayer de contacter votre père. Je pense qu'il pourrait savoir ce que nous avons besoin d'apprendre.

Vayl s'adossa à son siège, surpris.

—Mon… mon père ?

—Il s'appelait… (Elle ferma les paupières et posa une de ses mains sur celles de Vayl.) Nelu, conclut-elle. C'est bien cela ?

—Oui, c'est cela ! murmura-t-il.

—Je peux sentir sa présence, assura-t-elle sans ouvrir les yeux. Laissez-moi entrer en contact avec lui. Voyons s'il a parlé récemment à Hanzi et Badu.

— Oui…, répondit-il tandis que des larmes jaillissaient au coin de ses paupières.

Je n'étais quant à moi pas aussi bouleversé. Les charlatans ne sont pas stupides. Ils ne sont simplement pas assez intelligents pour s'en tenir au crédible. Je redoublai donc d'attention pour regarder Disa tomber « en transe ». Elle put sans difficulté « contacter » Nelu, qui avait miraculeusement parlé à Hanzi et Badu le matin même. Ils ne s'étaient pas réincarnés, ainsi que la dernière Voyante consultée par leur père leur avait ordonné de le faire. Ils patientaient encore dans le Monde des Esprits, attendant leur heure. Ce qui signifiait que Vayl pouvait leur parler quand il en avait envie – par l'intermédiaire de Disa

— Maintenant ! coassa-t-il d'une voix si noyée de larmes qu'elle paraissait appartenir à un autre homme. Je vous en prie ! Laissez-moi leur parler maintenant !

Soudain, bien qu'il n'y eût aucune bûche pour l'alimenter, un feu s'alluma dans l'âtre. Une tasse à thé vola à travers la pièce et alla s'écraser contre un mur. Quand Disa reprit la parole, elle le fit d'une voix qui n'était pas la sienne mais celle d'un jeune homme.

— Papa ?

Vayl pleurait à chaudes larmes.

— Hanzi ? s'écria-t-il.

Les deux fenêtres s'ouvrirent d'un coup. Les rideaux gonflèrent comme des voiles. Une autre babiole tomba d'une étagère et roula sur le sol. En levant les yeux, je me rendis compte qu'il s'agissait du vase et que les fleurs, mystérieusement, avaient recouvré toute leur fraîcheur. Ça alors ! *songeai-je en observant la maîtresse de tout ce cirque.* On dirait que tu as des pieds très doués, ma belle…

Est-ce ton comparse, dont je sens l'agitation grandir juste aux confins de cette pièce ?

Quand les chandelles s'éteignirent, je me dressai d'un bond et renversai la table, révélant au regard de Vayl les pédales aux pieds de Disa et les manettes fixées au piètement, que la nappe noire ne dissimulait plus. Je baissai une manette et l'une des fenêtres se referma. Une autre fit s'éteindre le feu dans l'âtre et plongea la pièce dans la pénombre. Je pouvais sentir la colère et la frayeur du complice tapi dans l'ombre, mais son indécision ne durerait pas.

— Vayl ! lançai-je. Nous devons partir. Quelqu'un d'autre sait que nous avons découvert le pot aux roses et ils ne peuvent pas nous laisser divulguer leur imposture !

L'espace d'un instant, je pus douter qu'il m'ait entendu. Il se tenait debout, aussi statufié qu'un homme ayant attiré sur lui son propre malheur.

— Cela ne restera pas impuni…, murmura-t-il, si bas que même moi j'eus du mal à l'entendre.

— Vayl, vraiment ! insistai-je. Nous devons filer. Plus tard, nous pourrons…

— Non.

— Mais…

— Non ! hurla-t-il.

En quelques enjambées, il rejoignit Disa, qui avait battu en retraite presque jusqu'à la cheminée. Il l'attrapa par la main alors qu'elle la posait sur le manteau en marbre. Il l'attira à lui et l'ensemble pivota – âtre, conduit et mur –, révélant une porte dérobée à l'instant où un homme barbu en jaillissait. Large d'épaules, il avait les yeux emplis de frayeur et brandissait une grosse arbalète.

Vayl lui jeta à peine un regard et le frappa au visage d'un revers de main, l'envoyant valser avec son arme contre la cheminée. Il s'y fracassa avec tant de violence qu'il dut mourir sur le coup. Disa poussa un petit cri, qui se mua en pleurnicheries quand Vayl l'eut giflée.

— Que plus rien ne sorte de ta bouche, femme ! lança-t-il d'une voix grinçante. Plus un mot ! Plus un son !

Je le suivis hors de la maison. L'avoir vu se conduire ainsi me donnait l'impression d'être devenu un étranger dans ma propre peau. Avant cette nuit-là, on ne l'avait jamais vu lever la main sur une femme. Or, je venais de le voir en frapper une alors que les larmes de sang que lui avaient inspirées ses supposées retrouvailles avec ses fils coulaient encore sur ses joues.

Il attela les chevaux de Disa à sa voiture, la jeta à l'intérieur et m'ordonna de conduire. Bien que ne pouvant assister à ce qui se passa ensuite entre eux, je l'entendis parfaitement.

— Espèce de garce au cœur de pierre ! s'emporta Vayl. Six mois que tu joues avec moi ! Tu avais prévu de me saigner encore longtemps comme ça ? Encore six ou huit mois avant de disparaître ? Avec tout ce que tu aurais pu drainer de ma fortune, je suppose. Et moi, pitoyable victime consentante, qui me suis livré à l'avidité de tes doigts crochus… Nous méritons tous les deux ce que je vais te faire !

— Alors, conclut Niall, il l'a forcée.

Mes doigts se crispèrent sur les accoudoirs du fauteuil. Je sentis mes ongles s'enfoncer, à travers le tissu, dans le rembourrage.

— Vous avez bien dit… « forcée » ? insistai-je. Mais forcée à quoi ? À devenir une vampire ?

— Oui.

Gros soupir de soulagement intérieur. Mais au fait…

— Qu'est-ce que ça veut dire ?

Niall avait terminé de purger le corps de Trayton de l'argent qui l'empoisonnait. Après avoir mis de côté la serviette dont il s'était servi, il passa ses mains sur ses yeux, comme pour en chasser les images persistantes de cette nuit qu'il venait d'évoquer pour moi.

— Les humains s'imaginent qu'il faut choisir de devenir un vampire, répondit-il. La plupart du temps, c'est le cas. Cependant, très occasionnellement, un individu peut être brutalement dépouillé de son âme et de son fluide vital et ainsi « forcé » au vampirisme. Le risque d'une mort irrémédiable pour les deux parties impliquées dans cette transformation est si grand que l'on n'y a quasiment jamais recours. Pourtant, dans certains cas comme celui-ci, un vampire peut se sentir légitimé à avoir recours à de telles extrémités.

— Je ne… Êtes-vous en train de me dire qu'il l'a privée de ses chances d'éternité dans l'au-delà en l'obligeant à la passer sur terre ?

— Je suppose que vous pouvez présenter les choses de cette façon. Toutefois, ce n'était pas son intention première, car il était décidé à ne pas la laisser survivre à l'aube qui allait se lever. Déjà rendu fou par son désir de revoir ses fils, il a laissé la souffrance et l'humiliation causées par Disa réduire à néant ce qui lui restait de *self-control*. En cinq minutes, il a réalisé ce qu'un autre vampire aurait dû passer une année à accomplir. Il a conduit Disa aux portes de la mort, puis il l'en a ramenée, après quoi il l'a attachée à un arbre pour qu'elle regarde le soleil se lever.

Cette fois, je ne pouvais me voiler la face. Cette vérité déplaisante au sujet de Vayl dont j'avais senti qu'elle assombrissait son passé, il me fallait la regarder en face. J'avais même craint qu'elle m'oblige à de déchirantes révisions. Aurais-je voulu le fréquenter si je l'avais connu à l'époque ? Qu'est-ce que ça me faisait d'être liée de manière sentimentale à un « forceur » repenti ?

Aucune idée.

Tout était tellement flou dans mon logiciel intérieur qu'un *hacker* professionnel aurait été bien en peine d'y retrouver ses petits.

— Donc… (Je me raclai la gorge pour en déloger ce qui s'était subitement coincé en travers, quoi que cela ait pu être.) Manifestement elle est toujours vaillante. C'est vous qui êtes allé la délivrer ?

Niall laissa fuser un rire dénué de toute trace d'humour.

— Pour attirer sur moi la fureur de Vayl ? répondit-il. Est-ce que j'ai l'air d'un suicidaire ? Non, en fait, c'est lui-même qui est allé la sauver. Il ne cessait de l'entendre pleurer, même à des kilomètres de distance. Un lien très fort s'était établi entre eux lors de la transformation. Finalement, il n'a pas supporté de la laisser mourir et l'a ramenée dans notre Alliance. (Niall arqua les sourcils.) En faisant cela il prenait déjà un risque énorme, puisque vampiriser un humain était – et demeure – interdit chez nous. Mais comme vous l'avez sans doute remarqué, Vayl est un survivant – une caractéristique qu'il a dû transmettre à Disa. Cela reste un sujet d'émerveillement pour moi, ces Dons qu'un Créateur passe à sa Créature. Malgré cela, il n'a jamais pu lui pardonner, même quand elle le suppliait de le faire le jour où il est parti.

— Excusez-moi…, dis-je, le sourire poli de Lucille sur mes lèvres crispées. « Créateur » et… « Créature » : ce sont bien les deux mots que vous venez d'employer, n'est-ce pas ?

— Oui.

Je me mis à rire, parce que la tension montait en moi de manière exponentielle et que c'est un moyen pour moi de relâcher la pression.

— De mon point de vue, repris-je, un vampire qui en initie un autre est là pour guider son… élève – comme un professeur. Pas comme un créateur manipule sa créature.

J'avais parlé si fort que Trayton ouvrit brièvement un œil.

— Je comprends que cela puisse être le cas dans les nids d'Amérique du Nord, répondit-il. Ou dans ceux que l'on trouve en Nouvelle-Zélande ou en Australie. Mais les Alliances envisagent les relations entre vampires un peu plus sérieusement. Elles permettent à ceux qui sont transformés de s'attacher celui qui les transforme pour une période de temps donnée – ce pour quoi on leur donne ce titre de « Créature ». Lorsque Hamon a permis à Disa de rester au sein de l'Alliance, il a fait de même pour elle.

— Pourquoi ça ?

J'avais les poings serrés. Si Niall avait refusé de me répondre, je n'aurais pas hésité à utiliser la violence pour obtenir l'information dont j'avais besoin.

Sans doute dut-il percevoir ma détermination, car il se hâta d'ajouter :

— C'est ce qui permet la survie des nouveaux vampires, car on a vu certains Créateurs abandonner leur… (Il s'interrompit et tendit vers moi une main secourable.) Excusez-moi… Vous ne vous sentez pas bien ?

Ne me TOUCHE PAS !

— Sont-ils…, repris-je difficilement. Vayl et Disa étaient-ils… liés ? *Attachés ?*

De manière inattendue, Niall jeta un coup d'œil à sa montre.

— À l'heure qu'il est, c'est le cas, assura-t-il. Depuis une demi-heure à peu près.

— *QUOI*?

Dans un haussement d'épaules, il poursuivit :

— C'est aussi incompréhensible pour moi que pour vous. Elle nous a fait parvenir la nouvelle par l'intermédiaire d'un de ses gardes. C'est pourquoi nous nous empressions de remettre la grande salle en état. Elle veut donner une autre fête dès demain pour célébrer son invocation du Lien d'attache.

— Invocation… Attache… (Les mots semblaient s'inscrire en lettres de feu devant moi tandis que je les prononçais.) Qu'est-ce que ça signifie, *exactement*?

— Vayl n'avait pas le choix. En dépit du fait qu'il avait quitté l'Alliance, il est toujours le Créateur de Disa. Et en tant que tel, pour le laps de temps qu'elle a choisi, ils restent attachés l'un à l'autre – comme un couple marié.

— « Comme un couple marié », répétai-je sourdement. Mes lèvres semblaient anesthésiées.

Niall acquiesça d'un hochement de tête et précisa :

— Sans l'option du divorce.

— Et combien de temps a-t-elle..., demandai-je sans finir ma phrase.

Il me semblait m'entendre parler depuis l'arrière de mes yeux et voir depuis le fond de mon crâne. Je connaissais ce subterfuge. Je l'avais déjà employé quasiment à chaque moment décisif de ma carrière.

— Cinquante ans, répondit Niall.

Je baissai les yeux pour m'assurer que je ne venais pas de décoller de mon fauteuil. Mais non : j'étais toujours assise là, et je respirais, même si j'avais l'impression d'avoir été mortellement poignardée. Comment se fait-il que les plaies les plus profondes ne se voient pas ?

— Oh ! lançai-je vaguement.

Je me levai et baissai les yeux pour observer mes jambes, un peu surprise de les voir me porter.

— Oh..., répétai-je en regardant Niall. Voulez-vous m'excuser, je vous prie ?

Je sortis dans le couloir et cherchai mon chemin tout en portant Cirilai à hauteur de mes yeux. La bague sertie de rubis et de diamants que Vayl m'avait offerte nous mettait en communication de bien des façons. L'une d'elles m'assurant de le voir se porter à mon secours s'il me sentait en danger, je fis circuler ce message en m'éloignant de nos quartiers. Bientôt, je pus le sentir venir à moi. Mais il n'était pas seul : toute la bande le suivait, exactement comme je l'avais espéré. Quand on a deux sous de jugeote, on ne laisse pas au *Tolic* la liberté de se mouvoir à sa guise dans l'antre de son ancienne Alliance.

Au détour d'un couloir, je tombai sur eux, Vayl à leur tête, les yeux plissés, les lèvres serrées, signes habituels d'inquiétude chez lui. Dave le suivait de près. Et sur leurs talons, Disa, Sibley, Marcon et les deux gardes au gabarit de sumo, mécontents de devoir rester en arrière et de ne pouvoir encadrer personne vu l'étroitesse des lieux. Je fonçai sur Disa en laissant Vayl et Dave derrière moi, puis je brandis l'arbalète que je tenais à ma main droite, la pressai contre sa poitrine et…

Dans cette fraction de seconde, cette bulle de temps suspendu précédant une mise à mort au cours de laquelle tout se fige, je vis et j'entendis tout ce qui m'entourait.

Le papier peint élégant, jauni et décollé par endroits.

Dave, les yeux injectés de sang et agrandis par la surprise, qui me criait :

— Bordel ! Mais qu'est-ce que tu fous ?

Vayl qui tendait le bras pour me retenir en hurlant :

— Stop !

Les yeux ronds de Marcon tandis que s'imposaient à lui les avantages que pourrait avoir la mort de Disa pour son Alliance.

Le cri de terreur de Sibley, qui couvrit de ses mains croisées sa propre poitrine.

Les efforts désespérés des deux sbires pour écarter les vamps immobiles qui les empêchaient de remplir leur devoir.

Le moment de stupeur de Disa, né de la certitude qu'entre tous l'insignifiante petite *avhar* de Vayl était incapable d'un tel geste.

Résolument, je pressai la détente.

Rien ne se produisit. Je n'avais pas libéré le cran de sûreté en quittant la chambre, et je n'avais pas davantage pensé à le faire en remontant le couloir. Sans doute avais-je voulu croire que c'était déjà fait. Cette méprise me sauva la vie.

— Putain de merde ! Que croyez-vous être en train de faire ? piailla Disa d'une voix si proche du contre-ut que mes tympans vibrèrent.

Une part de moi-même remarqua distraitement un phénomène étrange le long de sa gorge, qui s'agitait d'une manière que ne pouvaient expliquer des déglutitions à répétition. Mais cette observation fut promptement écartée, avec tout le reste. *Qu'est-ce que ça peut bien me foutre ?*

— Vayl est mon *sverhamin*, dis-je sans bouger d'un pouce, même si les gardes avaient bien progressé et pouvaient presque m'atteindre. Il est aussi mon patron, mon partenaire, et mon… (J'en restai là : trop dur d'aller jusqu'au bout.) Si j'avais été là le jour où le Magicien a réduit mon frère en esclavage, j'aurais tiré sur ce salaud entre les deux yeux. Je n'y étais pas, mais aujourd'hui je suis là. Personne ne soumettra contre sa volonté quelqu'un qui m'est cher ! Ni maintenant, ni jamais.

Quand votre flingue vous lâche, les mots peuvent faire bien des dégâts. Mais ils ne peuvent pas grand-chose contre la puissance d'un lien singulier entre vampires. Je tournai le dos avant que Disa ait pu se rendre compte que j'en étais consciente.

Chapitre 10

Je m'éloignai rapidement du petit groupe ébahi. En quelques minutes, je fus de retour dans notre suite et je me jetai sur le lit. Il me fallut trente secondes pour m'apercevoir que ce faisant j'aurais dû normalement en déloger un loup-garou.

— Bordel ! Qu'est-ce qui se passe encore ? maugréai-je en me relevant.

Une rapide fouille de la pièce s'ensuivit. Je ne sais ce qui me poussa à regarder sous les oreillers et derrière le grand tableau. Trop d'heures passées à suivre les pitreries télévisuelles d'*Abbott & Costello*, j'imagine. Je finis par découvrir le petit mot là où il avait glissé lorsque je m'étais affalée : sur le sol, à côté de la porte.

« Jasmine,

Trayton sera plus à l'abri dans ma chambre. J'y ai une issue vers l'extérieur au cas où il faudrait rapidement lever le camp. Il dit que vous allez vous inquiéter, alors soyez gentille de passer dès que possible. Ma porte est la deuxième dans le couloir après celle d'Admes. Vous la reconnaîtrez aux chevaux de guerre sculptés.

Niall »

Après avoir roulé la note en boule, je retombai comme une masse sur le lit. *Trayton…* Il ne manquait plus que lui. Non pas parce que sa disparition m'avait fichu une trouille bleue, mais parce qu'il avait su que tel serait le cas.

Soudain, son odeur dans la chambre se fit trop entêtante. Je revins m'installer au salon dans l'un des fauteuils, les yeux fixés sur le parquet. Les veines du bois dessinaient sur le sol d'intéressants motifs. Stries et tourbillons se combinaient à sa surface plane et dure sous mes pieds. Mes pieds qui battaient sur un tempo de mitraillette. *Voilà qui serait efficace pour se débarrasser de Disa : une décharge en pleine poire, jusqu'à ce que sa tête explose !* D'un bond, je me remis debout et je commençai à tourner en rond.

Chaque pas semblait faire surgir dans mon esprit des noms que j'aurais préféré oublier : Disa, Vayl, Dave, Trayton, Samos. Des images, aussi : mon doigt sur la détente ; Vayl plongeant sa main dans sa chevelure, les yeux noirs et insondables ; Dave, horrifié et un peu nauséeux ; le visage de vamp dans le sang ; le regard confiant de Trayton. Encore et encore, mon esprit faisait défiler la même boucle. Je serrais les dents, furieuse que mon cerveau soit retombé dans la vieille ornière qu'il avait déjà empruntée six mois auparavant, lorsque j'avais perdu mon homme, mes amis ainsi que – peut-être – un peu de ma santé mentale.

Mon portable se mit à vibrer. D'un coup d'œil, je vérifiai qu'il ne s'agissait ni de Dave ni de Vayl. OK. Je pouvais parler à qui que ce soit d'autre.

— Ouais ?

— Jasmine…

Je m'immobilisai au son de la voix douce et basse de Cassandra. Elle faisait partie de ceux – assez rares – dont Trayton avait pu discerner la présence au fond de mon cœur. Elle avait voulu rester à mes côtés pour cette mission comme pour les deux précédentes. Je lui avais rappelé, ainsi qu'à Bergman, qu'ils devaient tous deux veiller à faire tourner leurs affaires, et qu'ils feraient mieux – bon sang ! – de songer pour une fois un peu à eux. Dieu merci, ils m'avaient écoutée. Les savoir ici, au milieu de tout ce cirque, m'aurait été insupportable.

— Quoi ? aboyai-je.

— Tu aboies, constata-t-elle.

Culpabilité instantanée – *maudit soit ce garou !*

— Désolée…, m'excusai-je. C'est juste que… Tu ne devineras jamais ce que je viens de faire. (Je marquai une courte pause.) En fait, ajoutai-je, tu en serais bien capable.

— J'imagine que c'est en rapport avec la vision que je viens d'avoir ?

— Qu'est-ce que tu as Vu ?

— C'est un moment crucial pour toi. Tuer quelqu'un pour de mauvaises raisons provoquerait la mort d'un être cher, dont tu te sens très proche. Je ne vois pas son visage. Juste le tien, couvert de larmes, ravagé par le désespoir.

— Eh bien… voilà qui a le mérite de la clarté. Un autre conseil, avant que j'aille ranger Chagrin au placard ?

Ignorant mon sarcasme, Cassandra poursuivit :

— Juste ceci : la femme que j'ai Vue ne doit pas mourir par ta faute, ou tu ne pourras jamais être unie à Vayl.

— Je ne… c'est-à-dire… Vayl et moi… (*Laisse tomber, Jaz. Inutile de faire des cachotteries à une Voyante.*) À quoi ressemblait-elle ?

En réponse à ma question, Cassandra décrivit Disa dans les moindres détails. *Merde ! Mais ça ne doit pas nous empêcher de la supprimer quand même. Peut-être que lorsque Cole aura fini de…*

— Arrête, Jasmine ! m'interrompit-elle. Tu penses vraiment ce que tu es en train de comploter ?

Je me figeai devant la porte, contre laquelle je laissai mon front reposer un instant. *Putain de Dieu ! Cinquante ans ? À quoi diable pensait-elle donc en…*

Alors, une illumination se fit en moi.

— Cassandra ! lançai-je en me retournant. Je viens d'essayer de tuer la seule personne qui puisse nous conduire jusqu'à Samos. À cause de Vayl. Et sans doute aussi parce que je m'en fais beaucoup pour Dave. Tu le verrais… Il n'a jamais été aussi près de perdre les pédales et ça me rend folle. Mais ça n'est pas ça l'essentiel. L'essentiel, c'est que cette putain d'Alliance est en train de nous transformer en ce que nous ne sommes pas.

— Jasmine…, reprit Cassandra d'une voix douce. Moi, c'est pour toi que je m'en fais beaucoup. À des milliers de kilomètres de distance, je peux sentir la tension dans ta voix.

Je levai les yeux au plafond. Soudain, les crevasses qui y sinuaient semblèrent converger en une forme si vaste que mon cerveau ne put l'appréhender dans sa globalité que durant une milliseconde.

— On dirait que c'est toute cette villa qui nous a sauté à la gorge, expliquai-je d'une voix sourde. Elle nous vide de toute logique et de tout bon sens. Seigneur ! C'est même toute cette Alliance qui est en elle-même un vampire ! Et aussi longtemps que nous resterons sous son toit, nous serons engagés dans une sorte de bataille perpétuelle contre elle.

Je me remis à faire les cent pas dans la pièce tandis que les preuves de ce que j'avançais s'accumulaient dans mon esprit.

— Tout, depuis le début, prouve que nous sommes assaillis : Dave achevant les garous, l'invocation du Lien d'attache par Disa, ma tentative pour la tuer.

— Qu'est-ce que ça signifie, selon toi ?

— Je n'en suis pas sûre. Vayl m'a mise en garde contre la puissance magique de cet endroit. Pour le moment, je ne sais qu'une chose : j'ai compromis notre mission. Et mon job…

Je croisai le regard de la statue, qui me rendit le mien sans aucune pitié lorsque je conclus :

— Qu'est-ce que je vais bien pouvoir faire maintenant ?

Chapitre 11

Je me rallongeai sur le lit en m'efforçant d'ignorer le tableau horrible que j'avais sous les yeux et en faisant passer mes jetons de poker d'une main à l'autre. C'était l'un des hommes de Dave qui me les avait offerts quand nous avions travaillé ensemble lors de notre dernière mission. À cet instant précis, j'aurais bien eu besoin de l'aide de ce gars-là. Les cicatrices de Cam, laissées par une acné ravageuse autant que par une grenade qui l'avait approché de trop près, prouvaient à quel point il était doué pour survivre aux situations merdiques.

— Manifestement, ma vision des choses est pourrie. Peut-être… devrais-je laisser tomber ?

Je m'adressais aux jetons qui cliquetaient entre mes doigts en produisant une musique apaisante. Je m'imaginai en train de rédiger une lettre de démission. Je la vis voleter jusque sur le bureau de Pete, au son de ce glas funèbre qui accompagne la lecture du nom des marins perdus en mer.

Un vrai crève-cœur. Mais pas autant que la perspective de devoir laisser Samos s'en tirer. Je dois vraiment prendre ça en considération. (Une nouvelle fois, je bondis au bas de mon lit.) *Rester ici à broyer du noir me rend folle. En plus, je ne suis pas prête à affronter Vayl et Dave. Que pourrais-je leur dire ? « C'est la vilaine maison qui m'a fait perdre la boule. » ? Ça leur passerait par-dessus la tête. Surtout qu'ils sont remontés contre moi.*

Peut-être que si je trouvais quelques preuves... L'appartement de Hamon ! C'est là que je dois chercher de quoi étayer ma théorie.

Avant de sortir, je laissai derrière moi un mot pour Dave, lui demandant d'appeler Cassandra – la dernière requête de la Voyante avant que nous raccrochions. En me dirigeant vers l'antre de celui qui avait été le roi de cette communauté de vampires, je tentai d'imaginer de quoi pouvaient bien parler Vayl et les autres à cet instant. De cette idiote de Jaz, renégate et meurtrière, sans aucun doute. Vayl tentait-il de dissuader Disa de m'écorcher vive ? Dave m'avait-il couverte de honte en racontant les crises que je piquais au lycée ? Oublions ça... Peut-être Vayl s'efforçait-il de se tirer du piège que Disa venait de lui tendre pour les cinquante années à venir ? Non. Niall avait affirmé que c'était permanent.

Cette seule idée suffit à me rendre dingue et à me faire boxer le mur. Avant que j'aie pu me rendre compte de ce que je venais de faire, une pluie de plâtre s'abattit sur mes épaules. En observant les jointures de mes doigts ensanglantées, je pensai : *C'est encore un coup de l'Alliance. Qui plus est, tu viens de donner ton sang – ainsi que peut-être un morceau de ton âme – à un jeune loup-garou. En n'importe quelle circonstance, cela suffirait à t'embrouiller la cervelle, pas vrai ? Réponds-moi, bon sang !*

Je fis une halte devant le portrait d'une vampire au nez retroussé et aux yeux d'un rouge rubis.

— Que fais-tu, toi, lorsque penser suffit à te faire souffrir ? lui demandai-je. Et à ton avis, comment je me débrouille pour me fourrer toujours dans ce genre de situation ?

À part son regard éternellement affamé, elle n'avait aucune réponse à m'offrir. Alors, je laissai mes jointures ensanglantées glisser le long de son visage. Et lorsque je les retirai, elle pleurait pour moi des larmes d'un sang épais, sinuant lentement sur la toile.

— Bosser…, murmurai-je. Au boulot, Jaz ! Avant d'avoir tout à fait perdu la boule.

J'empoignai ma montre, dont je fis pivoter le bracelet. Ma Bergman spéciale, ainsi mise en marche, émet un bouclier d'insonorisation qui me permet de me déplacer encore plus silencieusement que je le fais habituellement. Dans une maison emplie de vampires à l'ouïe plus développée que celle des éléphants, cela ne pouvait que m'être utile. Mais en m'éloignant de ma suite et en m'enfonçant dans les profondeurs de la villa, je compris que ma montre n'était que le pendant technologique d'un silence plus profond et plus menaçant qui m'était devenu perceptible après mon « échange » avec Trayton.

En passant devant des armures intégrales au garde-à-vous, en me glissant sous des mètres de suspensions en cristal bleu pendues au plafond, en rôdant sur des avenues de moquette si profondes qu'elles ne pouvaient garder l'empreinte de mes pas, j'avais l'impression de pouvoir surprendre un vampire par-derrière, d'être capable de le frapper sous l'oreille et de disparaître avant qu'il ait eu le temps de se retourner. J'adorais cela.

Mais en même temps, je détestais.

Parce qu'il m'était impossible désormais de distinguer ce qui m'allait vraiment de ce qui m'avait été ajouté artificiellement comme de grosses chaussures de clown. J'aurais bien eu besoin d'un expert pour décréter, après un bref regard : « Comme vous pouvez le constater d'après les boucles rousses marquées par une unique mèche blanche, nous avons affaire à une authentique Jaz Parks. La Sensitivité et ses différents accoutrements, bien que remarquables en eux-mêmes, n'altèrent en rien la beauté de cette pièce unique, qui devrait être assurée pour une valeur de dix milliards de dollars. » *Hé ! Quitte à estimer sa valeur, autant y aller franco…*

Tous les sens en alerte, je redressai soudain la tête. Deux vampires au moins arrivaient en face de moi. Ils parlaient fort et avaient l'air en colère. Probablement enrageaient-ils de mes derniers exploits. Dans ces conditions, je n'avais pas spécialement envie de me trouver sur la route de cette tornade en furie que je sentais approcher.

Après m'être ruée sur la porte la plus proche, je l'ouvris et faillis me fracasser le crâne sur une tringle en métal en tentant de me réfugier derrière. Je venais de m'introduire dans une penderie et ma tendance à la claustrophobie me fit étouffer un cri lorsque je me retrouvai coincée dans le réduit obscur.

— Putain ! lâchai-je dans un souffle. C'était moins une…

— Cela irait mieux encore si vous vouliez bien vous reculer un peu.

— Merde !

Je me retournai d'un bond et faillis me scalper une fois de plus. La créature qui venait de s'exprimer était tapie dans un coin, son visage dissimulé derrière le bas de manteaux en cuir et en fourrure.

— Ne bougez pas ! lançai-je sèchement. Et ne vous avisez pas de trahir ma présence !

— Est-ce que j'ai l'air de quelqu'un qui a envie d'être découvert ?

Un point pour lui. Je brandissais ma seringue d'eau bénite entre mes doigts serrés. Je l'avais dégainée à l'instant où j'avais découvert que je me retrouvais bouclée avec un vampire. Je ne m'expliquais pas pourquoi je n'avais pas senti sa présence tout de suite mais ce n'était pas le moment de chercher à le savoir. Des spécimens autrement plus costauds et inquiétants – Rastus et Genti – approchaient du placard. Genti avait l'air d'en avoir gros sur la patate. Malheureusement, il s'exprimait en langue vampire.

Je collai mon oreille contre la porte et me concentrai pour saisir les quelques mots qui m'étaient perceptibles. À n'en pas douter, leur conversation ne comportait pas de répliques du genre : « Je suis venu en paix » ou « Merci, mais je préférerais un peu d'eau ». Enfin, j'entendis un mot que je reconnus aussitôt : « loup-garou ».

Ah ! Rastus a donc dû finir par admettre qu'il avait perdu la trace d'un loup mort et d'un ours vivant. Genti a l'air plus que furax de l'apprendre. J'aimerais tant pouvoir être aux premières loges pour ce remontage de bretelles...

Je reconnus un autre mot qui me fit aussitôt me rencogner dans les profondeurs de la penderie. Genti venait de dire « dehors » en s'arrêtant face à la porte derrière laquelle je me cachais. Petit problème : le vampire inconnu, mon voisin de placard, venait de décider que le coin dans lequel je me trouvais lui offrirait un meilleur abri. Nous nous mîmes en mouvement en même temps, mais, plus rapide que moi, il parvint à me coiffer au poteau et je me retrouvai donc tapie contre ce que j'espérais être son épaule.

Je fis de mon mieux pour me détendre puisque certains vamps, tels que Vayl ou Niall, sont capables de sentir les émotions humaines les plus fortes. Plus facile à dire qu'à faire lorsque vous êtes déjà à cran et que les deux ploucs qui voudraient le plus vous voir morte sont à deux doigts de vous mettre la main dessus...

En voyant la porte s'ouvrir, je m'arrêtai de respirer – et même de penser.

Sans cesser de hurler comme un sergent instructeur qui vient de découvrir des marchandises de contrebande dans son vestiaire personnel, Genti tendit le bras dans la penderie et arracha un manteau au col de fourrure de son cintre. Puisque Rastus portait encore quant à lui son blouson d'aviateur, l'instant d'après la porte se referma et ils s'éloignèrent. Néanmoins, je comptai jusqu'à deux cents avant de reprendre mon souffle et de pousser un long soupir de soulagement. Mon compagnon choisit cet instant pour demander :

— Est-ce votre derrière qui vibre ainsi ?

Cole ! On peut dire que tu sais choisir ton moment ! Je me redressai en vitesse en m'efforçant de sortir mon portable de ma poche mais ne réussis ce faisant qu'à me cogner violemment le coude contre le mur.

— Aïe ! Oh, merde ! Que ça fait mal ! On devrait toujours y réfléchir à deux fois avant de lever le coude...

Je m'étais réfugiée contre le mur du fond de la penderie où je frottais vigoureusement mon os tout en observant mon sauveur, toujours accroupi dans son coin, le haut de son visage caché par un imperméable noir.

— Écoutez… j'apprécie votre aide, repris-je au bout d'un moment. Mais je dois vous prévenir que je suis armée d'une seringue d'eau bénite. Alors, si vous avez faim, vaudrait mieux oublier de chercher votre quatre-heures de mon côté.

— Même en rêve, je n'oserais jamais vous faire de mal.

— Waouh ! Ce mensonge est encore plus puant que les pets de mon père les dimanches de Super Bowl !

Un rire discret s'éleva.

— D'accord, dit-il. Admettons que je puisse rêver de votre souffrance, mais seulement si elle est mêlée à un intense plaisir – et uniquement en rêve.

Toute trace d'amusement disparut dans le ton de sa voix. La suite de sa confession tomba comme une bombe des soutes d'un B52.

— Ma réalité est devenue un tel cauchemar que je me suis juré de ne laisser personne la partager avec moi.

— Tant que vous vous planquez dans un placard, cela ne risque pas de se produire.

— Vous vous cachiez pour leur échapper, vous aussi.

— Ouais. Et alors ?

— Réplique américaine typique.

— D'accord… Faisons un marché, tous les deux.

— Tactique américaine typique.

— Bon sang, ce que vous pouvez être *vieux jeu* !

— Vous ne croyez pas si bien dire.

Il y avait dans sa réponse une pincée de cet humour caustique dont Vayl faisait preuve lui aussi quand il évoquait notre différence d'âge. Mais ce qui dominait, c'était le désespoir, ce désespoir que l'on reconnaît quand on est soi-même tombé dans un puits sans fond.

— Manifestement, constatai-je, vous n'êtes pas un grand fan de Rastus et Genti, vous non plus. Alors pourquoi ne me diriez-vous pas ce qu'ils étaient en train de raconter ? (*J'aimerais bien connaître l'ampleur de la raclée que Rastus était en train de se prendre. Quand je vais raconter ça à Trayton, il se tordra de rire !*) Si vous acceptiez de me faire une rapide traduction, je pourrais…

— Que pourriez-vous faire pour moi ? m'interrompit-il d'une voix soudain chargée d'amertume. Me rendre ma place au sein du *Vitem* ? (Je ne lui répondis pas.) Impossible ? ajouta-t-il. Dans ce cas, en échange de cette information si précieuse… (Il se pencha en avant, de manière à se laisser voir.) Vous pourriez peut-être me rendre mon visage ?

Chapitre 12

J'ai dormi avec une veilleuse jusqu'à l'âge de six ans. Au lycée, quand je rentrais tard après un rendez-vous, j'étais prête à défaillir de peur au moindre bruit tant que je n'avais pas actionné l'interrupteur de ma chambre. Je savais précisément ce qui pouvait se tapir dans les ténèbres si je n'étais pas vigilante, et ça me foutait une trouille bleue. Je n'avais simplement pas imaginé que mes peurs enfantines me poursuivraient bien au-delà de la vingtaine.

Quand le vamp se montra, ma tête partit en arrière sous l'effet de la surprise et cogna contre le mur. J'eus l'impression que mon cœur cessait de battre pendant trois bonnes secondes avant de se décider à redémarrer. Si je l'avais pu, j'aurais foncé à travers portes et cloisons jusqu'à l'entrée de cette foutue baraque pour m'en tirer au plus vite et ne plus jamais y remettre les pieds.

— *Et après ?* demanda Mamy May, qui avait en main du cœur à ne plus savoir qu'en faire et qui s'efforçait de le signaler discrètement à Sitting Bull sans que les autres joueurs la remarquent. *Un peu de sérieux, Jasmine. Tu n'arriveras jamais à rien si tu continues à fuir le monstre caché dans le placard…*

— *Au moins,* songeai-je avec entêtement, *je n'aurai plus à le regarder.*

— *Je dois l'admettre.*

— *Un peu, mon neveu ! Et tant que tu y es, tu pourrais peut-être me dire aussi ce qui sur terre est capable de bouffer ainsi le visage d'un vampire au point qu'il ne puisse plus se reconstituer.*

Il n'avait plus d'yeux – ni même d'orbites, d'ailleurs. Son nez et sa joue droite… n'étaient simplement plus là. À leur place, on distinguait parfaitement ce que l'on n'est jamais supposé voir : la masse d'os et de tissus derrière un visage. Mais le tout n'était pas proprement incisé, à la manière d'un écorché. Les chairs étaient à vif mais également déchiquetées, lacérées, surtout au-dessus de la mâchoire supérieure et à la joue gauche.

— On ne devrait pas survivre à certaines blessures, dit-il.

À présent que nous n'avions plus à chuchoter, la tonalité nasillarde de sa voix, dont la résonance avait disparu avec ses narines, me frappa particulièrement.

— Qu'est-ce qui vous a fait ça ? m'enquis-je.

— Vous ne me demandez pas « qui » l'a fait ?

— Ce n'est donc pas l'œuvre d'un garou ?

Le vamp secoua négativement la tête. J'aurais préféré qu'il s'en abstienne.

— Disa, répondit-il dans un murmure.

Je me laissai glisser contre le mur jusqu'à m'asseoir sur mes talons et constatai à mi-voix :

— J'ai su que quelque chose clochait chez elle dès l'instant où je l'ai vue – plus exactement, je l'ai *senti.*

Et maintenant, Vayl se retrouve lié à elle contre son gré. Mon coude vint une nouvelle fois heurter le mur – le même que celui qui avait déjà morflé précédemment. Je serrai les dents pour supporter la douleur qui irradiait jusqu'aux doigts et à l'épaule.

L'autre tourna la tête vers moi. J'aurais aimé pouvoir poser une serviette ou quelque chose d'aussi opaque sur son visage mutilé. Je supportais difficilement d'avoir sous les yeux les dommages que Disa lui avait causés.

D'accord ! Tu sais quoi ? Tu vas arrêter tout de suite de réagir comme une mauviette. Ta carrière est peut-être bonne à jeter à la poubelle ; quant à ta relation avec Vayl – enfin ce qui en tient lieu – elle est aussi vacillante qu'un malade atteint de Parkinson. Mais tant que tu fais encore partie de la CIA, assume et conduis-toi en pro.

— Que voulez-vous dire ? s'étonna-t-il. Disa avait une odeur étrange pour vous ? Seriez-vous une Sensitive ?

Je pris une profonde inspiration et répondis :

— Oui, j'en suis une. Et à la première question, la réponse est également positive. Disa empeste. L'équivalent psychique d'une couche souillée en train de flamber. Maintenant, à vous. Dites-moi tout ce que vous pouvez me dire.

Le vamp se tassa sur lui-même et ramena ses mains sur sa tête, comme s'il avait voulu protéger ses traits mutilés du souvenir de l'attaque.

— Je ne vous connais même pas…, protesta-t-il.

— J'imaginais que partager un réduit de la taille d'un placard à balais pouvait nous dispenser des formalités, mais puisque vous y tenez… Je m'appelle Lucille

Robinson. J'accompagne Vayl et nous sommes venus ici pour aider votre Alliance à négocier avec Samos.

— Vayl est de retour ? s'étonna-t-il en redressant vivement le menton.

— À l'invitation d'Eryx. Nous ne savions pas qu'il avait été tué, avant d'arriver ici ce soir.

— Si seulement nous avions su que Vayl arrivait…, murmura le vampire. L'issue aurait pu être tellement différente.

— Que voulez-vous dire ?

Son soupir me fit frissonner. Aucun bruit n'aurait pu me paraître plus étranger.

— Je m'appelle Blas, dit-il enfin. Je faisais partie d'un groupe, au sein de l'Alliance, qui ne croyait pas que Hamon Eryx était mort par accident et qui n'acceptait pas Disa en tant que nouvelle *Deyrar*.

Je me rappelais que Vayl s'était inquiété de l'absence d'un certain nombre de vamps au nombre desquels figurait celui-ci.

— Que s'est-il passé ? demandai-je.

— Il est… pénible pour moi de me le rappeler. Nous étions tous réunis dans la grande salle pour la Veillée. (Blas soupira.) Je ne vais pas vous accabler avec les détails d'une succession à la tête d'une Alliance. Disons simplement que les Articles de Transformation ne devaient pas être lus avant le lendemain soir.

Blas fit une pause pour tendre l'oreille, comme s'il avait entendu quelqu'un venir à l'extérieur de notre petit ascenseur pour nulle part. Je fis usage de mes propres perceptions et ne repérai rien d'autre qu'un urgent désir de FUIR. Je me surpris à chercher un passage dérobé. Je sais, c'était bien inutile, mais que voulez-vous… c'était l'espoir irrationnel d'en trouver un malgré tout qui me permettait de rester dans ce trou. Au lieu d'écouter ce vamp narrer sa triste histoire, je n'aurais rien souhaité d'autre que m'enfuir en courant, mes jambes se démenant tellement à la surface de l'océan que je n'aurais pas eu besoin de bateau pour le traverser. Je ne trouvai rien derrière moi. En revanche, sur ma gauche, mes doigts parvinrent à repousser un panneau de bois libérant un espace assez grand pour que je puisse m'y loger, de la hanche à l'épaule. Déjà, je me sentais dix fois moins stressée.

Blas, lui, poursuivit son récit.

— Camelie venait de terminer la récitation du Chant de McNaight lorsque Disa est entrée dans le cercle des Orateurs. Elle n'avait rien à y faire. Jusqu'alors, elle n'avait été qu'une *knaer*. Sa présence n'avait été que tolérée parmi nous, d'abord parce que Vayl l'avait demandé, ensuite parce qu'elle avait fait preuve de son aptitude à recruter des donneurs volontaires. « Je réclame le calice ! » s'est-elle exclamée. D'un geste théâtral, l'index pointé, elle a désigné les gardes personnels de Hamon, deux énormes humains muets qui portaient le coffret renfermant la coupe dorée. À la fin de la cérémonie, le ou la nouvelle *Deyrar* devait y boire le sang que nous y aurions tous versé pour la remplir. « Silence ! » a ordonné Aine. Elle avait secondé Hamon et, dans l'esprit de chacun, elle devait lui succéder. « Si tu parviens à observer les traditions de notre Veillée, nous t'autoriserons peut-être demain à t'exprimer en tant que membre à part entière de notre Alliance. » Le camouflet était cinglant. Aucun d'entre nous n'avait pris au sérieux la déclaration de Disa. *A posteriori*, bien sûr, il est facile d'affirmer que nous n'aurions pas dû sous-estimer son ambition ou sa brutalité. Mais ce qui me surprend davantage, c'est que nous n'ayons rien vu venir et qu'elle soit arrivée à ses fins sans révéler ses plans à personne. L'arrogance est la marche fatale sur laquelle tout le monde glisse un jour.

— Tout le monde ? répétai-je. Il me semble pourtant que Disa a très bien su négocier cette marche-là…

— Exact. Mais elle avait préparé son coup si minutieusement que même une maladresse de sa part n'aurait pu la faire chuter. Elle s'est dirigée vers Aine, les longues manches de sa robe voletant derrière elle telles des couleuvres apprivoisées. Aine faisait au moins quinze centimètres de plus qu'elle, et pourtant Disa semblait la dominer d'une bonne tête. « Je ne pense pas que tu m'aies bien comprise ! » a-t-elle hurlé en saisissant sa rivale à la gorge. « JE suis ta nouvelle *Deyrar* ! » « Lâche-moi ! » s'est écriée Aine en portant les mains à sa gorge pour se libérer de l'étau qui l'enserrait. Cela aurait suffi à éloigner un vampire moins puissant. Mais sans se laisser déstabiliser, Disa a tenu bon et son cou s'est mis à onduler de manière horrible. Comme si elle s'était transformée en énorme grenouille taureau, un coassement sourd s'est échappé de ses lèvres. La peau de son cou, devenue translucide, a éclaté. Il en est sorti une sorte d'appendice en forme de bec, semblable à un poing serré couvert de sang. Celui-ci s'est ouvert, révélant des dizaines de vrilles rose chair d'allure assez inoffensive. La suite s'est passée si vite que même mes yeux ont eu du mal à l'enregistrer. Les vrilles se sont catapultées sur le visage d'Aine. Elles se sont accrochées de la naissance des cheveux au-dessous de son menton et…

Blas marqua une pause, reprit son souffle en hoquetant et conclut :

— … et elles lui ont arraché le visage.

Je croisai les mains sur ma poitrine, dans l'espoir que cela suffirait à m'empêcher de bégayer, tant ma stupeur était grande à la découverte de la vérité.

— Ainsi, demandai-je tout bas, Disa est une Vera ?

— Qu'est-ce que ça veut dire ?

— C'est un terme employé par la CIA, inspiré du nom de la première alterhumaine à s'être débrouillée pour transcender les frontières caractéristiques de sa propre biologie. Les Veras ont appris à maîtriser des mutations qui devraient normalement s'effectuer sur des milliers d'années. Mais leur effet n'est pas permanent. Ils peuvent passer d'un état à un autre. Sans doute était-ce ce que Disa voulait dire en évoquant cette « évolution » qu'elle appelait de ses vœux. Mais comment est-elle parvenue à ce résultat ?

Blas fit « non » de la tête, provoquant une nouvelle pause de mon palpitant avant qu'il se décide à repartir de plus belle. À ce rythme-là, j'allais avoir besoin d'un pacemaker avant d'avoir atteint la trentaine !

— Nous n'en avons aucune idée, répondit-il. Mais les vampires sont de terribles snobs en matière de pureté raciale. Le fait qu'elle ait accepté – et même recherché – un changement si radical en dit long sur le rôle qu'elle a joué au sein de l'Alliance depuis que Vayl l'y a amenée, et à quel point elle est décidée à la faire évoluer.

— Ouais. Mais… pour en revenir à cette pauvre Aine ?

Replongé dans ses souvenirs, Blas se tordit les doigts et répondit :

— Elle a essayé de hurler, mais il ne lui restait rien qui lui aurait permis d'émettre le moindre son. Elle s'est effondrée sur le sol, le sang cascadant à gros bouillons de ses plaies. En piteux état, mais pas morte, non. Elle n'a pu mourir.

— Que s'est-il passé ensuite ?

— Nous nous sommes précipités sur Disa, mais elle avait déjà mis les gardes de Hamon dans sa poche, ainsi que Genti et sa bande. Les gardes ont eu Fielding et Panos avec leurs arbalètes. Camelie s'est battue comme une tigresse contre Genti et Rastus, qui ont fini par avoir le dessus et par lui trancher la tête. Il ne restait plus que moi pour combattre Disa.

— Attendez une seconde… Où étaient Niall et Admes ? Sans parler de leur gardien humain, qui était encore de ce monde à l'époque. Je ne les connais pas bien, mais ils ne me semblent pas du genre à assister à un tel combat sans prendre parti.

— Elle avait même pensé à cela. Niall et Admes sont, sans aucun doute, les meilleurs combattants parmi nous. Mais à la mort d'un *Deyrar*, les boucliers qui protègent le territoire d'une Alliance faiblissent. En conséquence, dans les jours qui suivent et jusqu'à la fin de la Veillée, nos plus valeureux guerriers doivent garder les frontières. Tous trois étaient donc à l'extérieur, aux limites de la propriété, en train de patrouiller pour éviter toute intrusion. Ils ne pouvaient rien faire. Il ne restait que moi pour détruire la menace.

Les mains posées sur ses cuisses, il serra les poings avant d'ajouter :

— Vous pouvez constater par vous-même ce qui est advenu. Bien que j'aie réussi à infliger à Disa la morsure de ma *cantrantia*, qui me permet de liquéfier la chair et les os, elle est parvenue à se protéger : les blessures que je lui ai infligées ont guéri instantanément. En représailles, ses tentacules aussi affûtés que des rasoirs m'ont arraché une partie du visage.

— Je me demande pourquoi...

Je me tus sans conclure. Le moment était mal choisi pour un cours d'anatomie. Je ne pouvais tout de même pas... Mais après tout, pourquoi pas ? Difficile de connaître ses réactions, sans expression à déchiffrer. Je décidai finalement que j'avais davantage besoin de savoir que de protéger son amour-propre. Peut-être cela l'aiderait-il, sur le long terme.

— J'ai vu des vampires survivre à des blessures qui auraient été fatales à n'importe quel être humain, repris-je. Et se réveiller le lendemain soir complètement guéris. Les dommages qui vous ont été infligés étaient-ils trop graves ou...

Il secoua la tête et nasilla :

— C'est à cause de ces tentacules. J'ai pu sentir leur morsure électrique lorsqu'ils m'ont atteint. Ils ont dû libérer un acide spécial, qui a rongé ma chair en l'empêchant de se régénérer. Quand je suis tombé au sol, Sibley et Marcon m'ont ramené chez moi. J'ai repris conscience sous cette apparence monstrueuse. (Blas pressa ses paumes contre ses tempes, comme s'il avait pu par la seule force de sa volonté recouvrer l'intégrité de son visage.) Je n'ai jamais été bel homme, confia-t-il dans un murmure. Mais je me rappelle que ma mère, autrefois, il y a bien longtemps, me disait que j'avais des yeux d'ange. (Il posa le front contre ses genoux.) Mes yeux..., gémit-il. Oh ! Ils me manquent tellement !

— On fait d'excellentes greffes de visage, de nos jours...

Je me sentais idiote de dire cela. Au fond, que savais-je de ce type ? Il avait fait partie de l'Alliance quand Vayl l'avait quittée. Donc, quoi que sa mère ait pu en dire, il n'avait rien d'un ange. Pourtant, son affliction était si sincère et profonde que je ne pouvais m'empêcher de me sentir désolée pour lui.

— J'ai lu quelques gros titres là-dessus, poursuivis-je. Il ne doit pas y avoir énormément de demande, mais... eh bien... il me semble juste que...

Je me tus parce que Blas faisait de drôles de bruits qui ressemblaient dangereusement à des sanglots. Et ce que je voulais éviter par-dessus tout, c'était de me retrouver enfermée dans un placard en compagnie d'un vampire en pleurs.

— Vous pensez que... c'est possible ? demanda-t-il en reniflant tant et plus.

— Je ne peux pas vous l'assurer. Mais vous savez, c'est une piste à explorer.

— Oui, peut-être. Excusez-moi, mais... votre arrière-train ne serait-il pas encore en train de vibrer ?

Je sortis mon portable et m'étonnai :

— Comment l'avez-vous su ? Je n'étais plus appuyée contre vous, cette fois.

Blas haussa les épaules et répondit :

— J'ai senti la vibration se propager dans le mur. Qui vous appelle ?

— Un type qui s'imagine qu'il veut m'épouser. Il ne comprend pas à quel point nous serions malheureux ensemble et il n'arrête pas de m'envoyer des textos.

— En d'autres termes, vous n'avez pas su lui dire « non ».

— Je n'ai pas encore trouvé le moyen de le faire. Je ne veux pas lui sortir cette vieille rengaine : « Je voudrais être ton amie mais la femme de quelqu'un d'autre. » J'ai comme l'impression que c'est le meilleur moyen de ne plus jamais revoir un gars qu'on aime bien. Mais je ne veux pas non plus le mener en bateau. Alors, je marche en permanence sur la corde raide et je commence à avoir les pieds très, très fatigués...

Rapidement, je lus les deux derniers messages. En m'entendant rire, Blas demanda :

— Que dit-il ?

J'eus d'abord l'idée de lui répondre que ce n'était pas ses oignons, mais il avait l'air tellement misérable, là, blotti dans son coin... En plus, c'était chouette d'avoir enfin quelqu'un à qui parler. Quelqu'un qui, par impossibilité physiologique, ne pouvait pas me toiser avec mépris parce que j'avais laissé ma vie devenir un tel chantier.

— Le premier dit : « Si je dois rester assis une heure de plus, mon cul va finir par ressembler à une plaque d'égout. Hé ! Attends une minute... »

J'entendis Blas rire doucement.

— Et le deuxième ?

Il avait demandé cela avec une telle avidité que je ne pus m'empêcher de me demander depuis quand il n'avait parlé à personne. Passait-il toutes ses heures de veille dans ce placard aussi étroit qu'un cercueil ?

— Il dit : « Super ! Maintenant, j'ai besoin de pisser. Je n'aurais peut-être pas dû boire ce huitième café. En plus, je suis remonté comme un coucou. Tu crois que quelqu'un me verrait, si j'écrivais mon nom à la pisse dans la neige avant d'effectuer une danse de Saint-Guy autour ? »

Blas laissa fuser un soupir de ravissement.

— Votre ami a l'air amusant, commenta-t-il.

— Ouais.

— On dirait qu'il vous rend mélancolique.

— Il a été un meilleur ami pour moi que je ne l'ai été pour lui. Il me manque. Surtout maintenant, alors que…

Alors que tout se casse la gueule.

Je dois l'admettre : l'espace de trois secondes, l'envie de squatter le coin de cette penderie que Blas n'avait pas fait sien me passa par la tête. Roulée en boule, en position fœtale, je n'aurais pas pris beaucoup de place. Me voir me balancer et pleurer toutes les larmes de mon corps l'aurait peut-être irrité un peu, mais ça lui aurait passé au bout de quelques heures. Ensuite, nous nous serions sans doute très bien entendus, tous les deux. J'aurais arpenté le placard en rebondissant contre les murs tous les trois pas, comme un Roomba [1] effectuant la valse de l'aspi. Il aurait apprécié de m'entendre lui raconter tous mes exploits – oui, c'est comme ça qu'on les appelle : des « exploits ». Mais finalement, sans doute aurait-il fini par avoir les crocs et par me les planter dans le cou, ne me

1. Robot aspirateur entièrement automatique commercialisé en 2002 par la société iRobot. (*NdT*)

laissant d'autre choix que de le pulvériser. *Tu sais quoi ? Rien à foutre !*

— Pourquoi vous manque-t-il plus particulièrement maintenant ? insista Blas gentiment.

— Parce que, en dépit des sentiments indésirables qu'il nourrit à mon égard, il m'aide la plupart du temps à trouver la troisième voie que je cherche, répondis-je. Ensuite, il dit ou fait quelque chose que je trouve absolument hilarant. (Un soupir m'échappa.) Mais en même temps, je voudrais qu'il soit loin, très, très loin de moi. (La tête penchée sur le côté, Blas paraissait ne pas très bien me suivre – ce qu'il n'était pas censé faire de toute façon.) Peu importe, conclus-je. Je vais devoir y aller.

Je ne pouvais lui expliquer que Cirilai avait commencé à se manifester à moi. J'allais devoir reporter à plus tard ma petite enquête dans les appartements de Hamon. De toute façon, j'ignorais toujours comment venir à bout du charme mortel qui condamnait sa porte. Pour le moment, l'urgence était de ramener mes fesses auprès de Vayl avant que la bague commence à me brûler le doigt. *Mince alors !*

— Je reste ici pour participer aux négociations avec Samos, expliquai-je à Blas avant de sortir. Et je repars tout de suite après. Si l'option de la chirurgie plastique vous branche, faites-le-moi savoir. Je ferai en sorte que vous puissiez grimper dans l'avion qui me ramènera. Marché conclu ?

— Marché conclu.

Chapitre 13

Assis près de la fontaine, Vayl et Dave regardaient l'eau fangeuse glisser sur les seins parfaits de la statue. Ils avaient l'air bien plus captivés par l'élément liquide que par les nichons, ce qui en disait long sur leur état d'esprit, mais le mien ne valait guère mieux et je le remarquai à peine.

Le silence était tel que, lorsque j'eus refermé la porte, j'eus l'impression d'avoir relevé un pont-levis. Je m'adossai au vantail, ne souhaitant pas m'engager dans la pièce plus que nécessaire et m'assurant une issue qui pouvait se révéler utile dans un proche avenir.

Finalement, Vayl tourna son regard vers moi et dit :

— Êtes-vous devenue complètement folle ? Si je n'avais pas réussi à rattraper la situation par de belles paroles, votre sortie ridicule aurait suffi à ruiner toute notre mission ! À quoi pensiez-vous donc ? Vous avez perdu toute maîtrise de vous-même ?

Je foudroyai Dave du regard. Il eut le bon sens de répondre à ma colère naissante par une expression d'absolue neutralité. Je reportai mon attention sur Vayl et sentis le sang pulser sourdement dans ma tête en me retrouvant la cible de son courroux. Distraitement, je remarquai que ses prunelles étaient demeurées de la même couleur brune durant toute sa tirade. Quand il est en colère après moi, elles virent habituellement au noir. Parfois, il y jaillit même de petits éclats rouges semblables à des lasers braqués sur mon front.

— J'ai parlé à Niall, annonçai-je. Il m'a raconté que vous aviez « forcé » Disa et qu'elle venait de vous « attacher » à elle… pour une durée d'un demi-siècle.

Il avait au moins eu l'élégance de tiquer lorsque j'avais prononcé le mot « forcé ».

— J'étais décidé à vous en parler, répondit-il. Mais je croyais qu'elle était morte et que cela me laissait la liberté de vous l'annoncer quand cela m'aurait le mieux convenu. Une fois que nous sommes arrivés ici, tout s'est passé si vite que…

— Ouais, je vois le topo. Mais vous êtes un vampire puissant et redouté. Comment se fait-il que cette petite raclure ait réussi à vous avoir si facilement ? À moins que vous ayez *voulu* renouer vos liens avec elle ? Il vous tardait de pouvoir vous débarrasser de cette grande gueule d'Américaine bourrée de complexes pour vous blottir auprès de votre ancien flirt, pas vrai ?

Je le crucifiai du regard et la fureur m'obscurcissait l'esprit, m'empêchant de réfléchir. *Tu es injuste !* glapit Mamy May en s'agrippant aux accoudoirs de son fauteuil. *Arrête ça tout de suite et regarde un peu ce que tu es en train de faire !* Mais j'en avais marre d'écouter cette vieille chouette. À quand remontait sa dernière intervention utile ?

Vayl se dressa d'un bond.

— Ça doit être ça ! railla-t-il. Revoir Disa m'a ramené à la mémoire tant de bons souvenirs que j'étais impatient de pouvoir me débarrasser de vous. Au moins, maintenant, je peux compter sur quelqu'un qui réfléchit aux conséquences de ses actes avant d'agir.

Sa voix était aussi dure et tranchante que cette épée qu'il gardait toujours près de lui dans sa canne. D'ailleurs, où était-elle passée ? Peu importait. Seule comptait cette douleur atroce qui continuait à s'épancher en moi.

D'un geste sec, j'arrachai Cirilai de mon doigt, sans tenir compte de la douleur fulgurante qui faillit me plier en deux lorsque le lien qui me reliait à Vayl fut rompu.

— Tenez ! lançai-je en expédiant la bague dans le fauteuil le plus proche.

Je soutins son regard et constatai que ses yeux restaient de ce brun chaud qui était leur couleur habituelle. J'aurais voulu le cogner... Ses lèvres étaient retroussées, découvrant ses crocs. Je n'avais jamais vu passer cette expression sur son visage, aussi ne reconnus-je pas les émotions qu'elle trahissait. De toute façon, je m'en foutais. La rage en moi m'avait transformée en boule de glace et m'entraînait le long d'une pente couverte de neige. Au fur et à mesure de sa chute, la boule grossissait et prenait de la vitesse, emportant tout sur son passage.

— J'avais tellement honte de ce que j'ai fait que j'étais prête à quitter mon job, repris-je d'un ton rageur. Vous vous rendez compte ? J'étais prête à renoncer à la carrière qui m'a empêchée de devenir folle ! Mais maintenant, je m'aperçois que le vrai problème est ailleurs. Ce qui ne va pas, c'est vous et moi, vampire ! Je vais mener cette mission à son terme, parce que je suis une pro. Mais dès que nous aurons regagné l'Ohio, vous pourrez vous chercher quelqu'un d'autre. Quelqu'un qui se fichera de savoir que tout ce que vous voulez, c'est une marionnette à faire danser au bout de cette bague !

Je m'apprêtais à faire une sortie théâtrale, en pivotant sur mes talons pour foncer dans la chambre et claquer la porte si fort que le tableau cauchemardesque serait tombé du mur, mais un ululement d'alarme d'incendie se fit entendre. Un instant plus tard, Sibley surgit dans la pièce et ordonna :

— Tout le monde dehors ! La villa est en feu…

Une demi-heure plus tard, nous étions de retour dans notre suite. Apparemment catastrophiste, Sibley nous avait fait évacuer sans cause réelle. Les trois incendies qui s'étaient simultanément déclarés sur la propriété n'avaient jamais menacé notre sécurité. Ce qui demeurait un mystère, c'était ce qui avait pu les provoquer. L'un avait démarré dans le garage, un autre dans la grande salle et le dernier dans le hangar à charrettes. Tous trois avaient été immédiatement repérés par des détecteurs installés dans les murs et plafonds et rapidement éteints.

Dave, fasciné par l'incident, se perdait en conjectures et arpentait le salon en lançant des hypothèses. Vayl, lui, s'était installé à l'extrémité de la table. Je me tenais debout près de la porte de la chambre, regrettant de n'avoir rien de mieux à faire. Ce que je ressentais, c'était la distance qui me séparait désormais de mon boss : tout un univers compressé en quelques mètres de vide entre nous. Cirilai pendait désormais à une chaîne passée autour de son cou. C'était là qu'il l'avait portée pendant des siècles avant de me l'offrir. Repoussant la souffrance que me causait cette simple idée, je me forçai à me concentrer sur ce que disait mon jumeau.

— C'est peut-être la ligue de l'ours-garou qui a fait le coup. Ils ont voulu se venger de ce que l'Alliance avait fait subir à l'un d'eux.

— Je ne pense pas, intervins-je. Il m'a promis qu'ils ne tenteraient rien tant que nous n'aurions pas achevé notre mission.

— Et tu t'imagines qu'il va tenir parole ? demanda Dave d'un ton désabusé, en arquant un sourcil.

— Oui, je crois que… (Je m'interrompis et jetai un coup d'œil à Vayl.) En fait je n'en sais rien, rectifiai-je. Il semble que je ne sois pas très douée pour juger de ce genre de choses.

Vayl se leva d'un bond, les sourcils joints et froncés formant une barre menaçante.

— Vous êtes si…

— Si quoi ? l'interrompis-je.

Il se figea, inspira profondément et répondit :

— Peu importe.

Une fois de plus, je ne parvins pas à interpréter le regard qu'il me lança. Je décidai que je m'en fichais. Les faits sont têtus, que voulez-vous. Il partageait avec Disa un lien surnaturel. Le sachant, chaque fois que je me trouvais près de lui, j'avais l'impression qu'elle était dans la pièce avec nous. Et cela me donnait envie de casser quelque chose.

Dave laissa ses yeux courir de lui à moi, et de moi à lui. Il palpa ses poches et, les trouvant vides, laissa ses mains retomber.

— Je devrais peut-être aller voir sur place ce qui a pu déclencher ces incendies, annonça-t-il. Et essayer de découvrir ce qu'ils ont en commun. (Il marmonna ensuite quelque chose entre ses dents, ce qui ne m'empêcha pas de l'entendre.) M'éloigner de vous deux me fera des vacances, aussi…

Un long silence glacial retomba entre Vayl et moi. Après quelques instants d'une extrême tension, il riva ses yeux sur les miens et expliqua :

— Si votre arbalète s'était déclenchée, vous m'auriez anéanti en même temps que Disa.

Du plat de la main, il chassa quelques poussières sur son pantalon, m'accordant le temps nécessaire pour assimiler l'information. Mais j'eus beau la retourner dans tous les sens, elle n'en avait aucun pour moi. Il me fallait l'entendre répéter ça.

— Que voulez-vous dire ?

— Les liens qui unissent un Créateur à sa Créature vont au-delà de simples obligations contractuelles. Pour les cinquante années à venir, si l'un de nous deux meurt, l'autre mourra aussi.

Je pris conscience que je secouais la tête sans pouvoir m'arrêter. Réaction typique de déni. L'histoire de ma vie…

— Vayl, je n'ai jamais voulu…

Je me tus parce que, soudain, il fut là devant moi, aussi proche qu'une ombre. Et en plongeant mon regard dans le sien, je vis que ses yeux avaient finalement changé de couleur pour adopter le pourpre profond d'un bleu naissant.

— Dites-moi, Jasmine…, dit-il d'une voix aussi rauque que celle de Rastus après avoir eu la gorge percée par une lame. Comment se fait-il qu'ayant eu le cran de pointer Chagrin contre la poitrine de Disa et d'appuyer sur la détente, vous n'ayez plus celui de vous battre pour nous deux ?

Le mur, derrière moi, parut onduler dans mon dos, mais je savais que c'était mon propre désir de me jeter dans les bras de Vayl qui se manifestait ainsi. Ce qui n'avait aucun sens. N'étais-je plus en colère contre lui ?

— Niall m'a fait comprendre que la situation était sans espoir, lui répondis-je. Ce que vous venez de confirmer aussi.

Il éleva sa main à hauteur de mon visage, effleura ma joue et descendit le long de mon cou. Je réprimai l'envie de tendre les bras vers lui et de pétrir sa chair entre mes doigts.

— Oui, répondit-il. Cela m'a d'abord semblé être le cas. Et puis j'ai regardé au fond de vos yeux, et je me suis rappelé que nous sommes toujours parvenus, vous et moi, à mener à bien ce que nous avions décidé d'entreprendre ensemble.

— *Vos* yeux viennent de changer de couleur. Ce qui n'était pas le cas jusqu'à maintenant. Cela veut dire quelque chose, à votre avis ?

La tête penchée sur le côté, il y réfléchit un instant.

— Je le crois, répondit-il.

Je laissai mon regard se porter sur ses lèvres – c'était trop tentant – puis sur l'ouverture en V de son col de chemise. Erreur fatale : trop sexy…

— Bon sang ! me plaignis-je en fermant les yeux. Je n'arrive pas à penser clairement. Il y avait quelque chose que je devais vous dire… À propos de cette maison – de toute l'Alliance, en fait. Les masques… ils irradiaient.

Les mains de Vayl retombèrent à ses côtés et j'ouvris les yeux.

— Une sorte de sortilège, murmura-t-il.

— Pardon ?

— Ça doit être ça. Je peux le sentir à l'œuvre à l'instant où je vous parle : une sorte de démangeaison. Mais il n'est plus aussi puissant maintenant que j'en ai pris conscience. Disa a comploté dans l'ombre, comme au bon vieux temps. La sournoise petite harpie !

Je l'approuvai d'un hochement de tête.

— Oui ! Oui, c'était exactement *ça*. Vous vous rappelez ? Vous m'avez prévenue que nous devrions nous montrer prudents. Eh bien vous aviez raison. Cet endroit est en train de nous jouer des tours, Vayl. J'en suis sûre. (Avant que cela puisse de nouveau me sortir de la tête, je lui expliquai ce que je soupçonnais de l'influence de l'Alliance sur nous.) Cette dispute que nous venons d'avoir… Je suis persuadée que cette emprise en était en partie la cause. Diviser pour mieux régner, vous comprenez ?

Vayl avait commencé à aller et venir devant la fontaine. Il tapotait sa cuisse du bout des doigts. Dieu merci, il ne me réclama pas de preuves de ce que j'avançais. Cette prise de bec que nous venions d'avoir avait dû suffire à le convaincre.

— Nous sommes manipulés, conclut-il. Aucun doute là-dessus. Disa voudrait que je réintègre l'Alliance, c'est évident. Mais pour quelle raison, ça, je n'en ai aucune idée.

— Vous voulez dire… à part le fait qu'elle est amoureuse de vous ?

Vayl en resta bouche bée. Sa réaction était si comique qu'elle m'arracha un irrésistible sourire.

— Non, répondit-il. Absolument pas.

Il secouait la tête, avec la véhémence d'un type qui ne veut pas croire que les impôts ont encore augmenté.

— Ouais, assurai-je. Je vous crois.

Je brûlais d'envie de caresser ce visage pour y effacer les plis de consternation que j'y avais fait naître, mais j'y renonçai sans même avoir tenté de le faire.

Pourquoi tu réagis comme ça ? m'étonnai-je soudain dans le secret de mes pensées. *Qu'est-ce qu'il y a de mal à réconforter ceux qui te sont chers ?*

Ma Garce Intérieure reposa le *mai tai* qu'elle était en train de siroter et fit un clin d'œil au barman avant de pointer vaguement l'index dans ma direction.

— *C'est pas ça qui t'inquiète, espèce d'idiote ! C'est le fait qu'ils puissent t'être chers. Parce qu'ils finissent toujours morts avant que tu aies pu leur offrir leurs cadeaux de Noël. Ou dans le cas de Beaumec ici présent : pouf ! évaporé…*

— *Pourquoi je devrais t'écouter ?* m'impatientai-je. *Quand on ajuste son string en essayant de se rappeler si on a bien mis les capotes dans la boîte à gants de la Corvette, on est mal placée pour jouer les directrices de conscience…*

— *Alors pourquoi tu me déranges ?* rétorqua-t-elle. *C'est bien toi qui as pour habitude de tout faire foirer, non ?*

Rien à répliquer à cela.

— Donc ? repris-je, la bouche sèche. Que fait-on, maintenant ?

J'avais envie d'une bière, et je compris que Dave était sans doute parti se dénicher une bouteille de bibine quelque part. Ce qui signifiait que, dès que j'aurais réussi à la lui confisquer, j'aurais à mon tour quelque chose pour m'humecter le gosier. À moins que je… Nan ! Celle-ci n'irait pas désaltérer les canalisations.

— Comme on dit, répondit Vayl en me regardant de haut, la balle et dans votre camp.

— Vraiment ?

Ses yeux s'assombrirent. *Oups…* Même quand je n'essayais pas, je trouvais encore le moyen de le rendre furieux. Cela aurait sans doute été mieux s'il n'avait pas en permanence envoyé dans ma direction ces ondes déstabilisantes qui me faisaient des jambes en coton et me donnaient l'envie irrésistible de lui sauter dessus. Comment étais-je supposée me concentrer sur mon job si une partie de moi se laissait influencer par l'Alliance et si l'autre trépignait en hurlant comme une demoiselle d'honneur éméchée à un show des Chippendales ?

Alors que je restais là, luttant pour retrouver mon équilibre, les yeux rivés sur l'anneau dont je ne voulais plus niché au creux de la poitrine de Vayl, Dave nous rejoignit. Je fis l'effort d'inspirer à fond et de me concentrer sur l'air frais et vivifiant qui emplissait mes poumons – enfin, aussi frais et vivifiant que possible étant donné mon environnement rien moins qu'aseptisé.

OK. Concentre-toi sur ta mission. Ce qui compte le plus, c'est de la mener à bien. Pense aux vies qui seront épargnées si tu parviens à régler son compte à Samos. Si tu gardes ça présent à l'esprit, tout le reste se mettra en place. Pas vrai ? Ouais, sans doute… Tant que tu ne céderas pas à la panique. Je plongeai la main au fond de ma poche et sentis l'alliance de Matt se glisser autour de mon auriculaire.

Un profond sentiment de paix s'insinua aussitôt en moi. Il me restait ce gage, dans lequel subsistait un peu de lui, partie intégrante de moi-même pour toujours, et que ni le temps ni la distance n'amoindriraient jamais. Je me sentis fortifiée. En croisant le regard de Vayl, je compris que j'avais redressé le menton.

— *Je ferai tout pour gagner*, lui assurai-je silencieusement.

Son hochement de tête à peine perceptible me donna sa réponse.

— *C'est ce que je voulais entendre.*

Je vis Dave traîner dans la pièce et laisser son regard errer de Vayl à moi, comme pour évaluer notre état d'esprit. Quand je parvins à lui sourire, il se détendit.

— Je n'ai pas pu aller bien loin, expliqua-t-il. J'ai juste eu le temps de jeter un coup d'œil au garage, pour comprendre que le feu avait pris au beau milieu d'une flaque de sang, avant que Tarasios m'intercepte et me demande ce que je faisais à rôder par là.

J'envisageai brièvement d'aller renifler l'haleine de mon frère pour savoir s'il était allé goûter aux spécialités locales avant de nous rejoindre.

— Cela n'a pas de sens, protestai-je. Comment un feu pourrait-il prendre au milieu d'une flaque de sang ?

— Aucune idée, répondit Dave. Mais c'est bien là qu'il a pris.

— Étrange…

Une drôle d'appréhension me chatouillait l'estomac. Le point de départ de l'incendie faisait remonter à ma mémoire le souvenir de la gueule d'hémoglobine que j'aurais tant voulu effacer. Pouvait-elle avoir le moindre rapport avec ce qui venait de se passer ?

Dave poursuivit son récit :

— Tarasios était vraiment fumasse, et j'ai comme l'impression que ce n'était pas uniquement à cause de ma petite expédition. Il n'arrêtait pas de marmonner qu'il s'était fait avoir, qu'il n'avait pas arrêté de donner, donner et donner encore, et qu'obtenait-il en retour ?

— Il a dû se faire jeter par Disa, suggérai-je d'un ton aussi égal que possible.

— Ah oui ? s'étonna Dave. Ça expliquerait tout.

Vayl se laissa tomber dans un des fauteuils, le faisant craquer comme un vieillard arthritique.

— C'est tout simplement ridicule ! maugréa-t-il.

— Le béguin de Disa pour vous ? demandai-je. Ou le fait qu'elle tente de vous piéger ?

— Les deux !

Le sourire de Dave ne se montre pas souvent, mais quand il le fait, il suffit à illuminer le monde autour de lui. Mon moral grimpa en flèche quand je l'entendis plaisanter :

— Hé ! Vayl ! Si elle vous demande de l'accompagner au bal de promo, je connais un très bon service de location de limousines !

Mon boss était à cette minute le portrait craché de l'ado grincheux : les épaules tombantes, les bras croisés, la moue boudeuse. Dave éclata de rire.

— Tout ceci est très sérieux ! s'écria Vayl.

— Naturellement, assura Dave de manière apaisante. C'est bien pourquoi je n'ai jamais accepté de figurer dans aucun annuaire des anciens élèves…

— Vous êtes indécrottable ! s'emporta mon boss en jaillissant de son fauteuil.

— Waouh ! Calmos, mon pote…, protesta Dave en levant les mains devant lui. C'était juste une plaisanterie. En plus, je ne sais même pas ce que ça veut dire. (Il se tourna vers moi.) Tu le sais, toi, sœurette ?

— Indécrottable ? m'étonnai-je. Ça veut dire « constipé », j'imagine.

Dave haussa les épaules.

— Je dirais plutôt que ça doit être en rapport avec mon talent inné pour le crachat. (La bouche en cul-de-poule, il se racla la gorge, visa et réussit à expédier un mollard tout droit dans la fontaine.) Vous avez vu ça ? triompha-t-il. En plein dans le mille !

— Je te ferais bien remarquer que c'est parfaitement dégoûtant, dis-je, mais étant donné l'état de cette eau, j'imagine que tu viens d'améliorer grandement son pH. En parlant d'acidité… tu m'as l'air de bien bonne humeur !

— J'ai fini par avoir Cassandra au téléphone. (Un regard éloquent accompagnait ce constat.) Elle ne me déteste plus. En plus… (Il désigna son tee-shirt noir propre et net.) J'ai enfin trouvé le temps de me changer.

— Bien joué !

Puis, m'adressant à Vayl :

— Vous savez, le fait que Disa ne vous haïsse pas pourrait jouer en notre faveur. Si vous acceptiez de l'utiliser à notre avantage.

Vayl était allé se planter devant les étagères. Il soulevait et reposait alternativement les babioles qui s'y trouvaient exposées.

— Je ne veux rien avoir à faire avec elle ! (Il reposa une des statuettes si brusquement qu'elle se brisa.) Et voilà ! s'emporta-t-il. Vous voyez ce que vous m'avez fait faire ?

— En fait, répondis-je, j'ai surtout *senti* quelque chose quand ça s'est produit.

Je le rejoignis et soulevai une autre figurine, représentant une grosse femme nue dotée de seins énormes. Je sentis aussitôt se propager un petit picotement significatif dans mes doigts. Cette babiole regorgeait de puissance magique, de même que toutes celles qui se trouvaient là. Les livres eux-mêmes en étaient chargés, tout comme les masques que j'avais repérés dans la cage d'escalier. Cela m'était apparu encore plus nettement quand la statuette qu'avait malmenée Vayl, en se brisant, avait fait écho aux autres. Lorsque je m'en expliquai auprès de mes deux compagnons, ils tentèrent à leur tour de sentir cette puissance, sans y parvenir ni l'un ni l'autre.

— OK, conclus-je en m'adressant à Vayl. Il ne vous est donc pas possible de percevoir leur influence directement. Mais cela ne fait que rendre plus plausible ce dont nous parlons. Cela pourrait expliquer cette vague « démangeaison » qui vous intrigue. Et si le pouvoir que Disa détient sur vous venait de tous ces objets disséminés autour de nous dans toute la villa ?

— Qu'es-tu en train de suggérer ? intervint Dave. Que nous mettions à sac ce charmant pied-à-terre pour supprimer le lien magique qui les unit ?

— Non, répondis-je dans un soupir. Je ne sais pas... C'était juste une hypothèse.

Vayl acquiesça d'un signe de tête.

— Une hypothèse intéressante, approuva-t-il. Nous pourrions en faire quelque chose. (Il darda en direction des fragments épars de la statuette un regard si perçant que je m'étonnai de ne pas les voir se désintégrer.) Excellent travail, Jasmine!

Sans pouvoir m'en empêcher, je posai la main sur son bras et laissai mes doigts s'enrouler autour de son biceps. Ses yeux capturèrent les miens. Leur intensité d'un bleu de glace me fit battre des paupières, comme en plein blizzard.

— Merci, je... vous me faites rarement des compliments, bredouillai-je. Et je... j'aime bien quand vous m'en faites.

Je laissai retomber ma main contre moi. *Bon sang, que c'était dur! Je crois que je préférerais encore poursuivre un assassin dans un ghetto rempli d'amateurs de tournantes...*

Les commissures de ses lèvres se retroussèrent et il répondit:

— Dans ce cas, je ferai en sorte de vous en faire plus souvent.

Dave claqua bruyamment des mains, me faisant sursauter.

— À présent que nous savons quelle assistante émérite Jaz est pour vous, peut-être pourrions-nous en revenir à notre plan? suggéra-t-il. J'ai des choses à faire, des gens à voir.

De nouveau, il palpa ses poches avant de consulter sa montre. Il s'imaginait que nous croirions à une bonne blague de sa part, mais je devinais qu'il mourait d'envie de se jeter une nouvelle dose de Valium liquide derrière la cravate. Ma première réaction? Lui donner des coups de pied. Dans les tibias.

À la place, je m'entendis déclarer:

— Je suis prête.

Dave prit un siège près de la fontaine, autour de laquelle nous le rejoignîmes. Il fit un geste à Vayl et décréta :

— C'est votre bébé. Vous commencez.

Avant de prendre la parole, Vayl pencha légèrement la tête.

— De manière imprudente, expliqua-t-il, Hamon a permis à Samos de lui imposer les conditions de leur première rencontre. Elle doit débuter deux heures après le coucher du soleil, dans un endroit baptisé l'Odeum. Hamon devait s'imaginer qu'il y serait en sécurité, puisque cela se trouve plus ou moins sur son territoire, mais Disa m'a expliqué qu'il s'agissait d'un amphithéâtre antique. Inutile de vous dire à quel point nous serons vulnérables, installés sur cette scène qui a tout d'un puits, avec un mur de pierre en arrière-plan et devant nous des gradins escarpés grimpant à l'assaut d'une colline.

— À vous entendre, intervint Dave, on dirait que nous allons réellement négocier avec ce salaud.

— Pas du tout, répliqua Vayl. Mais nous devons être capables de l'éliminer de telle façon que tous les membres de l'Alliance puissent s'en tirer sans coup férir.

Vayl recommençait avec une de ces expressions désuètes attestant qu'il n'était pas tout à fait sorti du passé dont il était issu. À vrai dire, cela m'amusait un peu, chaque fois, de devoir le constater. Parce que, ce faisant, il s'accrochait à un tas de trucs chouettes – et à quelques-uns de plus discutables aussi. Mais à ce moment-là, en le regardant travailler, j'eus la sensation que quelque chose de vital lui manquait, qui avait fait partie intégrante de sa longue marche à travers l'histoire.

— Parce qu'il serait trop dangereux de l'éliminer à l'Odeum, reprit-il au bout d'un moment, nous devons obliger Samos à se rendre dans un autre endroit dont nous maîtriserons la topographie. Cela fait, notre mission devrait se dérouler sans problème.

— Et c'est là que le chien fait son entrée, expliqua Dave.

— Exactement, approuva mon boss. Nous devons nous emparer de ce chien bien avant la rencontre de demain soir. Et quand je dis « nous »…

— … vous voulez dire Jaz et moi, conclut mon frère à sa place.

Vayl acquiesça d'un signe de tête.

— Nous sommes tombés d'accord pour estimer que le meilleur moment pour enlever le molosse de Samos, c'est lorsque son maître et ses meilleurs éléments sont au repos, ne laissant que leurs gardiens humains à affronter.

— C'est là que je ne vous suis plus, reconnut Dave. Parce que, si le Rapace est vraiment aussi ignoble que vous le dites, je ne vois pas pourquoi il mettrait en péril sa prise de pouvoir programmée, juste pour récupérer un *chien*.

Je me penchai en avant, les coudes sur les genoux et les mains jointes, tandis que la vision que j'avais eue de notre cible – celle qui nous avait conduits tout droit à notre mission et à ce plan – me revenait à l'esprit.

— Te rappelles-tu cet épisode que je t'ai raconté, au cours duquel Raoul m'a conduite en enfer ? demandai-je à mon frère.

Son bref hochement de tête m'indiqua que, moins il entendait parler de ça, mieux il se portait. Il était vrai qu'au cours de ce « voyage » en enfer, j'avais pu rencontrer notre mère.

— J'ai eu une vision de Samos au cours de ce périple, poursuivis-je. Il s'efforçait de conclure un pacte avec un démon appelé « le Magistrat ». Mais pour y parvenir, il devait renoncer à quelque chose d'incroyablement précieux pour lui : son chien. Finalement, il a refusé de le faire.

— Comment sais-tu que ce chien est véritablement ce à quoi il tient le plus ? insista David.

— Le Magistrat le savait. Et je le sais également parce que j'ai dû moi aussi renoncer à ce à quoi je tenais comme à la prunelle de mes yeux pour avoir cette vision.

Je m'arrêtai là pour éviter de me mettre à chialer. Dave ne pouvait comprendre à quel point mes cartes à jouer me manquaient, combien les habitudes et rituels des joueurs m'avaient menée par le bout du nez, comme la coke pour une junkie.

— Je peux te l'assurer, conclus-je. Samos aime ce chien comme notre sœur adore son bébé. En mettant la main sur le molosse, nous le ferons danser sur notre musique.

— Et Disa ? s'enquit Dave en s'adressant à Vayl. Elle est d'accord avec ce plan ?

Vayl ne répondit pas tout de suite, comme s'il réfléchissait au meilleur moyen de ne froisser personne.

— Elle est persuadée que vous allez échouer, vous et Jasmine…, expliqua-t-il en secouant la tête. Et si vous échouez, vous mourrez, ce qui la comblerait d'aise. Avec vous deux morts et moi sous sa coupe, pour elle c'est le triomphe assuré.

Chapitre 14

Je m'amusai à imaginer Disa en fille à papa trop gâtée, avançant dans la vie grâce à l'attention de Mère et à la Visa de Père. Et, plus j'y pensais, plus je devenais enragée. *Elle s'imagine vraiment qu'elle nous a à sa botte, hein ? Dommage que personne ne lui ait arraché la gueule quand…* Une nouvelle alarme venait de se déclencher dans la maison, me tirant de mes rêveries vengeresses.

— *ARRÊTEZ DE PROVOQUER CES INCENDIES !*

C'était la voix de mon Guide spirituel, amplifiée jusqu'à moi à travers les différents plans de nos existences comme un écho de montagne passé au mégaphone. Manifestement, il me prenait pour une espèce d'incendiaire et cela le dégoûtait.

— *Ce n'est pas moi, Raoul !*

— *SI, C'EST VOUS !*

— *Même si je pensais en être capable – ce qui n'est pas le cas –, pourquoi ferais-je une chose pareille ?*

— *À VOUS DE ME LE DIRE !*

Je me mis à réfléchir à l'état d'esprit dans lequel je me trouvais chaque fois que les alarmes avaient retenti. Et de manière plus générale, à tout ce que j'avais ressenti récemment.

— Eh bien… Je suppose que j'ai été un peu… à cran. J'ai un job stressant, non ? Et maintenant que je n'ai plus les cartes comme exutoire… Ni le sexe. Ni la boisson, la drogue, le jeu… Vous savez quoi ? Et si vous me foutiez tout simplement la paix ? Si j'étais capable de mettre le feu uniquement grâce à la force de mon esprit, après tout je serais en droit de faire cramer toute la baraque, s'il m'en prenait l'envie !

Plus amusé qu'en colère, Raoul protesta :

— VOUS NE LE PENSEZ PAS VRAIMENT.

Pourquoi tout le monde donnait-il l'impression de me connaître mieux que moi-même ? C'était foutrement IN-JUS-TE !

— OK, peut-être pas. (Soupir intérieur.) *Alors qu'êtes-vous en train de me dire ? Que j'ai développé sans le savoir une sorte d'allume-feu mental ? Et qu'il se déclenche arbitrairement ?*

— RIEN D'ALÉATOIRE DANS VOTRE PYROMANIE, JASMINE…

Je me rappelai que, lors des deux départs d'incendie, j'étais chaque fois folle de rage. Mais selon toute vraisemblance, au lieu d'avoir de la fumée qui me sortait par les oreilles, j'avais fait jaillir des flammes dans quelques-uns des endroits que je détestais le plus.

Au comble de la frustration, je demandai à Raoul :

— Que suis-je censée faire ?

— CONTRÔLEZ-VOUS.

Facile à dire pour lui… S'il n'avait pas eu à combattre d'affreux démons au moindre pas qu'il effectuait, il aurait sans doute déjà atteint la sainteté, à l'heure qu'il était. Quoi qu'il en soit, étant donné qu'il était probablement capable de me griller le cerveau rien qu'en se raclant la gorge, je décidai de coopérer. Pour parvenir à me contrôler, pourquoi ne pas considérer que Disa était déjà morte ? Il me suffisait d'imaginer un dessin animé où je la dégommerais à coup de TNT, où je la jetterais du haut d'une montagne, où je l'écrabouillerais au rouleau compresseur, où je la catapulterais sur la façade du Rockefeller Center, après quoi elle se relèverait, déambulerait de droite et de gauche, un peu groggy, et alors seulement viendrait s'empaler sur le pieu de la taille d'une lance que je brandirais devant elle. Ah ! Si seulement la vie pouvait ressembler à la télé, je me sentirais certainement bien mieux. En fait, fantasmer à ce sujet avait suffi à me remonter le moral.

— *VOILÀ QUI EST MIEUX*, approuva Raoul. *RAPPELEZ-VOUS ÉGALEMENT VOTRE FIXATION POUR LE POKER.*

Il y avait dans le ton de sa voix comme un parfum d'au revoir qui me fit paniquer.

— *Non ! Attendez, ne partez pas ! Je m'entraînerai à manier les jetons, je vous le promets. Mais j'ai besoin de savoir ce que je dois faire de ce petit talent de pyromane que j'ai soudain développé. Et au cas où vous ne l'auriez pas remarqué, je me trouve dans de sales draps à cause de cette putain d'histoire avec Disa. Vous ne pourriez pas…*

— *EN RÉPONSE À VOTRE PREMIÈRE QUESTION : ENTRAÎNEZ-VOUS. JE NE SUIS PAS COMPÉTENT POUR RÉPONDRE À LA SECONDE.*

— *Pourquoi ?*

— *PAS MON CHAMP D'EXPERTISE.*

Je regrettai de ne pas avoir la vidéo pour accompagner les paroles qui résonnaient sous mon crâne. Si cela avait été le cas, j'aurais pu lire sur son visage la duplicité que je subodorais dans ses déclarations. Ce n'était pas qu'il ne pouvait pas m'aider : il ne *voulait* pas. Je devais donc en conclure que mon Guide spirituel n'aimait pas mon *sverhamin*. Cela n'était pas pour me surprendre outre mesure. Sur le papier, ils paraissaient adhérer à deux pôles métaphysiques opposés. Mais sur le terrain, nous poursuivions tous le même but… Je ne pouvais m'empêcher de penser qu'en l'occurrence Raoul faisait preuve d'une certaine étroitesse d'esprit. Était-ce de sa part le fruit d'une inimitié personnelle ou l'application d'ordres venus d'En-haut ?

Dans un cas comme dans l'autre, nous étions livrés à nous-mêmes. À en juger d'après l'air buté de mon boss, il n'aurait pas accepté d'aide extérieure sur ce coup-là de toute façon. Puisque je n'avais manifestement rien à dire, il m'ignorait et s'adressait à David.

— Je me demande si Disa n'est pas toujours en train de ressasser l'humiliation que je lui ai fait subir lorsqu'elle était encore humaine. Elle déteste perdre. Après toutes ces années, elle a peut-être enfin trouvé un moyen d'exercer sa vengeance sur moi.

— Je devrais lui écrabouiller la tête sous un rocher, murmurai-je.

— Je vous demande pardon ? s'étonna Vayl.

Je m'empressai de jeter un coup d'œil à ma montre.

— Waouh ! m'exclamai-je. Trois heures du mat' ! C'est fou ce que le temps passe. Sommes-nous au point sur le « dognapping » ?

Dave acquiesça d'un hochement de tête.

— Exactement ce que je m'apprêtais à demander, approuva-t-il. Je pige pour ce qui est de notre couverture, mais comment sommes-nous censés attirer l'attention du clébard ?

— Bergman nous a fourni les outils nécessaires, répondit Vayl. (Il se tourna vers moi.) Jasmine ?

Puisque c'était moi qui avais emballé le matériel, il me revenait de courir dans la chambre et de dénicher les deux aérosols dans lesquels Bergman avait stocké sa petite trouvaille. J'eus du mal à résister à l'envie d'asperger mon frère d'un nuage de spray. À la place, je lui tendis l'un des deux cylindres argentés dénués d'inscriptions et confiai l'autre à Vayl. En reprenant place sur mon siège, je leur expliquai :

— Quand j'ai dit à Bergman que nous avions besoin de pendre temporairement en pension un très gros chien, il m'a envoyé ceci. Il a simplement dit de l'utiliser comme une bombe antimoustiques.

— Tu veux dire que c'est un répulsif? demanda Dave.

— Exactement l'inverse ! Dès l'instant où ce chien aura repéré ce produit sur nous, il ne désirera rien d'autre que devenir notre ami pour la vie. Il nous suivra n'importe où, sans aucun problème. Au fait : son petit nom, c'est Ziel.

— Quelle odeur aurons-nous pour lui ? s'inquiéta mon frère. Celle d'un steak ?

— Figure-toi que je me suis posé la même question, mais non : Bergman m'a assuré qu'il ne nous prendrait pas pour son dîner. C'est davantage une odeur pour l'inciter à jouer. Nous allons devenir pour lui une paire de chouettes molosses avec qui faire la teuf.

— C'est un prototype ?

— Nan ! Il a inventé ça il y a cinq ans à peu près. C'est testé et approuvé.

— Nous sommes donc parés, conclut Vayl. Vous utiliserez tous deux le spray préparé par Bergman pour vous aider demain dans votre mission. Samos est descendu à l'hôtel Olympia. David a déjà l'adresse parce qu'il doit aller mettre les entrées de l'établissement sous surveillance vidéo dès qu'il le pourra.

Sur ce, il frotta ses mains l'une contre l'autre, comme s'il s'apprêtait à déguster une bonne part de tarte aux pommes. Et c'est en prenant conscience qu'il ne savait pas quoi en faire que je compris ce qui clochait chez lui depuis que je l'avais retrouvé.

— Qu'est-il arrivé à votre canne ?

Il ouvrit les mains devant lui et les contempla comme s'il les découvrait. Quand il redressa les yeux pour me regarder, je les vis assombris par la fureur.

— Je n'arrive pas à m'en souvenir, avoua-t-il. Mais je peux fort bien l'imaginer.

— Disa.

Nous avions prononcé son nom en même temps, et c'était simultanément que nous avions consulté Dave du regard.

— Que s'est-il passé exactement lors de cette réunion ? lui demandai-je. Décris-moi tout par le menu. Le moindre détail peut faire la différence.

— Qu'est-ce que tu veux dire ? s'étonna-t-il. Quel rapport entre cette canne et la réunion ?

— Peut-être aucun, admis-je en adressant un regard rassurant à mon boss. Il est possible que vous l'ayez simplement oubliée sous votre siège au moment de partir.

— Mais cela ne m'est jamais arrivé ! s'agaça-t-il en frottant son front d'un revers de main. Cette canne m'accompagne constamment depuis plus de deux siècles !

— Ce qui signifie, ajoutai-je avec un hochement de tête entendu, qu'elle a eu tout le temps de devenir une partie de vous-même. Des objets de ce genre peuvent devenir dangereux pour celui qui les possède lorsqu'ils tombent entre de mauvaises mains. Donc… (De nouveau, je fis face à mon jumeau.) Tous les détails, s'il te plaît.

Dave se frotta les joues et, durant quelques secondes, il n'y eut plus dans la pièce que le bruit de râpe de ses ongles contre sa barbe naissante.

— Cela s'est passé dans les appartements privés de Disa, raconta-t-il enfin. Un balcon en pierre court le long du mur incurvé de la façade, avec au bout un escalier pour rejoindre le sol. C'est là que la réunion s'est déroulée. Il n'y avait pas beaucoup de sièges disponibles et la plupart d'entre nous sommes restés debout. En fait, je pense même que seuls Disa et Vayl étaient assis.

— Qui d'autre était présent ?

— Sibley et Marcon. Ainsi que les deux énormes gardes de Disa.

— Que s'est-il passé après que vous vous êtes installés ?

— Sibley nous a remis des copies du contrat. Je me rappelle m'être étonné qu'ils aient pu si vite mettre la main dessus après nous avoir juré leurs grands dieux qu'ils n'attendaient pas notre visite. (Dave s'adressa à Vayl.) Qu'en pensez-vous ?

Mon boss, figé, paraissait sur ses gardes, comme s'il redoutait une attaque imminente.

—Je… (Sa main se porta de nouveau à son front, provoquant un durcissement général de ses traits qui lui donnait au moins dix ans de plus.) Quelque chose m'a rendu distrait, dès le début de la réunion. J'avais du mal à me concentrer. Je n'arrêtais pas de surveiller les gardes. Je trouvais qu'il était grossier de leur part de parler si fort durant un rendez-vous de cette importance… sauf qu'ils ne parlaient pas du tout.

—Aviez-vous votre canne quand vous êtes arrivé sur le balcon de Disa ? demandai-je.

Hochement de tête catégorique.

—De cela, je suis sûr.

—Quoi d'autre ?

Ma question s'adressait à Dave.

—Une discussion sans grand intérêt jusqu'à la fin, répondit-il en haussant les épaules. Ils ont passé certains détails en revue, et nous avons veillé, les gardes et moi, à ce que tout le monde se tienne bien.

—Sauf que Disa ne s'est pas tenue bien du tout, objectai-je. Je dirais même qu'elle n'en a fait qu'à sa tête.

J'avais essayé – *vraiment* essayé –, mais je n'étais pas parvenue à ne pas dire cela d'un ton accusateur. Dave le prit crânement, comme il avait été entraîné à le faire, alors que le poids de cette accusation aurait dû l'écraser, étant donné celui qu'il se trimballait déjà sur les épaules.

—Désolée, m'excusai-je immédiatement. Ton job est de protéger Vayl, et c'est ce que tu as fait. Disa ne l'a pas poignardé : elle lui a tendu un piège. Tu n'aurais rien pu faire pour l'en empêcher.

—Je l'aurais pu si j'avais su à quoi m'attendre, dit-il d'un ton plein de regret. Mais au terme de la discussion, elle s'est simplement penchée sur le côté pour ramasser sur le sol cette coupe à deux anses dont elle a versé le contenu sur les doigts de Vayl en disant : « Par ce sang, je t'attache à moi pour le prochain demi-siècle. »

Les sourcils froncés, Vayl étudia ses longs doigts pâles et vides.

— Une petite seconde ! protestai-je. Tu n'as pas mentionné cette coupe auparavant. Elle était grande ?

Avant de me répondre de vive voix, Dave le fit d'un geste de la main. *« Qu'est-ce que ça peut bien faire ? »*

— Une trentaine de centimètres de haut. En or. Elle me faisait penser au trophée de la Ryder Cup – à l'exception de la figurine de golfeur en pleine action au sommet.

— Un bibelot plutôt voyant, conclus-je. Aucun de vous deux ne l'a remarqué en arrivant sur le balcon ? (D'un signe de tête, ils me répondirent par la négative.) Et vous, Vayl ? Aucune réaction quand elle a aspergé vos doigts de sang ? Aucune protestation ?

— Sur le moment, il m'a semblé qu'elle avait le droit de le faire, répondit-il en secouant la tête d'un air abattu. C'est ce dont vous me parliez tout à l'heure : cet endroit exerce une influence sur nous. Il se glisse en vous sournoisement, à la manière d'un parasite, et avant que vous ayez pu dire ouf, vous vous retrouvez persuadé que tout ce que dit et tout ce que fait la *Deyrar* est légitime. Mais cela n'explique toujours pas ce qui est arrivé à ma canne, conclut-il en serrant les poings. Ni pourquoi elle pourrait en avoir besoin.

— L'aviez-vous en main quand elle a versé le sang ?

— Oui. Je me rappelle avoir pensé qu'il me fallait la nettoyer pour éviter que le bois soit taché. Je suis donc allé me laver les mains, mais avant d'en arriver à la canne… j'ai décidé de la laisser dans la salle de bains de Disa et de partir.

— Pour quelle raison ?

Vayl pressa ses tempes entre ses doigts et ferma les paupières.

— Une curieuse certitude m'habitait, répondit-il d'une voix sourde. J'étais convaincu que, puisqu'elle avait activé le Lien d'attache, je me devais de lui faire un cadeau. J'ai bien tenté de résister… Une part de moi comprenait que la meilleure chose à faire consistait à vous retrouver et à quitter cette maison au plus vite, en dépit du fait que cela aurait mis un terme à notre mission. Mais j'avais les doigts en feu et j'étais obligé de les laisser sous le robinet d'eau froide. Après être resté là-dedans quelques minutes, j'ai finalement décidé de sortir en laissant la canne derrière moi. Ce que j'ai fait. Et ce que je me suis empressé d'oublier…

Dave se pencha en avant et suggéra avec détermination :

— Allons leur botter le cul pour leur faire payer ça ! Ça fait si longtemps que ça ne m'est pas arrivé que mes pieds me démangent. Vous savez bien que vous ne pouvez pas laisser Disa s'en tirer comme ça, insista-t-il en voyant que Vayl hésitait.

— Je suis d'accord, intervins-je. Vous savez aussi bien que moi ce qui peut arriver à ceux qui perdent un objet dans lequel ils ont investi autant d'eux-mêmes que vous dans cette canne. Grâce à elle, Disa pourrait parvenir à vous contrôler.

— À moins qu'elle ne l'utilise comme un *pwen*, rétorqua-t-il.

Chiotte ! Il pourrait bien avoir raison…

— Un quoi ? s'étonna Dave.

— Un *pwen* est un objet appartenant à un autre, dont on se sert pour se protéger des attaques du légitime propriétaire, expliquai-je. Étant donné ce que Disa a fait à Vayl – sans compter ce qu'elle peut encore avoir en tête –, elle doit craindre des représailles de sa part. Surtout qu'il a démontré par le passé qu'il pouvait parfaitement résister aux diktats de l'Alliance. Dans ce cas, elle pourrait avoir subtilisé sa canne pour l'utiliser comme un bouclier contre ses pouvoirs s'il se décidait à s'en servir contre elle. Étant donné qu'il la possède depuis très longtemps, elle a absorbé une grosse quantité de son énergie psychique et c'est l'objet idéal pour ce faire.

— N'empêche qu'elle a déjà réussi à le manipuler, objecta mon frère. Il ne se rappelait même pas lui avoir laissé sa canne ! À présent qu'elle l'a en sa possession, je parie qu'elle va l'utiliser pour resserrer son emprise. (Le regard qu'il adressa à Vayl était plus amer qu'un café de la veille.) C'est exactement comme un ohm. Sauf que lui ne le porte pas dans le cou…

— Le Magicien est mort, Dave…, dis-je en posant en un geste d'apaisement ma main sur sa cuisse. Il est mort et tu as gagné.

Avec un haussement d'épaules agacé, il m'adressa un regard éloquent : *et alors ?*

Tandis qu'il se détournait de moi pour reprendre sa discussion avec mon boss, je l'étudiai attentivement. Brûlant d'en découdre, il faisait tout son possible pour convaincre Vayl, davantage adepte d'un prudent attentisme. En les écoutant parler, je fis un effort pour me mettre à la place de mon jumeau, ce qui n'était pas facile. Avant de devenir la partenaire de Vayl, je m'étais débrouillée seule durant huit mois. On a tendance à développer des œillères, en travaillant en solo. Cela rend plus facile le fait d'avoir à tuer, et au diable les cauchemars. Mais petit à petit, à force de limiter sa vision, on finit par s'aveugler. Vayl m'avait apporté de nouvelles façons de travailler, d'uniques perspectives de pensée. Cela ne signifiait pas pour autant qu'il m'était plus facile de sortir de moi-même. Mais pour le bien de Dave, je pouvais essayer.

À quoi cela pouvait-il ressembler, de se retrouver l'esclave d'une autre personne, prisonnier d'un pouvoir plus habile et plus fort que le vôtre, et surtout plus enclin à faire le mal ? Surtout quand vous êtes habitué à commander un bataillon de troupes d'élite, entraîné à n'agir qu'en toute indépendance et à effectuer les missions les plus casse-couilles qu'un militaire puisse récolter.

Aucune autre situation ne doit vous rendre aussi vulnérable. L'esprit n'aspire qu'à s'envoler mais doit se plier aux caprices d'un impitoyable nécromancien qui vous tient par la magie et par un bout d'os dans le cou. Soudain, mon échine se raidit. J'avais ma réponse, celle qui me manquait pour parvenir à mieux appréhender ce qui lui était arrivé. Sous le joug du Magicien, mon frère avait été l'équivalent d'un prisonnier de guerre – ou d'un otage – et c'était là que se situait son véritable problème. Tout ce qui en avait résulté, il était de taille à le surmonter, à condition de renoncer à la conviction qu'il aurait dû se battre quand même, dans l'état d'impuissance auquel il avait été réduit – et à la culpabilité qui en résultait.

Ce constat me fit prendre conscience d'une faille dans mon propre entraînement. On m'avait préparée à la captivité. Comme mon jumeau, je pouvais survivre à une incarcération quelles que puissent être ses conséquences. Mais pour ce qui était des séquelles, je n'avais aucun moyen de les gérer – et encore moins d'aider quelqu'un d'autre à y faire face. Ce dont David avait besoin, c'était l'aide d'un professionnel. Mais le lui suggérer revenait à lui conseiller d'aller chanter *Girls Just Want to Have Fun* habillé en drag queen.

Je compris ensuite que le pro en question, je l'avais sous la main. Mais avant de lui passer un coup de fil, j'avais besoin de mettre un autre sujet sur le tapis. J'avais l'impression de m'être calmée suffisamment pour le faire sans mettre en branle d'autres alarmes.

J'attendis une pause dans la discussion des deux hommes pour raconter :

— Tout à l'heure, je suis tombée nez à nez avec Blas.

Vayl trouva le moyen de se raidir davantage encore sur son siège.

— C'est vrai ? s'étonna-t-il. Mais Disa disait qu'il était… (Je lui laissai le temps de se remémorer sa conversation avec la *Deyrar*, au cours de laquelle elle ne lui avait pas livré la moindre information sur ce qu'étaient devenus ceux dont il avait noté l'absence.) Où l'avez-vous trouvé ? reprit-il enfin. Pourquoi est-il resté à l'intérieur quand tous les autres sont sortis pour nous combattre ?

— J'imagine que cela doit être en rapport avec le fait qu'il n'aurait pu trouver son chemin sans se faire aider par un guide. Et il semble éviter Disa comme la peste puisque c'est à cause d'elle qu'il est… (Je faillis dire « aveugle », mais cela ne suffisait pas.) Estropié, conclus-je.

— Que lui a-t-elle fait ? s'enquit-il, le visage tellement crispé qu'on aurait pu croire que je l'avais menacé de lui enfoncer un pieu dans le cœur durant son sommeil.

Je ne pris aucun plaisir à lui répondre. Je subodorais qu'il commençait à se sentir personnellement responsable des horreurs commises par Disa, comme le père d'une gamine qui se serait amusée à flinguer celles de ses copines qu'elle aimait le moins. Peut-être à juste titre, en fait. Les géniteurs d'un tas de « clients » que j'avais réduits en poussière devaient avoir été plus monstrueux qu'eux encore. Mais il était vrai, également, comme le disait Mamy May, que certains naissaient avec le diable en eux.

Alors que je rapportais à Vayl ma conversation avec Blas, je m'interrogeai dans un coin de ma tête sur ce qu'avait pu être sa vie au sein de l'Alliance. De bribes d'informations qu'il lui était arrivé de lâcher quand nous étions ensemble, j'avais déduit qu'il avait dû y passer un peu plus d'un siècle. Une centaine d'années à chasser, jouer, faire la fête, se battre, manger et – ouais – sans doute coucher avec ces gens. En songeant à Sibley et à la femme qu'il avait appelée Aine, je réprimai promptement un accès de jalousie susceptible d'enflammer une corbeille à papier quelque part dans la maison.

Alors que le chagrin que lui causait la fin de mon récit marquait profondément son visage, je lâchai sans m'en rendre compte :

— À quoi ressembliez-vous ?

Il eut un mouvement de recul, presque aussi marqué que si je l'avais giflé.

— Que voulez-vous dire ?

— Avant… quand vous viviez ici. Quel genre d'homme… (Je secouai la tête. Pourquoi mon cerveau le rangeait-il toujours au nombre des humains ?) Quel genre de vampire étiez-vous ?

Il nous dévisagea longuement, Dave et moi, avant de se mettre à raconter dans un haussement d'épaules :

— Après avoir rompu avec Liliana, je suis devenu un Solitaire. Ce n'est pas une vie facile. Les vampires sont jaloux de leur territoire. Je passais presque tout mon temps d'éveil à me battre ou à déménager. C'était devenu assommant pour moi de devoir trouver chaque matin un nouvel endroit sûr où m'enfermer avant le lever du soleil. Aussi, quand j'ai fini par rencontrer Niall, alors que j'étais en chasse, et qu'il ne m'a pas immédiatement sauté à la gorge, je me suis dit que j'avais peut-être trouvé le moyen de me simplifier la vie.

Je m'humectai les lèvres nerveusement. L'entendre parler de « chasse » aussi nonchalamment que Dave ou Albert pouvaient le faire au démarrage de la saison du cerf, quand ils préparaient leur équipement pour le jour de l'ouverture, avait suffi à les assécher. Mais ce que lui sous-entendait ainsi, c'était qu'il se mettait en embuscade dans de sombres allées et des entrepôts abandonnés, dans l'attente que passe à sa portée quelque marin ivre ou autre oiseau de nuit isolé et inconscient. Et alors…

— Vous les tuiez ? demandai-je, incapable de faire preuve du moindre tact, à présent que je m'étais engagée dans cet interrogatoire. Ces gens que vous « chassiez », vous les tuiez ? Mouraient-ils après que vous…

Vayl secoua longuement la tête et précisa :

— Certains d'entre nous tuent leurs proies, mais c'est uniquement par plaisir sadique. La mort n'est pas indispensable à la satiété d'un vampire. Vous le savez bien, Jasmine, ajouta-t-il d'un ton de reproche.

— *Comment pouvez-vous penser ça de moi ?* me demandaient ses yeux.

— *Arrêtez vos conneries*, lui dis-je d'une manière qu'il pouvait lire clairement sur mon visage. *Je sais que vous êtes un tueur dans l'âme.*

— *Tout comme vous*, me signifia-t-il par le même moyen.

— *Nous sommes donc quittes.*

Vayl inclina la tête et poursuivit :

— J'ai détruit un tas de vampires et leurs gardiens humains à cette époque. Plus que je ne peux en compter. Lorsque j'étais un Solitaire, je le faisais pour survivre. Une fois que j'ai été enrôlé dans l'Alliance, j'ai tué tous ceux qui menaçaient l'intégrité de notre territoire. J'en ai aussi réduit en fumée quelques-uns qui au sein même de l'Alliance, pour une raison ou pour une autre, menaçaient tellement la stabilité du groupe qu'on ne pouvait les laisser faire. (Il pointa le menton en avant, presque de manière défensive, comme s'il pouvait sentir que je le jugeais.) Je n'en retire aucune joie, conclut-il en se penchant vers moi. Mais c'est une des choses que je fais le mieux.

— Avez-vous forcé qui que ce soit d'autre, avant Disa ?

— Non.

Dave vint mettre son grain de sel.

— Et vous n'avez pas la moindre idée de ce qui pourrait briser ce « Lien d'attache » entre elle et vous ?

— Pas encore. Les pouvoirs de tous ses membres se nouent en chaque Alliance. Il en résulte une entité collective différente pour chacune d'elles – autrement dit, cette « influence » que Jasmine a discernée et que je sens à l'œuvre sur moi au moment où je vous parle. C'est grâce à cela que Disa a réussi à me piéger.

Nous hochâmes la tête, Dave et moi. Nous avions été naïfs d'imaginer que toute cette puissance magique se contenterait de pulser autour de nous, sans essayer de nous manipuler une fois qu'elle nous aurait dans ses filets. Nous aurions dû également nous douter que la *Deyrar* chercherait à s'en servir pour faire avancer la cause de l'Alliance. C'est ça le problème, dans ce genre de boulot. Parfois, il faut foncer tête baissée sans avoir une idée précise des risques encourus ni l'équipement nécessaire pour sauver sa peau. C'est pour ça qu'on nous file plein de pognon.

— Vous avez l'air de dire que chaque Alliance est une forteresse imprenable, objectai-je. Pourtant, nous sommes parvenus à nous introduire dans celle-ci.

— Certes, mais c'est Hamon qui nous a entrouvert la porte. Une porte que Disa n'était manifestement pas parvenue à refermer.

— À moins qu'elle ne l'ait laissée volontairement entrouverte, suggéra Dave. La théorie de la midinette éperdue d'amour pour son premier flirt me laisse perplexe, ajouta-t-il en nous voyant lui jeter un regard interrogateur. Trop belle pour être vraie.

Vayl leva les yeux au plafond.

— Quoi qu'il en soit, conclut-il, découvrir l'origine du pouvoir de Disa constitue notre plus sérieux espoir de pouvoir la contrer. Rappelez-vous… Tarasios comparait les masques aux rayons d'une roue. En remarquant que le pouvoir de l'Alliance passait par ces objets disséminés dans la maison, vous nous avez au moins donné un début de piste, Jasmine.

— La remonter pourrait nous prendre des années, maugréa Dave. Or le temps nous est compté, à nous autres humains… Pourquoi ne pas simplement nous contenter d'éliminer Disa ?

Sa détermination me fit frissonner. C'était sûrement un peu faux-cul de ma part, étant donné qu'abréger l'existence des méchants était un gagne-pain pour moi, mais je devais ne pas tenir à ce qu'il me ressemble. Les gens mariés peuvent parler métaphoriquement de leur « moitié », mais Dave était véritablement la mienne. Le voir dévaler la pente sur laquelle j'étais moi-même déjà bien engagée me donnait l'envie de l'en détourner. À quoi peut bien servir un partenaire cynique et épuisé par les combats, quand on a besoin de lui ?

Ce fut Vayl qui répondit à la question de mon frère.

— À part le fait que sa vie et sa mort sont à présent inextricablement mêlées aux miennes, la *Deyrar* se tient au centre de l'Alliance. Elle en constitue le cœur puissant. Elle est dotée de ses propres pouvoirs, de ceux du groupe en tant que tel, mais aussi de ceux de chacun de ses membres séparément. Rien ne peut s'opposer à sa volonté.

— Vous avez pourtant réussi à déserter, fis-je valoir. Ce qui signifie qu'un *Deyrar* n'est pas omnipotent.

Vayl balaya l'argument d'un haussement d'épaules.

— Il m'a fallu des décennies pour en trouver la force. Et pour finir, je n'y suis parvenu que par un commun accord avec Hamon.

— Ça tombait bien, commenta Dave. Vous pouvez nous en dire plus ?

Vayl passa quelques instants à observer la fontaine avant de se décider à répondre.

— J'avais commencé à prendre conscience que j'avais gagné ma sécurité en échange de ma liberté, au détriment de ce qui me restait de... (Il tourna les yeux vers nous et pinça les lèvres. Son expression « c'est-pas-vos-oignons-mêlez-vous-de-c'qui-vous-r'garde » me fit penser à Bergman et me fit sourire.) J'ai fini par comprendre que je n'adhérais plus à la vision du monde qui était celle de Hamon, reprit-il. Mais ils étaient nombreux, au sein de l'Alliance, à penser que mes velléités d'indépendance pouvaient leur être utiles. Quand j'ai exprimé le désir de partir, ils m'ont encouragé à lancer plutôt un challenge au *Deyrar*.

À sa façon d'annoncer cela, il était clair qu'il faisait référence à tout autre chose qu'à une partie d'échecs.

Dave connaissait la fin de l'histoire aussi bien que nous, mais il ne nous vint pas à l'idée de nous moquer de lui quand il demanda d'un air captivé :

— Alors ? Qu'avez-vous fait ?

— J'avais trouvé une nouvelle Voyante – une Sœur de la Seconde Vue, comme Cassandra. Elle m'avait annoncé que je retrouverais mes fils en Amérique. C'était en 1921. J'avais passé cent neuf années au sein de l'Alliance : bien plus longtemps qu'en n'importe quel autre endroit au cours de mon existence. Mais la perspective de revoir mes garçons a recommencé à m'obséder, alors qu'elle avait fini par s'apaiser trois décennies auparavant. Je suis donc allé voir Hamon pour lui lancer un ultimatum.

Vayl regardait fixement ses mains vides, en les frottant l'une contre l'autre comme si le contact de sa canne lui manquait. Je compris alors avec un sentiment de vertige qu'il la tenait probablement entre ses doigts lorsqu'il était allé affronter son *Deyrar*.

— Je lui ai annoncé que, soit il me laissait partir, soit j'étais décidé à endosser tous les pouvoirs de mes partisans pour le chasser du cœur de l'Alliance comme une tumeur cancéreuse.

— Qu'est-ce qu'il a répondu à ça ? s'impatienta Dave.

— Il s'est adossé au trône qui lui servait de siège, il a joint ses mains en flèche devant lui comme le professeur de mathématiques qu'il avait été, et il m'a dit : « Mon très cher enfant… Je ne vois aucune nécessité à ce que nous soyons à couteaux tirés, toi et moi. Naturellement, tu peux t'en aller… »

Ce « très cher enfant » titilla ma mémoire, mais avant que j'aie pu déterminer où j'avais déjà entendu ça, Vayl poursuivit son récit.

— Alors j'ai fait mes bagages et j'ai pris le premier bateau que j'ai pu trouver pour New York. Naturellement, Hamon a lâché ses tueurs sur ma piste. Sa réputation pouvait en prendre un coup, si le bruit venait à se répandre qu'un des siens avait déserté l'Alliance.

— Mais vous les avez tous éliminés, conclut Dave en échangeant un regard entendu avec moi.

— Disons que j'ai fait grâce à eux l'apprentissage de ma nouvelle carrière, admit Vayl en hochant légèrement la tête. (Une carrière qui durait depuis qu'il avait signé son premier contrat avec les services secrets, en 1927). Bien sûr, il a fallu au gouvernement un peu de temps pour mettre sur pied un service capable d'utiliser au mieux… mes petits talents. Mais lorsqu'il a finalement vu le jour, je suis devenu son premier membre à part entière.

J'ignorais jusqu'alors que le département que dirigeait Pete à présent avait été spécialement créé pour son élément le plus ancien et le plus légendaire. Mais à la réflexion, c'était parfaitement logique.

— Voilà ce qui s'appelle une libération rondement menée, s'émerveilla Dave en se frottant le cou, ainsi qu'il le faisait lorsqu'il était encore la chose du Magicien.

Il était manifeste qu'il se demandait pourquoi lui-même n'avait pas été capable d'une telle audace. Tout était relatif… S'il avait eu une quarantaine d'années pour méditer son coup, il aurait peut-être réussi à s'évader, lui aussi !

Je décidai alors que le temps était venu pour moi de faire ma propre sortie.

— Si vous voulez bien m'excuser…, dis-je en me dirigeant vers la salle de bains.

Quand je fus à l'abri derrière la porte close, je consultai ma courte liste d'appels et constatai que Cole ne m'avait pas envoyé de message depuis un petit bout de temps. Cela signifiait-il que tout se passait pour lui comme sur des roulettes ? Je ne pouvais que l'espérer.

Mon père décrocha en grommelant, comme à son habitude.

— Fais vite. Tu tombes en plein *Judge Judy*[1].

— Moi aussi je suis content de t'entendre, Albert. Comment va Shelby ?

Shelby était son infirmier, et c'était grâce à lui qu'il ne manquait toujours à mon vieux aucun doigt ni aucun doigt de pied. Même si je n'ai toujours pas compris pourquoi un diabétique a besoin qu'on lui serine au jour le jour les dangers des donuts et du chocolat chaud pour son organisme.

— Il va bien, répondit-il. C'est la seule personne que je connaisse qui soit capable de me rassasier avec une salade. Tu peux m'expliquer ça ?

— J'imagine qu'il doit injecter du jus de steak-frites dans les feuilles de laitue.

— J'y ai pensé, mais je n'en ai pas trouvé la moindre trace.

Son ton pince-sans-rire faillit me faire pouffer, le temps de me rappeler que, quelques semaines auparavant, j'avais bien cru ne plus jamais pouvoir entendre le son de sa voix.

Je me trouvais en mission en Iran lorsque Albert avait été renversé par une femme au volant d'un minivan alors qu'il faisait des tours dans le quartier sur sa nouvelle moto. Durant son séjour à l'hôpital, intubé par tous les trous, il avait acquis la conviction qu'il ne s'agissait pas d'un accident, ce d'autant plus lorsque la conductrice s'était soustraite à la justice. Mais quand il avait débarqué avec Shelby à Indianapolis, chez ma sœur, pour nous aider

1. Émission de télé-réalité américaine basée sur la reconstitution de procès, qui rencontre un grand succès depuis sa création en 1996. (*NdT*)

à fêter Pâques, il avait eu le temps de changer d'avis. Moi pas.

—Pas de nouvelles de la chauffarde? m'enquis-je négligemment.

—Que dalle. Les flics sont paumés. Ils disent que c'est comme si elle n'avait jamais existé. Foutus incapables!

—De nouveaux coups de fil de nulle part? Des visiteurs de l'au-delà?

—Je t'ai dit qu'il devait s'agir d'hallucinations dues à la morphine!

J'étais persuadée pour ma part que l'infirmière à tête de squelette qui lui avait annoncé de nouvelles visites avait probablement été on ne peut plus réelle. Mais dans la famille, quand on est incapable d'encaisser quelque chose, on est plutôt doué pour en nier l'existence. Je n'avais cependant pas le temps de lui faire entendre raison, et puisqu'il ne s'était rien produit pour le faire changer d'avis, je décidai de faire semblant d'y croire encore un peu. Pour le moment, c'était le problème posé par Dave qui primait.

—Écoute, repris-je. J'ai un cas à te soumettre. (Je lui expliquai ma théorie toute fraîche quant aux difficultés existentielles de mon frère.) Tu es dans l'armée depuis toujours, conclus-je. Même si tu n'en as pas toi-même fait l'expérience, tu ne connaîtrais pas quelqu'un qui pourrait lui apprendre à surmonter tout ça? Quelqu'un qui aurait déjà aidé des prisonniers de guerre ou d'ex-otages?

Il se fit dans l'écouteur un si long silence que je crus avoir perdu le signal.

—Allô?

— Bonté divine, je suis désolé, Jazzy…, coassa mon père d'une voix brisée par l'émotion. Si désolé de vous avoir menés dans cette galère, toi et ton frère.

Abasourdie par sa réaction, je me laissai tomber sur les toilettes. Dieu merci, le dernier occupant des lieux avait rabattu la lunette, sans quoi j'aurais sombré au fond de la cuvette. Et dire qu'Albert n'était pas au courant de la moitié de ce qui nous était arrivé, à Dave et à moi. S'il avait su, il aurait été à genoux en train d'implorer pardon à l'autre bout du fil. *Gloups!*

— Dave et moi, nous sommes tous les deux des adultes, P'pa…, protestai-je faiblement. Si nous l'avions voulu, nous aurions pu choisir une autre carrière.

Je l'entendis respirer fort. Je n'avais aucun mal à l'imaginer en train d'essayer de se reprendre. Les vieux craquent comme des bulles de chewing-gum – surtout les anciens Marines…

— Ouais, conclut-il au bout d'un moment. Tu sais quoi ? J'ai bien quelques vieux potes que je pourrais appeler.

De nouveau, ce ton de voix assuré qui lui avait brutalement fait défaut du jour où on l'avait obligé à prendre sa retraite. C'était pour l'aider à le retrouver de temps à autre que je m'obstinais à l'appeler, à réclamer de lui de menus services que d'autres auraient très bien pu me rendre. Même s'il me fallait admettre qu'il avait actionné quelques pistons, dernièrement, qui m'avaient été utiles pour mener à bien mes missions.

Ça, c'était ce dont j'essayais de me convaincre. Mais au fond de moi, il y avait toujours une petite fille dont la balançoire virtuelle était en grande partie cachée à mes yeux par une haie. Habituellement, je ne pouvais voir d'elle que le bout de ses chaussures blanches ou le nœud assorti dans ses cheveux quand elle parvenait à se hisser suffisamment haut. Il lui arrivait alors de me délivrer des messages que je pouvais entendre ou non par-dessus le battement sourd de mon cœur plus ou moins affolé. Et à cette minute, je vis par-dessus la haie une mèche rouge voleter dans la brise et je l'entendis crier : « Peut-être qu'il t'aime, après tout… »

Chapitre 15

À mon retour au salon, je retrouvai les deux hommes plongés dans le silence. Manifestement, ils avaient attendu mon retour.

— Qu'est-ce qu'il y a ? demandai-je.

— Je voudrais parler à Blas, m'expliqua Vayl. Pouvez-vous me conduire à l'endroit où vous l'avez trouvé ?

— Pourquoi pas, répondis-je avec un haussement d'épaules. Mais je doute qu'il y soit toujours. J'ai comme l'impression qu'il s'était fourré là-dedans pour échapper aux autres vamps autant que moi.

— Peut-être, dans ce cas, pourriez-vous retrouver sa piste en repérant son odeur spirituelle ?

— Je peux essayer.

Mais je n'avais pas beaucoup d'espoir. Doué comme il était pour camoufler sa présence, sans doute fallait-il compter davantage sur la découverte de quelque élément matériel.

Alors que nous nous dirigions vers la porte, je vis que Dave ne nous suivait pas.

— Tu restes ici ? m'étonnai-je.

— Ouais.

Et voilà… Aucune explication. Ça sentait le roussi. Je luttai contre le vent de panique qui menaçait de me faire crier : « Ne va pas te bourrer la gueule ! Tu n'as pas besoin de te cramer la cervelle. Les secours arrivent... »

À la place, je lui dis simplement :

— OK.

Alors que je me retournais pour sortir, *la* grande idée me cueillit de plein fouet. Un de ces traits de génie qui ne peuvent naître qu'entre membres d'une même fratrie parce que... eh bien parce que c'est comme ça.

— Tu sais, ajoutai-je par-dessus mon épaule, puisque tu as un peu de temps libre, tu pourrais peut-être... Non, rien. Laisse tomber.

Dave plongea immédiatement.

— Quoi ?

— Eh bien... c'est juste que... toutes ces calories supplémentaires que tu as bues – je veux dire : que tu n'as pas brûlées... je trouve qu'elles ont un peu tendance à s'accumuler sur ton bide. (Les yeux ronds, Dave empoigna son ventre à deux mains.) Je n'ai pas voulu t'en parler avant, mais le général a dû dire quelque chose, à propos de ton entraînement... Comme quoi tu aurais perdu quelques points. (D'un rire et d'un geste de la main, je balayai l'argument.) Je suis sûre que ce n'est pas très grave. Un peu de bière sans alcool suffira à y remédier.

— Jasmine a raison, intervint Vayl derrière moi. Tout n'est pas perdu, puisqu'il me semble avoir entendu Cassandra affirmer qu'elle aimait les hommes bien en chair. Sans doute à cause des fameuses « poignées d'amour »...

En refermant derrière nous, nous vîmes Dave pincer entre deux doigts son flanc d'athlète endurci au combat.

Aussitôt qu'il ne risqua plus de nous entendre, je demandai à Vayl :

— Vous voulez savoir combien je parie ?

— Sur quoi voulez-vous parier ? demanda-t-il.

— Je parie deux biftons que le commandant des Forces spéciales va passer tout le temps que nous allons lui laisser à faire des pompes et des tractions.

Les lèvres de mon boss se retroussèrent en un sourire caustique.

— Vous êtes une femme diabolique.

— La fin justifie les moyens.

Sur ces fortes paroles, je le conduisis jusqu'à la penderie, qui se révéla tout aussi vide que je l'avais prédit.

— Blas était assis dans ce coin-là, quand vous êtes entrée ? s'enquit-il.

— Oui. Mais je ne suis pas certaine qu'il y soit arrivé par le même chemin que moi. Il existe une autre issue là-dedans.

Je lui montrai celle que j'avais découverte dans mes efforts désespérés pour combattre ma claustrophobie. L'ouverture paraissait sommaire. Les parois étaient incurvées et le bord inégal. De toute évidence, il ne s'agissait pas d'un élément constitutif du bâtiment.

— Pensez-vous qu'il se soit sauvé par là ?

Je renâclai un peu au seuil du placard avant de me mettre à quatre pattes à l'intérieur, les yeux fermés afin de permettre à mes autres sens une meilleure concentration.

— Oui, répondis-je au bout d'un moment. Je crois que oui.

Vayl se glissa à genoux à côté de moi.

— Dans ce cas, dit-il, nous n'avons qu'à le suivre.

Mon boss ayant des épaules de footballeur américain – ou de pitbull –, impossible de partager ce réduit avec lui sans occasionner des frôlements inconfortablement intimes. Soudain, la penderie parut se resserrer autour de nous comme un jean moulant dans une lessive trop chaude.

Je me penchai en arrière, dans l'espoir de reprendre un peu d'air, mais cela n'arrangea rien du tout. J'eus ainsi une meilleure vue sur son dos musclé conduisant à un joli, ferme et petit…

— Il fait chaud, non ? demandai-je après m'être éclairci la voix. Vous n'avez pas chaud ? Je pense que leur chauffage doit déconner à plein tube.

Vayl m'adressa un petit sourire et dit sans me répondre :

— Je vais y aller en premier, d'accord ?

Il s'introduisit plus avant dans le placard, poussa le panneau qui condamnait le passage dérobé jusqu'à ce qu'il tombe dans la pièce voisine, libérant la voie et lui permettant de s'engager dans le trou. Moi, pendant ce temps, eh bien… je le regardais faire en bavant, jusqu'à ce que ses jambes disparaissent tout à fait. Je ne repris mes esprits qu'en l'entendant m'appeler.

— Jasmine ! Venez vite me rejoindre.

L'affaire paraissait suffisamment sérieuse pour que je rembobine ma langue et que je m'engage dans le passage derrière lui.

Vayl avait déjà actionné l'interrupteur, allumant les appliques murales, mais j'eus néanmoins l'impression de débarquer dans une sombre caverne empestant la moisissure et les toiles d'araignées. Entraînée comme je l'étais à chercher les issues de secours dans chaque endroit où je débarquais, je commençai par laisser mes yeux chercher d'autres accès. En vain. Aucune porte ni aucune fenêtre ne venait déranger l'uniformité des murs plâtrés, jaunis et craquelés par l'usure du temps.

Une épaisse couche de poussière voilait la moquette d'un bleu sombre. Des traces de pas la parsemaient, qui s'aggloméraient autour du sarcophage en pierre trônant au milieu de la pièce. D'accord... Ainsi, c'était ici que Blas se cachait durant le jour. Je pouvais le sentir à l'odeur qu'il avait laissée, même si celle-ci était si ténue qu'il devait ne pas avoir dormi là depuis des semaines. Je me retournais vers mon boss pour lui demander ce qui l'avait alerté lorsqu'il m'intima de me taire en posant l'index sur ses lèvres et en me désignant du regard un coin sombre au fond de la pièce.

Je fermai rapidement les yeux. Il m'arrive rarement de devoir activer les lentilles de contact spéciales que Bergman a conçues pour moi, puisque ma Sensitivité s'est exacerbée au point qu'il m'est quasiment possible de voir dans le noir. Pourtant, occasionnellement, elles me procurent le petit coup de pouce dont j'ai besoin pour... *Bordel de Dieu ! Qu'est-ce que c'est que* ça ?

Mon cerveau consulta d'abord ses fiches les plus usuelles. Épouvantail ? Armure de combat, bras écartés ?

—*Réfléchis mieux, Jaz.*

—*J'ai pas envie...*

—*Allez vas-y ! Rapproche-toi et regarde bien. Ouais, c'est ça.*

J'obéis à la voix qui résonnait sous mon crâne parce que c'était elle qui m'accompagnait quand il me fallait appuyer sur la détente. Il y avait quelque chose d'apaisant dans son rythme saccadé, son timbre glacial. Aucune place pour la peur dans une voix off désincarnée qui passait son temps à faire la nique à la mort.

Je frissonnai. J'aurais été incapable de dire ce qui m'effrayait le plus : moi-même ou la scène macabre que j'avais sous les yeux.

— C'est un corps, murmurai-je.

— Je pense qu'il a été pendu au plafond, expliqua Vayl d'une voix aussi assourdie que la mienne. Comme une marionnette. Voyez tous ces fils…

Laissant Vayl mobiliser ses pouvoirs, je dégainai Chagrin et actionnai le bouton magique. Pour nous approcher du cadavre, nous contournions le sarcophage chacun par un côté. Nos gestes étaient déterminés. Régulièrement, nos yeux fouillaient la pièce, guettant d'éventuelles surprises.

— Qu'a-t-il sur la tête ? m'étonnai-je dans un murmure.

J'aurais voulu tendre le bras par-dessus le sarcophage de Blas, prendre la main de Vayl et la serrer jusqu'à ce qu'il m'assure que nous étions en train de cauchemarder.

— Un chapeau ? suggéra-t-il.

— Il a une drôle de forme et…

Je me tus en voyant le « chapeau » déployer ses pattes et se soulever en prenant appui sur les épaules du macchabée dans un horrible bruit de succion.

C'est pas un chapeau ! s'affola mon esprit malmené. *Il n'y a pas de chapeau, parce qu'il n'y a pas de tête pour l'y poser… C'est un – putain ! qu'est-ce que c'est que ce truc ?*

La créature gambada le long du cou et se percha sur la poitrine telle une énorme cravate palpitante.

— Merde !

D'un bond, je sautai sur le sarcophage. Superman aurait été fier de moi… Bien sûr, lui n'aurait probablement pas raté sa cible comme je le fis, mais ce type-là a toujours été trop parfait à mon goût.

— Oubliez l'arbalète ! me cria Vayl, qui était en train de frigorifier les lieux. C'est un *grall*. Des balles, Jasmine… Et vite !

J'inversai la fonction de mon Walther en passant en revue ce que je savais de la bête. Je n'en avais qu'une connaissance livresque, puisque c'était le premier que j'avais l'horreur de croiser. Les adultes avaient la taille d'un ballon de volley. Ils étaient hermaphrodites, et là où il y en avait un, vous pouviez être sûr de trouver une dizaine de ses rejetons infectant la place également. Ils galopaient à la vitesse de la lumière sur six pattes poilues, couleur sauce à la canneberge. Une mince coquille recouvrait la majeure partie de leur corps en forme de crabe, mais celui-ci se hérissait sous le ventre d'épais appendices charnus perçant la carapace. Telle était la partie la plus vulnérable du *grall*, mais elle lui permettait également de s'accrocher à toute créature vivante grâce à une paire de dents acérées comme des sabres. Sa caractéristique la plus originale, cependant, c'était qu'il ne se nourrissait pas seulement de sang mais aussi des petits et grands secrets de son hôte. Quant aux petits malins qui savaient lui offrir ensuite l'offrande appropriée, ils étaient certains de pouvoir faire leurs tous ces secrets…

Je visai soigneusement. La créature s'était figée sur le torse de sa victime, tel un gros opossum s'imaginant que faire le mort pourrait lui permettre de passer inaperçu. Je retins mon souffle et fis feu. Au dernier moment, le *grall* s'esquiva avec un couinement de souffrance qui me fit comprendre qu'il était blessé, mais sans doute pas mortellement. La balle semblait s'être logée dans le corps.

Vayl donna un coup de pied dans quelque chose qui alla rebondir contre le mur avec un cri perçant.

— Il y a des jeunes ! s'écria-t-il.

— Venez par ici ! lui hurlai-je. Ainsi, je risquerai moins de vous atteindre.

Il bondit à mes côtés en constatant :

— Que ne donnerais-je pas pour avoir ma canne à cette minute !

— Vous n'avez qu'à prendre mon bolo !

Je sentis sa main se glisser dans ma poche droite. Mon corps réagit par un frisson que je fis de mon mieux pour ignorer en transformant deux des jeunes pousses en chair à sushi. Le froid suscité par Vayl avait ralenti celles-ci plus que leur géniteur, qui s'était réfugié contre le mur, à l'abri du corps.

Tandis que Vayl tirait le couteau de ma poche, je passai au crible le sol et les murs, guettant – en vain – le moindre mouvement. J'allais demander à mon boss s'il avait déjà entendu parler d'une portée aussi peu nombreuse lorsqu'une chose tomba devant mon visage, fendant ma joue au passage. J'étais en train de lever prudemment les yeux quand je sentis une masse se poser au creux de mon dos.

— Vayl ! me mis-je à hurler. Ils sont au plafond ! (Aussitôt, il bondit en l'air, empalant l'un d'eux sur mon bolo.) Regardez dans mon dos ! Mon dos ! criai-je de plus belle en me tournant pour qu'il puisse voir.

— Tenez bon ! m'encouragea-t-il.

J'entendis la lame fendre l'air et venir se loger dans le corps de la petite saloperie qui s'efforçait de percer le cuir de ma veste. Dès qu'elle chuta derrière moi dans un bruit mat sur le sol, je laissai Chagrin prendre ma revanche. Ce fut en marquant une pause pour recharger que je pus entendre Vayl grogner de douleur.

Je lui jetai un coup d'œil et le découvris cerné par des cadavres de petits *gralls*. Il y en avait un, cependant, qui avait profité de ce qu'il réglait leur compte aux autres pour s'arrimer à lui derrière l'oreille droite. Sans me laisser le temps de l'aider, Vayl l'arracha à pleines mains et l'envoya bouler avec force contre un mur où il s'écrasa tel un insecte sur un pare-brise. Un filet de sang coula le long de sa nuque, faisant piailler de faim les quatre rescapés du massacre.

Ceux-là semblaient plus futés que les autres membres de la fratrie. Comprenant que le plafond ne leur offrait pas un abri suffisant, ils étaient allés chercher refuge derrière les deux appliques en verre qui éclairaient la pièce. J'avais redouté de devoir aller les en déloger, mais l'odeur du sang de Vayl suffit à les faire sortir.

Rapidement, je jetai un coup d'œil plein d'espoir au corps pendu au plafond, mais non : le *grall* adulte, lui, se montrait trop prudent pour quitter son trou. *D'accord, comme tu voudras. On va d'abord régler leur compte à tes dégoûtants marmots.*

Ceux-ci fondaient sur nous en meute. Je réussis à en dégommer un à distance avant que les autres nous rejoignent. Vayl en poignarda un deuxième sur la moquette alors qu'il arrivait entre ses jambes. Les deux restants lui bondirent à la gorge et couinèrent de joie en atteignant leur but. Puisqu'il était impossible de les flinguer sans risquer de blesser mon boss, j'envoyai un coup de pied en l'air qui cueillit l'une des deux bêtes dans le dos et la fit valser vers le plafond. Quand elle retomba au sol, je dus tirer deux fois pour lui régler son compte. J'aurais pu y parvenir du premier coup, mais une partie de mon attention restait fixée sur Vayl, qui empala son dernier agresseur sur la lame de mon couteau.

Après avoir échangé un hochement de tête satisfait, nous nous retournâmes de concert vers le corps suspendu.

— Vous avez une idée de qui ça peut être ? m'enquis-je.

Vayl porta prudemment la main à son cou, grimaça en apercevant ses doigts poissés de sang et répondit :

— Impossible d'avoir une certitude, bien sûr. Mais l'anneau qu'il porte au petit doigt est unique en son genre. Je pense qu'il doit s'agir de Hamon.

— Quoi ? Mais non ! Hamon a été décapité. Ce qui signifie que le reste de son corps a dû partir en poussière. C'est comme cela que ça se passe avec vous autres.

— C'est comme cela que ça se passe *habituellement*, rectifia-t-il. Mais un corps déjà parasité par un *grall* au moment d'être décapité fait exception. Dans ce cas, il ne se dissout pas dans l'air.

— Le *grall* a ce pouvoir-là ?

— Oui. Car certains secrets peuvent encore être extraits d'une dépouille mortelle : dans le sang, les organes et même les os.

J'examinai Hamon Eryx, son foulard froissé et son costume couleur rouille, maculé par le sang échappé de la tête qui avait autrefois été sienne.

— Foutaises ! décrétai-je.

— Que faites-vous de la médecine légale ? s'étonna Vayl.

— C'est différent !

— Ainsi s'exprime la femme dotée d'un œil de l'esprit et d'un Guide spirituel et connue pour sa tendance à ressusciter d'entre les morts...

Petit futé, va...

— Admettons que j'accepte votre explication. (*Ce que je vais bien être obligée de faire, bon Dieu !*) Cela signifie-t-il que je ne doive pas tuer ce *grall* ? Si Blas l'a placé là pour voler à Hamon tous ses secrets, avez-vous besoin vous aussi de les connaître à présent ?

— Nous pouvons, je pense, deviner les secrets que Blas voulait s'approprier, sans avoir à risquer nos vies plus longtemps.

— Vraiment ?

— Bien sûr. Blas vous a manifestement menti. C'était lui qui voulait usurper l'autorité de Hamon. Ou peut-être lui et Disa la voulaient-ils tous les deux. Pouvoir accéder à cette fonction suprême nécessite une connaissance secrète que Hamon était seul à posséder. Si je l'avais défié et vaincu, il aurait été dans l'obligation de me la confier. Blas et Disa ont apparemment opté pour une autre méthode, mais quelque chose s'est mal passé – avant, pendant ou après leur forfait –, et son alliée s'est retournée contre lui.

— Ce qui veut dire que je peux supprimer cette répugnante araignée ?

— Faites, je vous en prie.

Enfin de bonnes nouvelles ! On aurait peut-être pu fêter ça ? En reculant d'un pas, je me serais retrouvée blottie contre lui comme dans un manteau d'hiver...

Et si je parvenais à tuer le *grall*, il allait peut-être me pardonner de lui avoir rendu Cirilai ? D'ailleurs, je n'étais plus très sûre de ne pas vouloir la récupérer. Mentalement, je dus me secouer les puces. *C'est exactement pour cette raison que tu devrais éviter de flirter avec ton boss, Jaz : trop de distractions au moment de passer à l'action.*

Je pris le temps d'examiner la situation. Si la perspective d'une nourriture fraîche et vulnérable n'avait pas réussi à faire bouger le *grall* adulte, c'était qu'il avait l'intention de rester planqué jusqu'à notre départ. À moins qu'on ne l'oblige à sortir.

— Il va falloir que quelqu'un se décide à faire bouger ce corps, dis-je.

Et ça risque d'être répugnant… De quoi faire des cauchemars, vraiment !

— Je m'en charge.

Vayl fit un pas en avant.

— Non ! protestai-je aussitôt.

Je m'aperçus soudain que j'avais posé la main sur sa poitrine pour l'empêcher d'avancer et qu'il me regardait intensément, ses lèvres à quelques centimètres des miennes.

— Je… c'est juste que…, bredouillai-je. Le *grall* est si rapide… Suffisamment rapide, en tout cas, pour avoir réussi à surprendre un vampire expérimenté tel que Hamon, non ?

— Eh bien, eh bien, Jasmine…, murmura-t-il. On dirait vraiment que vous vous en faites pour moi.

— Je…

Aaaargh !

— Ce n'est pas grave, assura-t-il. J'ai un autre plan. Donnez-moi votre ceinture.

Je fis ce qu'il me demandait et le regardai connecter ma ceinture à la sienne puis fixer une boucle de la corde ainsi obtenue au manche de mon bolo.

— Prête ? s'enquit-il.

Campée fermement sur mes jambes, je brandis Chagrin devant moi.

— Prête, assurai-je.

Il marcha jusqu'au bord du sarcophage, tint l'une des extrémités de la corde de ceintures dans une main, et visa avec mon couteau de l'autre. Son tir, puissant et précis, lui permit de le planter au premier essai dans la cuisse du cadavre. En tirant à petits coups d'un côté et de l'autre, Vayl mit ensuite le corps en mouvement. Malheureusement, les liens auxquels il était suspendu ayant un peu de jeu, il commença également à s'agiter de bas en haut.

— Vayl..., dus-je confesser tout bas. C'est un moment un peu pénible pour moi.

— Ah oui ?

— Enfermée dans une pièce sans porte ni fenêtres avec un corps sans tête et un suceur de secrets capable de nous percer à tous deux un nouveau trou de balle si je le rate ?

Vayl prit un instant pour y réfléchir et décréta :

— Pensez à ce cadavre comme ce à quoi aurait ressemblé Pinocchio s'il avait menti à la Mafia.

— Ce n'est pas drôle.

— Alors pourquoi riez-vous ?

— Dieu, ce que nous pouvons être tordus... Et le *grall* ?

— Une commère sans principes qu'il vaut mieux réduire au silence avant qu'elle ait pu faire courir le bruit que le Père Noël travaille en sous-traitance avec la Chine.

— Moi j'aime bien le Père Noël !

— Alors visez juste.

Je plissai les yeux et ne tardai pas à repérer ma cible, tapie derrière la hanche gauche du macchabée. Elle était visible à chaque troisième secousse et rebond de celui-ci. Ses antennes vibrionnaient comme des doigts fripés. Sans doute se demandait-il ce qui arrivait à sa planque de rêve.

J'élevai un peu mon flingue et pris tout mon temps. Je fis du rythme auquel dansait le cadavre celui de ma respiration. Un, deux, trois. Un, deux, trois. Un, deux, trois – *boum !*

Le grall tomba à terre. Voyant qu'il se tortillait toujours, je fis feu, encore et encore.

— Euh… Jasmine ?

— Ouais.

— Je crois qu'il est mort.

— C'est votre faute ! protestai-je en le fusillant du regard. Fallait pas vous moquer du Père Noël.

Vayl hocha gravement la tête et reconnut :

— En effet.

Chapitre 16

Nous venions juste d'émerger de la penderie, Vayl et moi, lorsque Sibley apparut à l'autre extrémité du couloir.

— Vous n'avez pas entendu quelque chose ? demanda-t-elle en s'empressant de nous rejoindre. Un bruit sourd de détonation ?

À mon regard interloqué répondit celui de Vayl, qui secoua la tête.

— Rien dans ce coin-ci en tout cas, répondit-il. Vous avez eu un autre départ de feu ?

— Nous n'en sommes pas sûrs. Marcon est en train de vérifier que toutes les alarmes sont en bon état de fonctionnement.

— J'étais juste en train de dire à Vayl qu'il faisait chaud, chez vous, intervins-je. Peut-être votre chaudière est-elle mal réglée ?

Sibley lança les bras en l'air en un geste d'agacement.

— Hamon avait sans doute des défauts, s'emporta-t-elle, mais au moins avec lui cette maison était entretenue. Tout ce que fait Disa, c'est s'enfermer à la bibliothèque pour potasser les archives de l'Alliance et aboyer contre tout le monde.

Elle se mordit la lèvre et jeta un coup d'œil furtif par-dessus son épaule, redoutant probablement que la nouvelle *Deyrar* ait fait une pause dans ses recherches pour venir l'espionner, puis elle haussa les épaules et s'éloigna.

— Voilà qui est intéressant, commentai-je. Pourquoi Disa tient-elle à s'immerger dans ces archives ?

— Facile à imaginer, répondit Vayl. Pour les mêmes raisons qui ont poussé Blas à avoir recours à un grall. Hamon répétait volontiers que taper du pied tous les quarts d'heure en revendiquant l'autorité du chef ne suffit pas pour conduire cette Alliance.

— Dans ce cas, allons mener l'enquête pour savoir comment cette opportuniste a bien pu arriver au pouvoir, suggérai-je.

— Vous oubliez à quel point les membres de cette Alliance peuvent être réticents à se confier.

— Pas sûr. Niall pourrait se laisser convaincre de partager une petite histoire ou deux avec nous.

— Qu'est-ce qui vous fait croire ça ?

Je fis à Vayl le récit de la libération de Kozma et Trayton et de ma confrontation avec le vamp qui les avait capturés tous deux. Il n'en fallut pas davantage pour lui donner aussitôt envie de lui rendre une petite visite. Cela me convenait parfaitement, puisque j'avais déjà décidé de faire un saut jusqu'à la chambre de Niall, que mon boss m'y ait accompagnée ou non.

Trayton… Comment as-tu fait pour que je t'aie aussi vite dans la peau ? Tu es comme une saloperie de virus ! Pourtant, ce fut avec un frisson de plaisir anticipé que je conduisis Vayl jusqu'à la planque de mon pote le garou. Je toquai contre la porte en noyer décorée d'un bas-relief représentant une jument cuirassée galopant en plein champ.

— Qui est-ce ? s'enquit la voix de Niall à l'intérieur.

— Lucille et Vayl, répondis-je tandis que se faisaient entendre les claquements secs de trois verrous tirés successivement. Dès que la porte fut suffisamment ouverte, je jouai des épaules pour m'introduire dans la chambre.

— Trayton !

Le soulagement que je ressentis en le découvrant assis sur un lit en cuivre fut comparable à celui que l'on éprouve quand le soleil revient après deux semaines de pluie ininterrompue. Sur une chaise voisine, un plateau repas vide indiquait qu'il avait mangé.

Pendant que Vayl et Niall s'entretenaient, je me penchai sur le garou pour vérifier l'état de sa blessure. Celle-ci n'était déjà plus qu'une zébrure rouge marbrant la peau douce de son torse.

— Ça a l'air d'aller beaucoup mieux que la dernière fois que je t'ai vu, dis-je.

Il me sourit, révélant des dents qui se chevauchaient légèrement sur le devant et des canines allongées deux fois plus épaisses que celles d'un vamp.

— Je *vais* mieux, renchérit-il en écartant de ses yeux une mèche de cheveux pour que je puisse les voir étinceler. Pouvoir partager le sang d'une Eldhayr… cela valait presque le coup de mourir.

Stupéfaite, je le dévisageai sans rien dire, surprise qu'il puisse connaître ce mot utilisé par mon Guide spirituel pour se décrire lui-même lors d'une de ses rares périodes de révélation. Raoul avait été sur terre un soldat qui avait continué à se battre après sa mort contre des ennemis plus coriaces encore que ceux qu'il avait affrontés dans la vie. Je n'avais jamais beaucoup prêté attention à ce que j'étais moi-même devenue après qu'il m'eut ressuscitée. Pour ma santé mentale, je sentais confusément qu'il valait mieux ne pas m'attarder sur le sujet. Je préférais faire comme si je continuais à être Jaz. Même si ma Sensitivité s'épanouissait comme roses au printemps et que mon œil de l'esprit me rendait nostalgique de la pénombre, il était plus facile de les considérer comme des facultés supplémentaires que d'envisager être devenue quelqu'un d'autre – et de plus tout à fait humain.

Non, écoute… Tu vas trop loin! me gourmandai-je. *Tu es toujours – essentiellement – humaine. Si ce n'était pas le cas, tu ne serais pas à l'heure qu'il est aussi inquiète pour Dave, ni aussi indécise au sujet de Vayl. N'est-ce pas? Et tu n'aurais sûrement pas envie de serrer la tête de Disa dans un étau et d'attacher son corps à un démonte-pneu rotatif.*

— *C'est ça, tes critères de jugement!* railla Mamy May.

Elle s'était installée dans un autre recoin de ma mémoire, souvenir d'un lieu où je l'avais maintes fois patiemment attendue dans la vraie vie. C'était un salon de beauté à l'ancienne, avec ses sèche-cheveux massifs qui vous emprisonnaient le crâne tels des casques de cosmonaute et ses sprays de laque si denses qu'ils suffisaient à vous coller les sourcils jusque dans la salle d'attente. Après avoir tourné une nouvelle page de sa revue de décoration et jardinage, elle renifla d'un air dégoûté et précisa:

—Selon toi, tu serais humaine à cause de toutes les émotions négatives qui te passent par la tête ? Ne sois pas ridicule ! Même les démons sont sujets à la fureur…

—Comment le sais-tu ?

—N'essaie pas de changer de sujet !

—D'accord, très bien. Je… je suis humaine parce que… (Je pataugeais allègrement, plus paniquée à chaque seconde qui passait, quand la réponse me vint.) *Je suis humaine parce que je choisis de l'être, bon sang !*

—Bingo ! cria mémé tandis que mon garou se rappelait à mon attention.

—Lucille ? (Son sourire entendu me signifiait qu'il voulait bien m'appeler comme ça pour me faire plaisir mais que nous savions tous les deux à quoi nous en tenir.) Il émane de toi une petite odeur de férocité et de détresse. Tu es sûre que ça va ?

—C'est mon parfum, prétendis-je d'un ton caustique. « Eau d'oxymoron ». Au fait… je te présente mon boss, Vayl.

L'intéressé salua Trayton d'un geste de la main depuis l'endroit où il se tenait avec Niall, une porte de communication tout à fait semblable à celle que nous avions pu observer dans la chambre d'Admes. Il paraissait tenir à soutirer à son ancien allié tous les détails de ce qui s'était réellement passé entre Blas et Disa, aussi le laissai-je discuter et reportai-je mon attention sur mon nouvel ami.

—Je peux t'apporter quelque chose ? lui demandai-je. Tu t'ennuies ? Je pourrais peut-être te trouver quelques magazines, des livres, autre chose ?

—J'ai ce qu'il me faut, répondit-il. (D'un signe de tête, il désigna un écran de télé, de l'autre côté du lit, au-dessus d'une station audio-vidéo.) Niall est un fan de la Xbox 360. J'ai donc de quoi m'occuper aussi longtemps que je resterai ici.

Comme tout autre gars de son âge, il se résignait à sa réclusion tant qu'il lui était possible de jouer toute la journée. Pourtant, je ne tardai pas à remarquer que quelque chose le tracassait. Il serrait le drap entre ses poings. On aurait dit que cela seul pouvait les empêcher d'aller s'emparer de ce qu'il convoitait réellement et qu'il ne quittait pas des yeux : les vêtements de rechange, dans la massive armoire de Niall dont la porte était restée entrebâillée dans mon dos. La liberté…

Ma main se posa sur la sienne et il s'accrocha à moi comme si je pouvais l'empêcher de tomber dans un précipice.

— Nous allons te sortir d'ici le plus vite possible, lui assurai-je. J'ai l'intention de me rendre en ville demain. Penses-tu être en état de te lever ?

— Je me débrouillerai, répondit-il.

Il s'exprimait d'une voix grave, un peu amère, dans laquelle perçait tant sa nostalgie des grands espaces que je me sentis chanceler.

— *Aucune fenêtre dans cette chambre*, se plaignit-il à moi dans un regard.

— *Dans la mienne, elles ne sont pas accessibles*, lui répondis-je silencieusement.

— À propos de quoi communiquez-vous tous les deux ? intervint Vayl d'un ton acerbe.

Je me sentis tourner très lentement la tête vers lui. La souffrance de Trayton me submergeait, m'empêchant presque de respirer. Telle n'était naturellement pas la seule raison de mon malaise – il n'en va jamais ainsi. On s'élève en empilant des blocs sur d'autres déjà en place, jusqu'à ce que tout menace d'un coup de s'écrouler. À l'image de ce qui se passait dans cette monstrueuse villa, il ne m'était plus possible de cantonner les problèmes qui se posaient à moi dans aucune structure logique. En d'autres termes, j'ignorais par quel bout les prendre. Je me contentai de soutenir longuement le regard de Vayl. Il ne me sembla pas utile de lui dire quoi que ce soit. Puisque j'étais son *avhar*, ce n'était pas nécessaire.

Il me rejoignit en quelques pas. Je crus qu'il allait me prendre dans ses bras mais il se contenta de déclarer fermement :

— Je vais vous sortir tout de suite d'ici.

Je reculai d'un pas. Au moindre contact de sa part, je me sentais prête à m'écrouler complètement.

— Ça va aller ! assurai-je en dressant mes mains devant moi. C'est juste que… la journée a été longue.

Mon regard se porta sur mon annulaire nu. Je serrai les poings et les cachai derrière mon dos. Vayl, dont les yeux s'étaient soudainement éclaircis jusqu'à adopter une couleur ambrée, se rapprocha encore de moi.

— Jasmine…, commença-t-il.

Nous l'empêchâmes de poursuivre, Trayton et moi, en fixant soudain notre attention sur la porte du couloir et en murmurant :

— Vampire…

Niall hésita un instant.

— Pas le temps d'aller jusqu'à l'issue secrète, glissa-t-il dans un souffle. Par ici…

Sortant de sa poche un trousseau de clés, il ouvrit la porte de la pièce adjacente. Vayl tira Trayton du lit en le soulevant dans ses bras avec toute la literie et nous allâmes tous trois nous y réfugier. Sitôt après, Niall boucla de nouveau la porte et je l'entendis crier :

— Entrez !

Dans la chambre s'éleva la voix toujours aussi rageuse de Rastus, mais je ne pus comprendre ce qu'il disait. Puis mon attention fut attirée par la femme qui occupait le centre de la pièce où nous nous trouvions et qui jouait en sourdine sur un grand piano noir. Celui-ci était assorti à la couleur de ses cheveux, qui retombaient en avant sur son visage. Elle semblait se projeter corps et âme dans ses doigts qui actionnaient les touches, comme si elle avait voulu se noyer dans la musique.

Jouait-elle également des autres instruments rassemblés autour d'elle ? Dans un coin se dressait une harpe. Élégante et fine, elle faisait si grand effet, avec son cadre doré, qu'elle aurait trouvé son utilité en simple sculpture. Le long d'un mur lambrissé de bois sombre se trouvaient sur leurs supports une paire de violons ainsi qu'un alto et un violoncelle. Un quartette à cordes aurait pu d'une minute à l'autre venir s'installer là et se mettre à jouer.

De plus modernes instruments complétaient l'ensemble : un jeu complet de percussions, un piano digital Clavinola, suffisamment de cuivres pour faire la joie d'un groupe de blues, le tout amoureusement entretenu.

Sans lever les yeux de son clavier, tout en continuant à jouer, l'occupante des lieux chuchota :

— Que faites-vous là ?

Vayl se figea. Il tenait toujours Trayton dans ses bras, comme un enfant malade. Je m'avançai dans la pièce mais la femme me fit signe d'arrêter d'un geste de la main et je m'exécutai. Le plus doucement possible, je lui expliquai :

— Niall a de la visite. Il ne tenait pas à ce qu'on découvre chez lui un loup-garou convalescent et un couple d'invités indésirables.

— Qui êtes-vous ? demanda la pianiste.

— Je m'appelle Lucille. Le garou, Trayton, se trouve là-bas près du seuil et c'est Vayl qui le porte. Si vous êtes une habituée des lieux, vous avez probablement…

— Oui, m'interrompit-elle en redressant finalement la tête. Je me souviens parfaitement de mon vieil ami…

— Oh, putain !

J'avais gémi tout bas, pour ne pas me faire entendre de la pièce voisine, faute de pouvoir pousser un cri.

Ça recommençait… Comme dans la penderie, mais en pire cette fois, car la femme que je découvrais n'avait plus de visage du tout.

— *Ce doit être Aine*, m'informa l'archiviste guindée qui gérait mes fiches au fond de mon crâne et que rien n'impressionnait sous prétexte que tout pouvait être catalogué. *Rappelle-toi… Blas, en décrivant le combat, a expliqué…*

— *Évidemment, que je me rappelle… J'étais là, non ? Alors ferme-la un peu.*

Vayl avança en titubant et vint me heurter, nous faisant perdre momentanément l'équilibre. J'entendis Trayton gémir tout bas en observant les cavités vides où auraient dû se trouver des yeux, un nez, une bouche.

Je crois que je vais vomir, et c'est très mal élevé car ce n'est pas sa faute..., songeai-je en reculant. Je ne m'arrêtai que lorsque mes épaules heurtèrent la porte. Puisque j'avais agrippé à deux mains le bras de Vayl, je les avais entraînés avec moi, lui et Trayton. Mon boss remit le garou sur ses jambes entre nous. Nous nous tenions là comme un groupe d'étudiants apeurés sur le point d'être réduits en pièces par un serial killer.

Heureusement pour moi, ma curiosité était un monstre toujours en éveil et à jamais inassouvi.

— Comment se fait-il que vous puissiez nous parler ? m'étonnai-je.

Aine n'avait pas cessé un instant de jouer. La mélodie qui sortait de son piano changea quelque peu lorsqu'elle répondit :

— Je parle à travers la musique. Ma *cantrantia* consistait autrefois à faire plier les humains à ma volonté grâce à un accord de piano ou à une envolée de harpe. À présent que j'ai perdu la faculté de parler avec ma propre langue, la musique comble mes manques.

Je me sentais incapable de la regarder plus longtemps. Toute autre blessure ne m'aurait pas causé le moindre problème. Une jambe en moins, un bras disparu, un cratère sanguinolent dans son flanc, j'aurais pu les supporter, mais la plaie béante qui lui tenait lieu de visage me tétanisait comme l'avait fait ce que j'avais appris de l'Holocauste. L'horreur que je ressentais en la regardant était si envahissante qu'elle me paralysait presque.

— Écoutez..., commençai-je difficilement.

J'avais fait à Blas la même offre que celle que je m'apprêtais à lui faire, sans me rendre compte qu'il avait peut-être mérité son sort. En allait-il de même pour Aine? Il m'aurait fallu entendre ce que Niall avait à en dire pour m'en faire une idée. Pourtant…

— Nous pourrions peut-être vous trouver un chirurgien esthétique. J'ignore s'il serait en mesure de faire quelque chose. De telles opérations n'ont sans doute jamais été tentées sur des vampires, mais…

— Non.

— Non?

— J'attends simplement le bon moment.

— Le… quoi?

— Je ne peux me contenter de sortir et de marcher dans le soleil. Pas après ce qu'elle m'a fait. Je ne peux laisser mon Alliance sous sa botte. (La musique s'était faite âpre et même dissonante. Soudain, elle s'adoucit.) Niall m'a expliqué que vous êtes venus ici pour vaincre notre ennemi, Edward Samos.

— C'est notre mission.

— Vous avez été témoins de ce dont Disa est capable.

J'acquiesçai en hochant la tête, puis, comprenant qu'elle ne pouvait me voir, je répondis tout haut:

— Oui, en effet.

— Cela doit sûrement vous donner un motif pour l'éliminer elle aussi?

Je jetai un coup d'œil à Vayl. Dans ses yeux comme dans les miens, le désir était le même, et si puissant qu'il aurait pu s'incarner devant nous: un solide pieu en bois volant tout droit vers le cœur de la nouvelle *Deyrar*.

— Oh! Ce ne sont pas les motifs qui nous manquent, assurai-je. Mais elle vient d'attacher Vayl à sa personne. Aussi, tant que nous n'aurons pas trouvé le moyen de rompre ce Lien d'attache, cela ne risque pas de se produire. Désolée, Aine…, ajoutai-je en réponse au tour funèbre pris par la musique. Au point où nous en sommes, même si Vayl était libre, je crois que, si je la tuais, ce ne serait pas par devoir mais par volonté meurtrière pure et simple.

Et j'ai déjà tenté de le faire. Je me sentis glacée par ce souvenir. Jamais je n'avais été aussi près qu'à ce moment-là de foutre en l'air ma carrière, de perdre ma liberté, et très probablement ma vie aussi. Pourtant, tout cela n'aurait eu aucune importance s'il m'avait fallu en plus voir Vayl partir en poussière sous mes yeux.

La porte s'ébranla derrière nous. Nous nous poussâmes pour laisser Niall nous rejoindre.

— Rastus est fou de rage que les garous aient pu s'échapper, expliqua-t-il. Il craint que Disa lui arrache la tête s'il ne les retrouve pas avant qu'ils aient pu nous causer de terribles ennuis. (Il poursuivit son récit en me dévisageant, un sourcil arqué.) Il semble que quelqu'un soit allé libérer l'ours, ce qui lui a permis de s'échapper dans votre véhicule. Naturellement, Rastus est persuadé que ce « quelqu'un » n'était autre que vous puisque vous vous êtes croisés à l'extérieur au moment des faits.

— Sans blague ? lui répondis-je d'un ton mielleux.

— Je lui ai rappelé que vous étiez sous la protection du contrat conclu avec le précédent *Deyrar*, mais cela pourrait ne pas l'arrêter s'il arrive à vous coincer toute seule. Alors je vous suggère de l'éviter à tout prix.

— Compris, répondis-je simplement.

Niall croisa les bras et poursuivit :

— Rastus m'a dit également qu'il avait détecté une meute en mouvement sur notre territoire. Sachant quelle affinité me lie à eux, il m'a demandé de l'aider à les traquer. Il espère que, s'il arrive à en tuer un ou deux, les choses s'arrangeront pour lui quand il lui faudra avouer à Disa ce qui s'est passé. J'ai accepté de le rejoindre à côté du hangar à charrettes dans dix minutes.

À côté de moi, je sentis Trayton se raidir. Posant ma main sur son épaule pour l'empêcher d'éructer quelque chose que Niall n'avait pas besoin d'entendre, je répondis simplement au vampire :

— Soyez prudent.

Niall hocha brièvement la tête.

— N'oubliez pas de fermer derrière moi, conseilla-t-il.

Un instant plus tard, il était parti.

— Ce sont ceux de ma meute…, murmura Trayton, abattu.

— Cela n'est pas non plus pour me rassurer, lui confiai-je. Une guerre entre les tiens et les vampires serait bien plus dévastatrice que tu ne peux l'imaginer pour le moment.

— Surtout si je suis obligé de rester sur la touche et de compter les points, approuva-t-il. (Il prit ma main et la frotta contre sa joue.) Tu dois aller les trouver, reprit-il. Dis-leur que je vais bien, que tu me ramèneras dès demain matin et qu'il vaudrait mieux qu'ils ne tentent rien d'ici là.

— Pourquoi m'écouteraient-ils ? (Trayton déplia mes doigts et lécha l'intérieur de mon poignet, avant de me sourire de cette façon qui n'appartenait qu'à lui et qui me fit secouer la tête.) Tu sais à quel point c'est malpoli de faire ça ! fis-je mine de le gronder. Tu le sais parfaitement, n'est-ce pas ?

— C'est comme à la crèche, Lucille – ou quel que soit le nom que tu veux qu'on te donne. Nous partageons les liens du sang : Amis Sincères Pour Toute La Vie. J'ai fait de toi une louve à titre honorifique. À toi de te débrouiller avec ça. Je sais quant à moi que ma meute s'y fera.

— Et si je n'ai pas envie de fraterniser avec vous ?

— Tu changeras d'avis quand on se sera fait une toile ensemble. (Par-dessus ma tête, il s'adressa à Vayl.) On boit toujours un pack de six de Heineken avant d'aller au ciné. Celui qui se retient le plus longtemps d'aller pisser a gagné.

— Dis-moi… tu es un vrai boute-en-train ! commentai-je. Mais je le savais déjà.

— N'empêche que tu souris.

— Uniquement parce que tu es encore trop faible pour que je te tape dessus. À présent, il est plus de 4 heures du mat' et tu dois te lever tôt demain. Au lit !

Pendant que Trayton regagnait la chambre, j'imitai Vayl qui se tournait vers Aine.

— Nous allons devoir y aller, annonça-t-il.

— Bien entendu, chantèrent les cordes. Vous avez à faire.

— Je suis désolé, pour ce que Disa t'a fait…

Aine se leva brusquement du piano et nous tourna le dos. Nous sortîmes de la pièce en refermant derrière nous.

Ensuite, nous prîmes le temps de demander au jeune loup-garou le nom de son alpha et de lui arracher la promesse de s'enfermer derrière nous et de faire un somme.

— Avez-vous remarqué que cette baraque est le paradis des verrous et des serrures ? dis-je tandis que nous remontions la piste de Niall jusqu'au hall d'entrée. (Bien que nos Monises n'aient signalé aucune présence proche, j'éprouvais le besoin de chuchoter.) Les masques…, repris-je tout bas. Vous les sentez ?

— Tout ce que je sens, répondit Vayl, c'est que la tentation de rejoindre l'Alliance est plus forte ici que partout ailleurs. (Un muscle se contracta sur sa mâchoire.) Maudit soit cet endroit ! Je n'aurais jamais dû vous amener ici.

— Vous êtes inquiet *pour moi* ?

Ses yeux avaient pris la couleur d'un océan démonté. Oups… je l'avais vexé. D'ailleurs, quand il me répondit, ses pupilles avaient viré au noir.

— Les humains ont furieusement tendance à ne pas mourir de mort naturelle, entre ces murs.

— Qu'êtes-vous en train de me dire ?

Vayl plaça une main sous mon coude et commença à m'entraîner dans l'escalier.

— À l'instant même, expliqua-t-il, je suis en train de penser à quel point ce serait une bonne idée de vous forcer, de vous faire mienne pour toujours, de vous faire admettre au sein de l'Alliance, si seulement je voulais me décider à la rejoindre. (La tête dressée en l'air, il laissa son regard courir sur les yeux cruels et les bouches ricanantes des centaines de masques accrochés au mur.) Pouvez-vous entendre ces voix ? s'enquit-il.

— Non.

— Sortons, vite ! ordonna-t-il d'une voix blanche.

Dès que nous eûmes atteint la porte, je l'ouvris en la tirant violemment vers moi, reculant d'un pas juste au cas où ce foutu squelette aurait décidé de ne plus jouer les poignées et de me sauter dessus. Mais tout ce qui me sauta à la figure, ce fut un bol d'air frais et printanier.

— Allez, venez…, insistai-je en voyant Vayl hésiter sur le seuil.

Ensemble, nous posâmes le pied sur le sol de brique usé du perron et je claquai quasiment la porte derrière nous. Sans me laisser le temps de lui échapper, Vayl me prit dans ses bras en me serrant si fort contre lui que je pouvais à peine respirer.

— Vous…, dit-il, dans un grondement féroce qui se répercuta contre mon cou. Votre seule odeur suffit à me rendre fou. Est-ce que vous vous en rendez compte, au moins ?

— Vous aimez mon savon ?

Un petit rire lui échappa. Je sentis ses lèvres remonter jusqu'à ma joue, sur laquelle il déposa un bref et doux baiser.

— Qu'étions-nous en train de faire ? demanda-t-il.

— Nous étions en route pour négocier avec la meute de Trayton.

Le soulagement que je ressentis lorsqu'il laissa retomber ses bras contre ses flancs ne fut pas tel que je l'avais anticipé. *OK, Jaz… Au moins pour toi-même, tu pourrais admettre que tu adores qu'il te prenne dans ses bras. Voire que tu renoncerais volontiers à un ou deux repas par jour pour un peu plus de frotti-frotta avec lui. Sans compter que toute une éternité au côté de la merveille qui se trouve à côté de toi, cela ne ressemble pas à un si mauvais sort que ça… Pourrais-tu honnêtement le reconnaître ? Au moins, tous ceux qui squattent sous ton crâne arrêteraient de penser que tu n'es qu'une sale hypocrite.* (En mon for intérieur, brouhaha de cris enthousiastes…)

Pourtant, je ne dis rien en emboîtant le pas à Vayl à travers la pelouse et jusqu'aux bois tout proches. Parce que désirer un homme – et même l'aimer – ne suffit pas nécessairement à faire d'une femme celle qu'il lui faut.

Chapitre 17

La forêt dense au pied du mont Panachaikon ressemblait à ces parcs nationaux qu'Albert nous avait fait arpenter en long et en large quand nous étions mômes. Des pins à foison, mêlés à des chênes, des noyers et des peupliers, empêchaient toute prolifération de sous-bois sous leurs ombrages. Une récente pluie avait détrempé les feuilles, humides et molles, qui répandaient sous nos semelles une odeur d'humus. Rien à voir, cependant, avec celle qui vous prenait à la gorge et vous donnait envie de vomir dans la demeure de l'Alliance.

— Allez-vous être capable de suivre la piste de ces garous ? s'enquit Vayl.

Il marchait à côté de moi, si proche que nous aurions pu nous tenir la main si nous l'avions voulu. Moi je le voulais…

— *Bon sang, Jaz ! Quand vas-tu grandir ?*

— *Qu'est-ce qu'il y a de mal à se promener main dans la main dans les bois ? Surtout en compagnie d'un vampire à la beauté renversante qui te fait tourner la tête chaque fois que tu le regardes, même sans avoir touché à une goutte d'alcool depuis des semaines.*

— *Ce n'est pas professionnel : voilà où est le mal. En plus, ça te donne l'air d'une midinette. Et comment dégainer ton flingue en cas de besoin si ta main est occupée ailleurs ? D'autres questions, espèce de mollassonne ?*

— *Juste une.*

— *Laquelle ?*

— *Tu comptes rester seule toute ta vie ?*

— Jasmine ?

— Hum ?

— J'attendais une réponse…

Il avait dit cela sur le ton de qui n'aime pas être ignoré.

— Non, répondis-je dans un soupir. Je ne peux pas vraiment suivre leur piste. J'ai juste cette vague sensation qu'ils sont quelque part par là, mais c'est tout. Peut-être que, si je connaissais l'odeur spirituelle de l'un d'eux…

— Dans ce cas, comment allons-nous procéder ?

— Comment diable pourrais-je le savoir ? C'est vous le boss ! À vous de décider.

Sur ce, je m'assis lourdement sur un tronc d'arbre abattu, sans tenir compte de l'humidité qui détrempa immédiatement l'assise de mon jean.

Vayl vint me rejoindre, posa un pied sur la souche et se pencha sur moi pour demander :

— Quel est votre problème, au juste ?

En levant les yeux, je découvris dans les siens, sombres et troublés, un écho saisissant des propres sentiments qui m'agitaient. Tant et si bien que je décidai de lui avouer la vérité.

— Je veux récupérer l'anneau.

Il s'accroupit devant moi, ses jambes encadrant les miennes en une troublante étreinte.

— Pourquoi ? insista-t-il.

— Nous avons besoin l'un de l'autre.

C'était aussi simple que cela.

Tandis qu'un sourire léonin fleurissait sur ses lèvres, il tira de sous sa chemise la chaîne qu'il portait autour du cou et en retira l'anneau. Mais au lieu de me le tendre comme il l'avait fait la fois précédente, il le passa lui-même à mon doigt. En échangeant un regard ébahi, il nous apparut en même temps que je le portais à la main gauche, comme une promesse.

Cirilai m'offrit sa propre version d'un massage suédois en guise de bienvenue. Vayl se pencha vers moi. Au fond de ses yeux se lisait un message qui n'aurait pu être plus clair : un baiser pour immortaliser l'instant. En posant la main à plat sur sa poitrine pour le retenir, je sentis contre ma paume le battement anormalement lent de son cœur.

— Non, murmurai-je en secouant la tête. Vous n'êtes pas libre. (Voyant qu'il s'apprêtait à protester, je secouai la tête avec plus d'énergie.) Disa a eu beau vous jouer un mauvais tour, il n'en reste pas moins que vous l'avez forcée. Vous êtes attaché à elle à présent. Et tant que ce lien ne sera pas brisé, je ne pourrai… Désolée, je ne peux tout simplement pas. Qui plus est, nous avons déjà discuté de tout cela, à propos de vos fils. Vous n'avez toujours pas…

— Je comprends, susurra-t-il de cette voix de baryton caressante qui coulait comme de l'huile sur ma peau. Laissons faire le temps. Peut-être me sera-t-il plus favorable que jamais auparavant.

Vayl prit ma main dans la sienne et ne me quitta pas des yeux en portant Cirilai à ses lèvres. Il me souriait. Et s'il paraissait aussi dangereux que plein d'espoir, cela faisait partie du package et il me fallait l'accepter.

Il se révéla que déambuler au hasard n'était pas le meilleur moyen de repérer une meute de loups-garous. Mais faire une pause pour partager un moment d'intimité eut pour effet de les attirer aussi sûrement qu'un appât saignant en pleine mer pour les requins blancs. Alors que nous nous relevions, Vayl et moi, et que je tentais de mon mieux d'atténuer l'humidité qui poissait mon postérieur, une voix féminine moqueuse retentit derrière nous.

— Ah, Krios ! C'était touchant, non ? Je peux les réduire en pièces, à présent ?

Je fis un bond d'un mètre, tout en pivotant sur moi-même, ce qui aurait suffi à me faire tomber, sans l'aide de Vayl, dont les réflexes m'évitèrent une chute embarrassante.

— Maîtrise ta colère, Phoebe…, conseilla un grand homme grisonnant, que l'on se serait attendu à voir mettre des livres en rayon à la bibliothèque locale. Les mains dans les poches de son pantalon kaki, il s'appuyait de l'épaule au tronc d'un énorme chêne. La jeune femme à qui il venait de s'adresser se tenait confortablement accroupie à ses genoux. Qu'ils aient pu parvenir jusque-là sans nous alerter donnait la mesure de leur habileté – ainsi que de notre faculté à nous absorber l'un dans l'autre en oubliant le monde, Vayl et moi.

Phoebe dardait sur moi ses grands yeux furieux encadrés de cils spectaculairement longs. *Ils ne peuvent pas être vrais*, décidai-je. Surtout vu la quantité de fard bleu qui les retroussait. Ses lèvres pincées, généreusement tartinées d'un gloss rouge pomme d'amour, se retroussèrent. L'espace d'un instant, je crus qu'elle allait nous gratifier d'une autre sortie cinglante, délivrée avec le même zèle à peine contenu. Mon premier réflexe, en regardant ses mains aux ongles zébrés de bleu et de rouge jouer nerveusement avec les boutons et les poches de sa veste militaire ancienne, consistait à me demander à quel genre de cachetons elle carburait. Mais elle ne transpirait pas, ses yeux paraissaient clairs, et je dus conclure que Phoebe ne tenait tout simplement pas en place.

— Vous devez faire partie de la meute de Trayton, supputai-je.

Le jeune loup-garou nous avait indiqué que son alpha s'appelait Krios, mais il n'avait pas précisé que les siens ressemblaient à des costauds capables de soulever un bus de tourisme à mains nues. D'un regard circulaire, je vis peut-être une dizaine d'entre eux habillés pour la chasse apparaître autour de nous. Les âges variaient – de seize à cinquante-cinq ans environ – mais pas leur impressionnante stature.

— Comment se fait-il que vous ayez son odeur sur vous ?

Krios avait posé cette question d'un ton insouciant, mais la partie supérieure de son corps témoignait de la tension qui l'habitait. Les messages non verbaux qu'il diffusait autour de lui à l'intention de son équipe de loups irradiaient d'une violence prête à se déchaîner.

— Eh bien…, répondis-je. Il m'a léché la main une fois ou deux.

Formulé de manière si maladroite, cela paraissait ridicule. Je regrettais de ne pas avoir sous la main la bibliothèque portable de Cassandra. L'*Enkyklios* aurait permis de raconter toute l'histoire en Technicolor et Dolby stéréo.

— Trayton est à moi ! gronda Phoebe.

Krios posa une main apaisante sur son crâne.

— D'accord, pas de problème…, répondis-je. Nous sommes juste amis, tous les deux.

Krios s'avança vers moi. Son apparence de vieil homme anodin se lézarda sous mes yeux et je compris ce qui l'avait porté à la tête de cette meute. Il y avait une force immense dans ce regard posé sur moi, et la volonté nécessaire pour en faire usage à tout instant.

— Comment se fait-il, reprit-il, que, bien que nous ayons pu suivre sa piste jusqu'à cette villa, il nous soit impossible de sentir sa présence à l'intérieur ? (Il inspira profondément, et en voyant ses sourcils se rejoindre et ses yeux étinceler d'une lueur dangereuse, je me remémorai pour quelle raison je ne laissais jamais une relation s'approfondir outre mesure. En fin de compte, les gens auxquels on s'attache – ou ceux qui leur sont chers – se retournent contre vous et vous arrachent le cœur au moment le plus inattendu.) Et dites-moi également, femme, comment il se fait que, bien que je sente son odeur *sur vous*, il me soit également possible de la sentir *en vous* ?

Sur ce, il m'attrapa par le col et m'attira vers lui. Je le saisis aux poignets, plus pour rétablir mon équilibre que pour lui répondre par la violence. Cela ne se révélait pas – encore – nécessaire, et cela le fut d'autant moins lorsque je l'entendis conclure :

— Auriez-vous eu l'audace de manger mon fils ?

Chapitre 18

J'éclatai de rire. En fait, cela commença davantage comme un petit rire nerveux qui prit rapidement de l'ampleur. C'est toujours au pire moment possible que je craque... Je suis la seule personne de ma connaissance capable de se mettre à pouffer en plein éloge funèbre. Je n'y peux rien : les images les plus bizarres se présentent toujours spontanément à mon esprit.

Krios dut se sentir un peu stupide de brutaliser ainsi une femme hystérique prise d'un fou rire, car il me lâcha aussitôt, ce qui permit à Vayl de mettre en veilleuse les pouvoirs qu'il avait commencé à mobiliser dès l'instant où le garou avait commencé à me menacer.

— Trayton va bien, parvins-je enfin à annoncer. Il se trouve à l'intérieur de la villa, où il récupère d'une blessure assez grave. C'est la raison pour laquelle vous pouvez percevoir son odeur sur moi – et en moi. Je lui ai donné un peu de sang après qu'un des vampires lui eut tiré dessus.

Oups... Mauvaise pioche. Une meute de loups-garous mécontents ne peut véritablement gronder, et le poil d'un humain ne se hérisse pas vraiment. Néanmoins, mes paroles maladroites avaient réussi à soulever un concert de protestations indignées, et mon fou rire s'éteignit sur-le-champ. En fait, je cessai quasiment de respirer. Je n'eus plus soudain qu'une envie : faire en sorte que le monde s'arrête pour me permettre de remettre toutes les pièces du puzzle dans le bon ordre.

Je repris mes explications lentement, patiemment, pour éviter – peut-être – de commettre un nouvel impair mais aussi parce que je me sentais soudain épuisée.

— Je pense, conclus-je finalement, que vous ne sentez pas sa présence à l'intérieur parce que cette villa est un véritable générateur de puissance magique vampire. Mais Trayton a fait de moi un membre de cette meute. Aussi, j'apprécierais que vous cessiez de nous traiter, moi et mon *sverhamin*, comme si vous pouviez nous arracher la tête à chaque instant.

Krios jeta à Vayl un vague coup d'œil, décida qu'il ne méritait rien de plus pour l'instant qu'un hochement de tête, et poursuivit son interrogatoire.

— Pourquoi s'est-il retrouvé là-dedans ?

Je sentis mes épaules s'affaisser. Comprenant que mon cerveau serait incapable de produire un mensonge décent tant qu'il n'aurait pas obtenu un peu de repos, je me résignai à dire la vérité.

— Ils l'ont enlevé pour le faire combattre contre un ours-garou. Il a failli être tué, mais je lui ai trouvé un allié dans la place, qui le soigne et le cache.

— Nous réclamons son retour, dit Krios.

— Ensuite, nous tuerons tous ces fils de pute ! lança l'un des membres de la meute, un docker musclé presque aussi large que haut.

Un rugissement approbateur collectif salua sa suggestion, que l'alpha ne fit rien pour réprimer.

— Vous ne ferez pas le poids, assurai-je en espérant ne pas me tromper. Les vamps n'auraient jamais organisé leur *Sonrhain* s'ils avaient pu craindre que cela mette en péril leur Alliance. (Je laissai les marmonnements d'outrage et de dénégation s'éteindre d'eux-mêmes.) Écoutez..., repris-je enfin. Toute cette histoire est la faute de Disa, leur nouvelle *Deyrar*. Vous imaginez bien que les ours-garous ne sont pas plus ravis que vous. Pourtant, ils ont accepté de ne rien tenter contre cette Alliance avant au moins la semaine prochaine.

— Pourquoi ? s'étonna le docker.

— Allez le leur demander, suggérai-je.

Phoebe se porta volontaire :

— Je peux m'en charger !

— Une chose à la fois, répliqua Krios. D'abord, nous exigeons le retour de Trayton.

— Aucun problème ! répondis-je. (N'étais-je pas en train de tenter le diable en me montrant si catégorique ?) Je vous le ramènerai dès demain matin, quand les vampires se seront retirés pour la journée.

— Je ne lui fais pas confiance ! cria le docker.

— Alors vous êtes un imbécile ! répliquai-je du tac au tac. J'ai sauvé votre ami et je l'ai mis à l'abri après lui avoir donné mon propre sang !

Et ce faisant, j'ai fait de lui un ami. Comme si j'avais besoin d'amis... Je n'en ai vraiment *pas besoin !*

— Au cas où vous n'auriez pas compris, il est à moi ! insista Phoebe.

— Vous radotez, Pheebes ? lui demandai-je. Je suis à peu près sûre que cette question a déjà été réglée.

— Les loups s'unissent pour la vie, expliqua-t-elle. Il est important pour vous de bien comprendre qu'il a déjà choisi sa compagne.

Je reportai mon attention sur Vayl, qui était demeuré silencieux durant tout cet échange.

— Vous avez entendu ça, boss ? demandai-je. Les loups-garous s'unissent pour la vie.

— Et Trayton a fait de vous une louve à titre honorifique, ajouta-t-il.

— Hum ! (Je m'adressai ensuite à Krios.) À votre avis, je fais partie de cette meute, ou non ?

L'alpha prit quelques instants pour communiquer silencieusement avec les siens. Ceux-ci mirent plus de temps encore à venir l'un après l'autre me renifler, ce qui n'avait rien de très rassurant, étant donné la facilité avec laquelle chacun d'eux était capable de faire de moi de la viande hachée.

— Vous faites partie de notre meute, décréta enfin Krios. Mais au bas de l'échelle, sans aucun pouvoir ni voix au chapitre.

— Bien ! (Je me tournai vers mon boss, si souriante que des muscles de mon visage qui n'étaient plus entrés en action depuis très longtemps me firent mal.) Vous pensez à la même chose que moi ?

— C'est une idée tellement bizarre…, murmura-t-il.

— Bizarre de chez bizarre.

— Quoi qu'il en soit…

— Elle mérite qu'on s'y attarde.

À l'intention du chef de la meute, je poursuivis :

— Écoutez-moi bien… Il va vous falloir filer d'ici au plus vite. Deux des vampires de l'Alliance sont à l'heure qu'il est en train de vous chercher dans ces bois. Et même si l'un des deux fait de son mieux pour vous éviter, ils pourraient tomber sur vous par hasard. Où voulez-vous que je vous dépose Trayton ?

Nous nous mîmes d'accord pour nous retrouver dans un cimetière local, situé dans la partie la plus ancienne de la ville, aux alentours de 10 heures le lendemain matin. Aussitôt que le dernier des loups-garous eut disparu dans la nuit, nous nous empressâmes Vayl et moi de regagner la chambre de Niall afin de demander à Trayton comment les siens procédaient à leur cérémonie de mariage. Certes, rien ne prouvait qu'une telle union puisse être de nature à annuler un Lien d'attache vampire. Mais il ne s'agissait pas de résoudre un problème de maths, et notre idée était si étrange qu'elle pouvait fort bien aboutir.

Chapitre 19

— Pas question ! lança Trayton sans même lever les yeux de l'écran de télé.

Ses pouces volaient. Des flingues crachaient à tout-va. Du sang giclait. Il se payait une convalescence d'enfer, et moi j'aurais voulu l'étrangler.

— Pour quelle raison ? m'étonnai-je en m'asseyant sur une chaise à côté de lui.

Par-dessus mon épaule, je lançai un coup d'œil à Vayl, qui avait choisi d'observer la scène depuis la porte. Je le vis hausser les épaules et me conseiller en articulant tout bas de laisser tomber, ce que je refusai en secouant négativement la tête.

Trayton mit son jeu sur « pause » et laissa retomber la manette dans son giron. Enfin, il m'accordait toute son attention. Étrangement, il paraissait aussi en pétard que je l'étais moi-même.

— Tu ne peux pas prendre ce genre de choses à la légère ! s'emporta-t-il.

— Est-ce que j'ai l'air de rigoler ? protestai-je. Écoute… Vayl est dans un sale pétrin, ici. Disa mijote manifestement un mauvais tour et elle l'a dans sa ligne de mire. Toi qui as déjà été victime de ses manigances, tu laisserais quelqu'un d'autre en faire les frais sans réagir ?

— Là n'est pas la question ! Chez nous, on ne choisit pas sa compagne ou son compagnon en dehors de la meute. Bon, d'accord… cela arrive parfois, et en fait, Krios est l'un des rares alphas qui ne seraient pas contre. Mais c'est un choix qui engage pour toute la vie, et *même moi* je peux me rendre compte que vous n'êtes pas prêts.

Soudain, Vayl nous domina de toute sa masse.

— Que veux-tu dire par là ? demanda-t-il, menaçant.

— Vous n'êtes pas *complices.*

— Tu te fous de moi ? m'insurgeai-je. Depuis le temps qu'on travaille ensemble…

Trayton émit un grognement sarcastique et dit en soupirant :

— Tu vois ? Tu ne comprends même pas ce que je veux dire.

Dans le silence qui s'ensuivit, j'aurais presque pu entendre le bruit de ballon qui se dégonfle de nos egos malmenés. Vayl retrouva sa voix le premier. Il s'exprima avec la prudence de l'homme qui se contrôle pour ne surtout pas en arriver à de pénibles extrémités.

— Explique-toi, mon garçon.

Trayton souffla très fort pour chasser quelques mèches de ses yeux avant de s'exécuter.

— C'est pourtant simple : c'est torride entre vous deux. Même un lapin enrhumé pourrait le sentir. Mais il n'y a pas suffisamment de chaleur humaine pour que ça dure. Et vous ne pouvez pas bâtir un amour de toute une vie sans une solide complicité sur laquelle vous appuyer. Bon sang ! Quel *âge* avez-vous ?

Vayl me fit un signe de tête pour que je le suive vers la sortie.

— Il y a un terme pour désigner les gamins dans son genre, maugréa-t-il.

— Petit futé ? proposai-je.

— Ah, ah ! (Il agita son index sous mon nez.) Comme si quelqu'un comme lui, un simple *gamin*, pouvait me dire quoi que ce soit que je ne sache déjà !

Pour faire bonne mesure, il se frappa la poitrine de son poing fermé, ce qui me fit rire.

— Quoi ? aboya-t-il.

— Avec votre numéro de percussion, vous m'avez fait penser à un gorille. Vous êtes sûr de ne pas être vexé parce qu'il est parvenu en moins de vingt-deux ans à saisir ce que vous n'avez pas réussi à comprendre en trois siècles ?

Le regard noir qu'il me lança me fit regretter de ne pas avoir une armure intégrale à interposer entre nous.

— Pourquoi vous imaginez-vous que je ne vous ai pas donné jusqu'ici plus qu'une chaste caresse ? s'étrangla-t-il. Que je ne vous ai pas volé plus d'un baiser ? Alors que tout en moi ne demande qu'à vous faire mienne ? Et que fais-je, à la place ? Je parle, j'écoute, j'attends.

— Qu'attendez-vous ?

Oh, oh ! Ce regard, de nouveau. Celui qui me disait mieux que par des mots que je l'aurais su si je l'avais écouté.

— J'attends que vous arriviez à vous convaincre que je ne vais pas mourir comme Matt l'a fait, répondit-il. J'attends que vous me fassiez suffisamment confiance pour savoir que je vous aimerai toujours, quoi que vous puissiez faire ou dire. J'attends que vous vous détendiez assez pour pouvoir maudire le monde entier, pleurer et partager vos pensées les plus intimes avec moi. (Haussement d'épaules frustré.) J'attends votre amitié.

Vous avez – peut-être – raison à mon sujet. Il est vrai que j'ai besoin de laisser derrière moi mes vieux chagrins pour pouvoir accepter dans ma vie de nouvelles joies. Mais même lorsque cela sera fait, j'en serai toujours à patienter jusqu'à ce que vous ayez trouvé le moyen de m'entrouvrir cette porte blindée derrière laquelle vous cadenassez votre cœur.

— Oh !

Soudain, je ne sus que faire de mes mains. Je fis une tentative pour les fourrer au fond de mes poches, mais celles-ci étaient pleines. Alors, je les passai dans mes cheveux, en essayant d'oublier à quel point il était humiliant d'être l'idiote numéro un dans cette pièce.

— Trayton, nous allons devoir y aller, dis-je sans oser le regarder.

— OK. On se voit dans quelques heures.

— Ouais.

— Lucille ?

J'eus le courage de me tourner vers lui.

— Désolé si j'ai blessé tes sentiments. (Il paraissait sincère.) S'il y a un autre moyen pour briser ce lien que Disa a imposé à Vayl, et si je peux faire quoi que ce soit pour vous aider, crois-moi, je serai là.

— OK. Merci. Maintenant tu vas dormir un peu, compris ?

J'attendis d'être sûre qu'il verrouillait bien les portes derrière nous et je rejoignis Vayl qui regagnait notre suite. Puisque je n'étais pas prête à parler de notre relation et de mes failles en la matière, je choisis un autre sujet.

— Qu'est-ce que Niall vous a dit, à propos de Disa et Blas ?

— C'est bien ce que nous pensions, répondit-il. C'est Blas qui avait mijoté la destitution de Hamon, avec la complicité de Disa. À eux deux, ils ont rassemblé la majorité des combattants de l'Alliance. Ensuite, elle s'est retournée contre lui. Niall pensait que Blas était mort.

— Quel fieffé menteur ! On peut dire qu'il m'a bien eue.

— D'accord là-dessus. Alors, si vous le revoyez, visez le cœur.

— Entendu. Au fait… à propos de ce qui vient de se passer…

Il attendit, sans écarter le sujet d'un revers de main comme je l'avais espéré, m'obligeant à chercher mes mots. Je dois reconnaître honnêtement que, quand mon portable a sonné, je ne fus jamais aussi soulagée de répondre qu'à ce moment-là, même si c'était pour avoir mon père à l'autre bout du fil.

— Jaz, tu peux parler ?

— Ouais.

— J'ai des ennuis.

— Tu m'avais pourtant dit que…

— Nan. Ça reste calme sur ce front-là. C'est ta sœur.

— Evie a appelé ? Comment va-t-elle ?

— Très bien. Sauf qu'elle veut me faire venir le mois prochain pour un portrait de famille. Les parents de Tim seront de passage chez eux et elle en a profité pour prendre rendez-vous avec un photographe réputé. Et moi qui croyais qu'être grand-père était censé être drôle !

— Tout dépend de ta façon de voir les choses.

— Donne-moi une excuse pour rester à la maison !

— Albert… Tu as besoin d'être sur la photo. Au sens propre comme au sens figuré. Si tu te dégonfles, Evie va pleurer. Dans mon oreille. Au téléphone. Alors vas-y, et débrouille-toi pour que ce soit drôle.

— Ouais… Ça pourrait l'être si on trouvait le moyen, Shelby et moi, d'embarquer E.J. au parc pour quelques heures. Les vieilles filles raffolent des bébés.

— Voilà que tu recommences. Utiliser ta petite-fille pour aller draguer… Ce n'est pas ça qui va t'aider à gagner ton paradis.

— Ça vaut toujours mieux que de rester bouclé dans leur maison avec Cul De Poule et Tête De Nœud !

Comparés aux membres de notre clan, les parents de Tim étaient *vraiment* coincés. Sa mère, Alice, gardait les lèvres pincées en une expression de perpétuelle désapprobation. Elle disait à tout bout de champ « Dieu vous bénisse… », ce qui signifiait dans sa bouche « vous irez tout droit en enfer ! ». Quant à son petit mari, le révérend Lester, il vous regardait comme s'il pouvait réellement vous retourner comme un gant ou se servir de son crâne d'œuf comme d'une gomme pour vous effacer. Peut-être avaient-ils été un couple de joyeux lurons dans leur jeune temps, mais ils avaient eu Tim sur le tard et cela avait manifestement suffi à les épuiser.

— D'accord, finis-je par conclure. Ça me paraît être une bonne idée.

Quelques secondes de silence. Pourquoi ces blancs dans la conversation entre nous étaient-ils si éprouvants, ces derniers temps ? J'attendis qu'Albert se décide à parler.

— Au sujet de ton frère…

— Ouais ?

— Les opinions divergent.

— C'est souvent le cas.

— Certains pensent que cela pourrait l'aider de revivre son traumatisme dans des conditions plus sûres pour lui, où il pourrait garder le contrôle. Pour qu'il puisse voir comment c'était vraiment.

— Je ne vois pas comment je pourrais faire ça là où nous sommes.

— Je savais que tu allais dire ça.

— D'autres suggestions ?

— Parler avec lui. Énormément. Maintenant. Quand il réintégrera son poste. Dans les années à venir. Ah oui ! Il y a aussi ce programme auquel je l'ai inscrit. Ça ne va sûrement pas lui plaire, mais ça lui permettra de garder son poste à la tête de son équipe.

— Qu'est-ce que je peux faire ?

— À toi de commencer le traitement. Tu sais bien... pour le blabla intensif.

Après une autre longue pause, j'entendis mon père s'inquiéter :

— Jazzy ? T'es toujours là ?

— Tu te rends compte de ce que tu me demandes ? m'emportai-je. Ça ne va pas être du gâteau ! Pourquoi tu n'as pas voulu plutôt que j'aille te chercher des glaçons pour ton whisky sur la planète Mars ?

— Hé ! protesta-t-il. C'est toi qui m'as appelé ! Alors arrête de râler et mets-toi au boulot ! (*Mais... quel salaud !*) Alors ? l'entendis-je insister.

— Oh ! D'accord ! Tu as toujours été aussi con, ou tu t'es entraîné très dur pour en arriver là ?

À ma grande surprise, je l'entendis éclater de rire.

— À plus tard, fillette !

Sans rien ajouter, il raccrocha.

En consultant mon écran, je vis que Cole m'avait envoyé un nouveau message. Afin de continuer à différer ma conversation avec Vayl, je le fis s'afficher à l'écran.

Ma cible devrait être là depuis longtemps. (Soupir.) J'ai baptisé mon volant Lucretia. Ne soit pas jalouse. Ce n'est qu'un flirt.

Oh, Cole... Qu'est-ce que je vais bien pouvoir faire avec toi ?

Nous étions arrivés à notre suite, à présent. Vayl ouvrit la porte pour moi. Comme une condamnée à mort traînant les pieds vers l'échafaud, je fis mon entrée dans la pièce... et sursautai en sentant au passage qu'on me pinçait les fesses.

— Hé ! protestai-je en faisant volte-face. C'est vous qui... (Il écarta les deux mains devant lui. À le voir, on aurait pu croire que c'était moi qui venais de l'agresser.) Arrêtez de faire le malin ! Il n'y a que vous ici.

— Entre *complices,* on peut bien s'amuser un peu...

— Le sommes-nous ? Je veux dire... nous le sommes, mais... pouvons-nous l'être vraiment ? Vayl... ma vie personnelle est dans un tel état depuis si longtemps que je ne me rappelle plus comment... Je pensais m'être arrachée à cette planque dans laquelle tout s'est écroulé pour moi. Mais je me rends compte qu'elle me colle toujours aux basques.

— Oui, eh bien... moi je m'aperçois que je me suis montré peut-être un peu trop dur avec vous. En définitive, votre cœur ne doit pas être aussi cadenassé que je l'imaginais.

— Ah oui ?

Il tira gentiment sur une de mes boucles en passant près de moi.

— Vous paraissez avoir mis Trayton dans votre poche, répondit-il. Bergman et Cassandra vous adorent. Sans compter cet imbécile de Cole.

Je refermai la porte, pas tout à fait en la claquant, mais presque.

— Vous ne pourriez pas lui foutre un peu la paix ? m'agaçai-je. Il ne fait de mal à personne…

— Vous voyez ce que je veux dire ? Vous vous empressez de prendre sa défense avec loyauté. Ce que ferait un ami.

Renonçant à me faire comprendre, je jetai mes mains en l'air et m'éloignai de lui. La statue de la fontaine me couvait de son regard impassible. J'aurais voulu lui arracher la tête, mais je me contentai de la regarder dans les yeux. J'envisageai à la place brièvement de la faire tomber de son socle, mais Vayl n'aurait pas manqué de le remarquer et comment aurais-je pu justifier la folie d'un tel geste ? Alors, je me décidai à me retourner et à déclarer fermement :

— J'arrive à m'attacher aux gens. Jusqu'à un certain point. Ensuite, je m'arrête.

Vayl vint lentement vers moi, comme s'il craignait que je puisse me sentir menacée par son approche. Effectivement, ma gorge se serra dès qu'il ne fut plus qu'à trois pas. Et quand il m'ordonna dans un murmure de m'asseoir, je me laissai tomber dans un des fauteuils, comme si mes genoux s'étaient subitement changés en tapioca.

Il vint s'asseoir face à moi, tirant son siège si près du mien que nos jambes s'effleurèrent lorsqu'il se pencha en avant.

— Qu'est-ce qu'il y a ? m'impatientai-je, confrontée à son regard scrutateur et incapable de supporter plus longtemps le silence.

— Vous avez traversé un grand nombre d'épreuves en très peu de temps, expliqua-t-il. Bien plus que ce qu'un individu est capable de supporter.

Il ouvrit les mains, et j'eus l'impression, lorsqu'elles s'emparèrent des miennes, que je reprenais enfin mon souffle à la surface après avoir plongé dans un bassin sombre et profond.

— Vous n'êtes plus seule, assura-t-il avec conviction. *Je* ne vous abandonnerai jamais. Et tout ce que vous avez à faire, c'est passer un coup de fil pour vous retrouver entourée de gens qui vous aiment. Des amis.

— Comme vous ?

Vayl acquiesça d'un signe de tête et ajouta :

— Si vous me laissez faire le premier pas.

— Qui consiste en quoi ? À me pincer les fesses ?

Il haussa les épaules, et une fossette sur sa joue qui ne s'y creusait que rarement fit son apparition.

— Suis-je allé trop loin ? s'inquiéta-t-il.

— Bon Dieu, oui ! Personne ne me pince les fesses avant de m'avoir offert un cornet de glace aux cookies.

— Vous aimez ce parfum ? Je l'ignorais.

— Il y a un tas de choses que vous ignorez à mon sujet. Et réciproquement.

— Nous avons beaucoup à apprendre l'un de l'autre, conclut-il.

Je baissai les yeux sur nos doigts entrelacés et ajoutai :

— Ce ne sera pas toujours facile pour moi. Je suis un peu… incommodée à l'idée de me retrouver de nouveau… intime avec d'autres.

Vayl se pencha jusqu'à ce que sa joue frôle la mienne et que son souffle caresse mon oreille.

— Dans ce cas, dit-il, je devrai veiller à m'assurer que tel est véritablement votre seul désir.

La porte de notre suite s'ouvrit brutalement, causant une telle frayeur à mon boss qu'il faillit basculer en arrière sur sa chaise en se reculant. Nos doigts emmêlés s'agrippèrent, et en nous redressant l'un et l'autre, il nous fut possible de lui éviter la chute. Nous ne prîmes pas le temps de nous féliciter de cet exploit. Déjà, je bondissais vers la porte. Seul le bras de Vayl, en se refermant autour de ma taille, m'empêcha de sauter à la gorge de mon frère qui entrait.

— Donnez-lui une chance de s'expliquer, me glissa-t-il à l'oreille avant de reculer d'un pas, me laissant libre de ma décision.

Figée, je serrai les poings à en avoir mal aux doigts. Dave vint vers moi, titubant légèrement. Il trébucha sur un de ses lacets défaits, renversant ce faisant une giclée de la bouteille de tequila qu'il tenait à la main. J'eus le temps de jeter un coup d'œil à la porte fermée de la chambre et me maudis d'avoir pu imaginer qu'il était allé piquer un somme en prévision de notre mission du lendemain.

— Sors-moi d'ici ! implora-t-il en m'attrapant par les épaules, renversant au passage une nouvelle giclée de sa bibine sur la manche de ma veste.

Je fis de mon mieux pour le repousser en m'exclamant :

— Tu empestes la vieille gargote infestée de cafards !

— Tu n'imagineras jamais ce que je viens de voir !

— Tu as dû boire combien de verres pour ça ?

Sans ménagement, je le fis s'asseoir dans le fauteuil que je venais de quitter.

— Rien du tout ! protesta-t-il. Je n'en avais même pas l'intention. Tu m'avais tellement chauffé les oreilles avec tes histoires de points perdus que je suis resté ici à faire des pompes. Au bout d'un moment, je me suis rendu compte que ce dont j'avais vraiment besoin, c'était un jogging. Alors, j'ai décidé d'aller courir le long de la route.

Il couva sa tequila d'un regard d'envie, secoua la tête et vida la bouteille dans la fontaine.

— Que s'est-il passé ? lui demandai-je.

Dave porta la main à la compresse de gaze sur son front. C'était la première fois qu'il trahissait que sa blessure lui faisait mal.

— J'y suis allé. J'ai couru. Sur le chemin du retour, j'ai jeté un coup d'œil à mon Monise afin de vérifier que la voie était libre pour rentrer. Elle ne l'était pas.

— Pourquoi ?

— La pièce par laquelle je voulais passer était occupée.

Le ton sur lequel il m'avait répondu était éloquent : *Bon sang ! Tu vas cesser de poser des questions stupides et m'écouter, que je puisse t'expliquer ?*

— D'accord, dis-je en m'asseyant à côté de lui. Raconte-moi tout.

— C'est par là que nous sommes entrés la première fois, quand Disa a décidé de jouer le jeu. Tu te rappelles ? Un grand salon, avec des canapés d'angle, d'épais tapis rouges et quelques boucliers d'allure ancienne sur les murs. Et près de la porte, un beau bar bien garni. De quoi faire une chouette pièce, mais les murs et le plafond étaient tachés de partout, comme s'il y avait eu une méchante fuite et que les tauliers n'avaient pas eu l'argent pour réparer les dégâts.

Je hochai la tête.

— Disa et Tarasios étaient installés sur l'un des canapés, poursuivit mon frère. Avec un humain entre eux. Admes se tenait à l'entrée de la pièce, presque hors champ. En fait, tout ce que je pouvais voir de lui, c'était un morceau de jambe et cette fameuse épée qu'il porte au côté.

— Avais-tu déjà vu l'humain quelque part ?

— Non.

— D'où crois-tu qu'il venait ?

— Je peux raconter l'histoire à ma façon ?

— D'accord, d'accord. Pas besoin de s'énerver…

— Si, justement ! Parce que je ne suis qu'à ça… (Il brandit sa main devant lui, ne laissant qu'un petit centimètre entre le pouce et l'index.) Sérieusement, je ne suis qu'à *ça* de régler leur compte à coups de pieux à quelques-uns de ces fils de pute ! Et je ne pense pas que ce soit ce que vous voulez, tous les deux.

Eh bien…

— Continue, l'encourageai-je.

— Donc, on aurait dit que Disa et son gigolo venaient juste de s'installer là avec ce type entre eux. La vingtaine, peut-être, habillé d'un tee-shirt, d'un jean et de sandales. Ils avaient dû aller le pêcher dans un bar, quelque part.

Il tremblait un peu. Je m'en suis rendu compte parce que je voyais sa courte barbe miteuse s'agiter.

— Donc, il n'était pas là de son plein gré…

Allez, dis oui… Qu'il y ait matière à en terminer une bonne fois pour toutes.

— D'abord, c'est ce que j'ai cru, répondit Dave. Ensuite, Disa l'a embrassé et j'ai changé d'avis. (*Merde!*) Très vite, elle s'est déportée vers son cou. Et maintenant, voilà qu'elle le met en perce pour de bon! Tarasios la regarde faire avec l'air du type affamé, ce que je n'arrive pas à comprendre. Au bout d'un moment, Disa fait une pause pour mordre son propre bras, que son bellâtre commence à sucer comme si c'était une glace à l'eau. Autant te dire qu'à ce stade-là, j'étais à deux doigts de rendre mes boyaux…

— Elle doit être en train de le transformer en vampire, murmurai-je. Si son odeur spirituelle est encore celle d'un humain, c'est qu'ils viennent tout juste de commencer.

Voyant que nous le regardions, Dave et moi, Vayl approuva.

— Je suis d'accord. C'est peut-être également pour cette raison qu'elle passe en revue toutes les archives de l'Alliance: simplement pour s'assurer qu'elle fait les choses correctement.

David fit la grimace.

— En tout cas, il avait tout l'air d'un chaton reconnaissant buvant son lait…, commenta-t-il. J'imagine que, quand elle vous a lié à elle, Tarasios a dû s'imaginer qu'elle allait le larguer.

— Ouais, approuvai-je.

Mon cœur se serra, comme chaque fois que la réalité du Lien d'attache entre mon boss et Disa s'imposait à moi. *Il doit y avoir un moyen de le briser. Réfléchis !*

— … m'écoutes, oui ou non ? protesta Dave.

— Ouais, ouais…, répondis-je, tirée de mes pensées. Continue.

— Je disais donc que Tarasios et Disa sont là, à festoyer. L'autre type paraît diablement excité par la situation. Si cela doit tourner à l'orgie, je dois m'assurer que mon Monise est en mode « record ». Surtout si cette jolie poulette, Sibley, doit se montrer. En envoyant à mes gars quelques clichés bien choisis, je suis sûr de rester leur plus grand héros et de mériter leur reconnaissance éternelle…

— Que faisait Admes durant tout ce temps ? m'enquis-je.

— Il est resté debout à la porte, à guetter, comme si quelqu'un pouvait arriver pour lui emprunter ses clés, ou quelque chose dans ce genre. C'était vraiment bi-zar-dos.

— OK. Donc, Disa est en train de saigner ce type…

— Exact. Et je le vois rapidement devenir tout pâle, ce qui me fait hésiter. S'il a besoin d'aide, dois-je surgir dans la pièce et tirer ? D'un autre côté, je n'ai que mon M9 sur moi, ce qui ne ferait que les ralentir. Mais ça me donnerait le temps d'attraper le mec et de l'emmener – où, au fait ? J'en suis là de mes réflexions quand je vois quelque chose commencer à s'extraire de la gorge de Disa.

Dave dut prendre un instant pour ne pas craquer. Le terrain était sensible, là… Je le vis passer l'index sur la cicatrice d'un rouge vif qu'il portait au cou, à quelques centimètres environ sous sa pomme d'Adam. Voir les appendices de Disa émerger de l'endroit même qui lui rappelait au jour le jour son esclavage passé avait dû éveiller en lui une extrême violence.

Finalement, il parvint à se reprendre et à poursuivre son récit.

— Les yeux du type étaient fermés, sans quoi il aurait commencé à hurler. Mais il ne vit pas ce bec sortir des replis suintants de la gorge de Disa et s'ouvrir, laissant passer ce qui ressemblait à une profusion de bras de méduse. Ces trucs sont descendus le long de son tee-shirt, sont parvenus à le soulever et se sont collés contre sa peau nue. Il a sursauté un peu quand ils se sont arrimés à lui. Je me suis dit qu'il allait finir par découvrir le pot aux roses. Disa et Tarasios, sans interrompre leur petit casse-croûte, roulaient des yeux pour surveiller son visage. Mais il n'a fait que soupirer et gémir, comme un type à qui l'on fait un bon massage du dos, avant de laisser sa main s'aventurer dans le corsage de Disa.

— Alors qu'est-ce que tu as fait ?

— Qu'est-ce que tu crois ? J'ai pris une photo.

— Montre-la-moi.

— Jaz… C'est vraiment… dégoûtant. Si tu n'étais pas ma sœur, peut-être que…

— Montre-la-moi, bon sang !

Dave sortit son Monise et me mit la fameuse photo sous les yeux. Oui, c'était bien un cliché montrant la *Deyrar* en pleine action, avec tout son petit matériel à l'air. *Dégoûtant…*

— Vous avez déjà vu un truc pareil ? demandai-je en observant Vayl par en dessous.

— Jamais…, admit-il en secouant la tête, les lèvres pincées. Il nous faut l'envoyer à Pete. Lui ou quelqu'un du département pourrait peut-être nous dire de quoi il s'agit.

J'expliquai à Dave comment expédier la photo, accompagnée d'une demande de renseignements, jusque dans l'Ohio. Puis, j'émis la suggestion d'aller de nouveau interroger Aine. Il rejeta l'idée en secouant négativement la tête.

— J'admets qu'il pourrait être utile de chercher à savoir comment combattre Disa sans risquer d'y perdre son intégrité physique. Mais n'est-ce pas à cet endroit de la conversation que je suis censé vous rappeler que vous n'êtes pas ici pour renverser le leader de cette Alliance ?

Après avoir jeté un coup d'œil à Vayl, je tentai d'argumenter.

— C'est vrai. Mais que fais-tu des garous qu'ils pourraient de nouveau faire s'affronter sur leur ring ? Sans oublier… Bon, d'accord. Je n'ai rien d'autre en magasin, mais les garous suffisent. Il n'en a pas fallu plus en tout cas pour te faire grimper au plafond.

Dave prit sa tête entre ses mains et gémit :

— Oui, s'il te plaît… Rappelle-moi encore à quel point j'ai merdé ce soir.

— Désolée. Ce n'était pas fair-play. Je sais bien qu'avec ce spectacle, l'Alliance a remué le couteau dans ta plaie. Tu as raison en ce qui concerne Disa : nous n'avons aucun motif valable pour la supprimer. Mais si elle s'en prend à nous, nous devons savoir comment nous défendre.

Ce qui suffisait au moins à justifier la demande de renseignements.

Dave prit un instant pour réfléchir, puis il redressa la tête, les coudes sur les genoux, le menton appuyé au creux de ses paumes.

— Une dernière chose…, dit-il. Je me disais que cela pourrait être intéressant d'aller y voir de plus près. Et à en juger d'après ton état d'esprit du moment, tu risques d'être aussi de cet avis.

— De quoi s'agit-il ?

— Après leur gueuleton sanglant – et après que Disa eut remballé ses petites saloperies –, Tarasios lui a demandé si elle avait fini par trouver le moyen d'entrer dans la Réserve. Il disait que, dans ce cas, il aurait pu y emmener leur nouvel ami pour lui présenter Octavia. Il a ajouté : « Elle doit être affamée, maintenant. » À voir la réaction exaspérée de Disa, je me suis dit qu'il devait s'agir d'une autre de ces questions sans queue ni tête dont il semble raffoler.

Nous lançâmes, mon frère et moi, un regard interrogateur à Vayl, dont les sourcils s'étaient arqués.

— La Réserve ? m'enquis-je. Il n'y avait sur votre plan rien de ce genre, n'est-ce pas ?

— Non, confirma-t-il.

— Vous avez déjà entendu parler de cette « Octavia » ?

Vayl secoua négativement la tête pour me répondre.

— En tout cas, reprit mon frère, Disa a eu l'air de lui prêter une grande importance. Elle a désigné le salon miteux d'un geste agacé, comme s'il s'agissait pour elle d'une offense personnelle, et elle s'est emportée : « Comment suis-je supposée empêcher cette Alliance de s'écrouler, s'il ne m'est même pas possible de mettre la main sur sa Créature ? » C'est à ce moment-là que le donneur de sang est sorti de sa torpeur. Elle n'en a pas dit plus et Tarasios a emmené le type.

— Je me demande ce qui est arrivé à cette villa depuis mon départ, murmura Vayl. Cela fait si longtemps… Je pensais que ce… délabrement s'était installé naturellement, avec le temps. Mais on dirait que le problème est en fait lié à la disparition inattendue de Hamon et à cette mystérieuse Octavia.

— Pensez-vous qu'elle se trouve dans cette fameuse « Réserve », quoi que ce puisse être ? demandai-je en me tournant vers lui pour mieux observer son visage.

L'air pensif, il hocha la tête affirmativement avant d'ajouter :

— Et je pense savoir comment trouver l'une et l'autre.

— Ah oui ?

Nous nous étions exprimés dans un bel ensemble, Dave et moi.

Vayl alla se planter devant les étagères, esquissa le geste d'y prendre un livre et se ravisa.

— Nous devrions nous débarrasser de tous ces objets, reprit-il en me regardant par-dessus son épaule. Ils n'arrêtent pas de me donner… (Il s'éclaircit brièvement la voix.) De me donner des idées, conclut-il.

— Je les enlèverai dès que possible, promis-je.

— Bien ! approuva-t-il en croisant les mains derrière son dos. Nous savons que Blas aussi bien que Disa ont tenté de découvrir un certain nombre d'informations que Hamon était le seul à connaître. Nous savons également que, depuis sa mort prématurée, l'appartement privé de l'ancien *Deyrar* n'est plus accessible aux autres membres de l'Alliance. Je suis convaincu que nous découvrirons les secrets que ces deux-là cherchaient à percer, ainsi que l'emplacement de la Réserve et l'identité d'Octavia, en nous introduisant dans ces pièces condamnées.

— Mais…, protestai-je. Comment ferons-nous pour nous y introduire ?

Les yeux de Vayl se posèrent sur la fenêtre occultée.

— J'ai mon idée, répondit-il. Mais puisque l'aube est presque là, vous devrez essayer d'y entrer sans moi. Mais seulement *après* que vous aurez attrapé le chien. *Là* est la priorité.

Aux regards lourds de signification qu'il nous lançait, nous répondîmes par un haussement d'épaules, Dave et moi.

— D'accord, très bien ! grommelai-je. Quel est votre plan ?

Chapitre 20

Aux paysages écrasés de soleil de Patras, j'adressai mentalement mes plus plates excuses. *Un jour, je reviendrai, quand j'aurai le temps d'apprécier à leur juste valeur vos sites spectaculaires, vos monuments antiques, vos charmants restaurants. Mais pour l'instant…*

— Bon Dieu, Dave ! Tu pourrais peut-être encore rouler dans une ou deux ornières ? Je suis sûre que Vayl ne t'en voudrait pas de terminer le voyage avec une commotion cérébrale…

Pourquoi je n'ai pas pris le volant ? Je conduis tellement mieux que ce casse-c…

— *Parce que ton frère a besoin de se rendre utile !* m'interrompit sèchement Mamy May. *À présent, arrête de râler et de te conduire comme une gamine !*

— *Pourquoi toutes ces voix dans ma tête sont-elles toujours aussi grincheuses ? Je ne pourrais pas, pour une fois, avoir en ligne quelqu'un de sympa ?*

Mister Rogers[1] *est occupé pour le millénaire à venir,* maugréa-t-elle. (Soupir intérieur.)

— Vayl, comment ça va ? m'inquiétai-je.

---

1. Animateur d'une émission de télévision pour enfants très populaire aux États-Unis, célèbre pour sa simplicité et sa gentillesse. (*NdT*)

Dans le rétroviseur du minibus que nous avions piqué aux vamps, je jetai un coup d'œil à la tente imperméable à la lumière que nous avions installée à l'arrière après avoir rabattu le siège.

— Ça va, me répondit-il d'une voix étouffée.

Je partageai avec Dave un regard étonné. Nous n'étions toujours pas remis, mon jumeau et moi, du choc initial. Il nous fallait du temps pour nous habituer à l'idée que notre boss le vampire n'était pas entré en catatonie pour la journée et devait être considéré en tant que tel comme un détenu en fuite.

Juste après 8 heures, alors que nous nous préparions pour notre escapade en ville, je décidai que deux ou trois départs de feu suffiraient à distraire les quelques gardiens humains de l'Alliance – de quoi les occuper un peu pendant que nous sortirions avec Trayton. J'étais en train de laisser monter en moi une rage brûlante lorsque j'eus la surprise de voir Vayl ouvrir la porte de la chambre et nous rejoindre. Tels deux patrons surpris de voir leur larbin arriver en retard, nous consultâmes notre montre, Dave et moi.

— Arrêtez de me regarder comme s'il venait de me pousser une queue ! grommela Vayl avec irritation. On dirait que je ne parviens pas à dormir.

— Mais…, protestai-je faiblement. Le jour est levé depuis au moins une heure.

— Vous pensez que je ne suis pas au courant ?

Dave le rejoignit prudemment et commença à l'étudier sous toutes les coutures, comme s'il avait sous les yeux un spécimen rare échappé des réserves d'un muséum.

— Bergman va être furax de ne pas avoir été là pour assister à ça, dit-il. (Mon frère s'adressa ensuite à moi, d'une voix nettement moins enthousiaste.) Pas sûr que ce soit une bonne nouvelle. Les vampires ont besoin de dormir durant le jour. Ceux dont j'ai entendu dire qu'ils avaient été forcés à rester éveillés ont commis les pires atrocités jamais répertoriées pour leur espèce.

— Tous ? m'étonnai-je.

— Ceux qui ont réussi à s'échapper, précisa-t-il.

— Qui a osé mener de telles expériences sur des vampires ? s'enquit Vayl d'une voix menaçante.

Dave haussa les épaules.

— Principalement d'autres vampires, répondit-il. Vous ignoriez que vous aviez vous aussi un certain nombre de savants fous dans vos rangs ? L'une de nos unités est tombée sur un de ces expérimentateurs dans les années soixante. Un certain Frilam, qui pensait avoir découvert un moyen pour « combattre la mort diurne », comme il disait. Les sujets de ses expériences devenaient enragés. Le plus souvent, d'une manière qui ne laissait à leurs victimes aucune chance de conserver un peu de chair sur les os.

À mon tour, je rejoignis mon boss. En souriant, je soutins son regard d'un bleu de tempête et plaisantai :

— Hé ! S'il vous prend l'envie d'aller faire un massacre en ville, vous pourrez utiliser la baguette du petit déjeuner pour remplacer votre canne. Je suis sûre qu'elle sera aussi efficace pour fracasser quelques crânes.

Je fus soulagée de le voir sourire.

— Vous paraissez bien insouciante, pour quelqu'un qui se trouve aux premières loges. Je veux dire… étant donné la situation.

— Quelle situation ? Vous êtes debout ? Youpi ! Si vous devenez ronchon, nous lâcherons le chien sur vous.

Vayl baissa d'un ton et me confia :

— Je sens le pouvoir de l'Alliance saper ma volonté, Jasmine. Disa le concentre sur moi. C'est pour cette raison que je suis incapable de dormir. Je parviens encore à me contrôler, mais c'est juste.

Sa confidence me fit déglutir péniblement.

— Ça vous aiderait… euh… si je vous donnais un peu de mon sang ? suggérai-je.

Ses yeux virèrent si soudainement au rouge que j'en eus le vertige.

— *Oui !* répondit-il dans un souffle. (D'un rapide coup de langue, il se pourlécha.) Cependant, ajouta-t-il, j'ai peur de ne pouvoir m'arrêter à temps.

— Avez-vous *au moins* mangé, aujourd'hui ?

— Oui.

Ouf !

— Aucun autre vamp n'aurait une chance de s'en tirer s'il me faisait ça, lui confiai-je tout bas. Mais je crois en vous.

Vayl s'écarta légèrement de moi. Il se redressa et ses yeux virèrent au brun.

— Dans ce cas, répondit-il, je vais faire tout mon possible pour ne pas vous décevoir.

À présent, alors que Dave faisait bondir la voiture de plus belle, je me dis que mon patron avait dû subir des dommages cérébraux bien avant ce voyage cahoteux. Peut-être à l'époque où il avait forcé Disa. La conduite « sportive » de mon frère, cependant, n'allait rien arranger du tout.

— Franchement, Dave…, protestai-je. Tu tiens vraiment à achever le non-mort ?

— Je vous dis que tout va bien pour moi ! protesta l'intéressé.

À force de me contorsionner pour regarder vers l'arrière, j'avais un début de torticolis.

— Et toi, ça va ? demandai-je à Trayton, allongé sur la banquette derrière moi.

— Ça pourrait aller mieux, répondit-il d'une voix faible.

— T'as entendu, Dave ? m'impatientai-je. Le loup-garou pourrait aller mieux ! Tu n'as donc pas de cœur ?

— Difficile de me concentrer sur la conduite quand on me jappe en permanence dans les oreilles !

— Je ne suis pas un caniche, espèce de crétin égoïste ! Tu as pensé à prendre l'appareil photo ?

— Naturellement. Est-ce que j'ai l'air d'un demeuré ? Penche-toi un peu, ne serait-ce que de quelques centimètres. Je l'ai passé autour de mon cou, espèce d'idiote !

— Comment voulais-tu que je le voie, là où il est ?

Au moins, Dave avait renoncé à la tenue de camouflage. Il avait opté pour une veste en daim marron sur un pull à col roulé bleu marine, en complément d'un jean parfaitement délavé. Pour rien au monde je ne lui aurais dit à quel point il était magnifique, surtout lorsqu'il crut bon de me titiller de plus belle.

— 'Tain ! On peut dire qu'à la CIA ils ont réussi à booster tes dons d'observation, sœurette ! Chapeau les instructeurs ! Au fait, c'est quoi, cette camelote que tu m'as donnée ? N'importe quel pékin qui s'y connaît un peu et qui y jette un coup d'œil aura vite fait de conclure que ma couverture ne vaut pas un clou !

— Tu sais quoi ? La prochaine fois, tu pourras prendre ton Nikon à mille dollars, qui se transformera en joli – et très lourd – pendentif si par hasard nos plans viennent à foirer et qu'une balle le transperce.

— Au moins, j'aurai eu la satisfaction d'avoir pu prendre de vraies photos avant.

— Ce que tu racontes n'a ni queue ni tête !

Trayton jugea utile de venir mettre son grain de sel.

— Je parie qu'ils se bouffent le nez comme ça depuis leur plus jeune âge…

— Et comment ! approuva Vayl.

— Comment pourriez-vous le savoir ? m'insurgeai-je.

— Maintenant, tout le monde la boucle pour que je puisse entendre les instructions du GPS, gronda Dave.

Le silence se fit dans l'habitacle. Pour ma part, je l'avais mauvaise, car je n'apprécie pas qu'on me fasse taire pour pouvoir écouter ce que peut avoir à dire une *voiture*. Mais tandis que la voix d'hôtesse de l'air nous baladait de droite et de gauche, je dus admettre que ça valait déjà mieux qu'au bon vieux temps de notre jeunesse. Assise à l'arrière de la berline familiale entre Evie et Dave, je devais faire semblant de m'intéresser au dernier flirt de Barbie et Ken tout en lisant par-dessus son épaule le *X-Men* de mon frère. Albert et Stella, pendant ce temps, se chamaillaient à l'avant autour de l'énorme carte routière déployée par ma mère.

Il m'a toujours semblé miraculeux que nous ayons pu arriver où nous voulions aller, étant donné qu'elle ne trouvait jamais l'autoroute sur laquelle nous roulions.

Notre vieux, lui, avait tendance à naviguer « à l'oreille ». « Chippewa Falls ! » s'exclamait-il en lisant un panneau. « Ça a l'air chouette, on y va ! » Ni une ni deux, il nous faisait traverser en catastrophe quatre voies d'autoroute au trafic intense pour nous conduire devant un filet d'eau dévalant un pan de roche rouillé, au pied duquel périclitait une gargote emplie de routiers et de prostituées. N'empêche, c'était toujours là qu'on trouvait les meilleures tartes au potiron.

— Que penses-tu de ma ville ? s'enquit soudain Trayton.

— Très joli, répondis-je machinalement.

Il se pencha et me tapa sur l'épaule pour que je me retourne.

— Est-ce que tu y as seulement jeté un coup d'œil ? insista-t-il d'un air méfiant.

— Pas vraiment, dus-je reconnaître. J'ai été… un peu distraite.

Le jeune loup-garou empoigna les dossiers des deux sièges avant et se redressa en position assise.

— Allez ! me pressa-t-il. Jette un coup d'œil. Toi et moi, on va se payer une bringue d'enfer avant que tu t'en ailles. J'aimerais que tu te fasses une idée de ce à quoi ressemble ce bled, avant de te retrouver tellement pétée que tu n'auras plus les yeux en face des trous. (Un sourire radieux illumina ses traits.) Avoue…, susurra-t-il. J't'ai bien eue, là, non ?

Je laissai mes mains retomber sur mes genoux. Il ne se rendait donc pas compte que j'avais failli le secouer comme un prunier pour avoir osé suggérer un truc aussi stupide dans l'état où il était ?

— Je parie que tu ne sais même pas ce que « pété » veut dire, marmonnai-je.

— C'est ce qui arrive quand on siphonne une de vos bières américaines à l'envers par un trou percé sur le côté de la boîte [1] ?

Dave tendit le bras entre les deux sièges et lui assena sur la cuisse une vigoureuse tape fraternelle.

— Pas mal, mon pote !

— Toi, la ferme ! lui lançai-je, avant de demander à Trayton, d'une voix radoucie : Tu vis à Patras depuis toujours ?

— Oui. Chez nous, on dit : « Patra ».

— Oh !

Je reportai mon attention sur le paysage qui défilait derrière la vitre.

— Alors ? reprit-il. Quelle est ton impression ?

— C'est une grande ville, non ? Des tas de grands immeubles résidentiels, des balcons partout, des toits-terrasses, la plupart couverts de plantes. Vous avez l'air d'avoir la main verte, dans le coin… Et toujours ce magnifique océan tout bleu à l'horizon. On dirait que tous ces buildings ne se sont rassemblés là que temporairement, en attendant que la plage soit ouverte…

— La circulation, c'est pas ça…, intervint mon frère. On dirait que les panneaux sont là davantage pour donner des indications que pour être respectés.

Cela fit rire Trayton, qui s'amusa :

1. Technique de beuverie permettant d'ingurgiter le maximum de bière en un minimum de temps pour en maximiser les effets. (*NdT*)

— Comment crois-tu que nous faisons pour arriver si vite où nous voulons aller ?

Nous traversâmes une vaste place dominée par une énorme arche en pierre. Elle était si ancienne qu'il était facile d'imaginer autour des femmes grecques vêtues de toges échangeant les derniers potins et laissant leurs esclaves s'acquitter de la corvée de courses au marché. Mais ce jour-là, à près de 9 heures du matin, elle ne dispensait son ombre qu'à quelques femmes d'affaires en tailleur sur mesure et talons hauts pressées de se rendre au boulot.

Tandis que le minibus annonçait « Hôtel Olympia », Trayton faillit basculer en avant en se pressant entre les deux sièges pour voir par-dessus le tableau de bord.

L'hôtel occupait un immeuble d'une vingtaine d'étages suffisamment récent pour que ses façades brillent encore au soleil. Il partageait le pâté de maisons avec un café enseveli sous le lierre et une boîte de nuit baptisée Dio's, dont l'enseigne au néon paraissait aussi fatiguée que les habitués de l'établissement devaient l'être à l'heure qu'il était.

— C'est là que nous devons retrouver ma meute ? s'étonna Trayton.

— Non, répondis-je. Nous avons rendez-vous dans un vieux cimetière. Je suppose que nous y serions plus facilement maîtrisés par les tiens s'il nous prenait l'envie de les doubler.

— Pourquoi feriez-vous une chose pareille ?

— C'est à eux qu'il faut le demander.

— Krios peut être un vieux birbe parano, parfois…

— C'est sans doute pour ça qu'il est toujours votre alpha.

— Alors que faisons-nous ici ?

J'improvisai un mensonge.

— Nous devons aider l'Alliance à mener à bien des négociations qui doivent se tenir ici cette nuit. Nous voulions juste jeter un coup d'œil à l'endroit avant de passer aux choses sérieuses. On n'est jamais trop bien préparé.

Dave se gara sur un emplacement libre un peu en aval de l'entrée de l'hôtel tandis que Trayton pouffait de rire.

— Si vous êtes des négociateurs, railla-t-il, moi je suis un gentil minou… Je peux sentir l'huile de vos flingues d'ici. En plus, nous autres prédateurs, nous avons le flair pour repérer nos homologues chasseurs.

Sa remarque m'inspira un soupir mélodramatique.

— Je pense que ta NDE doit avoir temporairement affecté tes sens.

— Allez, Lucille… Quoi que tu manigances, laisse-moi t'aider. Je te dois… (Il commença à écarter ses mains pour m'en donner la mesure, avant de renoncer.) Eh bien… en fait je te dois tout !

— Vayl ? lançai-je sans me retourner.

— Je vous laisse libre de votre décision, décida-t-il après y avoir réfléchi un instant. Il n'y a que vous pour savoir qui mérite ou non votre confiance.

Soudain, j'eus l'impression de me retrouver à la porte d'une salle d'examen, sans avoir révisé, après m'être levée une heure en retard pour cause de panne de réveil. *Merde !*

En me déhanchant sur mon siège, je fis face au loup-garou qui était si bien parvenu à percer toutes mes défenses. Alors, avec une facilité déconcertante, je sus.

Je sus que cette créature à peine sortie de l'enfance était quelqu'un sur qui je pouvais compter, à qui je pouvais confier ma vie.

— Franchement, expliquai-je enfin, il n'y a pas de quoi en faire un plat. Nous avons juste besoin d'emprunter son chien à un type pour quelque temps. (Je dus m'éclaircir la voix pour pouvoir poursuivre.) Sans sa permission. Mais nous le lui rendrons !

Quand ? Après l'avoir éliminé ? Pauvre cloche ! Cette mission t'a donc complètement coupée des réalités ? Si tu as vraiment l'intention de régler son compte à Samos, tu vas devoir trouver un nouveau maître à Ziel. De préférence, un type qui ne soit pas un connard. Tu le sais, n'est-ce pas ? Tu le sais ?

Déjà, Trayton était passé aux choses sérieuses.

— Je peux vous être utile, affirma-t-il. Par exemple, je peux faire en sorte qu'il reste calme une fois que vous l'aurez attrapé. Ce que vous ignorez peut-être, c'est qu'un loup-garou et un chien peuvent communiquer.

— À quel niveau ? demandai-je. (Je pensais si vite que ma langue avait du mal à suivre.) Pourrais-tu lui donner des ordres ? Par exemple, lui ordonner de ne pas mordre la gentille dame rousse ? Où serais-tu capable… Oh ! ça serait vraiment l'idéal… pourrais-tu l'inciter à prendre une certaine direction ?

— Pas dans ces termes-là. Mais je peux l'appeler. Et s'il n'est pas en meute, il me suivra volontiers.

— Il est seul. C'est-à-dire… il a un maître, mais ce type est sur le flanc pour la journée. Alors, il n'y a qu'un « dog-sitter » humain pour s'occuper de lui. Et pas d'autre chien. (L'excitation montait en moi.) C'est un gros chien : soixante-dix kilos environ. Alors il est de taille à vouloir aller où ça lui chante, et je ne pense pas que son garde pourrait s'y opposer. Samos serait trop furieux s'il découvrait que son clebs a été maltraité. Le genre de fureur... mortelle. Ouais. Je crois que ça pourrait marcher. (Pour le vérifier, je décidai de prendre le pouls du reste de mon équipe.) Qu'en pensez-vous, les gars ? On met le plan en application tout de suite ?

Dave me toisa de la tête aux pieds afin de vérifier ma tenue. Je portais déjà la petite robe blanche bordée d'un galon rouge et sa veste assortie dont nous avions décidé qu'elle serait la plus appropriée pour cette mission. Chagrin demeurait invisible dans son holster d'épaule et mon .38 se trouvait sanglé sur ma cuisse, mais je n'en aurais pas besoin. Ce jour-là, j'aurais pour armes principales les deux aérosols rangés dans le sac à dos noir à mes pieds et la petite ombrelle en dentelle rouge posée en travers de mes jambes.

— Si tu es prête, dit-il, je suis prêt aussi.

D'un hochement de tête, je lui signifiai que je l'étais et ajoutai :

— Vayl ?

— Allez-y.

Je tirai mon portable du sac et composai le numéro de l'hôtel.

— Hello ! lançai-je. Ici Angelina, pour la section de Patra de PETA. Oui, c'est bien cela : l'association de défense des animaux. Vous comprenez vite... On a porté à notre connaissance qu'un de vos clients possédait un gros chien qui n'avait pas bénéficié d'une promenade digne de ce nom depuis son arrivée. Si on prive plus longtemps cet animal de son droit à l'exercice physique – ce qui signifie au minimum deux sorties par jour – nous allons nous trouver dans l'obligation de mener des actions de protestation très vigoureuses, très publiques et très bruyantes... Me fais-je bien comprendre ? Fort bien. (Je raccrochai aussitôt.) À présent, conclus-je, il ne nous reste plus qu'à attendre.

— Comment peux-tu être sûre qu'ils n'ont pas déjà promené ce chien ? s'étonna Trayton.

— Dave est passé cette nuit placer une caméra dans l'hôtel. Nous pouvons visionner ses images de n'importe où. Personne n'est sorti de cette suite depuis l'aube. (Je lui jetai un rapide coup d'œil.) À quelle distance peux-tu te faire entendre de ce chien ?

— Un ou deux pâtés de maison.

— Bien. Dave, aussitôt que tu les vois...

— Je connais la marche à suivre.

— Tant mieux. Dans ce cas, tu vas pouvoir me la répéter.

Il laissa fuser un soupir exaspéré entre ses dents mais s'exécuta néanmoins.

— Je me mets en route et je reste devant eux. Je les emmène à la forteresse : le Kastro, ou quel que soit le nom que ces gens donnent à cette énorme ruine sur la colline. Là, nous passerons à la deuxième phase de ton plan infâme. As-tu besoin également que je t'en rappelle chaque petit détail, ou la mémoire t'est-elle revenue ?

— C'est clair pour moi.

Pour tromper l'attente, je décidai de vérifier mes messages. Comme je m'en doutais, un nouveau texto de Cole était arrivé.

Arrivée de ma cible reportée à demain. Devine qui s'est montré à la place ? Cam ! Le monde est petit, pas vrai ? Je vais piquer un somme, ensuite on part écumer la ville. Je dois prévenir le maire, à ton avis ?

Je lançai un regard en biais à Dave, mais il surveillait l'entrée. Je ne tenais pas spécialement à remettre ça avec lui en lui demandant pourquoi son fidèle bras droit jouait les globe-trotters au lieu de bosser. Je préférai donc répondre à Cole.

Ne détruis rien que tu ne puisses te permettre de remplacer. Dis aussi à Cam que Dave a besoin de parler. Beaucoup. Pour drainer le Magicien hors de son système. Ce serait chouette qu'il veuille bien lui prêter une oreille quand ils se retrouveront.

Nous n'eûmes à attendre que quelques minutes supplémentaires avant que jaillisse sur le trottoir, par la porte principale, un énorme chien. Si je n'avais pas déjà été au courant, je n'aurais jamais deviné que cette monstruosité à la queue battante et aux oreilles mobiles puisse être le talon d'Achille de Samos. Ziel était de couleur blanche sur la face, sur le poitrail, sous le ventre et sur les pattes. Autrement, son pelage était gris. Avec le harnais clouté dont il était affublé, on aurait pu croire qu'il donnait dans le SM pour chien. Sa langue pendait jusqu'au sol et l'on aurait juré, à le voir ainsi, qu'il souriait. De ses yeux noirs et intelligents, il observait la cité qui s'éveillait, avec ses charmants réverbères anciens, ses énormes palmiers, ses bacs de bougainvilliers rouges en fleurs, comme s'il avait en tête un plan d'action et que tout s'y conformait.

Ziel traînait en remorque un type si blond que je dus y regarder à deux fois pour vérifier qu'il avait bien des sourcils. Pas le genre à apprécier une promenade matinale au grand air, mais résigné jusque-là à se plier aux désirs du chien.

Dave mit le contact et baissa sa vitre.

— À toi de jouer, Trayton…, dit-il.

— C'est déjà fait.

— Je n'entends rien.

— Arrête de lui parler, intervins-je. Il est occupé.

Ce qu'il faisait exactement, je n'aurais su le dire. La pomme d'Adam du garou jouait au yoyo dans sa gorge, qui se contractait comme s'il était en train de parler. Mais si quelque son que ce soit franchissait le seuil de ses lèvres pour s'envoler par la fenêtre, mes tympans étaient incapables de le percevoir. Il en allait en revanche tout autrement pour Ziel. D'un coup, il bondit en avant, tirant si fort sur sa laisse qu'il faillit faire tomber le type.

Dave manœuvra pour s'engager dans le trafic. Nous avions, approximativement, un kilomètre et demi à parcourir pour rejoindre la forteresse byzantine qui avait assuré la défense de Patras du VIe siècle jusqu'à la Seconde Guerre mondiale. Il allait falloir beaucoup d'énergie à Ziel et Trayton pour garder le contact, mais la loyauté, ils semblaient avoir ça dans le sang…

Dave remonta des rues escarpées, bordées de pâtisseries ornées de fleurs et de petits cafés dont les propriétaires aux cheveux aile-de-corbeau ouvraient les parasols sur les terrasses. Bientôt, les remparts et les tours écrasées de soleil du Kastro furent en vue, entourés des pelouses impeccablement tondues, des massifs d'arbustes et des palmiers qui leur servaient d'écrin végétal. Le trafic était suffisamment dense pour que notre allure modérée ne gêne personne. Un quart d'heure après avoir quitté l'hôtel, mon frère gara le minibus dans le parking réservé aux touristes et autres mordus d'histoire locale.

Je tendis à mon jumeau l'un des deux aérosols, pris l'autre pour moi et ouvris ma portière. Voyant que Trayton s'apprêtait à me suivre, je dressai une main entre nous pour l'en empêcher.

— Il n'y a aucun rôle dans notre plan pour un loup-garou convalescent, dis-je fermement. Tu t'es acquitté de ta mission. Tu vas tranquillement rester là-dedans, où tu es relativement à l'abri. S'il t'arrivait de nouveau quelque chose, je ne vois pas comment je pourrais empêcher Krios de m'arracher la tête.

Au sens propre. *Aïe ! Quelle triste fin !*

Même s'il parut fort déconfit, Trayton eut l'élégance de s'adosser de nouveau à son siège en assurant à mi-voix :

— Je comprends.

Une fois dehors, nous fîmes une pause, Dave et moi, pour nous asperger du contenu de nos aérosols.

— Beurk ! Ce truc pue la mort ! protestai-je. Les buffles d'Afrique doivent sentir comme ça – tu sais, ceux qu'on voit dans le *National Geographic*, qui gardent en permanence les fesses maculées de bouse et qui passent la moitié de leur temps à souffler pour chasser les mouches de leurs naseaux.

— Qu'est-ce que Bergman a bien pu mettre là-dedans ? se demanda Dave.

— Nous pourrions le lui demander, mais tu sais comment il réagirait : il se contenterait de hausser les épaules. Déjà qu'il ne veut pas me donner sa recette favorite de gâteau au chocolat, alors tu penses, la formule magique de son attrape-toutou…

— T'as raison.

Nous contournâmes le Kastro. Nous le sentions nous dominer de toute sa masse, tel un dragon endormi. Il nous fallait trouver le chemin que Ziel et le blondinet emprunteraient en tant que promeneurs. Et bientôt, nous l'eûmes en ligne de mire : un escalier en béton assez raide, bordé d'un côté par un garde-fou en pierre, et de l'autre par une balustrade en ciment rococo. Il était assez pentu pour que les touristes les plus âgés choisissent plutôt le chemin que Dave et moi avions emprunté. Deux employés communaux d'une cinquantaine d'années, la moustache noire, une casquette grise vissée sur le crâne, étaient assis au bas des marches. Avant de se mettre au travail, ils avalaient un casse-croûte et buvaient un dernier café dans des gobelets en plastique. Derrière eux, les immeubles et les rues formaient un quadrillage serré conduisant, sur la droite, à la baie dans laquelle un ferry était en partance pour Corfou.

Dans le cadre enchanteur formé par le Kastro et ses environs, Dave commença à prendre des photos de moi. C'était pour cette raison que j'avais consenti à un effort d'élégance. Pour un œil extérieur, nous devions ressembler à un photographe et son modèle profitant de la lumière matinale pour effectuer quelques prises de vue.

Nous avions imaginé qu'il nous faudrait attendre plus tard dans la journée pour mettre ce plan en application. À l'origine, nous avions prévu de rendre d'abord Trayton aux siens, avant de revenir à l'hôtel et d'y attendre que Ziel se décide à avoir une envie pressante. Ensuite, il nous aurait suffi de nous placer sur sa route et de le laisser venir à nous. La méthode pour laquelle nous avions finalement opté grâce au concours de Trayton me paraissait infiniment meilleure. J'en venais à me demander si prendre des risques identiques avec mes affaires de cœur pourrait conduire à des résultats aussi satisfaisants.

Moins de cinq minutes plus tard, le chien arriva. Il tirait toujours si fortement sur sa laisse que, si l'homme de Samos avait porté des patins à roulettes, il aurait pu se laisser traîner sans avoir à fournir le moindre effort. Tandis qu'ils commençaient à escalader les marches, nous fîmes en sorte que la séance de pose nous conduise au sommet bien avant qu'ils y parviennent.

Je tournais le dos à l'escalier, l'ombrelle coquettement posée sur mon épaule. Tout en mitraillant, Dave me tenait au courant de l'évolution de notre plan.

— Je pense que Ziel nous a sentis, murmura-t-il. Blondie a beaucoup de mal à le maîtriser. Le clebs voudrait monter dix marches à la fois. Tu entends le type gueuler après lui ?

— Ouais. C'est quoi, comme langue ?

— On dirait de l'allemand. Ils sont presque au sommet. Tu es prête ?

— Parée.

D'un coup sec, je fermai l'ombrelle, jusqu'à ce que le déclic armant le projectile inséré dans le manche creux se fasse entendre. Je pivotai ensuite sur mes talons et vis que Blondie avait fort à faire pour contrôler la fougue de la masse de muscles qu'il tenait à bout de bras et dont l'envie principale semblait être de me sauter dessus.

Ziel se mit à aboyer. Cela n'avait rien du « *Wouf!* » de fond de gorge typique de tout gros chien. Cela ressemblait davantage au grognement de Chewbacca arrivant à la fiesta d'enterrement de vie de garçon de son ami Han Solo. « Aouh-Aouh ! Où sont les stripteaseuses ? Je ne veux pas en manquer une miette ! Aouh-Aouh ! »

Après avoir braqué l'ombrelle sur Blondie, je fis feu, libérant le tranquillisant avec lequel je l'avais chargée en enfonçant un petit bouton à la base de la poignée. Ensuite, nous nous retournâmes, Dave et moi, pour regagner le parking sans attendre. Selon Bergman, une fois libre, Ziel ne devait avoir rien de plus pressé à faire que de nous suivre. Et à en juger d'après l'excitation dont le chien faisait preuve, il n'avait pas exagéré. Je pris le temps néanmoins de jeter un coup d'œil par-dessus mon épaule pour le vérifier.

Blondie était tombé à genoux. Il s'efforçait encore de ne pas lâcher la laisse, mais Ziel ne demandait qu'à lui échapper. Une dernière ruade et il fut libre de foncer vers nous tel un missile revêtu de fourrure.

— Dave…, dis-je d'une voix peu rassurée. Il ne ralentit pas.

Mon frère se retourna pour observer brièvement le clebs et répondit :

— Il ne paraît pas vouloir nous manger.

Sans attendre, il se remit à photographier la forteresse.

— Mais il n'a pas l'air d'avoir envie de jouer non plus ! protestai-je, moins rassurée encore.

— Tu n'auras qu'à empoigner son harnais.

« *Clic. Clic.* »

— Ce chien est plus lourd que moi ! Alors arrête d'essayer de faire la photo du siècle et aide-moi, bon Dieu !

— D'accord. Tu n'as qu'à rester derrière moi, je vais essayer de le retenir.

Je ne tentai pas d'argumenter. Dave fit volte-face, marmonnant tout bas qu'il n'était pas près de faire la une de *Time Magazine* si on ne l'aidait pas un peu. Pour une fois, je le laissai râler sans réagir. Parce que, même si Ziel agitait sa queue comme le drapeau à damiers d'une course automobile, je pouvais à présent voir toutes ses dents, et elles avaient l'air *pointues*. Je courus me mettre à l'abri derrière mon frère, m'appuyant autant que possible de l'épaule contre son dos. Il tendit le bras devant lui, comme s'il s'attendait à ce que le molosse saute sur nous d'un bond comme le font les chiens policiers à la télé. Mais pas ce chien-là... qui se contenta tranquillement de contourner Dave par la gauche et de se dresser pour s'accrocher à moi.

— Oh, mon Dieu ! Veux-tu bien me *lâcher* ! criai-je en faisant de mon mieux pour échapper à ses énormes pattes.

Celles-ci s'enfonçaient dans mon épaule droite. Même si ma veste me protégeait un peu, j'étais certaine qu'elles laisseraient dans ma chair quelques traces, en partie à cause de la force qu'elles déployaient et en partie parce que personne ne s'était avisé de lui tailler les griffes dernièrement.

Quand j'osai enfin baisser les yeux pour le regarder, j'aurais juré qu'il plaçait de côté son énorme langue rose pour pouvoir tout à son aise rire de moi.

— *Berk!* gémis-je. T'aurais bien besoin d'un Mentos! Dès que j'en ai l'occasion, je te brosse les dents – et je ne plaisante pas! Maintenant, bas les pattes, espèce de monstre! Dave, pourquoi tu ris?

— Il… Ah! Ah! Ah! Il est en train de… grimper ta jambe! Ouh! Ouh! Je sais maintenant ce qu'il y avait dans le spray de Bergman. Non, non! Ne bouge pas! Il faut que j'immortalise ça tout de suite.

— Oh, nooooon! Pour l'amour de… *Lâche-moi*, obsédé!

Avant que Dave ait eu le temps de laisser à la postérité la preuve de mon humiliation, j'empoignai le poitrail de Ziel et le forçai à lâcher ma jambe pour le remettre à quatre pattes *manu militari*.

— Faut-il te rappeler que tu es en mission? aboyai-je en voyant mon frère zoomer avec son appareil photo.

— Garde cet air farouche! C'est du pur Jaz tout craché.

— Voudrais-tu *au moins* attraper cette laisse? Il faut qu'on se tire d'ici.

— D'accord, d'accord…

Dave laissa retomber l'appareil sur sa poitrine et saisit fermement l'extrémité de la laisse de Ziel. Il ne restait plus qu'à regagner notre véhicule – enfin, à essayer…

— Bordel de merde, Dave! Tu ne pourrais pas empêcher ce clébard de renifler mes dessous? À chacun ses limites: moi, j'ai du mal à garder l'esprit clair quand une langue râpeuse colle ma culotte à ma fente à chaque pas que je fais! (Pour toute réponse, il redoubla d'hilarité. Je dus prendre sur moi pour ne pas le boxer.) D'ailleurs, repris-je, je ne comprends pas pourquoi il n'essaie pas de te faire des câlins, à toi aussi. Tu t'es aspergé du même produit…

— J'ai utilisé l'autre aérosol. Peut-être qu'il ne s'agit pas du même principe actif. Voilà le minibus. Tu vas pouvoir appeler Bergman pour le lui demander.

— Avant ou après l'avoir tué ?

Nouveaux hurlements de rire de mon jumeau, qui eut au moins la présence d'esprit de tirer le chien loin de moi et de le faire grimper dans le véhicule pour que Trayton le retienne.

OK Jaz, me dis-je en bouclant ma ceinture et en attrapant mon portable. *Surtout, ne crie pas. Souviens-toi comment Vayl parvient à ses fins : il parle d'une voix raisonnable, et les gens l'écoutent. Tu n'as qu'à…*

Le répondeur se déclenchait à peine que je me mis à hurler :

— Arrête de faire le mort, Bergman ! Ramène tes fesses et décroche ce foutu téléphone immédiatement !

— Jasmine ?

Bon sang ! Pas le plus petit frémissement de peur dans le ton de sa voix… Si seulement il avait encore été le gars timide et tremblotant avec qui j'avais partagé ma chambre à la fac, cela m'aurait facilité les choses. Mais il avait développé un certain cran, ces derniers temps, qui le rendait beaucoup plus difficile à intimider. Je m'y efforçai quand même.

— Qu'est-ce que c'est que cette merde, Miles ? Ce chien – non : ce grizzly nain – me prend pour sa dulcinée !

— Oui, euh… j'ignorais sur quoi tu tomberais. Alors j'ai mis des phéromones aptes à attirer un animal entier dans un aérosol, et le composé susceptible d'agir sur un chien stérilisé dans l'autre.

— Super ! Je suis couverte de lotion aphrodisiaque et ce molosse est sur le point de bouffer le bras du type qui essaie de le maîtriser. Qu'est-ce que je dois faire ?

— Tu portes une veste ? (Il savait que je devais en porter une pour cacher l'arme qu'il avait spécialement conçue pour moi.) Peut-être devrais-tu t'en séparer, suggéra-t-il.

Ce qui signifiait que j'aurais également à me passer de mon holster à l'épaule. Au point où j'en étais, j'étais prête à y consentir si cela suffisait à éloigner cette truffe humide de mes parties intimes. Au prix de quelques contorsions, je me débarrassai du vêtement et le jetai à l'arrière. Mais de rage, je m'y pris si mal qu'il atterrit plus loin que je l'avais souhaité. La veste tomba entre le côté du véhicule et la trappe d'accès à la tente de Vayl. Trayton, heureusement, ne fit rien pour retenir Ziel, ce qui lui évita d'être blessé quand le chien bondit pour la rattraper. J'étais loin d'être sûre qu'il en allait de même pour mon boss.

— Vayl, attention ! m'écriai-je.

— Pourquoi diable… ouf ! *Aïe*… mais qu'est-ce que…

Il tempêta tant et plus tandis que le chien mettait à sac sa tente et diverses parties de son anatomie, dans ses efforts désespérés pour atteindre le nouvel amour de sa vie. Finalement, le vampire parvint à jeter la veste à l'arrière où… À ce stade, je préférai détourner les yeux pour ne pas voir ça. Ce qui avait été une pièce tout à fait convenable de ma garde-robe n'était plus qu'un sex-toy pour chien.

Pete… Avez-vous la moindre idée des sacrifices qu'il me faut faire pour m'acquitter convenablement de mon job ?

— Répugnant…, commentai-je à mi-voix.

Je commençai à me retourner lorsque quelque chose, dans l'attitude de Trayton, attira mon attention.

— Hé, mec ! Ça va ? m'inquiétai-je.

Ses pupilles s'étaient dilatées et il ne cessait de se pourlécher en me regardant. Il ne cillait pas et la fixité de son regard rivé sur moi avait quelque chose d'un peu effrayant.

Il me répondit d'une voix rauque et monocorde.

— On dirait que le spray fait aussi effet sur les loups-garous.

De mieux en mieux… Un jour à marquer d'une pierre blanche !

— Dave ! lançai-je avec urgence. Au cimetière, vite !

Voyant que Trayton s'apprêtait à perdre la boule, je dégainai mon .38.

— N'y pense même pas ! menaçai-je d'une voix grondante.

— Mais… tu sens si…

— Ce n'est pas *moi*, espèce de lycanthrope libidineux ! Juste une putain de potion d'amour en bombe ! Dis-moi que tu es assez futé pour faire la différence…

Enfin, j'obtins une réaction de lui, même s'il ne s'agissait que de quelques clignements d'yeux.

— Bien sûr…, répondit-il. Mais tu… je veux dire je…

Il commença à se rasseoir lentement, les narines frémissantes, une expression confuse se mêlant sur son visage à celle de désir pur qui s'y trouvait précédemment.

— En plus, ajoutai-je, Phoebe m'a dit que vous autres loups, vous vous unissez pour la vie. J'ai raison ?

— Oui.

— Eh bien comme tu peux le constater, conclus-je pour enfoncer le clou, je ne suis pas cette fille. Je suppose que tu peux le sentir, ça aussi, si tu le veux bien ?

— Je pourrai avoir ta robe quand tu ne la porteras plus ?

— NON !

Il s'adossa à son siège. En aparté, je demandai à Dave :

— Où as-tu mis cet aérosol que tu as utilisé ? Je vais m'en asperger.

Dès cet instant, le seul bruit qui nous accompagna jusqu'au cimetière fut celui du spray me couvrant de davantage de senteurs animales encore. En contrepoint, je passai à Bergman un savon maison.

— Je me fiche de savoir que je peux inscrire cette robe sur ma note de frais, elle m'a coûté soixante-quinze billets. Je te préviens, cette saloperie a intérêt à ne pas laisser de taches ! Et au fait : merci beaucoup de ne pas m'avoir expliqué ce qui allait se passer. La prochaine fois que je t'emmène en mission, je pourrai peut-être te laisser t'occuper toi-même de donner le bain à un sumo de trois cents kilos et de lui passer l'éponge dans le dos ? Je sens si mauvais qu'ils ne me laisseraient même pas participer à un épisode de *Dirty Jobs*[1]. Et pourtant, j'ai vu ce type nettoyer de la merde de cochon ! Encore un peu, et je

1. Mike Rowe, animateur de l'émission télévisée *Dirty Jobs* (Sales boulots), se charge de reproduire à l'écran différents travaux étranges, dégoûtants ou difficiles mais tirés de la réalité. (*NdT*)

te jure qu'il va me pousser des défenses de sanglier aux coins de la bouche !

Les excuses de Bergman me parurent finalement assez sincères pour que je puisse lui lâcher les baskets, surtout lorsqu'il m'eut promis d'inventer quelque chose de très spécial pour se faire pardonner.

Quand nous eûmes raccroché, je me laissai glisser dans un de ces silences explosifs où l'on continue de fulminer mais où il ne reste vraiment rien de plus à dire. Enfin, rien d'autre que :

— Et merde ! Trayton, prends mon portable et appelle les pompiers. Je crois que je viens de foutre le feu à ce Dumpster, au coin de la rue.

Dave me lança un regard en biais.

— Tu veux dire que c'est toi qui…

— Tout juste ! l'interrompis-je. Du moins, s'il faut en croire Raoul.

Tournant la tête sur le côté, j'appuyai mon front à la vitre.

— Jaz…, insista-t-il. C'est tout bonnement…

— Je ne tiens pas à en parler.

En fait, je n'aurais rien souhaité de mieux que de pouvoir tirer la chasse sur tous mes dons. Mais cela m'aurait empêchée de sentir ceux de Vayl qui à l'instant même, à petit régime, glissaient comme une onde rafraîchissante sur ma peau enfiévrée. En revanche, je n'aurais pas échappé à Ziel, à l'arrière, qui roucoulait des mots doux à ma veste en langue wookie. Quelque chose du style : « Wouh-wouh ! Tu me rends fou ! Ce mélange coton-polyamide est si doux sur mon… Wouh-wouh ! »

Derrière moi, j'entendis Vayl étouffer un petit rire. Trayton prit la relève, et quand je jetai un coup d'œil à Dave, un grand sourire lui fendait le visage jusqu'aux oreilles. Si bien que, soudain, je m'entendis rigoler à gorge déployée, caqueter comme une mère poule en me tenant le ventre à deux mains. Je pleurais de rire parce que, vraiment, ce n'est pas tous les jours qu'une femme peut se vanter d'avoir été coursée par un gros chien, prise pour objet de son obsession sexuelle, et finalement dépouillée par lui de sa meilleure veste. Allez trouver une figurine Precious Moments [1] pour immortaliser tout ça…

1. Société américaine créée en 1989 par l'illustrateur Samuel J. Butcher. Elle commercialise de petites figurines à offrir assez naïves, inspirées du monde de l'enfance sur fond de morale chrétienne. (*NdT*)

Chapitre 21

Le cimetière de Patras, surchargé de pierres tombales et de lycanthropes, s'étageait en terrasses à flanc de colline. Impossible de rater les monuments qui se dressaient droit sous vos yeux, mais, tandis que Dave se garait dans une rue au nord du site, je ne pus que sentir la présence des loups-garous sans les voir. Nous descendîmes tous trois du véhicule, car il aurait été vain de vouloir circuler entre les tombes comme on le fait chez nous. Les concessions étaient trop proches les unes des autres et consistaient toutes en parallélépipèdes de marbre assez grands pour accueillir au moins quatre cercueils. Les coutumes funéraires semblaient être une affaire de famille, dans cette partie du monde.

Nous prîmes le temps, Dave et moi, de repérer l'endroit qui semblait avoir poussé de manière aussi anarchique qu'une ville-champignon. On y trouvait des profusions de fleurs sauvages et de cyprès, de grandes croix, des arches de pierre, ainsi que quelques monuments imposants prouvant que leurs propriétaires n'avaient pas compris que l'on n'emporte rien en quittant ce monde.

Après avoir émergé d'une réplique miniature du Parthénon, Krios et Phoebe nous rejoignirent près de l'entrée en découvrant à quel point Trayton avait du mal à marcher. Pour célébrer le retour de son fiancé, Phoebe arborait un fard à paupières orange assorti au bandeau dans ses cheveux. Elle se jeta dans ses bras et lui murmura quelque chose à l'oreille. Il la serra si fort contre lui qu'elle poussa un cri.

À présent que nous avions mis un peu de distance entre nous et l'Alliance, la meute m'apparaissait plus clairement, comme si mon Don avait gagné en acuité. Krios avait fait venir tous les siens et les avait répartis derrière les monuments les plus massifs, entre les buissons anarchiques et les statues d'anges stoïques qui donnaient à ces lieux l'allure d'un parc en perpétuelle décrépitude.

— Je suis si heureuse que tu sois de retour ! lança Phoebe à son loup en reniflant bruyamment. Mais… tu as une drôle d'odeur !

— En fait, intervins-je, c'est plutôt moi.

Trayton enfouit son nez dans les cheveux de sa belle.

— Tu m'as manqué, dit-il avant de l'embrasser.

En conséquence, quand il dut mettre un terme à ce baiser pour reprendre son souffle, il portait lui aussi sur les lèvres un peu de gloss orange. Dans un parfait silence, Phoebe se servit de la manche de sa veste en jean pour les lui essuyer. Ensuite, Krios tendit la main vers nous. Je fus la première à la lui serrer.

— Merci pour tout ce que vous avez fait, dit-il en me souriant avec une sincérité évidente, même si je devinais qu'il se retenait de grimacer à mon odeur.

— Pas de quoi, assurai-je tandis qu'il serrait la main de Dave. Maintenant, nous allons devoir vous laisser. Du pain sur la planche.

Krios glissa deux doigts dans la poche de poitrine de son blazer en velours côtelé et ajouta :

— Si vous avez quoi que ce soit à me demander… (Il produisit un petit bristol blanc qui me confirma qu'il était bel et bien bibliothécaire à l'université locale. Ce n'est pas du flair, ça ?) Je vous la laisserais volontiers, précisa-t-il, mais étant donné votre actuel lieu de résidence, je préférerais que vous programmiez mon numéro dans votre répertoire. (Sourire désabusé.) Ce sera plus sûr pour ma meute ainsi.

Je lui offris le même petit discours qu'à l'ours-garou. Du moment qu'ils attendaient notre départ, je n'avais rien contre le fait qu'ils se lancent ensuite dans une petite vendetta typiquement méditerranéenne à coups de calibre douze dans la tête.

— À part ce service que je vous demande, conclus-je, il me semble que nous sommes quittes.

— S'il vous plaît, insista-t-il. Vous ne pouvez jamais savoir quand l'aide d'un ami *de l'extérieur* peut vous être utile.

— Cela doit être vrai, admis-je en entrant son numéro dans mon portable.

— Une des certitudes de l'existence…, commenta-t-il gravement en entraînant Trayton et Phoebe vers la voiture qui les attendait.

Je sentis la meute disparaître à leur suite sous forme d'une tension qui alla en s'amenuisant sur mes épaules et sur ma nuque. Ils avaient réussi à se fondre si parfaitement dans le paysage que je n'avais vu aucun d'entre eux. Cela faisait de cet endroit le lieu idéal pour se mettre en planque.

— Nous devrions examiner ce cimetière plus attentivement avant de repartir, dis-je à Dave. Je sais que nous avons prévu d'utiliser le Kastro, mais il serait encore plus facile de tendre un piège à Samos ici cette nuit.

— D'accord là-dessus, répondit-il après avoir laissé courir sur les tombes son regard militaire. Mais n'oublie pas qu'il aura quelques vampires avec lui, sans oublier Blondie et ses potes. Comment allez-vous vous débrouiller, tous les deux, contre cette force de frappe, étant donné que vous ne disposez pour tout renfort que d'un soldat lessivé ?

— Premièrement, tu n'es pas lessivé. On t'a juste fracassé contre une pierre comme un pantin de chiffon au point que la bourre te sort de partout…

J'eus soudain scrupule à en dire plus. Dieu savait que ce n'était jamais le bon moment pour discuter de ça avec lui. Il fallait juste se lancer, en espérant qu'il ne vous en retournerait pas une pour votre peine.

Après m'être éclairci la voix, je baissai la tête et poursuivis :

— En parlant de ça… je voulais te dire que j'ai essayé d'imaginer ce que ça devait être pour toi de vivre sous la coupe du Magicien. Tout ce que j'ai pu me représenter, c'est que ça devait craindre à un point inimaginable. Un peu comme de devoir grandir à côté de M'man et P'pa sans pouvoir se tirer à dix-huit ans…

Je me décidai à lui lancer un regard par en dessous, à travers mes cils. Je vis qu'il se mordillait l'intérieur de la joue, comme il le faisait toujours en cas de stress intense.

— Tu sais, répondit-il enfin, quand je me trouvais là-bas, ce n'était pas si mal que ça. J'ai découvert que j'appréciais de ne pas avoir à prendre de responsabilités, de ne devoir m'en faire pour rien ni personne. (Dave étudia ma réaction à la dérobée, le visage soudain très pâle, comme s'il venait de m'avouer le meurtre de son meilleur ami.) Et quand je suis revenu, poursuivit-il, après que tu m'avais sauvé, ma vie difficile et compliquée m'est en quelque sorte retombée sur la tronche d'un seul coup – genre avalanche. Mais je savais que je ne devais pas ressentir ça. Pas un seul instant. Et en même temps, j'étais conscient d'avoir été humilié comme un bouffeur de merde en devenant en quelque sorte l'esclave d'un terroriste. Moi, Dave Parks, mâle américain. Commandant des Forces spéciales. Héros pour mes hommes. Amant hors pair pour les femmes. Du moins, ajouta-t-il pour m'empêcher d'émettre un commentaire sarcastique, c'était comme ça que je me voyais.

On est restés là tous les deux, une bonne minute, avant que je me décide à lâcher :

— Waouh ! T'es vraiment paumé…

Dave m'a donné un petit coup de poing, assez léger pour me faire comprendre qu'il avait pigé, accompagné d'un demi-sourire et d'un :

— Merci pour le coup de main.

Je haussai les épaules.

— Personne n'a jamais survécu à ce que tu as subi. Jamais. Alors qui peut dire si ce que tu ressens est bien ou pas ? Ou même anormal ? Le fait que tu sois toujours debout et que tu continues à te battre me suffit. Juste un truc… n'essaie plus jamais de te démerder tout seul. Je suis passée par là. C'est une impasse avec au bout la camisole de force et des gobelets remplis de jolis p'tits cachets pour te rendre accro. Compris ?

Dave hocha la tête.

— C'est noté.

— Et puisqu'on parle de se battre, que dirais-tu de chercher un moyen de rétablir l'équilibre entre nos forces et celles de Samos ?

— Seulement si tu prends une douche d'abord.

— C'est comme si c'était fait.

Chapitre 22

Il me fallut une demi-heure pour faire disparaître le parfum de moufette dont je m'étais aspergée. Vayl et Dave, pendant ce temps, discutaient stratégie. Quant à Ziel, il furetait partout dans la suite en reniflant chaque chose comme s'il s'en dégageait un alléchant fumet de croquettes. Ma petite robe blanche avait trouvé un nouvel usage en tant que paillasse pour chien, aussi ne pris-je même pas la peine de la glisser dans un sac en plastique après ma douche. Je la laissai simplement sur le sol, derrière la porte, avant d'aller revêtir une tenue plus confortable : un jean vert forêt et un sweater couleur mousse. L'un et l'autre ne m'avaient pas paru particulièrement moulants, jusqu'à ce que je découvre le regard par lequel mon boss m'accueillit à mon retour au salon. Je me surpris à vérifier que ses mains reposaient bien dans son giron, et non partout sur mes formes, comme j'en avais l'impression.

— Je crois que je vais aller passer autre chose, dis-je en faisant demi-tour pour retourner dans la chambre.

— Non ! s'exclamèrent les deux hommes à l'unisson.

Dans le cas de Dave, le ton de sa voix indiquait qu'il en avait tout simplement marre de m'attendre. Dans celui de Vayl, eh bien… Lorsque mon frère se tourna vers lui pour réclamer son soutien, il dut comprendre finalement ce qui se passait. Après avoir longuement dévisagé mon boss, il fit de même pour moi, de manière si insistante que je finis par jouer nerveusement avec mes cheveux.

— P'pa va te botter le cul ! me prévint-il.

Ce à quoi je répondis brillamment :

— Euh…

— Quoi ? s'indigna-t-il. Tu comptes lui cacher que tu flirtes avec un vampire ?

— Pour être honnête, intervint Vayl, c'est plutôt l'inverse qui s'est produit.

— Nous sommes juste amis ! répliquai-je sur le ton d'une nonne surprise en plein flirt avec un rabbin du voisinage. (Pour parer au regard scandalisé de mon boss, je dressai mes deux mains devant moi.) D'accord : pas tout à fait amis, mais en même temps beaucoup plus que ça. Comme pour pas mal de choses dans ma vie ces derniers temps, je m'engage dans cette relation à reculons. Nous essayons d'être dans les meilleurs termes possible pour nous engager sur des bases solides. Alors – s'il vous plaît –, conclus-je en m'adressant à eux deux, Albert n'a pas à être mis au courant pour l'instant.

En fait, ma requête ressemblait davantage à une supplique.

Dave et Vayl se mirent à chuchoter entre eux et restèrent un long moment en grande conversation. C'était un truc de mecs, aussi n'avais-je aucune idée de ce dont il était question. De toute façon, mes nerfs étaient tendus à craquer, et ils auraient pu faire un raffut du diable que cela n'y aurait rien changé. Enfin, après avoir acquiescé tous deux d'un air entendu, ils reportèrent leur attention sur moi.

— C'est d'accord, déclara mon frère. Je ne dirai rien. Mais puisque je ne serai probablement pas là pour assister à la grande annonce, tu devras l'enregistrer pour moi.

— Comment veux-tu que…

Je m'interrompis en le voyant me sourire d'un air angélique. J'avais peur de comprendre où il voulait en venir. Ce qu'il réclamait, c'était une confession complète devant Cassandra afin que celle-ci puisse en garder à jamais la trace dans son *Enkyklios*. Cerise sur une tartine de merde, ce détail explosif allait être le plus dur à avaler de toute cette foutue histoire ! Je songeai à refuser, mais la perspective de déchaîner la fureur d'Albert plus tôt que nécessaire me donnait le frisson. Ce n'était pas qu'il me faisait encore peur, mais devoir passer une seconde de plus déprimée, furieuse et prête au parricide n'était pas pour m'enchanter.

— OK, capitulai-je finalement dans un soupir. Mais j'ai du mal à comprendre pourquoi il t'a fallu tant de temps pour…

— Hé, j'ai été occupé ! m'interrompit Dave. Je suis un ancien zombie devenu à moitié alcoolique, tu te rappelles ?

— Oh, ça…

— Mais je vais beaucoup mieux.

— J'ai remarqué, précisai-je en lui souriant.

— Venez donc voir ce que votre frère a préparé, suggéra Vayl en désignant la table de bibliothèque qui se trouvait entre eux.

— Vayl m'a aidé ! précisa modestement l'intéressé.

En les écoutant détailler leur mise au point de notre plan pour exécuter Samos, j'eus l'impression d'assister à un briefing d'état-major. La chose avait la beauté d'un tableau noir de stratège couvert de figures et de flèches. Seulement, Dave était allé plus loin encore. Il avait réussi à piquer la clé de l'une des vitrines où l'Alliance exposait ses colifichets et il en avait rapporté une pleine poignée de dents. Passé la réaction première de dégoût, celles-ci symbolisaient à la perfection les pierres tombales d'un cimetière. Mon frère les avait disposées sur la table d'après le croquis que nous avions relevé.

Tandis que je m'installais à table avec eux, Dave m'expliqua :

— Tu arriveras par le sud, à travers cette ligne de molaires. Ce qui fait que moi je m'installerai derrière cette prémolaire que tu vois là. Tu te rappelles ce point surélevé marqué par un ange aux ailes déployées ? C'est de celui-là que je veux parler.

— Où Vayl va-t-il…, commençai-je.

Mais le comportement étrange de Ziel vint m'interrompre. Il venait de trottiner jusqu'à la porte principale, au pied de laquelle il était en train de gratter.

— A-t-il besoin de sortir ? demanda Vayl.

Je jetai un coup d'œil à ma montre.

— Nous sommes rentrés à… quoi ? Onze heures moins le quart ? Soit il y a une heure. Et il a fait ses besoins à ce moment-là.

— Suffisamment pour nourrir une armée de bousiers pendant une semaine, précisa Dave. Il doit coûter une fortune en bouffe pour chien et en os à ronger.

Ziel s'obstinant à gratter la porte, j'allai le rejoindre. Mais aussitôt que je me fus accroupie à côté de lui, il bondit se réfugier dans la chambre. *Bon Dieu, qu'est-ce qui se passe ?*

La porte s'ouvrit d'un coup, m'envoyant valser contre le mur comme un de ces Sticky Toys [1] que les gamins achètent pour un dollar au supermarché. Je tendis le bras pour dégainer Chagrin, mais le choc m'avait étourdie et je me retrouvai à peloter l'un de mes seins. *Putain de merde !* Par un effort de volonté, j'ordonnai à mes doigts de se refermer sur la crosse et les vis m'obéir.

Dans l'intervalle, Vayl et Dave avaient bondi de leur siège. La main de mon frère s'était portée à son holster. Les pouvoirs de mon boss s'étaient réveillés, faisant se lever une brise glacée dans la pièce. Quant à moi, je me remis debout en titubant.

— Stop ! ordonna Blondie.

Ses cheveux étaient rejetés d'un seul côté, comme s'il était resté collé trop longtemps à un ventilateur hyperpuissant. Des taches de verdure maculaient son costard bleu pastel.

À côté de lui, alignés en un arc-de-cercle de montagnes de muscles, se trouvaient trois des hommes les plus impressionnants sur lesquels mes yeux se soient jamais posés. C'était pour cela que je ne les avais pas sentis arriver derrière la porte. Certes, je suis capable de sentir les êtres humains en proie à de fortes émotions, mais ces gars-là ne laissaient rien transparaître du tout, à l'exception peut-être d'une brume de stéroïdes qui leur ferait se demander tôt ou tard ce qui empêchait leurs mouflets d'effectuer les opérations les plus simples. On les aurait crus eux aussi sortis d'un bal costumé de charité sur le thème des

1. Petites figurines en plastique souple autocollant qui restent fixées au mur sur lequel on les jette. (*NdT*)

années soixante-dix : costumes de différentes teintes pastel, barbes de deux jours, lunettes noires à la cool sur le nez. Soit ils n'avaient pas noté qu'ils se trouvaient à présent à l'intérieur, soit leurs pupilles ne supportaient pas la lumière artificielle.

En plus de Blondie, nous avions à nous colleter avec un type à la calvitie naissante et à la mâchoire inférieure tellement en retrait que sa lèvre du bas demeurait perpétuellement dans l'ombre. Il se tenait à la gauche du blondinet, bloquant la sortie. À côté de lui, assouplissant ses doigts comme s'il s'apprêtait à sauter à la gorge de l'un de nous, se dressait un grand Black coiffé d'un rutilant iroquois qui me fit me demander quel type de gel il pouvait bien utiliser. Quant au dernier membre du trio, il devait avoir dépassé la limite d'âge pour ce genre d'emploi depuis au moins dix ans sans que personne ne juge utile de le lui signaler. En carrant ses énormes épaules dans sa veste couleur citron acidulé, il fronça les sourcils et me foudroya du regard, comme si je lui avais fait rater son rendez-vous quotidien avec sa dose de boisson énergisante et le dernier numéro de *Sports Illustrated*. Menton Fuyant et le Vétéran portaient à leur côté un Baikal IJ-70 muni d'un silencieux, histoire de nous faire savoir que la situation pouvait dégénérer mais qu'ils préféraient éviter ça.

Un tas de trucs me passèrent par la tête durant les cinq secondes de ce face-à-face au cours duquel nous nous jaugeâmes comme deux équipes adverses sur un terrain de foot. La plupart n'avaient ni queue ni tête. *Bon sang ! Je crois que j'ai oublié de payer ma facture d'eau.* Ou bien : *Ça serait trop con de crever avant d'avoir pu conduire une voiture de course à Indianapolis...* Ou encore : *Je suis contente de ne pas avoir envie d'aller faire pipi !* À la manière d'une tornade, tout cela déferla rapidement dans mon esprit autour d'un œil de calme absolu, qui, lui, enregistrait sereinement, efficacement, les faits essentiels, sans se laisser distraire par les vaches, les véhicules et les touristes emportés par la tourmente.

Ils sont venus reprendre le chien. Mais ils ne devraient même pas être au courant que Ziel est ici. Nous l'avons fait entrer par le tunnel d'Admes. Et nous avons pu vérifier grâce à nos Monises que tous les humains se trouvaient dans la cuisine quand nous l'avons amené ici. À moins qu'il en soit resté un ? Samos dispose-t-il d'un indicateur dans la place, que nous n'aurions pas encore rencontré ?

Je laissai lentement mes mains descendre contre mes flancs. Ainsi, quand il y aurait du grabuge, je pourrais saisir mon bolo dans ma poche droite. Sans compter que, grâce à une torsion de mon poignet gauche, il me serait possible de me servir de la dernière invention de Bergman.

Il s'agissait en fait d'une nouvelle version d'un ancien gadget qu'il n'avait jusqu'alors pas pris la peine de parfaire mais qui s'adaptait à la perfection à mes desseins. Donc, caché sous ma manche, se trouvait un lanceur de mini-roquettes. C'est du moins ce à quoi elles ressemblaient, même si leur système de propulsion ne dégageait aucune flamme, et même si leur créateur n'avait pas voulu me parler de la technologie qui leur permettait de voler. Il m'avait juste indiqué qu'il suffisait de regarder une cible pour qu'elles l'atteignent et s'enfouissent en elle. Une fois sous la peau, elles diffusaient dans le sang des centaines de robots microscopiques qui montaient droit au cerveau... pour y exploser.

Bergman m'avait également expliqué qu'il voulait au départ en faire un outil de destruction des tumeurs cancéreuses. Apparemment, cela requérait plus de finesse que ce dont ses micro-machines étaient capables. Il avait donc dû en faire des robots tueurs. Heureusement pour lui, la CIA adorait les robots tueurs...

—Qui vous a laissés entrer ? demandai-je. Au fait... c'est Samos qui vous oblige à vous déguiser en sucettes géantes, ou vous vous habillez comme ça à l'instinct ?

Ignorant la raillerie, Blondie préféra fanfaronner.

—Nous avons des gens à nous dans *toutes* les principales Alliances d'Europe. Bientôt, elles commenceront à tomber comme des dominos.

Il leva les yeux au plafond, s'imaginant peut-être que nous avions fourré le chien dans le vide sanitaire, et se mit à crier :

—Ziel ! Au pied !

Aucun bruit dans la chambre. J'imaginais le molosse, tapi dans la baignoire, en train de se demander s'il y avait moyen pour un costaud à quatre pattes doté d'une sacrée caboche et d'une volonté d'acier de barricader la porte.

—Amène-le-nous ! ordonna Blondie. Sans quoi, nous allons commencer à charcuter tes amis.

Il adressa un signe de tête à l'Iroquois, qui tira un couteau de chasse d'un étui pendu à sa ceinture en s'élançant pour attraper Dave.

Je n'eus même pas à regarder mon boss. Il y a certaines personnes dont on sait qu'on peut toujours compter sur elles : elles vous donneront le dernier morceau de brownie, et elles se porteront au secours des gens que vous aimez. Vayl en faisait partie.

En me précipitant au-devant de nos adversaires, je visai Blondie et balançai ma première roquette. Mon idée était de plonger dans la mêlée. Cela n'allait pas empêcher ces types de me battre comme plâtre, mais au moins il leur serait impossible de me tirer dessus sans risquer de se blesser les uns les autres.

Blondie plongea au sol. Ce faisant, il attira Menton Fuyant à lui pour en faire son bouclier humain. La beigne que je lui destinais l'atteignit à l'épaule, le faisant pivoter de quatre-vingt-dix degrés avant d'aller rebondir contre le mur.

J'envoyai un autre micro-missile sur le Vétéran, qui eut la présence d'esprit ou le cran de ne pas bouger et de me mettre en joue. La roquette l'atteignit à la poitrine, le déstabilisant suffisamment pour que sa balle aille se perdre quelque part au-dessus de ma tête. Il se redressa sur son séant et extirpa le projectile de son torse, à la manière d'un dur à cuire dans un film de cow-boys. Le trou dans sa chemise me permit d'apercevoir le gilet pare-balles qu'il portait dessous. *Merde !*

Dave avait réussi à désarmer l'Iroquois, dont le poignet droit formait un angle étrange. Manifestement, il allait s'écouler quelques semaines avant qu'il puisse s'en resservir correctement. Cela ne l'empêchait pas de se battre à mains nues avec mon frère. Et ce n'était pas joli à voir, contrairement à ces pseudo-castagnes auxquelles on assiste à la télé. Au milieu d'un flot de grognements, quelques coups bien choisis atteignaient leur but dans un bruit mat et éprouvant vous faisant comprendre que quelque chose, sous la peau, avait été soit brisé soit endommagé.

Vayl avait invité l'hiver dans la pièce, faisant gémir de douleur le gang de Samos. Leurs réflexes se trouvaient ralentis alors qu'ils devaient combattre deux adversaires à peu près insensibles aux pouvoirs des vampires. Pourtant, mon boss ne se mêla pas aux combats comme je m'y attendais. Au lieu de cela, je le vis disparaître dans la chambre.

Je n'eus pas le temps de me demander quel était son plan. L'esquisse floue d'un mouvement brusque, en périphérie de mon champ de vision, m'incita à plonger. J'entendis le bruit d'une lame qui tranchait une mèche de mes cheveux, puis Blondie enchaîna avec un coup de pied qui me cueillit au creux des reins et m'envoya valser contre le Vétéran. Bien qu'ayant l'impression que mon arrière-train avait été enfoncé, je parvins à contrer en saisissant au passage le bras armé du blondinet, que d'un geste sec je tordis et brisai. Dans un grognement de souffrance, il se plia en deux, et il gémit de plus belle lorsque mon genou percuta malencontreusement son menton.

Quand je parvins à me remettre debout, j'avais eu le temps d'attraper le bolo de mon arrière-grand-père et de charger un nouveau missile. Je pus ainsi bloquer la lame de Blondie avec la mienne, transformant une potentielle blessure grave en estafilade mineure sur le haut du bras. Dans le même temps, je visai Menton Fuyant pour lui expédier une roquette alors qu'il se relevait à peine. Celle-ci se déclencha à l'instant où Blondie m'atteignait d'un coup de poing à l'omoplate. Sur le point de suffoquer, je tombai en avant. Le missile propulsé au hasard alla se loger dans le plafond où il libéra ses robots qui s'enfoncèrent dans le plâtre, provoquant à sa surface un frémissement – mais toujours aucune explosion.

Si j'avais eu une seconde à gaspiller, je l'aurais utilisée à maudire Bergman et ses satanés prototypes.

Je me remis debout, méditant une attaque susceptible de laisser Blondie au pire estropié, au mieux refroidi pour le compte. C'est alors que je sentis le cercle de métal froid d'un canon de revolver se poser contre ma tempe.

Chapitre 23

— Lève-toi tout doucement! m'ordonna le Vétéran J'aurais été incapable de le faire autrement, si je l'avais voulu. En fait, les coups portés par Blondie au creux de mes reins et dans mes poumons me faisaient regretter qu'une vieille dame ne puisse passer par là avec son déambulateur pour me le prêter un peu. J'envisageai un instant de prendre appui sur le mur pour me relever, mais cela leur aurait fait trop plaisir. Aussi laissai-je mon esprit crier au fond de mon crâne – *ouïe-ouïe-ouïe-ouïe-ouïe!* – pendant que je me redressais laborieusement, d'abord sur mes genoux, ensuite sur mes pieds.

Je pris conscience alors que Menton Fuyant tenait Dave en respect également.

— Prends un siège, ajouta le Vétéran en pointant avec son flingue un des fauteuils en osier de la fontaine.

Son autre bras pendait contre lui, inutilisable.

Menton Fuyant fit faire un moulinet au canon de son arme pour inviter Dave à m'imiter. Lui et moi, on se mit en route.

Combien de pas eus-je le temps de faire? Assez pour me donner l'illusion que je pourrais atteindre le fauteuil sans me faire tuer. Je n'en fus que plus surprise par la violente douleur qui soudain me poignarda le dos. Vivement, je fis volte-face, réprimant un cri en comprenant que j'avais été blessée. Le sang gicla, aspergeant la fontaine et les coussins des fauteuils dans mon dos. Blondie se tenait devant moi, brandissant sa dague rougie par mon sang, un grand sourire lubrique aux lèvres.

Une pensée sauvage me traversa l'esprit. *Tu n'auras même pas droit à une balle : je vais te faire bouffer tes dents !* Encadrée comme je l'étais par le Vétéran à ma gauche et Menton Fuyant à ma droite, celui-ci pointant son arme contre ma poitrine, je n'allais pourtant pas pouvoir m'offrir une longue et jouissive vengeance. Mais je pensais avoir au moins le temps d'effacer du visage de Blondie sa répugnante mine réjouie avant de mourir.

L'Iroquois me battit à ce petit jeu-là. Debout près de la porte, d'où il observait la scène en tenant son poignet blessé dans sa main valide, il cria :

— Ce sont des guerriers valeureux ! Ils ont droit à une mort honorable !

— Qui es-tu pour en décider ? aboya Blondie. C'est moi, le chef opérationnel de Samos !

— Plus quand il apprendra que tu as perdu son chien.

Blondie tressaillit. À voir ses yeux s'agrandir sous l'effet de la terreur, je me demandai quel genre de punition le Rapace pouvait réserver à un sous-fifre qui avait merdé autant que lui.

— En fait, poursuivit l'Iroquois, je pense que le seul moyen pour toi d'échapper à la torture lente qui t'attend serait de mourir au cours de l'opération lancée pour récupérer Ziel. Ce qui, naturellement, laisserait Samos libre de se choisir un nouveau bras droit…

Il fit un signe de tête à Menton Fuyant et au Vétéran, qui tirèrent sur Blondie chacun une balle. « Blam ! Blam ! »

Même munis de silencieux, les deux flingues déchargeant simultanément provoquèrent un bruit sourd mais retentissant qui se répercuta dans la pièce.

La violence de l'impact, comparable à celui de deux masses lui fracassant le crâne, fit bondir le corps de Blondie en arrière. Il mourut avant même de retomber au sol, une légère expression de surprise sur le visage. Une flaque de sang s'amassa rapidement sous lui, emplissant les rainures du plancher d'un filet qui courut vers mes bottes, comme pour me présenter des excuses tardives.

Le Vétéran se tourna vers l'Iroquois pour lui parler, mais avant d'avoir pu prononcer un mot, il fut interrompu par un chant rauque, tonitruant et parfaitement faux. La voix était celle d'un homme manifestement ivre qui chantait à tue-tête et s'approchait dans le couloir de seconde en seconde.

— Chouette ! Quelle nuit de bringue, les filles ! Chérie, y a aucun doute là d'sus. Hé ! (La porte venait de s'ouvrir et la tête de Tarasios, hilare, apparut dans l'entrebâillement pour se poser quasiment sur l'épaule de l'Iroquois.) Ça alors ! reprit-il de sa voix avinée. Mais ce sont les tueurs de cafards… Hé, les gars ! Vous les avez trouvés ? (Son regard lentement s'abaissa jusqu'au sol.) Oh ! Regardez ! Un macchabée…

Tarasios réussit à écarter l'Iroquois grâce à un trébuchement de poivrot, combiné à un renvoi qui devait sentir l'ouzo de la bouteille qu'il tenait à la main. En se laissant chuter lourdement sur le sol, il s'affala sur le corps de Blondie.

— Je sais ce que tu dois ressentir, mon pote ! assura-t-il. Moi aussi je… (Il dut faire une pause pour cause de rot retentissant.) Je ne me sens pas très bien. L'amour, ça pue. Tu savais ça ? (Tarasios hocha la tête d'un air de vieux sage.) Laisse-moi te dire que ça pue comme… (Il s'interrompit une nouvelle fois pour y réfléchir, renifla ses propres aisselles et hocha la tête.) Ouais, conclut-il. Un peu comme moi. (Il redressa le menton et laissa ses yeux courir sur nous.) Comment ça va ? s'enquit-il. Le séjour au *Heartbreak Hotel* vous convient ? (Il se lança soudain dans une étonnante imitation d'Elvis.) « It's down at the end of Lonely Street at Heartbreak Hotel. »

Menton Fuyant et le Vétéran se regardèrent, haussèrent les épaules et pointèrent leurs flingues sur Tarasios.

— Plus un geste !

Je m'exécutai, comme tous les autres, principalement sous l'effet de la surprise. L'ordre émanait du vampire oublié dans le feu de l'action qui se tenait à présent au seuil de la chambre. Les cheveux en pétard, les pans de sa chemise sortis de son pantalon, les joues balafrées de griffes sanglantes, il tenait le molosse sous son bras gauche. La tête flageolante, Ziel se léchait la truffe toutes les trois secondes. Sans doute avait-il dû prendre un coup sur le museau au cours de la lutte qu'il avait menée pour ne pas se laisser attraper par le type qui le traitait à présent comme un gamin récalcitrant.

— Je vais vous dire ce que nous allons faire, annonça Vayl. (L'un après l'autre, il dévisagea les hommes de Samos. Sa voix avait la dureté inflexible du béton.) Vous allez tous sortir de cette pièce et quitter cette maison. Je vais compter jusqu'à trois, après quoi, si vous n'avez pas disparu, j'écrabouillerai cet animal comme une boîte de bière vide.

Le visage de Menton Fuyant s'empourpra violemment. Je sentis l'excitation me gagner. Peut-être était-ce le signe que les robots de Bergman étaient enfin à l'œuvre? Espoir vite déçu... Ce qui faisait boum à cette minute dans le cerveau de l'homme de main ne devait rien à la technologie de mon petit génie de partenaire.

— Un, compta Vayl.

Le Vétéran haussa les sourcils et s'adressa à l'Iroquois.

— J'ai déjà vu des types bluffer. Ce n'est pas son cas.

Il se trompait, mais j'étais la seule à connaître suffisamment mon boss pour savoir qu'il ne mettrait pas sa menace à exécution.

— Deux!

L'Iroquois fit un signe de tête à ses deux acolytes.

— OK! lança-t-il de mauvaise grâce. Nous partons.

— Vous partez *tous*! insista Vayl.

Au passage, ils saisirent le cadavre de Blondie par les jambes et par les épaules, ce qui les obligea à rengainer leurs armes. Dès l'instant où je vis ces Baikals regagner leur holster, je dégainai mon propre flingue. Je n'avais pas l'intention de tirer. Nous étions arrivés à une impasse, je le comprenais parfaitement, tout comme l'Iroquois, qui avait tiré un Glock 37 de son dos dès l'instant où Vayl avait abattu ses cartes.

— Quand récupérerons-nous le chien? demanda-t-il.

— Nous avons votre numéro, répondis-je. Nous vous appellerons au crépuscule pour vous le faire savoir.

L'Iroquois aurait bien voulu s'attarder un peu, négocier davantage, mais des cris venus du niveau inférieur lui firent comprendre qu'il n'en était plus temps.

— Au crépuscule ! répéta-t-il fermement, s'efforçant d'en faire un ordre.

Sur ce, lui et ses hommes s'éclipsèrent promptement. Je courus à la porte mais, lorsque j'y parvins, je ne vis dans le couloir qu'un lustre doré empoussiéré et un tableau encadré représentant un groupe de chrétiens dévorés par les lions.

Je me retournai pour complimenter Vayl de sa présence d'esprit, mais je me retrouvai nez à nez avec Dave.

— Ta blessure au dos..., dit-il. Il me semble qu'elle est plus spectaculaire que grave. (En grimaçant, il porta les doigts à sa mâchoire où ses propres bobos se rappelaient à lui.) Tu n'auras probablement même pas besoin...

Je n'entendis pas la suite. Un visage – *le* visage – venait d'émerger de la mare de sang laissée sur le sol par Blondie. Je sus qu'il ne se manifestait pas qu'à mes yeux, car Ziel joua des oreilles, regarda fixement l'apparition et décida qu'il préférait enfouir son museau dans l'encolure de Vayl.

Tandis que mon *sverhamin* tentait d'échapper au chien, la face sanglante cligna une ou deux fois des paupières, roula des yeux pour se repérer, puis s'éleva dans les airs.

— Voilà qui est nouveau, murmurai-je.

— Qu'est-ce que tu dis ? s'étonna Dave.

— Je dis que c'est nouveau pour moi. De ne pas avoir besoin de points de suture.

— Et de ne pas être morte, ajouta-t-il.

Je levai les yeux sur lui. En étions-nous revenus aux blagues douteuses ? Déjà ? Je reportai mon attention sur le visage qui planait au-dessus du sol tel un grand masque rouge. *Nan. Je ne suis pas encore prête à rigoler. En fait, j'aurais même plutôt envie de hurler.*

Parce que le visage regardait dans ma direction, et qu'une fois de plus, il paraissait horriblement heureux de me voir.

Dave dit quelque chose à propos de son kit de secours qu'il avait dû laisser dans la chambre en se changeant. En le regardant aller le chercher, je regrettai qu'il n'eût pas la possibilité de passer un peu de pommade antiseptique sur mon cerveau dérangé et de l'entourer d'une bande. Vayl paraissait accaparé par Ziel. Depuis qu'il avait été reposé sur le sol, l'animal était déchaîné et réclamait d'incessantes louanges pour sa patience, ainsi que des excuses en bonne et due forme pour le traitement indigne qui lui avait été infligé. Tarasios, toujours assis à l'endroit où il s'était effondré, contemplait avec fascination les traces laissées par les micro-robots au plafond. Je décidai donc que le moment n'était pas plus mal choisi qu'un autre pour me confronter à ma vision.

— Qu'est-ce que tu veux encore ! lançai-je tout bas.

— Elle en aura bientôt fini avec moi.

— Qui ça ?

— La Destructrice.

— Le jeu des énigmes, ça commence à bien faire. Qui est-elle ?

— Tu dois l'arrêter ! Avant qu'elle me tue !

— Parce que tu es vivant ?

Une expression de stupeur brouilla les traits de l'apparition, si intense que l'espace d'un instant elle ne fut plus qu'une tache indistincte. Quand je pus de nouveau distinguer quelque chose, elle battit des paupières en me regardant avec un tel désespoir que je sentis ma compassion s'éveiller pour elle.

— Il semble qu'en ce qui me concerne, la réponse ne soit pas simple…, constata-t-elle. Mais toi et ton *sverhamin*, vous avez un rôle essentiel à jouer. Vous seuls pouvez sauver l'Alliance.

— L'Alliance ? répétai-je dans un murmure. Ou toi ?

— Nous sommes interchangeables.

— Pourquoi ?

— Parce que… (Le visage, comme saisi par le découragement, s'affaissa.) Je n'arrive pas à m'en souvenir.

Tarasios recommença à chanter. Cette fois, il avait laissé tomber Elvis pour Ed Cobb : *Tainted Love.*

— Ça y est, j'y suis ! (L'apparition haussa triomphalement les sourcils. Elle se mit à crier si fort que je dus plaquer ma main contre mon front.) C'est sa conception tordue de l'amour qui m'a mené là où j'en suis. Tu dois desserrer l'étau. Tu dois me sauver. Sauve-moi et tu sauveras ton *sverhamin*.

— Mais… tu viens de prétendre à l'instant que mon *sverhamin* devait sauver l'Alliance…

— Nous sommes tous Un.

— Vous êtes tous dingues, voilà ce que vous êtes !

Mais je n'étais pas sûre de ne pas être concernée aussi.

— C'est *elle* que tu dois tuer, insista-t-il. La Destructrice. Tue-la !

— Qui ça, « elle » ?

— Son nom m'échappe… La… la *Deyrar*.

Ah oui… *elle*.

Je m'éclaircis la voix pour lui répondre.

— Mec, tu as tapé à la mauvaise porte. Je suis juste là pour Samos. Et voilà tout.

Son soupir s'éteignit dans un sanglot.

— Dans ce cas, gémit-il, tout est vraiment perdu.

Chapitre 24

Cela aurait été chouette de pouvoir passer le reste de la journée étendue sur le ventre à récupérer – et à dormir. En rêvant d'un monde débarrassé d'une certaine *Deyrar* que tout le monde voulait voir morte, à commencer par moi. Dans cette réalité-là, Vayl et moi n'aurions jamais capitulé au premier baiser. Le frôlement d'une main aurait inévitablement mené à une nuit de caresses. Ouais… J'aurais bien voulu pouvoir passer les neuf heures suivantes à Fantasyland.

Mais Dave ne l'aurait jamais permis. En recousant la blessure dans mon dos, il murmura :

— Tarasios doit connaître un moyen de tirer Vayl de ce guêpier.

De là où je me trouvais, à califourchon sur une des chaises de bibliothèque, je jetai un coup d'œil à l'intéressé, qui était tombé dans les vapes à côté de la flaque de sang.

— Ce type a le Q.I. d'un épis de maïs, constatai-je. Je doute qu'il comprenne pourquoi Disa doit aller faire dodo quand le soleil se lève. Comment veux-tu qu'il sache comment briser le Lien d'attache ?

— Il a quand même pu remarquer quelque chose, s'obstina Dave. Ils s'entendaient plutôt bien, tous les deux, la dernière fois que je les ai vus ensemble. Et maintenant, voilà qu'il vire au poivrot… (Mon frère fit une pause et contourna la chaise pour me faire face.) Rassure-moi, reprit-il. Dis-moi que je n'ai jamais été dans le même état que lui…

J'observai un instant encore l'ex-mignon de Disa avant de lui répondre :

— Je n'en sais rien. Dans quel état étais-tu quand tu as boxé ces officiers ?

Je levai les yeux sur lui en m'efforçant de ne laisser transparaître sur mon visage aucune curiosité excessive.

Le sien devint soudain très pâle. Le temps d'une seconde, je crus qu'il allait tourner de l'œil. L'instant d'après son nez se plissa, suivi de près par sa lèvre supérieure. Qui aurait suivi sa carrière sportive du lycée à l'université aurait reconnu cette grimace. C'était celle qui lui avait permis de gagner plus de matchs de foot, de combats de lutte et de meetings sportifs qu'aucune des autres qu'il avait en stock.

— J'en ai marre d'être ce type-là, dit-il d'une voix grondante.

— Tant mieux ! répliquai-je. Parce que je ne pense pas qu'il serait aussi doué que toi pour tirer les vers du nez à Tarasios.

Dave acquiesça d'un brusque signe de tête semblable à un salut militaire.

— Dès qu'il aura refait surface, dit-il, je vais devenir son meilleur pote. On verra bien ce que cela donnera. Pendant ce temps, vous pourriez aller visiter les appartements de Hamon, Vayl et toi. Rappelle-toi qu'il avait une idée pour y pénétrer. Il nous faut savoir qui est la fameuse Octavia et pourquoi Disa pense qu'elle a besoin d'être nourrie.

— Et le chien ? m'enquis-je.

Ziel s'était enfin calmé sous les caresses et les murmures attentionnés de Vayl. Après l'avoir reniflé une ou deux fois encore, il alla flairer la flaque de sang et l'homme évanoui à côté.

— Je m'en occupe, répondit Dave. Nous avons toujours en réserve ce steak que nous avons piqué à la cuisine en rentrant. Je lui en donnerai un peu. Il a l'air d'avoir besoin d'un en-cas.

Je me retrouvai à cours d'excuses pour ne pas y aller. Ce qui me fit m'interroger sur ma motivation pour en imaginer d'autres. Les petits secrets de Hamon m'inquiétaient donc à ce point ?

Ou était-ce l'idée de me retrouver seule avec un vampire avec qui j'ignorais totalement comment faire ami-ami ?

— Qu'en dites-vous, Vayl ? lui lançai-je. Partant pour une petite visite avec effraction ?

Une fossette se creusa sur sa joue. C'était un bon début.

La porte de Hamon Eryx s'ouvrait à l'extrémité d'un large corridor flanqué de six cubes en verre contenant chacun un objet.

— Qu'est-ce que c'est ? demandai-je à Vayl tandis que nous passions devant un gant noir, une chaussure de cuir marron, un chapeau en feutre brun clair, un pendant d'oreille suspendu dans le vide, une paire de lunettes de soleil à verres circulaires et un corset de dentelle blanche.

— Ces objets ont appartenu aux précédents *Deyrars*, répondit-il.

— Vous ne donnez pas dans le portrait présidentiel, vous autres ?

Vayl haussa les sourcils, juste assez pour me signifier qu'il avait compris ma touche d'humour, puis leva la tête pour observer les caméras installées dans le secteur. Il lui suffit d'un léger plissement de paupières pour me faire comprendre ce qu'il attendait de moi. Je tendis le bras pour dégainer mon flingue.

— *Pas assez subtil*, protesta-t-il en articulant silencieusement ces mots.

— *Rabat-joie…*, répliquai-je de la même manière.

Je me munis donc plutôt de mon portable. Bergman avait programmé les Monises pour qu'ils obéissent à de simples commandes transmises depuis nos téléphones cellulaires. L'une d'elles permettait de désactiver la vidéosurveillance dans un rayon de six mètres. On ne peut pas savoir à quel moment on aura besoin d'un peu d'intimité, mais quand on travaille pour la CIA, on est à peu près sûr que cela arrivera tôt ou tard.

— Cole m'a envoyé des textos, dis-je en saisissant le code nécessaire sur mon clavier. Ce chapeau me rappelle l'un d'eux.

Je tournai l'écran pour que Vayl puisse le voir. Il le regarda en hochant la tête avec intérêt jusqu'à ce que s'y affiche le message que nous attendions : « Flux de vidéosurveillance désactivé ».

Pendant que je rangeais mon portable, mon boss passa la main sur l'un des cubes en verre et me demanda :

— Pouvez-vous sentir leur puissance ?

— Non.

— Comme je m'en doutais, le verre est là pour servir autant au confinement qu'à la protection. (Il examina les vitrines de plus près.) Aucune serrure apparente, commenta-t-il.

Il laissa s'abattre son poing fermé au sommet d'une vitrine, qui trembla sur ses bases sans se briser.

— Waouh ! m'exclamai-je. Ce truc est à l'abri des vampires ? Je suis épatée…

Les lèvres de Vayl se retroussèrent un peu plus aux commissures.

— Attendez d'avoir vu ça, dit-il.

Après avoir placé ses mains de chaque côté d'un des cubes, il fit monter ses pouvoirs en puissance de manière si brutale que j'en perçus moi-même les effets. Une brume se forma à l'intérieur, qui se condensa bientôt en cristaux de glace. Et soudain, sans prévenir, le fond céda. D'un geste réflexe, je parvins à le rattraper avant qu'il ne se brise à terre.

— Seigneur ! protestai-je. Vous auriez pu me prévenir !

Vayl haussa les épaules et avoua :

— Je pensais qu'il s'ouvrirait par le haut. (Il me regarda m'emparer du gant noir.) Passez-le à votre main, ordonna-t-il. Il a manifestement appartenu à une femme.

Je n'en avais pas très envie. Tirée de son enceinte de confinement, la relique pulsait comme un cœur battant. Elle ressemblait à quelque chose de vivant qui n'avait rien à faire contre ma peau. Mais mon boss m'en avait donné l'ordre, aussi lui obéis-je, faisant glisser la soie noire sur ma paume qui fut prise à son contact de fourmillements.

Le gant était trop grand et le bout de mes doigts n'arrivait qu'à un centimètre du fond.

Vayl recommença son petit numéro sur chacune des cinq autres vitrines. Quand il eut terminé, la chaussure se retrouva à son pied, les lunettes sur son nez, et le feutre sur son crâne, ce qui lui donnait un petit air de Johnny Depp déguisé en gangster pour sa prochaine superproduction.

En plus du gant, j'arborais quant à moi le pendant d'oreille et le corset que mon boss noua par-dessus mon sweater.

— Vous êtes à couper le souffle, là-dedans..., murmura-t-il en se reculant pour admirer son œuvre.

Je baissai les yeux et rectifiai :

— Vous voulez dire que ce sont mes nénés qui vous coupent le souffle.

Pour être honnête, j'étais obligée d'être d'accord avec lui. Je n'aurais jamais imaginé qu'on puisse faire tant avec si peu... Pourtant – sapristi ! –, quelqu'un s'était penché sur la question et y avait apporté une réponse tout à fait spectaculaire.

Quand je redressai la tête, ce fut pour me retrouver sous le feu de deux yeux verts étincelants, identiques joyaux dans un visage aux traits tendus par le désir.

— Jasmine.

Sa façon de prononcer mon nom – quelque chose comme : Yaz-meeena – me fit frissonner. Je fis courir ma langue sur mes lèvres, attirant aussitôt son regard.

— Nous... euh... n'avions-nous pas un plan ? balbutiai-je. Vous savez... pour que vous puissiez laisser le passé reposer en paix et que nous puissions devenir amis parce que je suis nulle pour ça ?

— Est-ce qu'il arrive aux amis de s'embrasser ?

— Mmmm…

Il prit cela pour un « oui ». L'instant d'après, il me serrait contre lui et mes mains s'agrippaient à ses épaules.

— Juste un, murmura-t-il. (J'eus l'impression qu'il s'adressait davantage à lui-même qu'à moi.) Juste un petit avant-goût pour m'aider à survivre à cette interminable journée.

Sur ce, ses lèvres descendirent lentement au contact des miennes.

Un peu plus tard, je l'entendis susurrer :

— Comment se fait-il que vos baisers me nourrissent ?

— J'sais pas…

J'étais certaine, à cette minute, d'être incapable d'une réponse plus intelligente que celle-là. Il faut dire qu'à ce stade, j'avais oublié comment on fait pour respirer, d'où sans doute quelques lésions au cerveau.

Vayl, lui, inspira profondément, mais pas parce qu'il en avait besoin : peut-être pour s'éclaircir les idées.

— J'ai habituellement une meilleure maîtrise de mes pulsions, dit-il. Peut-être est-ce à cause de la puissance magique des reliques, combinée à l'influence de Disa. Ou au fait de savoir que le soleil brille derrière ces murs. Quoi qu'il en soit, je tiens à ce que nous nous donnions plus de temps. Et je m'y tiendrai !

Les lèvres pincées sous l'effet du remords, il laissa retomber ses bras contre lui.

— Il ne faut pas vous en vouloir comme ça pour un baiser volé de temps à autre, assurai-je. Je ne l'ai pas consulté dernièrement, mais je suis sûre que le protocole « soyons bons amis pour devenir meilleurs amants » autorise quelques entorses dans certaines conditions. Comme celles que nous connaissons ici, par exemple.

Sans compter que, s'il en restait là, j'allais probablement avoir quelque réaction vraiment déplacée. Plusieurs possibilités me traversèrent immédiatement l'esprit, ma préférée consistant à partir en safari en Afrique pour tuer tous les braconniers qu'il me serait possible de repérer, et manger ensuite un gros gâteau au chocolat en buvant du café arrosé de brandy et en regardant tous les films avec Jason Bourne [1] jamais tournés.

Vayl souriait à présent franchement.

— Vous aimez donc que je vous embrasse ? s'étonna-t-il.

— J'ai le souffle court, non ?

— Mais vous êtes d'accord avec moi pour que nous prenions le temps de mieux nous connaître ?

— Professionnellement parlant, nous avons une connaissance plutôt approfondie l'un de l'autre. Mais il est vrai que, sur le plan personnel… il doit subsister quelques (*énormes !*) lacunes entre nous.

— Que nous n'avons jamais le temps de combler. (Il détourna les yeux pour observer la porte de Hamon, doublée par une grille en fer.) Par exemple, poursuivit-il, nous venons de perdre de précieuses minutes qui auraient pu nous permettre de pénétrer là-dedans. Quelqu'un pourrait surgir à tout instant et ruiner notre plan.

---

1. Héros d'une série de Robert Ludlum et Eric Van Lustbader interprété au cinéma par Matt Damon. (*NdT*)

— Ouais. Encore que, selon mon Monise, les gardiens humains sont tous agglutinés près des chambres de leurs maîtres. Peut-être parce que Disa nous a tellement foutu en rogne qu'elle redoute que nous venions lui régler son compte pendant son sommeil. (Je fis une pause pour permettre à mon imagination quelques réjouissants vagabondages.) Mais vous avez raison, conclus-je. Entrons si nous le pouvons. Je pense qu'il nous faudra nous contenter de moments volés jusqu'à ce que…

— Jusqu'à ce que vous acceptiez de venir visiter mes mines d'or en ma compagnie, m'interrompit-il.

Il s'était détourné de moi, aussi ne vit-il pas que j'en restais bouche bée. Mais peut-être dut-il le sentir, car il émit un petit rire satisfait.

— Non, je n'ai pas oublié votre promesse, ajouta-t-il. Et je sais que vous serez bientôt en vacances. Pour au moins un mois… (Par-dessus son épaule, ce rusé et brillant vampire me lança un regard entendu.) Si nous parvenons à éliminer Samos, conclut-il, peut-être qu'alors…

— Sait-on jamais…

Je m'étais efforcée de paraître enjouée, et je n'étais parvenue qu'à ressembler à une nerveuse petite oie blanche. *Purée, Jaz ! Relax… Tu n'as pas à pondre un œuf chaque fois que se profile une opportunité en or avec lui.*

Vayl marcha jusqu'à la porte et me fit signe de venir me placer devant lui. Quand ce fut fait, il m'attira tout contre son corps en plaçant son bras chaud autour de ma taille.

— Placez votre main sur votre cœur, m'ordonna-t-il. Et tirez vos cheveux en arrière afin que le pendant d'oreille soit visible. (Je fis ce qu'il me demandait, notant au passage qu'il avait placé son pied gauche à côté du mien, afin qu'il soit visible de celui qui – ou de ce qui – nous observait.) Je vais vous murmurer quelques mots à l'oreille, reprit-il. Ensuite, nous devrons les répéter ensemble.

— De quoi s'agit-il ?

— Vous m'avez expliqué qu'à la mort de Hamon, Camelie a récité le Chant de McNaight lors de la veillée funèbre.

— C'est ce que Blas m'a raconté.

— C'était le poème favori de Hamon. Il le citait souvent. Je suis sûre que Disa a dû chercher à l'utiliser pour pénétrer chez lui. Mais elle n'a pas dû penser aux reliques. Je crois qu'elles ont un rôle à jouer parce qu'elles sont destinées pour moitié à être portées par un homme et pour l'autre par une femme. Vous êtes prête ?

— Oui.

Il murmura le premier vers à mon oreille, et ensemble nous répétâmes :

« Âmes distinctes, nous nous rejoignîmes dans la clairière baignée de lune. »

Ensuite, en respectant les pauses nécessaires pour que Vayl me souffle mon texte, nos voix récitèrent jusqu'au bout :

« Et si nos yeux se mêlèrent, ils n'en sont que plus bleus.

Jamais nous n'aurions dû nous attarder, pour un soupir, pour un baiser,

Car mêlés à présent nous ne pouvons nous fondre, ni par le cœur, ni par l'esprit, ah !

Ces corps ne servent qu'à museler notre amour,

Nous deux,

Nous, ultime duo.
Au finale, nous chantons seuls,
Nos voix brisées par le destin. »

La grille protégeant la porte se mit à pleurer. Du moins, c'est ce qu'il nous sembla. Au cours des quelques secondes qui suivirent, de grosses gouttes d'une matière noirâtre glissèrent comme des larmes sur les barreaux. Finalement, un déclic se fit entendre.

— Je pense que ce foutu poème a marché, murmurai-je.

— Vous ne l'aimez pas ?

— Bon sang ! Non…

— Pourquoi ?

Je tournai la tête vers lui en roulant des yeux effarés. Derrière les lunettes noires, il ne m'était pas possible de voir les siens.

— Vous le savez bien, répondis-je. « Au finale, nous chantons seuls. » Cette vaste blague ! Quand on a aimé pour de bon, on n'est plus jamais seul. Solitaire, peut-être. (Je glissai la main dans ma poche gauche pour serrer tendrement l'alliance de Matt entre mes doigts.) Solitaire, conclus-je, mais jamais vraiment seul.

— J'aime cette idée…, approuva-t-il, la tête penchée sur le côté. (D'un signe de tête, il désigna la porte.) On y va ?

Je tirai à moi la grille qui vint sans difficulté. Derrière se trouvait la porte digne d'un *Deyrar* telle qu'on se l'imagine : touchant le plafond et tout en chêne, avec un bas-relief représentant une hydre. Un simple tour de poignée nous donna accès à une chambre somptueuse qui ne semblait pas, contrairement au reste de la villa, avoir succombé aux attaques de la décrépitude ou de la moisissure. Hamon avait choisi un papier peint à bandes verticales bleues sur fond blanc qui me donnait l'impression de me trouver sous un chapiteau de cirque. Des plinthes blanches ouvragées couraient à la jonction avec le sol et le plafond. Un lit en fer forgé très ouvragé, au matelas épais, était adossé à un premier mur ; une armoire et une bergère tapissée de cuir marron occupaient un deuxième ; sur le troisième, un miroir en pied flanqué d'étagères accueillant des bustes d'Einstein et de Newton.

— Juste une chambre ? m'étonnai-je. Cela ne colle pas avec le statut de leader d'une Alliance aussi prestigieuse que celle-ci. Du moins, jusqu'à présent.

— Oui, reconnut Vayl. C'est trompeur. Mais n'oubliez pas que chacun ici garde une pièce secrète où cacher son lieu de repos. Je suis sûr qu'en examinant bien ces murs, nous finirons par trouver l'entrée d'une cache.

— Du genre de celle de Blas ?

— Précisément. Ou plus exactement, du genre de celle connue sous le nom de « Réserve ».

Tandis que nous commencions à fureter le long de deux murs opposés, je fis de mon mieux pour me convaincre que les dispositions prises par mon boss pour assurer sa sécurité lorsqu'il vivait dans cette villa ne me regardaient en rien, mais je finis par conclure que c'était exactement le genre de question qu'un ami pourrait poser.

— Euh… Vayl ?

— Oui.

— Aviez-vous… euh… une tombe – je veux dire un genre de cercueil caché dans une pièce dérobée, quand vous viviez ici ?

S'ensuivit un long silence. Mentalement, je comptai jusqu'à dix. Je m'étais résignée à ne pas voir ma curiosité satisfaite quand je l'entendis répondre enfin :

— Non. Je n'ai jamais pu supporter… la sensation… l'idée que…

— Je comprends, assurai-je en volant à son secours. Quand j'étais petite, l'une de mes plus grandes peurs était d'être enterrée vivante. Je ne sais même pas où j'étais allée pêcher cette crainte. Une émission de télé, probablement, à propos de cercueils retrouvés lacérés de l'intérieur et de gens tombés dans des comas si profonds que la médecine les tenait pour morts.

Vayl soupira longuement.

— Oui, dit-il. Je vois que vous me comprenez. Mais dans mon cas, ce n'était pas qu'une crainte. Le risque était réel qu'un ennemi puisse découvrir ma crypte et la condamner pendant mon sommeil.

— Vous aviez beaucoup d'ennemis ?

— Quelques-uns. (Une autre longue pause.) Je vous ai déjà raconté pour quelle raison j'ai si peur des serpents ?

— Non.

Mais il ne m'avait pas caché qu'il en avait une trouille bleue. Au point que j'avais dû le débarrasser de l'un d'eux au cours d'une de nos précédentes missions.

— Quand j'étais enfant, raconta-t-il, alors que nous voyagions d'un campement à un autre, il nous fallut traverser une rivière. Mon chien avait effectué tout le voyage dans la roulotte, mais il adorait l'eau, et dès qu'il l'a pu il a plongé. Au milieu du gué, à peu près, il s'est mis à japper et à se tortiller, comme s'il s'était retrouvé coincé dans une branche immergée. J'ai crié à mon père de lui venir en aide, mais quand il l'a tiré de l'eau en l'attrapant par la peau du cou, nous nous sommes aperçus que des dizaines de serpents d'eau se tortillaient, accrochés à son ventre.

— Oh, mon Dieu !

— Mon père l'a immédiatement rejeté à l'eau. C'est un miracle que ni lui ni le cheval n'aient été mordus. Aujourd'hui encore, cette vision continue à me hanter.

— Difficile de se débarrasser des traumatismes de l'enfance, pas vrai ? C'est un passé qui ne veut pas passer.

— Certains souvenirs ne s'effacent jamais, c'est vrai. Mais d'autres que je souhaiterais retrouver s'obstinent à m'échapper, même si je les ai vécus à l'époque avec tout autant d'intensité. (Alors que je commençais à explorer le mur suivant, je relevai la tête et le vis secouer la sienne d'un air pensif.) Mais tout cela c'est du passé, conclut-il. Comme vous le dites.

— Hé ! Je pense que j'ai trouvé !

J'étais parvenue devant le miroir. Le cadre en étain qui l'entourait comportait de nombreuses ornementations compliquées, mais les traverses du haut et du bas consistaient en de simples plaques de métal lisses gravées de quelques mots en langue vampire.

— Qu'est-ce que ça dit ? demandai-je à Vayl qui m'avait rejointe.

— C'est une citation très connue d'un des premiers membres de notre Conseil, Sereth, qui a dû disparaître il y a un siècle environ. « La réalité n'est qu'un reflet de la manipulation que l'humanité exerce sur elle. »

Nous commençâmes à palper le cadre sur tout son pourtour, à presser les parties saillantes, à tenter de le pencher dans un sens ou dans l'autre.

— Ce doit pourtant être là…, s'énerva Vayl, les poings posés sur les hanches, en passant le reste de la pièce au crible.

— Attendez une seconde ! lançai-je en poursuivant mes efforts. Ce mot : « manipulation ». Il est écrit dans une autre fonte… Vous voyez ?

— Oui ! Vous avez raison !

Vayl appuya de l'index sur le mot que je lui avais désigné, qui s'enfonça dans la surface de métal. Un instant plus tard, dans un bruit de vérins hydrauliques, le miroir et les deux génies idolâtrés par Eryx pivotèrent dans l'épaisseur du mur.

Après avoir échangé avec moi un sourire réjoui, Vayl se glissa à l'intérieur et dénicha un interrupteur. Quand la lumière se fit, nous découvrîmes un grand vestibule décoré d'une fresque murale que l'artiste avait sous-titrée *La Guerre des Démons*. La scène paraissait plutôt contemporaine : Times Square envahi par un flot de voitures datant des années cinquante. On y voyait les humains vaquer à leurs occupations, inconscients des vampires et autres graines de démons qui se livraient bataille, tout en demeurant invisibles, dans de sombres allées, dans les égouts et sur les toits.

— Vous y étiez ? m'enquis-je en désignant la fresque avec le pouce.

— Naturellement.

— Comment se fait-il que je n'en aie jamais entendu parler ?

Il me lança un regard – presque – amusé.

— Notre département n'a été que marginalement impliqué dans cette affaire, répondit-il. Et à part à travers nous, le gouvernement ne s'en est pas mêlé du tout.

Je gardai les yeux rivés sur la fresque une minute encore. L'une des combattantes avait attiré mon attention. Une femme aux cheveux couleur miel tirés vers l'arrière par une natte. Seul son profil m'était visible, mais il me semblait étrangement familier. *Impossible*, conclus-je en secouant la tête. *Evie n'a que vingt-quatre ans, bon Dieu !*

Après avoir dégainé Chagrin, je signifiai d'un signe de tête à mon boss que j'étais prête à le suivre. Il me précéda dans une vaste pièce – murs peints en rouge, moquette dorée – pleine d'étagères, de présentoirs et de vitrines, le tout soigneusement disposé.

— Ce doit être la Réserve, constata-t-il.

— Waouh ! renchéris-je brillamment.

Vayl m'avait indiqué que Hamon Eryx avait été prof de maths, mais étant donné le soin avec lequel les objets devant lesquels nous passions avaient été exposés, éclairés et regroupés, il me paraissait évident que la muséographie avait dû constituer son jardin secret.

D'énormes statues représentant des visages à long nez étaient exposées sur de hauts piédestaux. Des tableaux décrivant uniquement des scènes de batailles ou de martyres jalonnaient les murs. Il y avait aussi des reconstitutions de squelettes de dinosaures chassant leurs proies mammifères dans des poses saisissantes de naturel. Dans le fond de la salle, qu'elles occupaient entièrement, deux gigantesques tablettes rondes couvertes d'écritures antiques étaient exposées sur le champ, soutenues par des colonnes ioniques savamment sculptées.

— Ces gens ne jettent donc jamais rien ? demandai-je.

— Pourquoi le feraient-ils ? répondit Vayl. C'est le substrat des légendes, que vous avez sous les yeux…

Il palpait une figurine grandeur nature constituée de végétaux jaunis qui me fit penser à l'épouvantail de Dorothée[1], sans le costume qui le rendait si charmant. Le masque qui couronnait le tout ressemblait à ces appareillages destinés à immobiliser la tête en cas de blessures aux vertèbres, à l'exception des plumes épaisses et colorées qui garnissaient le bandeau de métal passé sur le front. Dressée à côté du mannequin, une lance de deux mètres de haut, décorée de perles enfilées sur des liens de chanvre.

Nous explorâmes ainsi toute la salle, découvrant des reliques hors de prix que nous n'avions jamais vues auparavant et des meubles d'époque que les contemporains de mes grands-parents avaient dû utiliser dans leur jeunesse. Mais nous comprîmes que nous avions trouvé le clou de la collection d'Eryx en atteignant le centre de la salle. Installé sur un dais couvert de velours se dressait un masque de la taille d'un joueur de basket. Qui le portait devait disparaître entièrement à l'intérieur, car il était creux et masquait la face avant comme la face arrière, à l'exception peut-être des pieds. Le bois brillait comme s'il était astiqué chaque jour et une couronne de lauriers en soie ceignait le front.

1. Personnages du *Magicien d'Oz*. (*NdT*)

Nous avions vu d'autres masques dans la Réserve, dont pas mal de gueules de démons et d'animaux, mais celui-ci avait figure humaine. D'évidence, seule la main d'un artiste avait pu donner forme aux lèvres, au nez, aux oreilles, aux joues et au front. Mais les yeux, si parfaitement peints qu'ils avaient l'air réels, constituaient la partie la plus impressionnante de ce chef-d'œuvre. Il fallait y regarder à deux fois pour distinguer les trous ménagés dans les pupilles afin de permettre au porteur du masque d'y voir quelque chose.

— Je n'aime pas trop les moustaches, commenta Vayl. Cela dépare l'esthétique de l'œuvre.

Il paraissait en effet curieux que le sculpteur ait jugé utile de graver des lignes qui, partant du centre, rayonnaient jusque sur les côtés.

— C'est probablement un symbole à visée magique, hasardai-je. Comme ces quelques mots tout en bas.

J'avais photographié l'objet sous tous les angles avec mon Monise. Cela fait, je pris un gros plan de l'inscription, calligraphiée dans un langage que nous ne connaissions ni l'un ni l'autre.

— Et ça ? demanda Vayl. C'est symbolique aussi ?

Il désignait une sorte de petite trappe carrée, ménagée dans le bas du masque, à une trentaine de centimètres sous le visage, et munie d'une poignée ronde et noire. Dès qu'il eut posé la main dessus, une silhouette apparut à la gauche du dais : celle d'un vampire habillé d'un costume marron et d'une chemise blanche à jabot. Il avait croisé ses mains devant lui, ce qui me permit de reconnaître au premier coup d'œil l'anneau qu'il portait à l'auriculaire.

Celui-là même que j'avais vu au doigt du cadavre suspendu dans la crypte de Blas.

— C'est Hamon, n'est-ce pas ? demandai-je en voyant Vayl s'éloigner d'un pas de l'hologramme.

— Oui.

Pendant quelques secondes, nous vîmes le précédent *Deyrar* fixer son regard d'un air songeur au-dessus de nos têtes, avant de prendre finalement la parole.

— Je ne vous souhaite pas la bienvenue, dit-il d'une voix qui me parut tout de suite étrangement familière. Du moins, pas tout de suite. En parvenant à assembler le puzzle qui condamnait ma porte et en résolvant l'énigme permettant l'accès à la Réserve, vous avez fait preuve de votre intelligence. Mais cela ne suffit pas nécessairement à faire de vous un bon *Deyrar*, très cher enfant… Surtout que vous devez être celui qui m'a éliminé, puisque cet enregistrement ne sera activé qu'après ma disparition brutale.

Nous le vîmes déglutir plusieurs fois, luttant contre des émotions qu'il ne prenait pas la peine de cacher.

— J'ai tout donné pour assurer la perpétuation de cette Alliance, reprit-il enfin. Je vous aurais volontiers transmis tous mes secrets si vous aviez eu la patience d'attendre que je sois prêt à passer la main. Mais puisqu'il en est ainsi, je ne vous en révélerai qu'un seul. Étant donné que je ne suis plus là, mon épouse, Octavia, me suivra bientôt. Nous avons régné sur cette Alliance ensemble, en consorts, comme cela a toujours été le cas depuis le premier couple qui l'a fondée. Si vous tenez à maintenir cette communauté vivante, il vous faut également trouver votre moitié. Idéalement, ce doit être un conjoint ou une conjointe, que vous donnerez au masque. Laissez Octavia décider si votre choix est approprié. Si jamais elle disparaît avant d'avoir pu initier ce renouveau, alors cette Alliance disparaîtra avec elle.

L'image de Hamon pâlit et disparut peu à peu.

— « Très cher enfant » ! m'exclamai-je. C'est donc pour cela qu'il me semblait avoir déjà entendu ça quelque part ! (En réponse au regard interloqué de Vayl, je dus développer un peu.) Chaque fois que nous nous trouvons dans une pièce où le sang coule, un visage m'apparaît. La première fois, il m'a donné du « très cher enfant ». Je pense qu'il doit s'agir de Hamon – du moins, de ce qui reste de lui, de ce qui s'accroche ici-bas, dans une tentative désespérée pour sauver son Alliance.

— Il est vrai qu'il lui était tout dévoué, commenta Vayl avec un hochement de tête approbateur.

— Je suppose qu'on peut dire ça. Pour ma part, j'aurais choisi un terme un peu plus radical, genre « obsédé » ou… « cinglé », pourquoi pas ?

Vayl choisit d'ignorer ma remarque, ne s'intéressant qu'au masque, qu'il contemplait avec plus d'intérêt encore.

— À votre avis…, reprit-il. Que voulait-il dire en parlant du masque comme s'il s'agissait d'Octavia elle-même ?

— Peut-être qu'il lui appartient ?

— Ou peut-être…

Vayl tendit la main vers la poignée et ouvrit la petite trappe. Derrière, bougeant de lui-même comme s'il était mû par une force invisible, se trouvait un cœur battant.

Nous dûmes contempler cet organe fixement pendant cinq bonnes minutes.

— Octavia ? finis-je par demander.

Vayl referma la trappe, les mâchoires si crispées que ses pommettes paraissaient plus proéminentes encore que d'habitude, avant d'aller examiner l'arrière du masque.

— Jetez un coup d'œil à ça, dit-il d'un air lugubre.

Quand je l'eus rejoint, il me désigna une ligne de bosses couleur chocolat marquant la verticale médiane au bas de la pièce.

— On dirait une colonne vertébrale…, fis-je remarquer.

— Sentez-vous une puissance magique qui en émane ?

— Elle me hérisse la peau à l'instant même. Je parierais qu'il y a de véritables vertèbres humaines là-dessous.

— Je pense que vous gagneriez votre pari.

— Alors… où se trouve le reste ?

— Aucune idée.

Oh ! Merde… Vayl tendit le bras pour me prendre la main. La sienne me parut glacée, mais si forte…

— Vayl… (Je serrai sa main aussi fort que je le pus. Ce qui, pour lui, devait probablement ressembler aux efforts d'une souris sautant sur un trampoline…) J'ai… j'aimerais… balbutiai-je. J'ai besoin de dire à quel point tout ça est dégueulasse.

— Je ne peux qu'être d'accord. (Il revint se placer devant le masque, qu'il étudia en s'approchant de si près que je dus résister à l'envie de l'attirer à moi pour l'en éloigner.) Je crois qu'elle doit dormir, conclut-il.

— Eh bien… (Je dus déglutir péniblement pour pouvoir poursuivre.) Il fait jour. Si elle est toujours une vampire, ce serait logique.

— Nous devrons revenir cette nuit.

— Pensez-vous qu'elle saurait comment vous libérer de l'emprise de Disa ?

— Difficile à dire. Mais étant donné qu'elle est à l'article de la mort, je suppose que toute information qu'elle voudra bien nous donner sera fiable.

— OK.

Je réprimai en moi le désir de renverser le masque pour en faire du petit bois. Détruire l'Alliance constituerait peut-être un moyen de rendre sa liberté à Vayl, mais il pouvait le trouver un peu extrême, étant donné qu'il avait encore quelques amis dans la place.

Je le suivis jusqu'à la porte aux armes de l'Hydre, qu'il nous fallut refermer, de même que la grille. Les reliques allèrent rejoindre leurs vitrines, que mon boss referma. Ensuite, après avoir remis en service les caméras, il ne nous resta plus qu'à rejoindre notre suite.

Dave était toujours assis à la table de bibliothèque à notre retour, plongé dans l'étude de son plan de bataille comme s'il lui avait suffi d'en graver le moindre détail dans sa mémoire pour en assurer le succès. Néanmoins, ce fut avec intérêt qu'il reporta son attention sur mes photos quand je les lui montrai.

— Es-tu en train de me dire que ce masque est… vivant ? demanda-t-il.

Avant de lui répondre, je jetai un coup d'œil à Vayl. *On est vraiment sûrs de ça ?* Le voir acquiescer d'un signe de tête suffit à rendre ma réponse plus convaincante.

— Absolument. Nous ne savons pas comment c'est possible, mais il irradie littéralement de puissance magique.

Mon frère se pencha pour examiner un cliché de plus près.

— Ces trucs, à la base…, reprit-il. Ces gribouillages. On sait ce que c'est ?

— Il ne s'agit pas de langue vampire, répondit Vayl.

— Cassandra est vraiment calée en ce qui concerne les langues archaïques, intervins-je. Et si elle ne peut pas traduire, peut-être que l'*Enkyklios* aura une petite idée…

Il lui permettait souvent de se tirer d'affaire, en cas de recherche ardue, quand ses propres connaissances étaient prises en défaut.

Dave jeta un coup d'œil à sa montre.

— Il est midi et demi ici, constata-t-il. Ce qui signifie… Quoi ? Entre 20 et 21 h 30 là où elle est ?

— Quelque chose comme ça, approuvai-je.

— OK. Je vais l'appeler, décida-t-il en tirant son portable de sa poche. Elle aura peut-être une idée.

En jetant un coup d'œil au salon, je finis par remarquer que la tache de sang avait été nettoyée, même si Tarasios demeurait évanoui sur le sol.

— Où est le chien ? m'enquis-je.

— Dans la chambre, répondit Dave en attendant que son appel aboutisse. Il s'est endormi sur cette robe que tu lui as donnée, comme s'il s'agissait de véritable hermine… Au fait : il ronfle.

— Merci de l'avertissement. Je mettrai mes boules Quiès avant d'essayer de fermer l'œil. À moins que quelqu'un y trouve à redire ?

Mon frère secoua négativement la tête et s'éloigna pour répondre à Cassandra, qui décrochait. D'abord un peu hésitant, il se montra bientôt plus sûr de lui quand la conversation se fut engagée.

— Cela vous convient, que je fasse une sieste maintenant ? demandai-je à Vayl.

— Naturellement, répondit-il en souriant. Étant donné que Disa n'occupe pas la bibliothèque, je vais sans doute aller y passer un peu de temps. Dans tous ces vieux tomes, il doit bien y avoir un ou deux conseils pour un Créateur qui souhaite forcer sa progéniture à quitter le nid.

Je pris soudain conscience que j'avais joint les mains devant moi, comme une petite fille à qui l'on aurait promis une poupée pour son anniversaire. Je m'entendis demander :

— Vous pensez qu'il pourrait y avoir quelques informations là-dedans qui puissent vous permettre de briser le Lien d'attache ?

— Absolument.

L'espace de quelques secondes, il me fut possible d'y croire. Parce que je ne demandais pas mieux. Mais il me fallut déchanter en comprenant qu'il n'y croyait pas trop lui-même. Ce fut la goutte d'eau qui fit déborder le vase de ma colère. *Je vais tuer cette salope ! Pas seulement à cause de ce qu'elle a fait à Vayl, mais aussi pour Aine. Et pour Niall et Admes. Et pour l'ours-garou et ma meute d'adoption. Et pour cette gueule d'hémoglobine qui me fout les jetons.*

Soudain, la question n'était plus de savoir comment briser le lien qui existait entre mon *sverhamin* et la femme qu'il avait forcée, mais de découvrir le moyen de le garder en vie une fois que j'aurais réussi à faire partir cette dernière en fumée.

Chapitre 25

Dès que j'eus regagné la chambre, je fis parvenir un message urgent à Pete, Albert et Cole. *Contactez vos experts et faites-moi savoir s'il existe un moyen de supprimer une vampire liée par un Lien d'attache à son Créateur sans détruire également celui-ci.*

Les réponses me parvinrent avec une rapidité déprimante. *Aucun moyen. Quand un lien magique les unit, le Créateur meurt avec sa Créature. Il en est ainsi depuis toujours. Et il en sera toujours ainsi.*

— Bordel ! (Le juron réveilla Ziel, qui trottina jusqu'à moi pour voir ce qui se passait.) Fous le camp ! grommelai-je. Je suis fâchée.

Loin de se le tenir pour dit, il posa la tête sur le matelas. Voyant que je refusais de le caresser, il bondit sur le lit, m'enjamba habilement et alla se coucher à l'emplacement que je n'occupais pas, après avoir fait trois tours sur lui-même.

— D'accord, tu peux rester. Mais n'en fais pas une habitude. Je me laisse faire parce que je suis trop crevée et parce que, pour une raison qui m'échappe, tu ne sens pas le chien.

Sur ce, je lui tournai le dos et m'endormis comme une masse.

Lorsque je rouvris les yeux, ils se posèrent sur Vayl, debout à l'extrémité du lit, ombre plus dense dans l'obscurité qui baignait la pièce.

Lentement, je me redressai sur mon séant. Comment se fait-il qu'on ne sente les contrecoups d'une bonne bagarre qu'après être resté longtemps au repos ? Je gémis en maudissant les hommes de Samos. Le chien qu'ils avaient cherché à récupérer coûte que coûte était toujours allongé près de moi, en train de ronger un os d'une taille impressionnante. Je ne pouvais qu'espérer qu'il ne s'agissait pas d'un fémur humain.

— Combien de temps ai-je dormi ? demandai-je.

— Des heures. Le crépuscule est tombé.

— Il est l'heure d'appeler Samos ?

— Presque. (Vayl pencha la tête sur le côté.) Pete a appelé pendant que vous dormiez, ajouta-t-il. Il voulait savoir pour quelle raison vous cherchiez à séparer deux vampires. Voyant que je n'avais aucune idée de ce dont il voulait parler, il a bien été obligé de s'expliquer.

Je croisai les jambes sur le lit et ravalai un hoquet, puis je m'emparai des jetons de poker empilés sur la table de chevet comme un mandala dédié aux souvenirs heureux. En butte à mon silence, Vayl poursuivit :

— Vous ne pouvez pas tuer Disa.

— C'est ce qu'on m'a dit.

Les jetons cliquetaient entre mes mains. « Clic, clac, clic. »

— Même si cela ne devait avoir aucun effet sur moi, insista-t-il, vous ne pourriez tout de même pas méditer une telle ligne de conduite.

— D'accord.

— Cela ne me semble pas très convaincant.

« Clac, clic, clic-clic, clac. »

— Je peux le jurer sur la tête de ma mère, si vous le voulez.

— À quoi bon, puisqu'elle se trouve en enfer ?

Je haussai les épaules. *Aïe ! Mince !* Vayl me rejoignit et s'assit à côté de moi.

— Ne franchissez pas la ligne rouge à cause de moi, Jasmine..., dit-il. Remplissez votre mission – remplissez-la bien – et rentrons chez nous.

Je soutins son regard pour répliquer :

— La mission a changé.

— Sur ordre de qui ?

— De moi. Et de vous, si vous y réfléchissez correctement. Écoutez... Pete n'a pas son mot à dire là-dedans. Ni aucun de ceux qui se tirent la bourre pour un siège au comité de surveillance. Ils ne sont pas ici. Ils ne *savent* pas.

— Mais s'ils y étaient, ils ne laisseraient pas leurs sentiments pour moi influer sur leurs décisions.

— Vous oubliez quelle valeur vous avez pour eux. Si Disa vous tient en laisse pour les cinquante années à venir, ils sont plutôt baisés, non ?

— Que voulez-vous dire ? s'inquiéta-t-il, sourcils froncés.

— J'ai une bonne justification, s'il faut en arriver là. Mais je ne pense pas que ce sera nécessaire. Je pense que Pete me couvrirait là-dessus à cent pour cent. Aussi, à la seconde où j'aurai trouvé le moyen de vous garder en vie, je réglerai son compte à Disa.

En fait, ma plus grande inquiétude, c'était l'avertissement délivré par Cassandra sur ce qui risquait de se produire pour Vayl et moi si j'en arrivais là. Mais il m'était déjà arrivé de faire mentir ses prophéties. Un instant, je levai les yeux des jetons de poker pour m'imaginer à quoi pourrait ressembler une vie à ses côtés.

— Vous ne pouvez pas me regarder comme ça, me prévint-il.

— Pourquoi ?

— Parce que soudain, il me devient impossible de garder mes mains loin de vous.

Il tendit les bras et prit mes joues en coupe entre ses paumes. Le bout de ses doigts contre mon cou provoquait des décharges d'excitation jusque dans ma poitrine. Et soudain, il n'y eut plus aucun motif de souffrance. Nulle part.

— Alors, susurra Vayl, je découvre en moi une irrésistible envie de vous embrasser.

Ses lèvres s'abaissèrent au contact des miennes, juste pour un effleurement, un très léger baiser… avant que l'alarme d'incendie se déclenche à nouveau.

Dave surgit dans la chambre en hurlant :

— Jaz ! Tu ne pourrais pas contrôler un peu ta colère, pour une… Oh !

Tarasios arriva en titubant derrière lui, tenant sa tête à deux mains et marmonnant :

— Arrêtez les sirènes ! Par pitié, arrêtez les sirènes !

Il poursuivit son chemin jusqu'à la salle de bains, où il s'étala par terre en glissant sur la couche abandonnée de Ziel. À quatre pattes, il n'en poursuivit pas moins sa route jusqu'à son objectif stratégique, y parvenant juste à temps pour laisser son dégueulis là où personne n'aurait à le ramasser.

— Je vais aller voir ce qui se passe, grogna Dave. Vous deux… arrangez-vous pour vous trouver un coin tranquille. Dieu sait sur quoi je tomberai la prochaine fois…

En marmonnant entre ses dents, il nous laissa.

— Tarasios ? lançai-je. Est-ce que mon frère a eu le temps de te poser quelques questions ?

Aucune réponse. Seul nous parvenait le bruit de son agonie, que Ziel observait avec le plus profond intérêt. Il avait sauté du lit lorsque l'alarme avait retenti, et après avoir couru partout pour surveiller les faits et gestes de tout le monde, il avait suivi Tarasios jusqu'à la salle de bains. Depuis, il ne cessait de laisser son regard aller de l'homme en train de vomir à nous, comme s'il s'efforçait de résoudre un mystère. Tant et si bien que bientôt nous dûmes nous retenir d'éclater de rire. Les éructations en provenance de la salle de bains devaient y être pour beaucoup : un crapaud souffrant de laryngite n'aurait pas fait mieux. Mais les agissements du chien n'y étaient pas pour rien non plus. Décidant qu'il devait s'agir d'un jeu, Ziel fourrait son museau dans le postérieur de Tarasios à chaque nouvelle salve de celui-ci, le faisant bondir et couiner de manière comique.

— Les chiens sont dégoûtants, dis-je à Vayl pour finir.

— Certes, mais ils font beaucoup pour nous distraire.

Dans la pièce voisine, la porte principale s'ouvrit.

— Ce n'est pas Dave, murmurai-je.

— Disa ?

J'acquiesçai d'un signe de tête et précisai :

— Elle n'est pas venue seule. Toute la bande est là.

Tandis que nous regagnions le salon, je lançai à voix haute :

— Plus personne ne prend la peine de s'annoncer, dans cette baraque. Vous avez remarqué, Vayl ?

Un sourcil arqué, il me répondit :

— On dit que le relâchement des bonnes manières est le premier signe de décadence d'une communauté.

Disa, Sibley, Marcon, Rastus et Niall s'étaient agglutinés dans l'espace disponible entre la porte et la fontaine.

— Vayl ! s'écria la *Deyrar* avec un soulagement évident. Suis-nous… (Impassible, il la dévisageait sans rien dire.) *S'il te plaît*, ajouta-t-elle en désespoir de cause.

— Pour quoi faire ? intervins-je.

D'un regard, elle me signifia son royal courroux – *« Ôte-toi de mon chemin, manante ! »* – et me répondit :

— Cela ne vous regarde en rien.

— Je ne suis pas de cet avis. (Vayl glissa ma main dans la sienne et l'éleva de manière à faire briller Cirilai sur mon annulaire.) Pour se joindre à moi, ajouta-t-il, mon *avhar* est toujours la bienvenue.

Disa ne parut pas apprécier ce rappel. Elle rejeta la tête en arrière et je vis sa gorge commencer à onduler. *« D'accord, ma vieille. Si c'est comme ça que tu vois les choses… »* Mais je ne pus ignorer le frisson qui me glaça le sang en songeant à ses tentacules qui pouvaient jaillir pour m'arracher le visage. Jamais je ne pourrais être assez rapide… Ce qui ne m'empêcha pas de tendre la main vers mon holster.

Niall vint s'interposer entre nous.

— Nous sommes attaqués, expliqua-t-il. Le hangar est en feu. Rastus pense que les loups-garous dont nous avons surpris l'intrusion la dernière fois sont de retour. Ce n'est sûrement pas le moment de nous quereller.

Disa le foudroya du regard et Sibley esquissa un geste pour intervenir. On aurait dit qu'elle mourait d'envie de se jeter au-devant de lui mais qu'elle n'en trouvait pas le courage. Finalement, cela ne fut pas nécessaire. Disa reconnut la logique des arguments du vampire et battit en retraite.

— Je ne pense pas que les garous aient la volonté ou la force de nous attaquer, dit-elle. Mais il est vrai que quelqu'un a percé nos défenses.

Tu ne crois pas si bien dire, songeai-je en regardant le plancher, où le sang de Blondie avait formé une flaque quelques heures plus tôt.

Disa regarda Vayl au fond des yeux. Les siens avaient adopté une couleur bleu nuit.

— Vayl..., reprit-elle. Nous avons besoin de toi.

Uniquement parce que je l'observais de très près, je pris alors conscience à un haussement de sourcils qu'il venait de comprendre quelque chose d'essentiel. Il tourna la tête vers moi, et nous eûmes une de nos conversations silencieuses.

— *Très bien, il va me falloir jouer de ses sentiments. Après tout, sa vulnérabilité pourrait finir par nous tirer d'affaire.*

— *Vous en êtes sûr ? Elle me paraît extrêmement forte.*

— *Je la sens réduite au désespoir. Nous pourrions avoir le dessus.*

— *OK. Mais j'ai mes limites.*

— *J'ai pu le constater.*

Il conclut en me couvant d'un regard si chargé de tendresse que je faillis lui sauter dessus séance tenante. *Oh, purée...* Cela n'allait pas être facile. En baissant les yeux, je vis que Ziel était parvenu d'une manière ou d'une autre à ouvrir l'armoire pour s'y emparer d'une chaussure : un soulier en daim noir à talon bobine – la moitié d'une de mes paires de pompes préférées – qu'il avait déjà couvert de marques de dents et de bave de chien.

— Tu veux mourir ? lui demandai-je, les dents serrées.

Le molosse me regardait avec cet air innocent qu'arborent les escrocs avant de dépouiller leurs victimes de toutes leurs économies.

— Très bien ! conclut Vayl en allant se mêler aux autres vampires. Je vous donnerai un coup de main si je le peux.

Je commençai à les suivre hors de la pièce. Disa pila net pour me demander :

— Qu'est-ce que vous faites ?

— Je vous suis, répondis-je tranquillement. Selon Niall, vous êtes attaqués.

— Vous n'êtes pas la bienvenue.

— Je ne vous demande pas votre permission.

Je m'efforçais de parler d'un ton égal, mais ma voix commençait à flancher. Ziel fourra son museau entre mes doigts. Je baissai les yeux sur lui et le vis pousser sa tête jusqu'à m'extorquer une caresse.

Après ce que tu as fait de ma meilleure paire de chaussures ?

Il remua la queue et je sentis immédiatement, en lui caressant le crâne, la tension diminuer en moi. Une bonne chose, car autrement d'autres alarmes n'auraient pas tardé à se déclencher.

Quand Disa comprit que je n'étais pas prête à céder, elle capitula.

— Fort bien. Vous pouvez rejoindre votre garde près de la frontière. Je l'y ai envoyé patrouiller avec Admes quand je l'ai vu traîner dans la maison comme…

Sous le coup d'une soudaine et temporaire surdité, je n'entendis pas la suite. On peut comparer ma colère à un bâton de dynamite à très courte mèche. Étant donné que Disa avait allumé celle-ci dès l'instant où nous nous étions rencontrées, nous étions plus que prêts pour une déflagration de première grandeur. Ce qui me le fit comprendre ? Une sensation de chaleur intense, du côté des oreilles, qui fusait avec l'intensité de rayons laser vers l'avant de mon visage, me donnant l'impression que ma tête entière passait à la rôtissoire.

— *Vous avez fait quoi ?* m'insurgeai-je.

Vayl venait-il de prononcer mon nom ? S'il le fit, en tout cas, son avertissement tomba comme un caillou au fond d'un canyon. Soudain, je vis que je brandissais mes mains devant moi. Avais-je réellement l'intention d'étrangler Disa ? Et était-ce, au fond, une si mauvaise idée que cela ?

La *Deyrar* lut sur mon visage une expression qui l'incita à croiser les bras sur sa poitrine, comme pour se protéger de moi.

— Eh bien…, se justifia-t-elle. Il ne me servait pas à grand-chose à l'intérieur.

— Il n'est pas votre esclave ! m'emportai-je. C'est avec *nous* qu'il fait équipe. Ça ne vous dérange pas d'ordonner à de parfaits inconnus de mener vos batailles pour vous ?

— Je suis la *Deyrar* !

— Vous êtes surtout une putain de cinglée !

Je pris soudain conscience de certaines choses. La gorge de Disa commençait à se fendiller et je me trouvais bien trop près pour espérer lui échapper. Niall semblait avoir le plus grand mal à conserver son impassibilité. Sibley ouvrait des yeux ronds comme des soucoupes. Marcon paraissait sur le point de se mettre à applaudir. Rastus avait dégainé une épée rouillée, qu'il brandissait vers moi d'une manière qu'il devait estimer menaçante.

— Range ça, avant d'avoir éborgné quelqu'un sans le vouloir ! lui lançai-je d'un ton méprisant.

— Disa…, intervint Vayl. Encore une fois, en agissant ainsi tu as violé les termes de notre contrat.

Elle se retourna vers lui en portant ses mains à sa gorge, comme pour lui cacher ce qui était en train de s'y produire.

— Comment cela ? fit-elle mine de s'étonner.

Elle s'était essayée à un regard de pure innocence qui n'avait réussi qu'à donner à son visage l'apparence d'un masque en plastique.

— Tu as délibérément mis l'un des miens en danger, répondit Vayl.

— Les tiens, c'est *nous* !

J'ouvris la bouche, une de mes vannes prête à venir cingler son visage figé, mais Vayl me retint d'un geste de la main. « *Attendez*, me disait-il. *Je l'ai exactement où je voulais qu'elle soit.* »

— Tu m'as causé du tort, reprit-il d'une voix doucereuse. Tu *nous* as causé du tort, aux miens et à moi, mais nous en reparlerons. Le moment est peut-être mal choisi, alors que l'Alliance est en feu.

Disa laissa retomber ses mains contre elle. La peau de son cou avait repris son apparence habituelle.

— Naturellement, répondit-elle. L'Alliance, c'est tout ce qui compte. Même toi, tu peux le comprendre. Viens, allons colmater les brèches.

Vayl me lança un bref regard entendu auquel je répondis par un hochement de tête. Nous savions tous deux que faire.

Je leur accordai soixante secondes pour disparaître, après quoi je m'élançai.

Chapitre 26

La plupart de ceux qui se portent au secours de gens en danger se précipitent bille en tête. Ce qui explique pourquoi beaucoup d'entre eux meurent avec ceux qu'ils s'efforcent de sauver. Quant à moi, j'allai avant toute chose explorer l'armoire où j'avais fourré le sac contenant mes armes.

—J'ai tout entendu, m'informa Tarasios alors que je glissais dans ma poche quelques chargeurs supplémentaires et que je calais ma nouvelle arbalète sur mon épaule.

—Ah oui ? répondis-je vaguement.

Je me débarrassai des missiles fautifs de Bergman et les remplaçai par mes poignards de lancer. Le contact de leur fourreau de cuir sur ma peau me fit frissonner. *Je vais devoir trouver d'autres lames à fixer à ce bras-là*, finis-je par admettre pour moi-même. *Trop de mauvais souvenirs avec celles-ci…*

Tandis que je vérifiais que ma seringue d'eau bénite était pleine, Tarasios se décida à cracher le morceau.

—Je veux venir avec toi.

Il s'était décidé à sortir de la salle de bains et se tenait au pied du lit. Le vieux coffre qui s'y trouvait avait l'air mieux préparé que lui à faire face à une invasion.

— Tu sais tirer ? lui demandai-je.

— J'ai pris des cours. Enfin… un cours.

Après avoir vérifié le cran de sûreté de mon .38, je le glissai dans mon dos et lui tendis le flingue que j'avais baptisé la Sulfateuse.

— C'est un fusil de calibre douze, lui expliquai-je. Le canon a été scié. Il fait un bruit de bombe et il a la puissance d'un mortier. Contente-toi de pointer ta cible et de tirer et tout ira bien.

— Ça veut dire, s'étonna-t-il en retournant l'arme entre ses mains, que tu veux bien de moi ?

— Pourquoi pas ? Donner une cible en plus à mes ennemis permet de faire grimper en flèche mes chances de survie.

— Oh…

— Disa prétend que Dave patrouille « à la frontière » avec Admes. Une idée de l'endroit où ils peuvent se trouver ?

— Probablement aussi loin de Niall que possible. Elle aime les séparer parce qu'ils adorent être ensemble.

— Ça ne te paraît pas un peu mesquin ?

— Eh bien… Niall voulait qu'Aine devienne *Deyrar*.

— C'est bien ce que je disais…

Tarasios réagit comme s'il voulait prendre la défense de Disa, puis la raison parut lui revenir.

— Oui, dit-il simplement.

— OK. Donc, puisque tous les autres ont couru rejoindre le hangar, nous allons prendre la direction opposée et fouiller les bois au sud-ouest de la villa. Dans ces environs-là, je devrais être capable de repérer l'odeur psychique d'Admes.

Ensuite, j'attachai au harnais de Ziel la courte laisse au bout de laquelle Blondie l'avait promené.

— Je te préviens ! lançai-je en le regardant droit dans les yeux. Tu fais mine une seule fois de grimper ma jambe, je jure d'attacher cette laisse à un arbre et de t'abandonner aux loups. Compris ?

Il tira la langue bien bas, haleta une ou deux fois, ce que je choisis d'interpréter comme une réponse positive. Tous les trois, nous traversâmes ensuite la maison vide, humide et froide, avant d'en sortir par la porte de derrière.

— Tu vas pouvoir suivre ? m'inquiétai-je auprès de Tarasios.

Nous traversions au pas de course un verger d'oliviers dont les frondaisons formaient au-dessus de nos têtes une voûte sombre. J'essayais de me convaincre que j'étais bien plus inquiète de le voir s'affaler bruyamment à chaque pas que des risques encourus par Dave. Je jetai un coup d'œil par-dessus mon épaule. L'ex-béguin de Disa, d'une pâleur maladive à la lumière de la lune montante, était déjà pantelant. Ce n'était pas pour lui que je m'en faisais. Mais s'il me paumait la Sulfateuse, ça allait barder…

— Aucun problème, répondit-il.

Cela restait à voir… Peut-être que le faire parler suffirait à lui permettre de tenir le coup ?

— Dis-moi…, repris-je. Pourquoi avoir plongé dans la bouteille d'ouzo ? Vous vous êtes disputés, Disa et toi ?

— J'ai déjà tout raconté à David. On ne se dispute pas avec Disa. (Elle s'était déjà chargée de le prouver…) Elle m'a juste… congédié. Comme un larbin. Il lui a suffi de me dire : « Tes services ne me sont plus nécessaires ! » et de me pousser hors de sa chambre.

— T'a-t-elle dit pourquoi ?

— Elle n'en a pas eu besoin. Je suis peut-être un peu lent, mais pas stupide.

— Mmmm.

— C'est à cause de ton boss, bien sûr.

Difficile d'ignorer une théorie qui gagnait en popularité. Je m'y efforçai néanmoins.

— Tu en es certain ? Il l'a forcée au vampirisme contre son gré, tu sais…

— Ça oui, je le sais ! Combien de fois ai-je entendu toute l'histoire… Comment il l'a prise vite et fort, comme un impitoyable pirate. Comment il l'a laissée pour morte, pour revenir ensuite la sauver et lui murmurer des excuses au creux de l'oreille jusqu'à la faire pleurer de joie. Pouah !

Ouais. Cette version me débectait autant que lui. La scène aurait pu être extraite d'un roman rose un peu cochon. Avec le temps, la réalité avait-elle fini par se voiler dans l'esprit de Disa ? À moins qu'elle ait toujours été amoureuse de lui ? Voire qu'elle ait toujours convoité cette éternité qu'il pouvait lui offrir et qu'elle ait comploté en conséquence ?

— Ainsi, repris-je, Disa est amoureuse de Vayl.

— Autant que quelqu'un comme elle peut l'être.

C'était à se demander si elle n'était pas la cheville ouvrière de toute cette histoire… S'était-elle arrangée pour que Samos convoite l'Alliance, sachant que Hamon ferait appel au seul vampire capable de la sauver ? Ensuite, avait-elle tué Hamon et estropié Blas pour être aux commandes lorsqu'il arriverait ? Mouais. Cela paraissait un peu tiré par les cheveux. D'autant que son job consistait à protéger l'Alliance, pas à la démembrer. Cependant, elle n'avait pas hésité à buter plusieurs de ses membres.

Mais elle ignorait tout des détails du contrat passé avec Hamon. Elle n'en avait même rien su jusqu'à ce que Vayl le mentionne. Bon sang! Tout cela était trop embrouillé pour que je puisse démêler l'écheveau tout en grimpant à toute allure à flanc de colline, louvoyant entre les buissons qui prospéraient entre les arbres, m'efforçant de repérer une odeur de loup-garou, d'ours-garou, ou de quoi que ce soit d'autre que cette Alliance ait pu offenser mortellement. Et j'étais prête à prendre le pari que la liste était longue.

J'avais activé les lentilles spéciales de Bergman. Rien ne bougeait dans mon champ de vision, mais je sentais la présence d'alterhumains tapis au-delà des frontières de l'Alliance. Il ne s'agissait pas de garous mais de vampires. Leur trace était si faible qu'ils pouvaient se trouver à des kilomètres de nous : peut-être un groupe en chasse, dans un sombre recoin d'une des agglomérations dont les lumières brillaient le long de la côte, en contrebas.

Je cherchai l'odeur plus spécifique d'Admes et finis par la découvrir, beaucoup plus proche de l'endroit où nous nous trouvions. Je me mis à courir sans plus me soucier de savoir si Tarasios me suivait. Ziel galopait à côté de moi, la langue pendante, semblable à une longue cravate rose. Trente secondes plus tard, je découvris ma cible qui longeait l'orée d'un bois, son glaive dans une main, un AK-47 dans l'autre, et une arbalète sanglée dans le dos. À trois pas derrière, Dave suivait.

— C'est Jaz! lançai-je à voix basse en espérant qu'ils n'auraient ni l'un ni l'autre la gâchette facile. (Admes hocha la tête. Mon frère me fit signe de les rejoindre.) Tarasios est avec moi, ajoutai-je.

Niall et Dave se figèrent pour découvrir l'origine des bruits de phacochère asthmatique qui montaient des ténèbres dans mon dos. *Quelqu'un va-t-il enfin se décider à abréger ses souffrances ?*

— À qui est ce chien ? s'enquit Admes.

— Euh… nous l'avons eu à prêter, répondis-je. Nous avons l'intention de laisser tous les membres de l'Alliance faire ami-ami avec lui. Vous aimez les chiens ?

Dave me rejoignit et me glissa à l'oreille :

— Mais qu'est-ce que tu fous ?

— Nous allons devoir trouver à cette boule de fourrure un point de chute assez rapidement, répondis-je sur le même ton. Ce serait très pratique de pouvoir le laisser à la villa quand nous devrons…

— Tu as l'intention de fourguer un animal innocent à une bande de *vampires* ?

— Pas si innocent que ça ! On voit que tu ne l'as pas vu boulotter mon meilleur soulier !

Tarasios finit par nous rattraper, mettant un terme à notre dispute avec force raclements de gorge et crachats.

— Fais gaffe de ne pas en mettre sur la Sulfateuse ! protestai-je.

— Désolé. J'essaie juste d'ôter ce goût affreux de ma bouche.

Et c'est un gars qui a bu le sang de Disa qui dit ça ?

— Ne restons pas immobiles, suggéra Admes.

Il nous entraîna, Dave, Tarasios et moi, le long de la piste qu'il suivait, même si je ne voyais pas personnellement à quoi elle pouvait nous mener. C'était au hangar à charrettes que l'action se déroulait. Là où Vayl n'avait plus aucun appui, à l'exception peut-être de Niall. Mais s'il devait choisir entre mon *sverhamin* et l'Alliance, son choix serait vite fait. À présent que je savais Dave hors de danger, je ne pouvais m'empêcher de penser que c'était là-bas qu'il me fallait être.

Entre les troncs des sapins et des hêtres qui poussaient à profusion de ce côté-ci de la propriété, je tentai de percer les ténèbres. Je fis une tentative pour ouvrir l'œil de l'esprit afin de déterminer quelle menace pesait sur l'Alliance, mais il me fut impossible de me concentrer. Trop de choses m'encombraient l'esprit. Savoir que Dave et moi aurions dû nous trouver plutôt aux côtés de Vayl me rendait si nerveuse que je faillis tirer sur Tarasios lorsqu'il écrasa une branche sous son pied, la faisant craquer si bruyamment que je crus à une attaque.

Ensuite, je retournai à mes obsessions. *Nous devrions partir. Admes et Tarasios peuvent bien courir dans les bois toute la nuit si ça leur chante. Disa voulait éloigner Dave en l'envoyant ici. Ce qui en dit long et devrait suffire à nous faire rappliquer là-bas ventre à terre...* Je mis un terme à mon rabâchage en entendant Dave maugréer :

— Je n'aime pas ça.

N'importe qui d'autre aurait pu croire qu'il parlait de notre patrouille en général, mais pas moi qui connaissais bien mon frère. Quelque chose, dans la disposition des lieux, le dérangeait.

Nous commencions juste à descendre le flanc d'une colline. L'extrémité boisée de la propriété de l'Alliance, que nous avions laissée sur notre gauche, formait un coude devant nous, avant de reprendre son tracé normal.

Elle enserrait la dépression dans laquelle nous nous engagions sur deux côtés. Les vignes qui poussaient à cet endroit n'avaient pas encore sorti leurs feuilles. Entre les rangs poussait une herbe rase, qui nous arrivait la plupart du temps à peine aux chevilles. Deux ou trois arbres étaient tombés récemment au sol. Leurs branches nues, telles des mâchoires de requins endormis, encombraient le chemin coincé entre la vigne et la forêt qu'Admes comptait emprunter.

Cela aurait-il prêté à conséquence, si j'avais cédé à mon envie d'arracher le AK-47 des mains du vampire pour canarder la lisière des bois jusqu'à faire s'abattre une pluie d'écorce et d'aiguilles de pins ? En tout cas, je me serais sentie mieux. Surtout que j'allais avoir l'air d'une trouillarde, désormais, si je me décidais à déserter cette merdique petite mission.

La présence de Chagrin dans ma main droite était solide et rassurante. Je resserrai mes doigts autour de la crosse. De l'autre côté, je tenais si fermement la laisse de Ziel qu'elle laisserait probablement des marques dans ma chair quand je la lâcherais. En dévalant à flanc de colline, je regrettai que nous n'ayons pas eu le temps de nous munir de nos moyens de communication avant le départ de Vayl. Désormais, le seul contact susceptible de s'établir entre nous devrait passer par Cirilai. En atteignant le niveau de stress émotionnel suffisant, peut-être allais-je pouvoir lui transmettre un message ? Je décidai je jeter un coup d'œil sur mes stocks internes. Où en étions-nous ? Plus très loin…

Ziel recula soudain de trois ou quatre pas, m'obligeant de nouveau à m'arrêter.

— Attendez ! lançai-je d'une voix sourde. Quelque chose ne va pas.

De nouveau me parvint faiblement l'empreinte psychique d'un groupe de vampires, sur laquelle je me concentrai. Je pus alors comprendre qu'elle m'était plus familière que je ne l'avais tout d'abord pensé.

— Oh, non !

— Qu'est-ce qu'il y a ? s'inquiéta mon frère.

— Vampires…, murmurai-je. Beaucoup plus proches que je le croyais.

Admes poussa un petit cri et tomba à genoux, un carreau d'arbalète fiché dans l'épaule gauche.

— Tous au sol ! cria Dave.

Nous avions à peine touché terre qu'une balle siffla entre Tarasios et moi. Les deux projectiles avaient jailli des arbres abattus qui se trouvaient devant nous.

— J'ai besoin d'eux vivants, bande d'idiots ! cria sur ma gauche une voix marquée par une touche d'accent.

Je concentrai mon tir dans cette direction. Quand j'entendis un corps s'effondrer dans les bois, je dus recharger mon arme.

Notre position n'était pas des plus sûres. En guise de couverture, nous pouvions compter sur la nuit, sur notre habileté à nous tortiller comme des vers au sol, et sur les arbres derrière lesquels, de l'autre côté, la plupart de nos assaillants semblaient se cacher.

Je vis briller la lame du couteau de Dave et je compris qu'il était en train de couper le carreau d'arbalète, afin qu'Admes puisse s'allonger plus confortablement pour tirer.

— Merci, murmura le vampire en roulant sur le ventre.

Il commença à faire parler son AK en courtes rafales qui obligèrent nos ennemis à garder la tête basse. Pendant ce temps, Tarasios enfouissait sa tête dans ses mains en gémissant encore et encore qu'il ne voulait pas mourir. La Sulfateuse, inutile, reposait dans l'herbe à côté de lui.

— Comment se fait-il que nous ne les ayons pas sentis ? s'enquit Dave en roulant sur le dos.

Le Beretta dans une main, l'arbalète dans l'autre, il surveillait nos arrières pour surprendre une éventuelle manœuvre d'encerclement.

— Blas, répondis-je avec amertume.

Je pressai le bouton magique. Le ronronnement indiquant que Chagrin se transformait se fit entendre. Je pouvais sentir nombre d'humains passablement essoufflés par leur attaque surprise de l'autre côté de cet amas de branchages, mais je savais qu'Admes allait s'en occuper. C'était des vamps que nous devions nous inquiéter, Dave et moi. Et j'étais à peu près sûre qu'ils rôdaient toujours en bordure de forêt.

— Il est capable de maquiller son empreinte psychique, repris-je. Apparemment, il peut aussi rendre ce service à d'autres. Il ne m'a pas indiqué que telle était sa *cantrantia*, mais vu qu'il m'a roulée dans la farine avec maestria, je suppose que ce doit être son principal talent. C'est lui, la cause de tout ce bordel.

— J'étais persuadé qu'il était mort, commenta Admes avec incrédulité. Vous voulez dire que c'est lui qui a *commandité* cette attaque ?

— Bien sûr. Et je ne peux qu'admirer sa ténacité. Il était logique de penser que perdre la moitié du visage aurait suffi à avoir raison de son ambition, mais Blas est d'une autre trempe… Je suppose qu'il s'imagine que Samos constitue sa meilleure chance de détrôner Disa.

— C'est moi qui devrais être le *Deyrar* ! Pas cette mutante devant laquelle tous se prosternent…

La voix de Blas semblait jaillir de partout à la fois, déconnectée de toute source physique. Elle me surprit tant que j'en fis un bond sur le sol. Ziel, qui s'était allongé tranquillement à côté de moi, commença à gronder.

Je décidai de provoquer le vampire pour l'obliger à révéler sa position.

— Et dire que vous avez réussi à me faire croire que *vous* étiez la pauvre et pitoyable victime !

— C'est moi qui ai invité le Rapace à descendre du haut des cieux. Hamon avait commencé à laisser son leadership se lézarder. Sous les attaques de Samos, il n'aurait pas tardé à s'écrouler. Aine n'aurait pas trouvé les soutiens nécessaires pour lui succéder. Elle n'était qu'une courtisane à sa botte ! L'Alliance serait tout simplement tombée entre mes mains si Hamon n'avait pas téléphoné à Vayl.

— Que peut-il bien avoir à faire dans tout ça ? m'étonnai-je en scrutant la nuit et en m'efforçant de déterminer l'origine de la voix omniprésente de Blas.

— Je les ai entendus discuter d'un contrat, répondit-il. Je pouvais difficilement laisser Hamon vivre plus longtemps, sachant que Vayl allait débarquer pour assurer sa position, n'est-ce pas ? Alors je l'ai tué et j'ai poussé mes pions.

— Mais tout ne s'est pas déroulé comme vous l'aviez prévu…

— Comment aurions-nous pu connaître l'existence de la Réserve ? cria-t-il de plus belle. Hamon faisait un tel secret de la moindre chose... Il accaparait tous les pouvoirs comme un... comme un accapareur de pouvoirs !

Je l'avais presque repéré, à présent. Il n'était pas à portée de tir de Chagrin, mais Dave pouvait l'atteindre.

— Il est là-bas, murmurai-je pour me faire entendre de lui. Entre dix et douze heures.

— Pourrais-tu être un peu plus précise ? répondit-il tranquillement. Cela laisse pas mal de vide entre les arbres...

Admes échangea quelques nouvelles salves avec nos assaillants humains. J'attendis que son arme se taise pour crier :

— Nous avons trouvé la Réserve, Blas. Joli petit endroit non loin du dressing d'Octavia. Si tu voyais toutes ces reliques que Hamon a amassées, tu n'en croirais pas tes yeux. Oh, mince ! C'est vrai... Tu ne peux pas.

Son cri de fureur fit se dresser les cheveux sur ma nuque. Au comble de l'émotion, sa maîtrise de ses pouvoirs lui échappa un instant. Dans le secteur que j'avais repéré précédemment, j'aperçus un mouvement. Et Ziel le vit également. Il n'aboya pas. Il se contenta de foncer sur le vampire sans visage tel une torpille canine. Sa gueule se referma juste sous la mâchoire. Ils roulèrent tous deux enlacés dans l'herbe.

Blas poussa un cri de fillette apeurée quand les mâchoires du molosse commencèrent à se refermer.

— Je ne peux pas l'atteindre sans toucher le chien, annonça David d'une voix aussi posée que s'il faisait des plans pour le déjeuner.

Admes lâcha une nouvelle rafale. Un des humains poussa un cri d'agonie dans la nuit.

— Alors laisse-le-moi, ordonnai-je à mon frère.

— D'accord. Je m'occuperai des vamps qui se pointent à six heures.

Tandis qu'il changeait de position pour viser, je compris qu'il en venait deux autres vers nous. Plus faciles à repérer à présent que Blas ne brouillait plus les cartes, ils devaient avoir quitté la forêt après que nous étions passés, pour nous prendre à revers. Dave allait avoir de quoi s'occuper.

Je m'élançai prudemment en avant en dégainant mon poignard. Ziel, dans un grondement profond et ininterrompu, s'en donnait à cœur joie sur la gorge de Blas.

— Ne fais pas de mal au chien ! hurla Samos qui accourait hors de la forêt en agitant les bras, sans se rendre compte que Blas ne pouvait le voir.

Mais celui-ci, bien qu'en proie à la panique, avait fini par prendre conscience qu'il était plus fort que l'imposant représentant de la race canine. Non seulement il parvint à se libérer, mais il réussit également à projeter violemment son agresseur sur l'un des arbres morts. Ziel s'y écrasa avec un jappement plaintif qui me tordit les tripes. Rapidement, cependant, il se remit sur ses pattes, fit quelques pas chancelants et s'assit en secouant la tête comme pour dire : « *Ça va faire un mal de chien, demain matin…* » Je dus alors reconnaître que, de tous les clebs sur cette planète, il devait être le plus costaud et le plus endurant.

Cependant, toute mon attention et le moindre atome de mon être se focalisaient à présent sur le vampire que j'avais pour mission d'éliminer. Je commençai par le viser avec soin…

— Espèce d'imbécile ! éructa-t-il.

Il venait d'attraper Blas à l'endroit précis où Ziel l'avait lâché et il l'éleva en l'air devant lui à l'instant même où j'appuyai sur la détente. C'est ainsi que le carreau destiné à Samos mit un terme à l'existence de Blas. L'instant d'avant, le Rapace secouait celui-ci comme une piñata, celui d'après, il ne lui restait plus à maltraiter que le vide.

— Bordel de Dieu !

J'eus une seconde pour remarquer la tache de sang sur la cuisse de Samos pendant que Chagrin se rechargeait. Ainsi, c'était lui que j'avais réussi à blesser en tirant à l'aveugle précédemment. *Bingo !*

Soudain, j'entendis Dave s'écrier :

— Un peu d'aide ne serait pas de refus !

Je me retournai et découvris mon frère en difficulté face aux deux compères de Samos. Un de ses carreaux d'arbalète avait manqué le point sensible et jaillissait du ventre d'une grande femme efflanquée. Celle-ci fonçait sur lui en maniant une paire de bâtons d'escrime avec une force et une dextérité redoutables.

— Tarasios ! hurlai-je. Sors la tête de ton cul et bats-toi !

Je tirai sur le second sbire de Samos, qui maniait un filet tel un gladiateur romain qui aurait perdu son trident au poker. Touché dans le dos, Gladiateur s'affaissa en avant, temporairement mis sur la touche. Le répit ne fut que de courte durée, mais il permit à Dave d'esquiver l'attaque de la Femme aux bâtons et de lui vider son chargeur de Beretta en pleine poitrine.

Un cri d'avertissement de Tarasios ramena mon attention sur Samos qui fonçait sur moi. Il était si proche que j'avais l'impression de voir ses yeux briller tels les phares d'un train lancé à toute vitesse sur une voiture coincée sur ses rails. Je reconnus immédiatement son expression : celle de la folie pure et dure. Il semblait à ce point azimuté que la menace de l'arbalète braquée sur lui ne signifiait plus rien pour lui. J'empoignai mon arme à deux mains pour mieux la stabiliser. Rien ne devait me faire rater ma cible. Pas cette fois.

— Tu m'as volé mon chien, gronda-t-il. Et tu as tué mon *avhar*! J'aimerais te dépecer en petits morceaux et te forcer à me regarder les manger, mais je ne peux pas. Les sorcières disent que, pour acquérir le pouvoir dont j'ai besoin pour conquérir cette Alliance, il me faut un sacrifice par le feu – plus il y aura de corps, mieux ce sera. J'avais l'intention d'attendre la réunion du *Vitem* à l'Odeum, mais en enlevant Ziel, tu m'as forcé la main. Bien sûr, t'entendre m'implorer d'abréger tes souffrances sera tout de même assez satisfaisant…

— Je ne pense pas que tu pourras jouer avec le feu cette nuit, Eddie, dis-je en affinant mon tir.

Un essai : je n'en aurais pas d'autre. Il me fallait atteindre le point sensible au premier coup.

— Mais pour tout te dire, ce n'est pas moi qui ai buté Shunyuan Fa. Même s'il était à mes yeux un colossal emmerdeur.

L'*avhar* de Samos avait été tué alors qu'il s'efforçait de protéger le dernier vampire que j'avais été chargée d'éliminer, un antique dragon chinois du nom de Chien-Lung. En fait, je n'étais même pas présente sur le yacht où Shunyuan Fa avait perdu la tête – au sens propre –, mais jamais le Rapace ne voudrait me croire.

Je pris une profonde inspiration et bloquai mon souffle. Mon doigt se recourba sur la détente. Je me sentais si proche du triomphe final qu'un sourire de bonheur devait flotter sur mes lèvres. Alors… Cirilai m'envoya une foudroyante décharge dans le doigt. La douleur remonta mon bras jusqu'au cœur. Soudain, il me fut impossible de respirer… de bouger… de voir.

Vayl?

— *Bien sûr!* répondit une autre partie de moi-même. *Où crois-tu qu'il se trouve? Il serait ici, à l'heure qu'il est, s'il n'en avait pas été empêché.*

De nouveau, Cirilai me transperça d'une lancinante douleur. Mon bras gauche se recroquevilla contre moi. Je n'aurais pu m'en servir même s'il l'avait fallu pour ne pas me noyer. Je gardais les yeux ouverts, mais tout ce qu'il m'était possible de voir, c'était une brume rougeâtre parsemée de points noirs.

J'entendis Tarasios crier de plus belle, mais je ne parvins pas à lui prêter attention. Vayl avait des ennuis, peut-être bien pires que tout ce que je pouvais imaginer. Le genre d'ennuis qui pouvaient m'empêcher de le revoir un jour.

— Jasmine! cria Dave.

Je reconnus le bruissement des bâtons d'escrime juste avant de sentir quelque chose me frapper à la tête à toute volée, et le monde se fondit au noir pour moi.

Chapitre 27

Je repris conscience avec un goût de vomi dans la bouche et une sensation de vertige. La douleur provoquée par mes muscles distendus me fit comprendre qu'on me transportait en me tenant par les bras et les jambes.

— Vous êtes sûrs qu'elle sera consciente ? entendis-je Samos s'inquiéter. Je veux qu'elle se rende compte qu'elle est en train de brûler. Je me fiche des autres, mais celle-ci doit pouvoir souffrir jusqu'au bout.

— Absolument, lui assura-t-on. (Il me fallut un moment pour reconnaître la voix de l'Iroquois.) Écoutez… elle recommence à gémir.

Connard ! Je serais dans un état moins pitoyable, si tu ne me secouais pas comme un hamac malmené par la tempête ! Je sentis la bile remonter dans ma gorge. Je fis une tentative pour tourner la tête sur le côté, ce qui fit danser de jolies lumières sur l'écran de mes paupières closes. Malheureusement, elles s'accompagnaient d'élancements douloureux qui plongeaient leurs racines jusque dans mon cerveau, en rythme avec mon pouls affolé. Tout cela pour me rappeler que moi, tueuse patentée, j'avais non seulement raté ma cible mais que je l'avais également laissée prendre le dessus.

— *Mais... Vayl!*

— *Ferme-la. Pas d'excuses foireuses. Et pas de panique! Tu ne peux lui venir en aide si tu ne parviens pas à te sauver toi-même. Tu me donnes envie de gerber...* Ce que je fis. Cette fois, je parvins à rejeter suffisamment la tête sur le côté pour arroser au moins partiellement les chaussures d'un de mes porteurs.

— Merde! Veux-tu... c'est dégueulasse!

Apparemment, j'avais atteint Menton Fuyant. Bien... Ça lui apprendrait à continuer de se porter comme un charme alors que sa tête aurait dû exploser des heures plus tôt. L'humain éliminé par Admes au cours de la bataille devait donc être le Vétéran.

Enfin, je me sentis déposée sur l'herbe. *Aaaaah... Chouette. Non! Attends un peu... Pas le moment de prendre tes aises. Un taré nourrit de vils plans pour toi.* Waouh! Du Vayl dans le texte... *Rembobine un peu : de vils plans... de vils plans pour toi... de vils...*

— Oui. Ce sera parfait ici.

Samos paraissait heureux. Non, ce n'était vraiment pas bon signe. Je sentis une langue râpeuse lécher ma joue meurtrie. *Hé! Putain de clebs!*

— Ziel! Éloigne-toi d'elle!

Tant mieux! Maintenant, Samos était en rogne. Le clébard avait fini par le larguer. *Un bon point pour toi, Jack-le-grimpeur!* C'était comme ça que je l'aurais appelé, s'il avait été à moi : Jack-le-grimpeur. Cela avait... du chien. Quoiqu'un peu long, sans doute, pour les visites chez le véto et pour conter fleurette à de jolies chiennes. Alors pourquoi pas Jack tout court? *Jack. Ouais, pas mal.*

On me ramena soudain les bras derrière le dos de manière si brusque que je ne pus retenir un gémissement. Ensuite, je sentis qu'on m'entravait les poignets. Ziel – *non : Jack* – se mit à aboyer. Mais cette fois, cela n'avait rien d'un « Wouh-wouh ! Éclatons-nous un bon coup ! » Cela sonnait davantage comme un « Wouh-wouh ! J'vais vous rentrer dans l'chou ! » J'étais si touchée que de vraies larmes s'accumulèrent derrière mes paupières. Je compris alors que le coup que j'avais reçu sur le crâne avait dû causer des dégâts qui me condamnaient à surréagir émotionnellement et intellectuellement. Il n'en demeurait pas moins que ce Jack-le-grimpeur était un sacré chien.

Faudrait peut-être ouvrir les yeux ? *Non, Jaz. Cela va te faire vomir. De quoi te mettre plus mal encore sans rien faire pour t'éclaircir les idées.* À la place, je décidai d'étudier l'intérieur de mes paupières. Je fus frappée de constater que ce devait être ce que voyait Vayl chaque matin, quand il s'enfermait dans sa tente, avant de mourir pour la journée. Ce qu'il venait peut-être de faire encore – cette fois pour de bon.

De nouveau, la douleur, comme un éclair. Mais pas dans le bras cette fois : plus centrale, et si massive qu'elle aurait pu suffire à me paralyser. Je savais que faire avec la souffrance. Comment la contenir comme une foule trop curieuse sur une scène de crime. *Arrière, charognards au cœur de pierre ! Et laissez-moi bosser !*

Le problème, quand je me décidai finalement à ouvrir mes bonnes vieilles mirettes, fut de constater que cela n'allait pas être facile *du tout* de mener à bien ma mission. Les corps de Dave, Tarasios et Admes avaient été disposés de manière à former un cercle que je fermais moi-même.

La tête de chacun de nous touchait les pieds du voisin, et nous étions tous ficelés comme des rôtis prêts à aller au four. Pour couronner le tout, nous formions le centre d'un pentacle en bois d'où s'élevait déjà de la fumée.

À chaque sommet de cette étoile, Samos et ses hommes se tenaient, impatients que la fête commence, comme les bourreaux sanguinaires qu'ils étaient. Le Rapace portait un costard ivoire et un feutre assorti, tous deux légèrement tachés par la récente bagarre. Sa chemise de soie bleue et sa cravate blanche lui donnaient l'allure d'une star du porno se donnant des airs de playboy international. Je ne l'avais jamais vu habillé comme ça, mais il était vrai que la fois précédente, je l'avais surpris dans son bureau en train de négocier un deal avec le diable.

L'Iroquois tenait Jack fermement, sans quoi le molosse déchaîné aurait sauté au-dessus du bûcher fumant pour me rejoindre. Menton Fuyant, lui, se tenait la tête à deux mains et la massait avec insistance. *Hé! Peut-être que ces robots provoquent quelques dégâts, après tout.*

Les vamps de Samos paraissaient encore plus mal en point que ses gardiens humains. La Femme aux bâtons, tassée sur elle-même, avait l'air salement amochée. Ses plaies à la poitrine commençaient à peine à se refermer. Quant au Gladiateur, il passait son temps à cracher du sang et à me foudroyer du regard, comme si le bûcher n'était pas un châtiment suffisant pour quelqu'un qui n'avait eu aucun scrupule à lui tirer dans le dos.

Tous chantonnaient une mélopée indistincte. D'abord, mon cerveau malmené me fit croire qu'ils s'interpellaient entre eux. Puis, je me surpris à imaginer qu'ils improvisaient un rap de bas étage, la casquette noire à visière vissée de côté sur le crâne, en se déhanchant à contretemps sur leurs marmonnements ridicules. « Han-han ! C'est nous les best ! Han-han ! Une sacrée veste ! Han-han ! Un vrai bottage de fesses ! »

— Un « bottage » ? répétai-je en pouffant de rire. Ce mot n'existe même pas !

Samos me gratifia d'un regard meurtrier. Apparemment, les sacrifiés n'étaient pas censés avoir d'hallucinations en grillant sur le bûcher. Puis, son portable se mit à sonner. Cela n'eut pas l'air de le ravir, mais il répondit quand même.

— Comment ça, Disa a disparu ! Mais je ne peux pas en terminer ici ce soir si la *Deyrar* est absente ! Où est-elle allée ?

En écoutant la réponse qui lui était faite, il laissa ses yeux courir sur ceux qui l'entouraient, avec l'envie manifeste de boxer le premier qui lui en offrirait le prétexte.

— Attends une seconde ! s'énerva-t-il enfin. Tu peux m'expliquer pourquoi je devrais payer la Voyante du coin alors que tu me coûtes déjà si cher, Koren ? (Il laissa la main qui tenait l'appareil retomber pour se tourner d'abord vers Tarasios, puis vers moi.) Disa s'est fait la belle avec ton *sverhamin*, dit-il. Tu as une idée de l'endroit où ils auraient pu aller ?

— Tout dépend de ce qui s'est passé au hangar, répondis-je.

Samos haussa les épaules pour signifier que cela n'avait plus grande importance que je l'apprenne.

— Une petite manœuvre de diversion pour les occuper pendant que je franchissais leur frontière, expliqua-t-il. Blas m'avait expliqué qu'ils avaient dû combattre des départs de feu inexpliqués. Cela paraissait donc le choix le plus logique.

— Dans ce cas, repris-je, ils sont probablement allés en ville fêter ça. Ils sont très, très proches l'un de l'autre, tu sais : Créateur et Créature. Même si tu nous réduis en cendres, cela pourrait se révéler impossible pour toi de faire main basse sur cette Alliance, à présent qu'ils se sont retrouvés.

Le voyant pincer les lèvres, je songeai : *Prends ça, sac à merde !* Mais ma jubilation intérieure retomba bien vite. *Ainsi, Koren était l'agent double. Ce qui veut dire que son numéro de veuve éplorée parce que j'avais involontairement insulté la mémoire de feu son* sverhamin *était entièrement pipeau. T'aurais pourtant dû t'en douter, Jaz...*

Samos reposa le combiné contre son oreille et conclut sèchement :

— Écoute-moi bien, sale petite garce ! Je n'ai pas laissé mon sang au bas d'un pacte pour que tout s'écroule parce que tu n'es pas capable de découvrir où une *puta* a emmené son gigolo. Trouve-les !

Après avoir sèchement refermé le portable, il le rangea dans sa poche et recommença à chanter. D'autres bûches s'enflammèrent. Dans mon cerveau, pareillement, jaillit une lueur de compréhension qui provoqua une nouvelle onde de douleur : Samos avait conclu un autre marché avec l'un des suppôts de Satan...

— Qu'as-tu fait, Edward ? demandai-je, à la fois par curiosité mais aussi parce que cela pouvait retarder l'issue fatale. Cette fois-ci, qu'est-ce que le diable a bien pu t'arracher de précieux pour conclure ce marché ?

— Ce pacte-là était très spécial, répondit-il. Il fallait que je fasse main basse sur cette Alliance, parce que ton petit chéri en avait fait partie autrefois. Et comme je le sais fort bien, les racines sont profondes qui nous relient à nos anciennes amours. Je savais donc qu'il s'empresserait d'accourir s'il savait son ancien clan en danger. Ce qui signifiait qu'il t'y amènerait, *toi*.

Samos cracha dans ma direction et me manqua largement. Le pire, c'était que j'allais peut-être finir par le regretter. Si la chaleur continuait à monter dans ce cercle que nous formions, tout apport hydrique allait bientôt être bon à prendre…

La haine que je lisais dans son regard semblait emplir de soufre l'air ambiant et faire courir sur ma peau des vers grouillants. Jusqu'à ce que je me rappelle pour quelle raison je me trouvais là. Nous avions battu le Rapace à plates coutures, Vayl et moi. Et pas qu'une fois. De plus, je n'étais pas encore morte, bon sang ! Ce qui signifiait…

— Tu n'as pas répondu à ma question, Eddie. Les démons réclament davantage qu'un peu de sang pour conclure leurs sales petits marchés. Qu'avais-tu à sacrifier pour obtenir ce que tu voulais ?

Samos eut beau détourner le visage, ses yeux le trahirent. L'espace d'un instant, en se posant sur Jack, toujours agité aux pieds de celui qui le retenait prisonnier, ils avaient révélé l'angoisse et la culpabilité qui l'habitaient.

À présent, je comprenais pour quelle raison le chien avait transféré son affection sur moi en l'espace de quelques heures. Quelle ironie… J'avais sacrifié mes chères cartes pour découvrir ce à quoi Samos tenait le plus, et voilà qu'il renonçait à l'amour qu'il portait à son cher Ziel pour pouvoir me tuer. Il semblait bien que nous ayons réussi tous les deux. Déjà, la chaleur devenait insupportable à l'intérieur du pentacle, et nous tortiller sur le sol ne faisait que nous faire suer à plus grosses gouttes encore.

— Il va falloir *faire* quelque chose, décréta soudain Dave.

J'aurais aimé avoir la possibilité de voir son visage. Encore que, à bien y réfléchir, il était sans doute préférable que nous nous tournions le dos. Cela rendrait notre fin un tout petit peu moins insupportable.

— Quoi, par exemple ? demandai-je en luttant pour distendre mes liens.

Hélas, ils paraissaient trop bien serrés pour que je puisse me libérer avant que le feu me consume.

Tarasios se mit à pleurer et gémit :

— Je ne veux pas mourir comme ça…

— Fallait y penser quand nous nous battions, grommela Admes.

Malgré la situation désespérée dans laquelle nous nous trouvions, il réussit à m'arracher un sourire. *Pas étonnant que Niall l'aime…*

— Jaz ! (Dave s'exprimait dans ce langage secret que nous avions mis au point pour communiquer entre nous, avant même d'apprendre l'anglais.) Mets-toi en colère !

— C'est déjà fait. Tu t'imagines peut-être que je reste là à regretter de ne pouvoir offrir des roses et du vin à ces salauds ?

— Non ! (Ceux qui nous entouraient ne pouvaient nous comprendre, mais il avait encore baissé d'un ton. Je tournai la tête sur le côté, plongeant un sourcil dans la terre pour qu'une de mes oreilles, au moins, puisse être dirigée vers lui.) Rappelle-toi ce qui arrive quand tu te mets en rage : parfois, des alarmes se déclenchent. Ce qui suffit à mobiliser beaucoup de monde…

Je fermai les yeux pour mieux réfléchir. Que me demandait-il ? De déclencher un incendie, alors que nous étions sur le point de cramer ? Comment cela pourrait-il… *Oh ! D'accord…* Les pompiers qui combattaient les feux de forêt avaient recours à ce genre de procédé, parfois : un contre-feu pour stopper les flammes.

Mais ce que me demandait mon frère, c'était de maîtriser quelque chose que je ne comprenais pas. *« Tu ferais bien de t'y mettre rapidement ! »* objecta Mamy May. (Pourquoi fallait-il qu'à l'article de la mort je l'imagine en train de jouer au croquet avec Jimmy Durante ?) *« Tais-toi donc un peu !* s'impatienta-t-elle. *Et concentre-toi. Parce que nous autres, ici, on n'a pas spécialement envie de finir grillés… »* Ce commentaire fut salué par un chorus d'approbations enthousiastes de toute la troupe de personnages imaginaires. Allongés sur des chaises longues, en bordure du terrain, ils partageaient leurs libations, en attendant la grande finale, entre bière et vodka-tonic.

Fantastique ! Jusqu'à mes derniers instants, la santé mentale m'aura fait défaut…

Les quatre agneaux du sacrifice que nous étions s'étaient autant que possible serrés au centre du pentacle de Samos. Nos mains se touchaient. Nous n'avions pas renoncé à tenter de nous débarrasser les uns les autres de nos liens, même si jusqu'à présent nos efforts n'avaient rien donné. Tarasios pleurait tant que je pouvais entendre le bruit répugnant de sa morve jouant au yo-yo dans ses narines. Admes avait commencé à maugréer entre deux quintes de toux. Seul Dave s'obstinait à parler.

— Quand ce don est-il apparu ? Qu'avais-tu fait avant que les premières alarmes se déclenchent ?

— J'avais donné un peu de mon sang à un loup-garou, répondis-je.

— Qu'est-ce que ça a entraîné ?

— J'ai en moi ce que j'appelle « l'œil de l'esprit ». C'est une Sensitivité, une aptitude aux pouvoirs surnaturels, comme la tienne, simplement beaucoup plus développée. Ton œil de l'esprit doit être à peine entrouvert. Le mien l'est tout à fait. À cause du sang de Vayl, des larmes qu'Asha Vasta m'a données en Iran, de celui que j'ai donné à Trayton. Tout cela a fait monter la sauce, si je puis dire.

— Et comment mettais-tu ces aptitudes en œuvre, auparavant ?

— Concentration. Visualisation. Oui, c'est plutôt d'ordre mental.

— Eh bien fais-le, Jazzy… Parce que je crois que mes chaussures commencent à fumer.

Je fermai les yeux et m'efforçai d'accéder à cette conscience intérieure. Seulement, cette fois, mon but n'était pas de traquer des vampires criminels ou de localiser des Pillards voleurs d'âmes. Ce que je voulais, c'était générer un rideau de flammes, dans un cercle très resserré, mais suffisamment loin de nous pour ne pas nous atteindre. Je compris rapidement qu'il me fallait trouver une source, une étincelle, puis quelque combustible pour entretenir la flamme. La rage, toujours présente en moi depuis que tous ceux que j'aimais étaient morts un an plus tôt, se leva telle une maladie chronique. Elle posa ses mains noires et suppurantes sur l'herbe autour de nous. Et même si une pluie récente rendait celle-ci plus verte encore, cela n'y changea rien : ma colère la fit craquer comme herbe sèche de l'année passée.

— Il se passe quelque chose…, murmura Dave.

Je fis en sorte de nous isoler dans un bouclier protecteur que j'imaginai constamment refroidi par une circulation d'eau froide. Mais au-delà de cette bulle, je laissai ma rage bouillonner. Elle n'était pas seulement motivée par le fait d'avoir été enlevée, brutalisée et utilisée comme combustible pour les visées délirantes d'un malade assoiffé de pouvoir. D'autres insatisfactions la nourrissaient. Avoir failli à ma mission. Perdre la vie, et laisser mon frère perdre la sienne. Devoir rester là, impuissante, pendant que Disa menait Vayl au désastre. Gaspiller ma dernière chance d'accéder à un amour partagé, qui promettait d'être vrai, juste et beau. Sans oublier que je n'étais pas parvenue à découvrir comment laisser mes morts reposer en paix.

— Que… qu'est-ce qui se passe ? cria Samos.

Je pouvais sentir le feu se déchaîner à présent – « *whoosh !* » –, cercle de rage et de chaleur dont j'étais l'épicentre et qui se répandait autour de nous, annulant les effets du sortilège mis en œuvre par le Rapace. Lorsque j'ouvris les yeux, je vis que les bûches avaient retrouvé leur état de noirceur fumante d'origine. Mais j'étais parvenue à faire plus que cela encore. Ma petite flambée avait en quelque sorte inversé le charme, bondissant sur les vampires et les humains qui se tenaient au sommet de quatre des cinq pointes du pentacle. Seuls Jack et Samos avaient été épargnés. Le chien, après s'être libéré, était allé se mettre à l'abri à distance, d'où il observait le déroulement des événements. Quant à Samos, je n'avais pas la moindre idée de la raison pour laquelle il n'était pas en flammes. Peut-être était-ce parce qu'il avait interrompu son chant, ou qu'il avait réussi à quitter la cinquième pointe de l'étoile à temps. Je ne pouvais en être sûre.

Le visage figé en une expression de profonde incrédulité, il regardait ses sbires bondir, courir, se rouler par terre, torches humaines lâchant des cris d'agonie. En voyant Menton Fuyant venir vers lui, la tête entre les mains, Samos battit en retraite, mais il ne put rien contre les micro-robots de Bergman, qui atteignaient enfin leurs limites. L'explosion décalotta le crâne de l'homme de main, envoyant valser les minuscules machines tueuses enflammées dans toutes les directions. Des centaines d'entre elles atterrirent sur le Rapace, qui se mit aussitôt à crier en s'agitant frénétiquement pour s'en défaire, comme s'il s'agissait d'araignées venimeuses.

Mais il ne put rien pour empêcher les robots de plonger. Certaine que leur séjour dans leur hôte précédent aurait suffi à les épuiser, je n'en croyais pas mes yeux. J'observai le phénomène attentivement, vu que Bergman me tannerait sûrement pour que je lui en fasse un rapport complet. De petits trous noirs apparaissaient sur le visage de Samos, son cou, sa poitrine, ses bras. Il n'y avait pas un endroit de son corps où n'apparaissaient pas de nouvelles perforations. On aurait dit que ces micro-tueurs accédaient à une seconde vie, à laquelle leur créateur lui-même n'avait pas songé.

— Bon Dieu ! Que se passe-t-il ? murmurai-je, fascinée.

Samos tomba à genoux, tirant sur ses vêtements, arrachant sa veste, sa chemise. Tandis que nous continuions à faire jouer nos liens pour nous libérer, nous vîmes les robots qui ne l'avaient pas atteint ramper vers lui depuis l'endroit où ils avaient atterri. Dès qu'ils le rejoignaient, ils sautaient sur lui et s'enfouissaient sous sa peau. Samos fut secoué de tremblements spasmodiques. Quelques secondes plus tard, il s'effondra en avant et se réceptionna sur les mains, crachant le sang.

— Je pense qu'ils sont en train de dévorer ses organes, dis-je.

— Mais… pourquoi ? s'enquit Dave.

— Je l'ignore. Peut-être parce que Bergman les avait créés à l'origine pour venir à bout des métastases cancéreuses.

— Tu veux dire… qu'ils considèrent tous ses organes internes comme des tumeurs malignes ?

— C'est un vampire. Leur constitution a beau avoir l'air identique à la nôtre, cela ne signifie pas que leur métabolisme fonctionne de la même façon.

Samos posa sur moi un regard vague, les lèvres dégoulinantes de sang.

— Arrête ça tout de suite…, supplia-t-il.

— Je ne sais pas comment faire.

— S'il te plaît…

— Tu viens juste d'essayer de nous faire brûler vifs, moi et mes gars. Tu n'es pas en position de supplier.

Jack vint en trottinant jusqu'à lui et le renifla. Samos adressa au chien un affreux sourire.

— C'est mon bon chien, coassa-t-il. C'est mon Ziel…

— Il n'est plus à toi.

Enfin, j'avais réussi à libérer une main. En quelques secondes, nous fûmes tous libres. Tandis que je luttais pour me remettre debout, le chien vint se placer à côté de moi. En déposant une caresse sur son crâne, je lançai à son ancien maître :

— Il est à moi, désormais. Et je le baptise Jack !

L'expression que je vis passer sur le visage du vampire aurait pu attendrir un cœur moins coriace, mais le mien était plus dur que le diamant. Je ne pouvais oublier tous ceux qu'il avait tués, ou les horreurs qu'il avait cautionnées pour faire progresser sa cause obscène. Aussi, malgré mon ardent besoin de me lancer à la recherche de Vayl, je le regardai se faire bouffer par les robots, attendant qu'ils atteignent le cœur.

Vers la fin, il leva les yeux vers moi, avec un grand sourire qui découvrait ses dents noyées par le sang.

— Une dernière parole pour la postérité ? lui demandai-je.

Il arracha à pleines mains deux mottes de terre couvertes d'herbe, cracha dessus et me lança un regard effrayant.

— Es-tu certaine de connaître mon nom ? rétorqua-t-il.

Sur ce, il se remit à chanter, dans la même langue que celle qu'il avait utilisée pour allumer le bûcher.

— Jaz ! me prévint Dave avec urgence. Ne le laisse pas faire !

Je lui envoyai un coup de pied dans la tête, mais au moment où le contact aurait dû se faire… il n'y eut plus rien sous ma semelle. Les robots avaient fini mon job pour moi. Tout ce qui restait d'Edward Samos, dit « le Rapace », reposait en une petite pile à mes pieds.

Chapitre 28

Un observateur extérieur nous aurait pris pour les rescapés d'un naufrage. Nous marchions appuyés les uns aux autres, parce que nos jambes ne fonctionnaient pas encore correctement. Quant à ma tête, j'avais l'impression qu'elle ne demandait qu'à fuser vers les étoiles comme une chauve-souris prise de folie. Même Jack paraissait l'avoir mauvaise. On aurait dit que voir son ancien maître éclater comme une bulle de savon n'avait pas figuré au programme de sa soirée. Il avait regardé ce qui restait d'Edward Samos – un peu de poussière et de fumée – se disperser dans la nuit, il avait reniflé brièvement ce qu'il laissait derrière lui – quelques vêtements et fragments d'os –, puis, la queue basse, il nous avait emboîté le pas pour regagner la villa.

Nous avions fait une halte pour récupérer le tas d'armes et de portables que les vampires avaient abandonné sur le champ de bataille. Une fois totalement équipés, nous nous étions redressés et nous avions cessé de regarder autour de nous comme si nous étions surpris d'être encore là, tous ensemble, à respirer.

— Tu la joues toujours aussi serrée ? me demanda Dave, fine mouche, en reboutonnant son blouson.

La nuit avait fraîchi, mais je transpirais encore d'avoir échappé de peu à l'immolation. Aussi préférai-je pour ma part rejeter ma veste sur mon bras.

— Nan, répondis-je. C'était juste pour t'impressionner. (D'un coup de hanche, je le bousculai légèrement.) Mais quand même… repris-je. Cette idée de génie que tu as eue… Elle nous a tirés du pétrin de manière spectaculaire !

— Une bonne chose que je n'étais pas bourré, non ?

Sachant qu'il rejetterait la main que j'avais envie de poser sur son bras, je crispai les doigts dans le cuir de ma veste et ajoutai :

— Je jure devant Dieu que cela ne m'a pas effleuré l'esprit, Dave.

— Ça a fait plus qu'effleurer le mien. Sais-tu ce que m'a permis de comprendre notre petite mésaventure ?

Je l'observai à la dérobée. J'avais peur, en le regardant droit dans les yeux, qu'il se referme comme une huître sans que j'aie pu apprendre ce qu'il s'apprêtait à me révéler.

— Non, répondis-je. Quoi donc ?

— Même si tu m'as libéré de l'emprise du Magicien il y a un mois de cela, j'étais toujours pieds et poings liés au fond de moi. Devoir rester dans ce pentacle, troussé comme un dindon prêt pour le four m'a permis de m'en rendre compte et m'a complètement libéré.

— Je vois ça.

— Je pense finalement que je pourrai changer quelques petites choses dans ma vie avant de finir par investir dans la culture de la marijuana. À commencer par ça.

Il fourra la main dans sa poche, en sortit sa flasque de métal argenté et me la tendit.

Soudain, je sus quel effet cela peut faire de recevoir le prix Pulitzer.

— Bien joué ! lui répondis-je en glissant le flacon dans ma poche de hanche.

— Bon sang, je me sens mieux ! s'exclama-t-il. J'appelle Cassandra.

Il plongea la main dans son autre poche et en ramena son portable. Une minute plus tard, il s'efforçait de réveiller suffisamment sa belle pour pouvoir lui faire part de la bonne nouvelle.

Pendant qu'ils discutaient, je fourrai mon propre téléphone dans les mains de Tarasios en lui ordonnant :

— Appelle ta *Deyrar*. Essaie de savoir où elle est passée.

Ses doigts tremblaient encore si fort que je dus composer le numéro pour lui.

Au terme d'une attente qui me parut durer une éternité, enfin il demanda :

— Disa ? C'est toi ?

Je faillis lui donner un coup de pied dans les tibias. Quel genre de question idiote était-ce là ? Aucune importance. En faisant rouler mes mains devant moi, je l'incitai silencieusement à aller au fait. Tarasios hocha la tête pour m'indiquer qu'il avait compris.

— Tu es toujours au hangar à charrettes ?

Il écarta l'écouteur de son oreille pour que je puisse entendre les réponses de Disa si cela ne me gênait pas de partager son intimité quelques instants. Ce que je fis. Malgré son apparence renversante, me retrouver à respirer le même air que lui n'avait rien de très troublant. Nous empestions tous les deux la fumée, et vu sa lamentable conduite des dernières heures, j'aurais préféré aller faire un câlin à un cachalot échoué sur une plage. Mais Cirilai envoyait des aiguilles dans mon bras et je n'avais pas le choix. Je pris soin cependant de récupérer la Sulfateuse d'abord. Il avait perdu le droit de s'en servir dès l'instant où il s'était mis à pleurer comme un veau.

— Non, répondit Disa. Le hangar est complètement perdu. (Jamais je ne l'avais entendue aussi guillerette.) Nous n'avons trouvé trace d'aucune intrusion, ni d'aucun loup-garou. C'est probablement l'œuvre d'un court-circuit. Niall, Rastus et les autres sont sur place pour s'assurer que le feu ne repart pas. Vayl et moi, nous partons effectuer un petit voyage.

Au creux de son oreille, je murmurai à Tarasios ce qu'il avait à dire.

— Est-ce vraiment le moment de voyager ? Je veux dire… que devient le rendez-vous avec Samos cette nuit ?

— Sibley va l'appeler pour lui dire que demain ce sera mieux.

Elle avait répondu avec une telle insouciance que je me demandai si elle avait conscience du danger qu'elle faisait courir à son Alliance en reportant les négociations. Bien sûr, cela n'était plus un problème, mais elle n'en savait rien.

— Alors où allez-vous ? s'enquit Tarasios d'un ton si naturel que je l'en félicitai, le pouce levé.

— Nous allons prendre un vol en direction du nord. Ne t'en fais pas, nous serons de retour demain. Et j'aurai alors une belle surprise pour vous !

— Tu n'as pas besoin d'un garde du corps ? suggéra-t-il en hâte, de peur qu'elle ne raccroche.

— Inutile ! lança-t-elle d'une voix chantonnante. À bientôt…

La conversation de Dave s'était également achevée lorsque Tarasios me rendit mon portable.

— Parce que j'étais impliqué, m'expliqua mon frère, Cassandra n'a eu aucune vision de ce qui vient de se passer. (Il marqua une courte pause.) C'est probablement mieux ainsi, ajouta-t-il. Mais elle a eu des flashs, au sujet de Vayl. Et de toi. Elle dit que tu ne dois pas tuer Disa. (Cette femme était en train de se transformer en disque rayé…) Elle te conseille également de faire confiance à Vayl.

— À quel propos ?

— Je ne sais pas. Elle dit juste qu'il sait ce qu'il fait.

Ce qui signifiait que, quel que soit le danger dans lequel il s'était fourré, il l'avait bien cherché. C'était tout lui.

— Bien ! conclus-je fermement. Il y a quand même une chose que *moi* je sais : on a intérêt à se magner les fesses, tous les deux, si on veut les rattraper à temps.

Admes me tapa sur l'épaule et protesta :

— Vous vouliez dire… *tous les trois*, n'est-ce pas ?

— Hé bien, euh… (Comment demander : « On peut vraiment vous faire confiance ? », à un type en compagnie de qui on vient de risquer sa peau, sans l'offenser ?) À présent que Samos est mort, repris-je en haussant les épaules, notre mission ici est terminée. Il s'agit juste pour nous de récupérer Vayl avant de débarrasser le plancher.

— À votre avis… quel âge puis-je avoir ? demanda-t-il.

— Euh…

— Je sais précisément ce que Cirilai représente aux yeux de Vayl. Ne l'ai-je pas vu la porter précieusement sur sa poitrine durant tout le temps où il est resté parmi nous ?

Quand il est parti, ce qu'aucun d'entre nous n'avait jamais réussi à faire, nous avons tous compris que c'était cet anneau qui lui avait permis de survivre là où nous nous serions probablement tous racornis avant de disparaître.

—Admes…

Il leva une main devant lui pour me faire taire.

—Il est revenu ici en votre compagnie et vous aviez son anneau au doigt. Au cours de la bataille, j'ai bien vu que c'était lui qui vous déstabilisait. Vayl est en grand danger, n'est-ce pas ?

Je déglutis péniblement avant de répondre :

—Je le crains, oui.

Admes reposa sa main sur mon épaule et conclut :

—Alors, je vais vous aider à le sauver.

—Pourquoi ?

—Parce que j'espère que cela entraînera la chute de Disa. Ce qui serait la meilleure chose qui nous soit arrivée, à Niall et à moi, depuis des décennies.

Sans rien ajouter, il se remit en route vers la villa. Sans l'énergie ni le nombre nécessaires pour nous opposer au meilleur guerrier de l'Alliance, nous n'eûmes d'autre choix que de le suivre.

Au bout de quelques minutes, Tarasios demanda :

—Je peux venir aussi ?

—Non.

—Mais…

—À ton avis, quelle sera la réaction de Disa quand elle te verra te pointer alors qu'elle t'a ordonné de rester ici ?

—Oh ! (Son visage se décomposa.) Je vois.

—Je vais te dire ce que tu peux faire. (Il paraissait encore plus impatient que Jack, dont la queue s'était remise à battre à tout-va dès que nous nous étions remis en marche.) Tu vas aller trouver Niall. Dis-lui que Koren travaillait pour Samos.

Je lui donnai également mon numéro de portable alors que nous atteignions le mur d'enceinte de la villa, en espérant qu'il ne l'oublierait pas.

Puisque j'avais toujours les clés du minibus, nous allâmes nous y installer, Dave, Jack, Admes et moi, laissant Tarasios aller annoncer en traînant les pieds la mort de Samos au reste de l'Alliance.

Jamais je n'avais été aussi heureuse de me glisser dans le siège confortable d'un véhicule susceptible de me conduire aussi vite que possible vers mon but. Je m'accrochai à la poignée intérieure, le front collé à la vitre, tandis que Dave s'installait derrière le volant et Jack et Admes à l'arrière. Je me sentais nauséeuse et courbaturée. À en juger d'après ma chemise qui collait à mon dos, j'étais pratiquement certaine que ma blessure s'était rouverte. Mais rien de tout cela ne comptait vraiment. Les élancements douloureux que Cirilai m'envoyait dans le bras à intervalles réguliers me préoccupaient davantage. Ils me rendaient même folle d'angoisse et m'empêchaient d'envisager le problème de manière sereine.

Retrouver Vayl. Fais-en juste un but à atteindre, pas une quête qui pourrait te détruire si jamais tu échouais. Surtout, ne pense pas à ce qui arriverait si l'anneau devenait subitement froid à ton doigt. À ce que tu deviendrais si tu avais la certitude de ne plus jamais le voir te regarder au fond des yeux, et te sentir soudain heureuse, entière et vivante.

Jack me ramena sur terre en sautant sur mes genoux. Je reculai si brusquement dans mon siège pour lui faire de la place que je faillis me donner le coup du lapin sur l'appuie-tête.

— OK. Mettons les choses au point, dis-je en me retrouvant nez à nez avec lui. Non, ne me fais pas le coup du regard innocent ! Je t'ai vu faire la grande toilette de tes petites affaires… Alors il n'y aura aucune léchouille sur mon visage, mes mains, ni sur aucune autre plage de peau exposée. Compris ? (Jack posa sa tête sur mon épaule en soupirant. Je sentis un souffle humide s'insinuer dans mon oreille.) C'est dégoûtant…, protestai-je faiblement. Mais… acceptable. (Doucement, je frottai ma joue contre la sienne.) Merci, conclus-je dans un murmure.

Dave remontait l'allée conduisant à la route de Patras. Dès qu'il se fut engagé dans le trafic, il enfonça brutalement le champignon sans prévenir personne. Admes proféra un juron en laissant tomber quelque chose de métallique sur le sol. Je fermai les yeux, priant pour ne pas entendre une rafale d'arme automatique déclenchée accidentellement.

Jack perdit l'équilibre et le retrouva en enfonçant une de ses pattes massives dans mon sein gauche. Je baissai les yeux pour m'assurer qu'il n'y avait pas de bobo. Devoir me préoccuper de mes attributs féminins typiques me fit penser à ceux de Disa, nettement plus nombreux et effrayants. Je décidai que nous avions laissé à Pete bien assez de temps pour effectuer des recherches à leur sujet. Avec la perspective d'une nouvelle confrontation décisive en ligne de mire, j'avais besoin de savoir comment les tenir en échec. Rapidement.

Il lui fallut presque une minute pour décrocher.

— J'ai encore une heure avant de me mettre en route pour la journée…, grogna-t-il d'une voix ensommeillée.

— Dans ce cas, il ne fallait pas me donner votre numéro personnel, répliquai-je.

— Savez-vous que vous êtes la seule à m'appeler ici ?

Je me mordis la lèvre. Il vaut mieux éviter de sortir du rang, surtout dans un groupe aussi restreint que l'était notre département.

— C'est important, insistai-je.

— Alors venez-en au fait.

Je décidai que la résignation dans le ton de sa voix allait m'éviter un savon à notre prochaine rencontre et lui fis un rapide compte-rendu des événements de la nuit.

— Donc, conclus-je, Vayl et moi avons dû nous séparer, et nous sommes en route pour le retrouver. Il est en compagnie de la mangeuse de visages. Avant de devoir me battre avec elle, il pourrait donc m'être utile de connaître tout ce que vos gars ont pu trouver la concernant.

— Une seconde… (J'entendis un sommier grincer tandis que Pete gagnait un endroit plus tranquille pour épargner à sa très patiente épouse de futurs cauchemars.) Écoutez…, reprit-il enfin. Tout ce que nous avons pour le moment, c'est une paire de théories hardies. Rien qui soit de nature à vous laisser risquer votre vie – ou votre nez – en vous y fiant outre mesure. Tout ce que je peux vous assurer, c'est qu'elle n'est pas une véritable Vera.

— Vous voulez dire… qu'elle ne s'est pas retrouvée ainsi en faisant appel à ses propres pouvoirs ?

— Exactement. Elle semble avoir développé une relation symbiotique avec une nouvelle espèce.

— Et je suppose que « nouvelle » signifie que nous ne savons pas encore comment en venir à bout.

— C'est à peu près ça, admit-il de mauvaise grâce. Nos chercheurs travaillent là-dessus, mais tout ce qu'ils peuvent affirmer pour l'instant, c'est que, si on l'élimine *elle*, ce qu'elle héberge, quoi que cela puisse être, mourra aussi.

— Facile à dire ! Ils n'ont pas vu les dommages qu'elle peut causer.

— C'est vrai.

Je poussai un soupir. Il semblait bien qu'en ce qui concernait Disa, j'en étais réduite à l'improvisation. En plus, la trucider tout simplement ne pouvait constituer une option tant que je n'aurais pas trouvé le moyen de dissocier son sort de celui de Vayl. Peut-être que, si je parvenais à la ralentir… ou même à la paralyser. *Oui ! En voilà une idée qu'elle est bonne !*

— Écoutez, Pete…, repris-je enfin. Je sais que Vayl vous a donné toutes les informations dont il disposait sur les Alliances en général. Vous a-t-il dit quelque chose sur celle-ci, en particulier, qui pourrait m'être utile ?

— Attendez, je vais chercher mon portable.

Je patientai en observant les lumières de Patras, qui se faisaient plus vives à présent que nous avions quitté la campagne pour nous diriger vers les docks. Soudain, je m'aperçus que je caressais la tête de Jack et que cela me faisait du bien. Dommage que mon boulot m'oblige à n'être jamais chez moi… Ç'aurait été chouette de tenter l'expérience d'avoir un chien.

— Jaz ?

— Je suis là.

— OK. J'ai sous les yeux une copie du rapport de Vayl. Il ne s'y trouve pas grand-chose que vous ne sachiez déjà. Il écrit que les Alliances exigent de leurs membres une absolue loyauté. Il raconte également que Hamon a failli le tuer quand il a forcé Disa, parce qu'il s'agissait d'un des interdits essentiels de leur communauté.

— Quelqu'un a dû mentionner cette règle, mais je n'avais pas compris que Hamon avait réagi de manière aussi extrême.

— Il dit également que bien d'autres Alliances encouragent le forçage, mais que Hamon interdisait formellement que quiconque au sein de la sienne se choisisse ainsi un compagnon ou une compagne. Selon Vayl, si le *Deyrar* l'a finalement épargné, c'est parce qu'il n'y avait que de la haine entre Disa et lui. Quand Hamon a découvert qu'il ne voulait plus entendre parler d'elle, il s'est calmé considérablement.

Ha ! Ha ! La voilà, la part manquante du conte délivré par l'hologramme de Hamon... La seule façon de prendre sa place et celle d'Octavia, c'est pour un Créateur d'obtenir de sa Créature qu'elle accepte de porter le masque. Ou vice-versa. Mais qui accepterait de bonne grâce de faire un truc pareil ?

Prise de vertige, je fermai les yeux et posai la main sur mon crâne.

— Pete..., dis-je d'une voix blanche. Disa a besoin de mettre Vayl dans ce masque pour éviter que l'Alliance perde tout pouvoir. Je pense que, si cela devait advenir, un ennemi plus impitoyable encore que Samos se montrerait pour les réduire en esclavage. C'est pour cela qu'elle est à cran. Mais je n'arrive pas à comprendre pourquoi elle est partie avec lui. Le masque se trouve à Patras...

— Vous feriez bien de trouver le fin mot de l'histoire, me conseilla Pete. Aussi vite que possible. Vayl est le vampire le plus puissant que j'aie jamais rencontré, mais même lui ne pourra pas résister éternellement.

— Compris.

Après avoir raccroché, je repliai mon portable et le tapotai quelques instants contre ma tempe, comme s'il avait pu de cette façon me transmettre le seul appel dont j'avais réellement besoin.

— Vayl… où êtes-vous ? murmurai-je tout bas.

Admes s'éclaircit la voix et dit quelque chose que je ne parvins pas à comprendre. Je repoussai Jack de mes genoux afin de pouvoir me tourner vers lui.

— Qu'avez-vous dit ?

— Les garous pourraient peut-être le savoir.

— Comment cela ?

— Ils gardent méticuleusement la trace de tous les alterhumains qui arrivent à Patras et qui en partent. Je pense que c'est un autre de leurs réflexes territoriaux. Comme d'uriner sur la frontière. En un peu plus obsessionnel.

J'ouvris de nouveau mon téléphone. *Allez, sois sympa ! Dis-moi que tu es toujours là… Ouais !* Je retrouvai le numéro de l'alpha exactement où je l'avais programmé. Krios répondit presque instantanément. Quand je lui eus expliqué dans quelle situation je me trouvais, il n'eut rien de plus pressé à faire que de m'aider.

— J'ai deux des miens qui travaillent à l'aéroport. Laissez-moi leur passer un coup de fil pour savoir où vos vamps sont allés. Je vous rappelle tout de suite.

Je me mis à rire avant même d'avoir raccroché. Je sais : jamais le bon timing... Mais au lieu de me représenter Krios pendu au téléphone, je ne pouvais m'empêcher d'imaginer le vieux loup fonçant à travers les rues de la ville, uniquement vêtu de lunettes de soleil et d'une paire de Fila, laissant comme Jack en pleine course pendre une langue démesurée sur le côté.

— Il n'y a rien de drôle ! protesta Admes en se redressant sur son siège comme pour masquer son inquiétude. En fait, j'en viens presque à regretter de ne pas avoir gardé le silence. Les garous sont déjà en colère contre nous. Je viens peut-être sans le vouloir d'allumer la mèche du feu d'artifices que Disa a préparé avec son *Sonrhain*...

Je me fiche pas mal que vous vous fassiez la guerre pendant les deux siècles à venir ! Tout ce que je veux, c'est savoir où Vayl est passé ! Dave dut deviner sur mon visage la teneur de mes pensées, car il se chargea pour moi de rassurer le vampire.

— Le silence tue bien plus souvent que la parole, Admes. Vous avez bien fait de partager ce que vous saviez avec nous.

Lorsque Krios rappela, nous roulions déjà vers l'aéroport. Les hauts immeubles carrés devant lesquels nous foncions crachaient de la lumière à tous les étages et de joyeux fêtards sur le trottoir.

— L'avion est un charter pour Ljubljana, Slovénie. Deux vampires sont montés à bord, tous deux très animés et très joyeux.

— Quoi ! m'exclamai-je. Attendez une minute... *tous deux* joyeux ?

Mes doigts s'étaient crispés dans le pelage épais de Jack, qui tourna la tête vers moi d'un air de… oui, de reproche.

— Je vous répète ce que mon gars m'a dit, se justifia Krios.

Je fis en sorte de me détendre. Il devait y avoir une explication. J'avais imaginé qu'elle aurait à le faire embarquer endormi dans un fauteuil roulant. Comment aurait-elle pu le forcer autrement à le faire voyager en sa compagnie ? Cirilai ne m'aurait quand même pas fait parvenir un message trompeur, non ?

Disa, plus que personne, était apte à saisir ce qu'il en coûtait de se frotter aux pouvoirs de Vayl. Mais elle devait avoir trouvé un moyen de les tenir en échec. À moins qu'il ait lui-même cru découvrir une parade ? Peut-être jouait-il la comédie en attendant son heure ?

Ou peut-être allais-je finir par me rendre folle à essayer de deviner le pourquoi du comment. Dans ce cas, ma grande mission de secours allait se limiter à rester en extase dans un coin devant une parade imaginaire sur Vénus défilant sous mon crâne. Très peu pour moi.

— D'accord, dis-je après un long silence. La Slovénie ne m'est pas très familière. Ljubljana est la capitale, non ?

— Oui, répondit Krios. Mais je ne pense pas qu'ils vont y rester. Mon contact à l'aéroport les a entendus parler de louer une voiture à l'arrivée.

— Que vont-ils bien pouvoir faire là-bas ? me demandai-je tout haut.

— Ne quittez pas, m'ordonna l'alpha. Un appel sur une autre ligne.

Je me tournai vers Admes pour lui demander :

— Votre Alliance a-t-elle quelque lien que ce soit avec la Slovénie ?

Il secoua négativement la tête pour me répondre. Sans me laisser le temps de lui poser d'autres questions, Krios fut de retour.

— Mon gars vient de se rappeler quelque chose, m'annonça-t-il. Avant l'embarquement, la vampire a tendu à son compagnon de voyage un manteau en riant. Elle lui a dit qu'ils avaient besoin de se couvrir, parce qu'il pouvait même neiger là où ils allaient. Le vampire lui a répondu quelque chose comme : « J'espère que mes garçons s'habillent un peu plus chaudement qu'ils le faisaient autrefois… »

— Oh, mon Dieu !

Ma main retomba dans mon giron. Je pus entendre la voix de Krios grésiller dans l'écouteur plusieurs fois, jusqu'à ce que Dave s'empare finalement du portable.

— Que se passe-t-il ? s'inquiéta Admes.

Ce n'est que lorsqu'il tendit le bras pour me toucher que je repris mes esprits.

— Ne me touchez pas ! lançai-je, plus sèchement que je l'aurais voulu.

— Que s'est-il passé ? insista-t-il.

Dave raccrocha, et immédiatement la sonnerie du téléphone se fit entendre de nouveau. Pendant qu'il décrochait, je répondis :

— Disa emmène Vayl voir ses fils.

J'échangeai avec le vampire un regard interloqué, comme si la foudre venait de s'abattre à l'intérieur du minibus. Un sifflement emplissait mes oreilles tant les répercussions de cette stupéfiante nouvelle étaient grandes. Toutes les extralucides véritables que Vayl avait consultées depuis que ses fils avaient été assassinés s'étaient montrées vagues ou avaient cherché à gagner du temps, sachant que le jour où ils se rencontreraient serait également celui de leur mort.

— Comment a-t-elle fait pour les retrouver ? m'étonnai-je.

Dave raccrocha.

— C'était Tarasios, expliqua-t-il d'un air sombre. Niall lui a demandé de se lancer avec lui à la recherche de Koren. Ils l'ont retrouvée en train de tambouriner contre la porte de la maison de la Voyante locale. Après l'avoir longuement questionnée, ils ont fini par lui faire avouer qu'elle voulait se faire aider par cette femme – une certaine Erilynn – pour retrouver la trace de Disa et Vayl.

— Et ?

— Ils l'ont découverte affalée sur la table de sa cuisine. Elle n'avait plus de visage, et elle était là depuis un bon moment, Jaz. Les insectes s'en donnaient à cœur joie.

— Comment se fait-il que personne n'ait…

— Elle avait laissé des consignes pour qu'on ne la dérange pas avant le début de la semaine prochaine, en prétextant des vacances de dernière minute. Disa avait tout prévu.

Je sentis mon estomac se retourner. J'enroulai mon bras autour de mon ventre dans l'espoir d'empêcher mes organes de se fracasser l'un contre l'autre en une version psychosomatique du cri d'effroi.

— Mais… ils ne pourront pas se retrouver là-bas ce soir ! protestai-je. Vayl est supposé découvrir leur trace en Amérique. (Je me raccrochais désespérément aux branches, je m'en rendais compte, mais je ne pouvais faire autrement.) Il m'a dit qu'une Voyante le lui avait révélé.

Dave serra mon épaule entre ses doigts et assura calmement :

— Dans ce cas, la supercherie de Disa aura fait long feu. Ce ne serait pas la première fois.

— Donc, tu me suggères de me calmer, c'est ça ?

— Bon sang, oui !

Je secouai la tête longuement.

— Je suis trop proche de lui, murmurai-je. Cela me plonge dans la panique au moment où j'aurais le plus besoin d'avoir les idées claires.

— Conneries !

— Hein ?

— Je suis fatigué de t'entendre débiter tes faux prétextes, Jasmine. Tu peux rester là une éternité à lister toutes les raisons pour lesquelles toi et Vayl ne devriez pas être ensemble. Idem pour moi et Cassandra. Mais il y en a toujours une qui efface toutes les autres.

— Laquelle ?

— Oh ! Pour l'amour de Dieu, Jaz, je suis un mec. Ne m'oblige pas à le dire.

Oh, ça !

— OK.

Admes poussa un long soupir et maugréa :

— Je n'aurais jamais dû m'embarquer dans ce voyage.

— Pourquoi ? m'étonnai-je.

— Parce que, une fois encore, je sens que je suis sur le point de trahir mon Alliance. Mais si cela peut vous donner des armes pour combattre Disa…

— Que savez-vous ?

— Hamon a tout fait pour qu'Aine puisse le remplacer un jour en tant que *Deyrar*. Il lui a peut-être livré des informations qui pourraient vous aider à comprendre pour quelle raison Disa éprouve le besoin d'emmener Vayl en Slovénie cette nuit…

Je tendis la main vers l'avant.

— Dave… Rends-moi ce téléphone.

Chapitre 29

C'est drôle la différence que peuvent faire quelques coups de fil judicieusement passés. Grâce aux bons offices d'Admes, Aine voulut bien nous expliquer que les rites de succession nécessitaient un moment de pure extase pour le vampire sur le point d'intégrer le masque. Comme la levure dans la préparation du pain, cet instant de félicité se révélait absolument nécessaire. Il agissait comme un catalyseur de la magie des vampires, forçant le masque à reconnaître son nouveau porteur et déclenchant le processus d'osmose avec le compagnon ou la compagne du nouveau ou de la nouvelle *Deyrar*.

Peu à peu, les facettes mélangées du Rubik's Cube commençaient à s'aligner. Disa avait besoin de Vayl. À sa manière de cinglée, elle l'aimait. Le Lien d'attache, et ce voyage impromptu en Slovénie, allaient mener à la cérémonie grâce à laquelle les yeux de couleur changeante de mon *sverhamin* brilleraient bientôt dans un masque en bois, si je ne trouvais pas quelque chose – et vite – pour empêcher ça.

Aine affirmait qu'habituellement l'extase recherchée impliquait une relation sexuelle, mais Disa savait ne pas pouvoir jouer sur ce terrain-là avec Vayl. D'où l'apothéose de cette réunion promise par-delà la mort et le temps.

Rien ne pourrait le rendre plus heureux que de retrouver ses fils – après quoi, il serait mort.

— Si seulement je pouvais savoir qui sont les fils de Vayl, marmonnai-je en raccrochant. Si quelqu'un pouvait me le dire…

— Cassandra le saurait peut-être ? hasarda Dave.

— Je l'appelle.

Mais lorsque je l'eus réveillée pour la seconde fois et que je lui eus appris la gravité de la situation, elle ne put rien m'apprendre de plus.

— Je n'ai jamais eu un aperçu très clair de leur nouvelle incarnation, dit-elle. Je ne suis même pas sûre qu'aucune Voyante ait jamais pu en avoir un. Le souvenir de Hanzi et Badu est si vivace dans la mémoire de Vayl que ce sont leurs visages qui apparaissent lorsque nous essayons de visualiser leur réunion.

— Laisse-moi réfléchir tout haut. Cela signifie que cette Voyante, à Patras – cette Erilynn –, ne les a probablement pas vus elle non plus. Cela a dû rendre Disa folle de rage. Elle a dû menacer cette femme, qui a dû chercher un moyen de sauver sa peau. Alors, à ton avis, qu'a-t-elle fait ? Elle a tiré deux autres visages de la mémoire de Vayl. Mais qui ? Vayl ne connaît pas tant d'hommes que ça. Dave est ici. Pete et Bergman sont en Amérique. Cole…

Cole est en planque dans un endroit mystérieux où Cam vient tout juste d'apparaître. Le monde peut-il être aussi petit ? Je ne le pense pas, non… Les filles, on tient le gagnant !

— Jaz ?

— Désolée, Cassandra, j'étais ailleurs et je pense y avoir trouvé quelque chose. Tu sais que Cole est en mission, quelque part… Il m'a envoyé un texto pour me dire que Cam venait de le rejoindre. Tu crois que c'est une coïncidence, toi ?

— Non. Cela semble… arrangé. Dis-moi… est-ce qu'Erilynn va bien ?

— Pas vraiment, non. Disa l'a… supprimée. Elle a dû avoir peur qu'elle ne cherche à retrouver Vayl pour clarifier la situation. Après tout, vous autres Sœurs de la Seconde Vue êtes plutôt des personnes intègres.

Le soupir de Cassandra me serra le cœur.

— Je vais prévenir la guilde, murmura-t-elle.

— Désolée, Cassandra… Est-ce que… ça va aller pour toi ?

— Oui, merci…, assura-t-elle d'un ton plus chaleureux. C'est juste que… il reste si peu d'entre nous. Je le prends toujours très à cœur lorsqu'une Sœur disparaît.

— Je peux comprendre ce que tu ressens.

— Merci, Jaz.

— Voudrais-tu… que je cherche à savoir quelles seront les dispositions funéraires, pour que tu puisses envoyer des fleurs, ou quoi que ce soit d'autre ?

— Tu ferais ça pour moi ?

— Hein ? Oh, oui ! Bien sûr.

Si jamais nous parvenons à nous tirer vivants des quelques heures à venir, Vayl et moi…

— Jaz… ce serait merveilleux !

— D'accord. Je te ferai savoir ça.

Après avoir raccroché, je m'enfonçai dans mon siège en me reprochant de n'être qu'une idiote. Déjà qu'il ne m'était pas facile d'avoir une seule relation digne de ce nom… pourquoi chercher à en entretenir de multiples simultanément, alors que mon esprit aurait dû être entièrement concentré sur la tâche qui m'attendait ?

Dave enfonça rudement la pédale de frein. Le trafic était plus intense à présent que nous arrivions dans le centre-ville et sa patience avait fait long feu. En appuyant longuement sur le Klaxon, il demanda :

— Étais-tu en train de parler de *mon* Cam ? (Me voyant hocher la tête affirmativement, il secoua la sienne dans l'autre sens.) Impossible ! décréta-t-il. Il est à l'autre bout du monde. Ils sont tous…

— Non, il n'y est pas, l'interrompis-je. Cole m'a envoyé un message pour me dire qu'il était tombé nez à nez avec lui. Si je ne me trompe pas, ils sont tous les deux en Slovénie. Cole a reçu pour mission d'éliminer une cible qui ne s'est pas encore montrée. J'ignore pourquoi Cam a été envoyé là-bas, mais je peux le deviner. Disa savait depuis le début qu'elle allait avoir besoin de Vayl. Je commence à me dire que Blas et elle ont obtenu du *grall* qu'il arrache au moins *ce secret-là* à Hamon. Connaissant l'obsession de Vayl de retrouver ses fils, elle a dû décider de le manipuler en jouant sur son besoin de les revoir au moins une fois. Je pense qu'elle a trouvé le moyen de faire en sorte que Cam soit assigné là où Cole se trouve, pour un entraînement d'une ou deux semaines. Juste le temps nécessaire pour que Vayl puisse faire ses « retrouvailles » avec eux.

Le visage de Dave paraissait livide dans l'éclairage chiche de l'habitacle. Il prit un virage à droite un peu sec, qui fit chanceler Jack sur son siège et grogner Admes.

— Comment ? demanda-t-il, les dents serrées. Comment cette salope a-t-elle eu le pouvoir de les obliger à séparer mon unité ?

— Peut-être qu'il est juste en vacances.

— Ou peut-être que je les ai laissés tomber comme de vieilles chaussettes. Si j'avais été là, il ne serait pas à l'heure qu'il est sur la route de cette gorge de pieuvre.

— Ton sentiment de culpabilité, bien que fort séduisant dans cette lumière, commence réellement à me gonfler. Que dirais-tu de le laisser tomber pour redevenir le leader dont ils ont besoin ?

Nous échangeâmes un regard bien trop long pour notre propre sécurité, étant donné qu'il conduisait, puis je le vis sourire.

— Ça me semble un bon plan !

— Voilà le frère que j'ai appris à connaître et dont je regrette de temps en temps de ne plus pouvoir botter les fesses ! D'accord. Laisse-moi vérifier si Cole m'a contacté dernièrement.

Ouais, c'était le cas. En fait, son texto m'était parvenu alors que j'étais en ligne avec Aine.

> Cam a terminé sa journée de travail. On est en route pour écluser quelques mousses. Pourquoi les appellent-ils les Alpes, au fait ? Un nom bien trop court pour des montagnes aussi énormes et réfrigérantes !

Je lui répondis dans la foulée.

Où es-tu ? Si tu dois vérifier auprès de Pete que tu peux partager l'info, fais-le tout de suite. Question de vie ou de mort.

Quelques secondes plus tard, sa réponse me parvint.

Désolé. Si je te le disais, je devrais… enfin tu sais.

Merde !

Chapitre 30

Krios se révéla incapable de me trouver un avion pour la Slovénie. Ses hommes à l'aéroport travaillaient dans les services au sol, pas dans l'administration ou chez les navigants. Il me suggéra pourtant le nom de quelqu'un qui pourrait m'aider : mon pote l'ours-garou...

— Kozma ! Merci d'avoir ramené si vite la Range Rover à l'agence de location. Tes blessures cicatrisent correctement ? m'enquis-je dès qu'il eut grogné un « allô » à l'autre bout du fil.

— Jasmine Parks ? s'étonna-t-il.

Je l'entendis renifler, comme s'il pouvait reconnaître mon odeur par le canal du portable.

— Écoute..., repris-je. Je sais que nous avons déjà fait un marché et que nous sommes quittes, mais je voudrais renégocier.

— Vraiment ?

Je fus soulagée de reconnaître une note d'amusement dans le ton de sa voix.

— Il est vital pour mes amis et moi que nous puissions embarquer dans un vol pour Ljubljana, Slovénie, dans les plus brefs délais. Disons... une heure. Tu vois qui pourrait nous rendre ce service ?

— À cette heure de la nuit ? Je n'en vois qu'un, et uniquement parce qu'il est mon beau-frère.

— Ça marche pour moi. Vous pouvez nous rejoindre tous les deux à l'aéroport dès que possible ?

Il s'ensuivit une pause qui me parut durer une éternité et qui me tordit si violemment l'estomac que je commençai à craindre une hémorragie interne.

— Je crois qu'il pourrait le faire, reprit enfin Kozma. À condition… que vous puissiez payer.

Il énonça une somme qui allait me délester d'une bonne part de mon pécule en euros. Comme si j'en avais quelque chose à foutre…

Il me fallut une seconde pour réapprendre à respirer, puis je lui répondis :

— Aucun problème.

C'est ainsi que nous nous retrouvâmes sanglés dans un hélicoptère AStar B2. Le confort tout relatif dont nous bénéficiions était dû au fait que cet aéronef était destiné au tourisme. Son pilote, un expatrié américain, avait passé son brevet dans l'armée. Dooley Green avait rencontré et épousé la sœur de Kozma l'année précédente. Celui-ci nous avait clairement fait comprendre que Dooley ignorait tout de la véritable nature de sa belle-famille, et qu'il serait mieux qu'il demeure dans l'ignorance.

Garder le secret de Kozma se révéla simple comme bonjour. Dooley, qui transportait des voyageurs dans tout le Péloponnèse occidental à longueur de journée, se mit en mode guide de tourisme dès que nous eûmes décollé et ne s'arrêta de parler que deux fois. La première quand nous dûmes faire une escale pour faire le plein, la seconde quand apparurent enfin les lumières de Ljubljana.

Au début de son exposé – qu'il faisait remonter si loin dans le temps que c'en était à se demander s'il y avait réellement des hommes pour habiter le pays à cette époque-là –, je remarquai que Dave s'efforçait réellement de distinguer ce que notre pilote nous décrivait. Il avait pris place avec moi à l'arrière. Nous avions emmené Jack avec nous. Il occupait la moitié de mon siège en plus de celui qui se trouvait à ma gauche. Tôt ou tard, il faudrait que je parvienne à lui faire comprendre qu'il n'avait rien d'un chien de salon. De préférence, avant que son poids sur moi n'occasionne dans mon système veineux des dommages irréversibles. Mais pour le moment, j'appréciais sa chaleur tandis qu'il se prélassait sur mes cuisses, tel une pantelante couverture laineuse.

Admes avait demandé à venir lui aussi, mais nous avions réussi à le convaincre de regagner son Alliance, dont les frontières devaient être gardées. L'absence de Disa lui offrait également l'opportunité de passer du temps en compagnie de Niall sans qu'elle soit là pour interférer. Il avait fini par admettre qu'il était peut-être dans l'intérêt de tous qu'il ramène le minibus à la villa.

Avant notre départ, j'avais renoncé à envoyer des textos à Cole, pour l'appeler directement. N'ayant aucune idée du protocole à utiliser dans ce genre de situation, je lui expliquai simplement :

— Notre mission semble devoir coïncider avec la tienne d'une manière qui peut faire courir un risque mortel. Pas pour vous deux, je l'espère. Mais faites gaffe à vos arrières – et à vos avants aussi. OK ?

— Des détails ? me demanda-t-il.

— Pas grand-chose à part l'arrivée prochaine d'un couple de vampires. (La suite m'arracha une grimace.) Dont Vayl. Mais il n'est pas…

— Je le savais ! m'interrompit Cole. Je *savais* que ce fils de pute allait trouver un moyen de m'éjecter du devant de la scène !

— Cole ! Il est de ton côté… Et je suis sincère. Mais il est en compagnie d'une vamp malfaisante qui l'a attaché à elle grâce à un truc du genre « Abracadabri-abracadabra-tu-es-à-moi ».

— Ah oui ? Et comment a-t-il pu la laisser lui faire ça ?

— Il n'avait pas l'intention de… peu importe. Je suis sûre qu'il est juste…

— Dis-moi, m'interrompit-il. C'est pour ça que tu voulais savoir où je suis ?

— Je sais où tu es. Tu es en Slovénie, près de Ljubljana. La vamp avec qui Vayl se trouve a consulté une Voyante, ils ont donc une idée assez précise de l'endroit…

— Bordel ! Elle nous a probablement vus nous soûler. Écoute… Vous devez arriver quand ?

— Quelques heures. Mais eux aussi.

— Ramène-toi, Jaz. Nous, on bouge pas mal. Appelle-moi quand tu seras en ville et je te dirai où nous trouver.

— OK.

Trois heures et demie plus tard, l'atterrissage se passa sans encombre sur un héliport à peine éclairé. Après avoir remis à Dooley le prix de sa course – plus un généreux bonus pour qu'il nous attende pour le retour –, nous fonçâmes jusqu'au terminal dans l'espoir d'y trouver de quoi nous véhiculer. Quand nous l'appelions, Cole ne décrochait pas, ce qui n'était pas bon signe. Il nous restait donc à trouver quelqu'un au service de nuit de location de voitures, susceptible de nous dire dans quelle direction Vayl et Disa conduisaient la leur.

Il se révéla que l'employé, un type chétif à la calvitie naissante et aux ongles étrangement longs, n'avait aucune envie de nous vendre ses tuyaux. En revanche, le harnais du gros toutou... À 2 h 15 du matin, il ne nous sembla pas avoir le temps ni l'énergie nécessaires pour marchander.

— D'accord, Jack..., chuchotai-je à l'oreille du chien en défaisant les lanières cloutées sur son large dos. On sait tous les deux que ce corniaud va se pavaner dans sa chambre en portant ton harnais avec un string en cuir et en chantant « I am the Walrus, goo goo g'joob [1] ». Je suis d'accord avec toi : c'est dégueulasse. Mais tu ne dois pas regretter ce truc. Il te faisait ressembler au meneur des chiens de traîneau dans *Dominatrix Iditarod* [2]. Ne me demande pas comment j'ai pu regarder ce film. Si mon métier est « top secret », c'est qu'il y a une raison.

Une fois que l'employé eut son bakchich, il nous expliqua sans problème que Disa avait vanté avec enthousiasme à Vayl le magnifique paysage qu'il allait avoir à Skofja Loka pour décor de ses mémorables retrouvailles.

D'après la carte de l'employé, ce bled était situé à dix-huit kilomètres de l'aéroport, niché dans une vallée

1. *I am the Walrus*, chanson des Beatles écrite par John Lennon en 1967. Elle figure sur l'album *Magical Mystery Tour*. (*NdT*)

2. L'Iditarod est une célèbre course de chiens de traîneaux à travers l'Alaska. Le film dont il est question, lui, semble être une invention de l'auteure... (*NdT*)

encore blanche de neige, comme si l'hiver ne pouvait se résoudre à céder du terrain si près des montagnes. Je conduisis notre véhicule aussi vite que je le pus le long de routes inconnues et plongées dans le noir pendant que Dave, à côté de moi, s'efforçait sans succès de joindre Cole.

— Merde ! C'est vrai…, s'exclama-t-il soudain.

— Qu'est-ce qu'il y a ? m'étonnai-je.

— Cam a toujours sur lui un téléphone satellitaire. Peut-être que lui répondra.

Il le fit, à la première sonnerie.

— Cam, c'est Dave.

Il était si ravi de recevoir un coup de fil de son commandant que je l'entendis répondre de là où j'étais.

— Sans blague ! C'est vraiment toi ? Comment vas-tu ?

— Plus important : comment est-ce que tu vas, *toi* ?

— Ça roule. Cole me dit de te dire que le signal passe mal dans la partie la plus basse de la ville, où nous nous trouvons depuis environ une heure. On se dirige à présent vers le pub Na Mehelic.

Il donna à Dave quelques indications, que mon frère me répéta.

J'avais baissé la vitre arrière, malgré un froid de canard. Jack n'avait cessé de gratter au carreau. À présent, il gardait la tête glissée dans l'ouverture. Sa queue battant en rythme entre nos deux sièges prouvait à quel point il prenait son pied. Il aurait eu tort de bouder son plaisir… Skofja Loka émergeait de la nuit telle une petite merveille tarabiscotée. Ses vieux immeubles pittoresques et ses rues étroites auraient pu être tirés d'un conte de fées des frères Grimm. Lesquels, si ma mémoire était bonne, s'achevaient souvent dans le meurtre.

Mehelic était un bâtiment d'un étage, peint en blanc, qui possédait les dimensions d'une grange. *Waouh ! Ils aiment prendre leurs aises pour picoler, dans le coin !* songeai-je en me garant dans un petit parking à l'ouest du pub. En fait, l'étage supérieur était occupé par une galerie d'art, ce qui devait rendre tout l'alcool débité en dessous nettement plus nécessaire.

Je dus laisser Jack dans la voiture.

— Qu'est-ce que tu veux…, m'excusai-je en réponse à son regard pitoyable. Les gens n'aiment pas trop retrouver un poil de chien dans leur Martini.

Je laissai la vitre entrouverte, verrouillai le véhicule, et je pris les devants jusqu'à une porte en verre dépoli ornée de motifs biscornus.

— Oh, non, pas ça ! dis-je en pénétrant dans le pub.

Je me retournai pour voir si mon frère redoutait la même chose que moi et je le vis secouer la tête d'un air incrédule.

— C'est bien ce que je crains que ce soit ? me demanda-t-il.

Je dus acquiescer d'un signe de tête. Nos tympans ne pouvaient nous mentir. Quelque part dans les profondeurs de l'établissement, Cole était en train de chanter à tue-tête.

Je m'avançai dans la salle en longeant un mur sombre et lambrissé, dans l'espoir qu'il ne me verrait pas tout de suite et ne me demanderait pas de me joindre à lui. Mauvaise pioche… L'endroit était aussi vaste et ouvert qu'une salle de gym. Des rangées tirées au cordeau de tables couvertes de nappes en vinyle jaune menaient toutes à un emplacement vide, tout au bout, où Cole donnait son récital. Ne disposant ni d'estrade ni de scène, il s'était juché sur une chaise et roucoulait dans une bougie éteinte en guise de micro. Pas de musique. Pas de karaoké. Juste Cole, tel qu'en lui-même, braillant en Lionel Ritchie du pauvre les paroles de *Endless Love*.

« Deux cœurs battant comme un seul. Nos vies ne font que commencer... »

Puis, il nous aperçut.

Il descendit de sa chaise dans le plus pur style Cole Bemont : en posant un pied sur le dossier et en la faisant basculer jusqu'à ce qu'elle se renverse en douceur sur le sol. À petites foulées, il courut nous rejoindre. Nous le regardions venir vers nous, figés dans une horreur muette, car le bar – une longue chose en bois patinée par des générations de poivrots – empêchait toute retraite. Derrière se tenait un barman à barbe grisonnante qui semblait apprécier le show bien plus que nous. Il me sembla l'entendre pouffer de rire quand je demandai à Cole :

— À quel point es-tu soûl ?

Il m'attrapa par la taille et réussit à faire avec moi quelques pas de danse avant que je puisse me libérer.

— Je suis sobre comme un Baptiste le jour du Seigneur ! Mais maintenant que tu es là...

Sans achever sa phrase, il fit frétiller ses sourcils et grimaça de manière coquine.

— Et moi qui m'imaginais que tu allais faire profil bas..., lui dis-je d'un ton de reproche. Tu avais l'air si sérieux, au téléphone !

— Ouais. Mais j'ai pris conscience que, si ce jour doit être le dernier de ma vie, je ne veux pas le passer enfermé dans un placard à me ronger les ongles en regrettant de n'avoir pas eu une seule relation sérieuse. (Il fit une pause et me regarda dans le blanc des yeux.) D'accord, reprit-il. Il n'est jamais trop tard… (Il me prit dans ses bras et se pencha sur moi à me faire craquer l'échine. Mais avant que ses lèvres aient pu descendre au contact des miennes, j'intercalai une main entre elles, de manière à ce qu'il dépose son baiser mouillé sur ma paume.) Pas cool, Jaz…, gémit-il. Un condamné à mort a droit à un dernier baiser.

— Arrête tes conneries ! C'est *moi* qui attire les ennuis. Où est Cam ?

— Par là…, répondit-il en me laissant me redresser.

D'un signe de tête, il m'indiqua l'autre extrémité du bar.

— Où ça ? m'étonnai-je. Je ne le… Oh !

À présent, je le voyais. Du moins, je voyais ses pieds. À l'endroit où le bar faisait un coude, ils dépassaient d'un tabouret, à la verticale, les doigts de pied tournés vers le bas. De temps à autre, ils se trémoussaient d'avant en arrière, les talons se cognant l'un contre l'autre comme s'ils se bidonnaient au souvenir d'une bonne blague.

Je suivis Dave, qui s'était mis en marche vers son sergent, sans rien rater de la métamorphose qui s'opérait en lui. Chaque pas qu'il franchissait semblait le redresser un peu plus et élargir ses épaules. On aurait dit qu'il essayait un nouvel uniforme, et celui-ci lui allait comme un gant.

Après avoir fait halte devant les pieds de Cam, il nous fallut constater que le reste de sa personne reposait sur le ventre au long de quatre tabourets alignés. Il paraissait apprécier le massage que lui prodiguait une jolie barmaid brune habillée de boots de neige, d'une jupe écossaise et d'un chemisier blanc.

— Bon Dieu ! Mais que faites-vous donc, sergent ?

Il avait lancé cela sur un ton martial qui attira l'attention collective, c'est-à-dire celle du barman et d'un couple âgé assis à une table près de la porte. Fort heureusement, personne d'autre n'était là pour assister à la scène. J'aurais dû me sentir soulagée. Après tout, nous étions parvenus à prendre de vitesse Vayl et Disa et à rejoindre nos gars avant eux. Pourtant, la colère de Dave vis-à-vis de Cam me donnait des crampes d'estomac. Le moment était mal choisi pour des règlements de comptes internes.

Le bras droit de Dave n'avait pas eu les mêmes scrupules que Cole vis-à-vis de l'imprégnation alcoolique. La chope qu'il tenait à la main éclaboussa le sol de bière quand il roula vivement sur le côté pour descendre des tabourets et se remettre debout. La paille avec laquelle il la dégustait, elle, resta coincée entre ses dents où il l'avait calée. J'aurais aimé pouvoir rembobiner la bande pour revoir toutes les étapes de ce redressement spectaculaire, car dès qu'il avait aperçu son supérieur, il ne lui avait fallu qu'une ou deux secondes pour se relever, cracher la paille et rejeter la chope loin de lui, comme si elle s'était soudain retrouvée couverte d'épines.

Il n'alla pas jusqu'à effectuer le salut militaire, mais il répondit respectueusement, figé en un simili garde-à-vous :

— Ce que je fais ? Eh bien… je profitais des services de la masseuse locale, sir.

— Êtes-vous ici en mission ?

Cam tiqua ostensiblement. Je vis briller une lueur d'espoir dans ses yeux. Il commençait à comprendre que son commandant était de retour de son voyage au bord du gouffre.

— Oui, sir! répondit-il. Je le suis.

— Dans ce cas, dois-je comprendre que vous représentez votre pays allongé sur le ventre dans un bar?

Cam soutint le regard de Dave sans broncher. Les lèvres pincées, il laissa ses yeux divaguer sur sa droite, puis de bas en haut, comme s'il tentait de résoudre un problème de physique ardu.

— Ce doit être à peu près ça, répondit-il enfin avec un sourire d'excuse. Puis-je ajouter quelque chose pour ma défense?

— Comme si c'était possible! grogna Dave.

— Cole m'a dit que nous risquions de mourir aujourd'hui. Alors j'ai pensé que… enfin, vous voyez.

— Vous vous êtes dit que vous préfériez mourir le corps détendu et sans aucune crampe.

— Euh… oui.

— Oui, *sir*.

— Oui, sir!

Cam venait de carrer si brusquement les épaules que les boutons de sa chemise de flanelle écossaise avaient failli sauter.

Mon frère vint se camper devant lui, si près que leurs nez se touchaient presque. Nous dûmes nous rapprocher, Cole et moi, pour tendre l'oreille. Pas question de perdre une miette du spectacle. C'était beau comme un ballet réglé par un chorégraphe pointilleux. Dave était de retour, et par tous les dieux, ça valait le coup d'œil!

Cam en prit pour son grade. Mon frère le retourna comme un gant, dans un sens, puis dans l'autre. Il lui fallut exactement trois minutes et demie – j'avais pris soin de chronométrer. Vers la fin, Cam, qui paraissait plus dangereux encore sans barbe pour dissimuler ses cicatrices, se retenait difficilement de sourire. Mais il parvint à écouter Dave conclure sans détourner le regard.

— Et si jamais je vous retrouve un jour à contempler votre mort prochaine le cul tourné vers le plafond, j'enroulerai personnellement ce qui vous tient lieu de figure autour de mon poing pour le renvoyer au pays à votre mère ! C'est bien compris ?

— Oui, sir ! Euh… sir ?

— Quoi encore !

— Il y a un vampire derrière vous. En fait… il y en a même deux.

— Vous croyez que je ne suis pas au courant ? Je suis un Sensitif, triple buse !

— *Oui sir !*

Dans les Forces spéciales, on ne se donne pas du « sir » en veux-tu en voilà. Cela ne colle pas trop avec leur manière d'opérer. Cam venait donc probablement de battre tous les records. Je lui étais reconnaissante qu'il ait pris la peine de signaler la présence des deux vamps, car je n'étais pas persuadée que Dave ait pu les sentir. Non seulement il était trop en colère, mais il n'avait de plus pas développé ses capacités sensitives autant que moi. Et moi, je venais tout juste de prendre conscience que nous avions de la compagnie.

Même si nous nous étions attendus à les voir nous rejoindre, Vayl et Disa firent grand effet à leur entrée dans le pub. C'était dû en partie à leurs pouvoirs. Lorsqu'ils ne vous frappaient pas à pleine puissance, comme c'était le cas à cet instant, ils vous impressionnaient en entourant leurs propriétaires d'une aura de stars. Mais au contraire des véritables maîtres de la scène et de l'écran, il n'y avait pas d'humains ordinaires sous ces paillettes. En vous risquant à leur demander un autographe, vous aviez toutes les chances d'obtenir plutôt un baiser à vous laisser un goût de sang dans la bouche, et l'impression d'avoir définitivement fait un pas de côté. À moins, comme cela risquait d'être le cas avec Disa, de ne plus avoir de bouche du tout…

Vayl était celui qui faisait la plus forte impression. Il se dressait, les jambes écartées, les mains sur les hanches repoussant vers l'arrière les pans de son grand manteau. Dessous, il portait un jean délavé et une chemise de soie noire qui m'amenèrent l'eau à la bouche. Sa forte personnalité semblait exsuder du moindre pore de sa peau. Elle jaillissait à flots continus de ses yeux et de ses lèvres souriantes. Disa, un peu en retrait, lui glissa quelque chose qui le fit éclater de rire.

— Vayl s'est shooté ? s'étonna Cole, penché vers moi.

Après une phase d'élancements à leur arrivée, Cirilai se faisait oublier et me laissait le temps de les étudier tous deux attentivement.

À bien l'observer, sachant à présent quel type de pouvoir elle peut jeter dans la bataille, je peux pratiquement sentir l'emprise qu'elle a sur lui. Est-il possible que sa résistance soit réduite à néant ? Ou se laisse-t-il réellement berner par elle ? Dans un cas comme dans l'autre, cela suffirait à expliquer pourquoi Cirilai m'a envoyé de tels signaux de détresse.

En massant ma main gauche dans ma main droite, je me mis en quête d'une idée. Disa vint ensuite se placer à côté de Vayl, et je sentis poindre en moi une lueur d'espoir en constatant qu'elle portait sa canne.

J'étais certaine qu'elle l'avait confiée à Erilynn, la Voyante de Patras, pour qu'elle puisse y discerner le passé de Vayl, et son avenir. Mais en la voyant entre ses mains, je compris que mon *sverhamin* n'était pas tombé loin de la vérité non plus : arme ou bouclier, elle comptait bien l'utiliser en sa faveur. Donc, si je pouvais la lui subtiliser...

Disa tenait la canne de la même façon que Vayl lors de notre première rencontre avec elle, en la pointant vers le sol comme pour revendiquer un nouveau territoire. Elle la faisait balancer d'avant en arrière, ses ongles longs caressant le joyau bleu enchâssé dans le pommeau d'une manière qui me parut obscène. Les tigres qui décoraient le fourreau en bois avaient un air bizarre. Je compris pourquoi en remarquant qu'une substance sombre engluait les détails de la sculpture. Je n'avais pas besoin d'expertise scientifique pour savoir de quoi il s'agissait.

Je me portai à leur rencontre en dégainant Chagrin et en le faisant passer en mode arbalète. J'avais décidé d'opter pour une approche directe, qui me paraissait la meilleure. Choper la canne. Faire tomber Disa. La blesser si gravement qu'elle supplierait qu'on la laisse se détacher de Vayl. Ce n'était pas un plan des plus subtils, mais je le voyais réussir.

Disa me prit par surprise en élevant la canne devant elle et en s'écriant : « Interri lakkirm tradom ! », ce qui eut pour effet de me soumettre à une nouvelle attaque de Cirilai. L'anneau parut s'enfoncer profondément dans ma chair telle une écharde, me pliant en deux de douleur. J'en tombai à genoux.

— Laisse-la tranquille, Disa !

Vayl vint vers moi et m'aida à me relever.

— Dans ce cas, répliqua-t-elle, garde-la loin de moi !

Sa moue boudeuse n'aurait pas déparé le visage d'une enfant de quatre ans. Sans doute est-ce pour cela qu'elle se dissipa si rapidement. Mais la puissance qui émanait de la *Deyrar* n'avait quant à elle rien d'immature. Au moins, désormais, je savais ce qui avait failli causer ma perte lors de la bataille contre Samos.

— Attendez un peu ! lançai-je d'un ton accusateur. Vous *saviez*, à propos du Rapace !

— Naturellement. Personne ne fait intrusion sur mes terres sans que je sois au courant.

— Alors vous vous êtes servie contre moi des pouvoirs de Vayl, à travers sa canne et jusque dans son anneau, juste au moment où j'étais le plus vulnérable ! Vous avez failli causer ma mort et celle de mon frère, sombre merde !

Elle me répondit par un de ses haussements d'épaules insouciants, qu'elle renforça par un sourire diabolique lorsque Vayl me passa un bras autour de la taille pour m'empêcher de sauter sur elle. Sur ses lèvres, je lus les mots qu'elle articulait tout bas : *« Il est à moi, maintenant ! »* Vayl passa une main dans mes cheveux, attira ma tête contre sa poitrine et me murmura à l'oreille :

— Faites-moi confiance.

Cela avait été à peine un murmure, si ténu que j'aurais pu m'imaginer l'avoir entendu.

Même si Cassandra m'avait conseillé la même ligne de conduite, cela n'avait rien d'évident. Il était plus facile de se laisser dominer par la peur et de ne croire que l'évidence. Surtout lorsque l'on avait connu, comme moi, un traumatisme dont le souvenir me réveillait encore en pleine nuit.

— Vayl ! s'exclama Cole, plus furieux que jamais. Comment avez-vous fait pour me trouver ?

— Par la plus étonnante des avancées technologiques ! s'émerveilla-t-il. Il se trouve que votre téléphone renvoie au satellite un signal que le mien peut capter et localiser sur une de ses cartes en mémoire lorsque je tape un code fourni par la compagnie qui les a fabriqués. L'opérateur s'est montré des plus coopératifs une fois que j'ai eu… comment diriez-vous… joué de mon charme.

Cole serra les poings et gronda d'une voix sourde :

— Je vais vous botter le cul !

— Voyons, Cole…, protesta Disa. (Elle s'avança d'un pas, produisant sur le carrelage deux petits « clics » avec ses talons et un grand « clac » avec la canne.) Est-ce une façon de parler à ton père ?

Tandis que Cole la dévisageait, bouche bée, comme un gamin à sa première représentation de cirque, Vayl me lâcha et se tourna vers Disa.

— C'est ta surprise ? demanda-t-il, les yeux aussi lumineux que des phares de voiture. Aaaah, Disa ! Après toutes ces années… Tu as finalement tenu ta promesse. Et l'autre garçon ? (Son regard glissa à travers la pièce.) Laisse-moi savourer ce moment…, reprit-il. Après tout, ce n'est pas le choix qui manque. Serait-ce David ? Ou le barman ? À moins qu'il ne s'agisse d'un de ces deux gentlemen ?

Il dévisageait deux hommes qui venaient d'apparaître sur le seuil. L'un dépassait le mètre quatre-vingt-dix de quelques centimètres. Il s'avançait en se faisant précéder de la barrique qui lui tenait lieu de poitrine, renforçant l'impression qu'il devait s'agir d'un connard prétentieux. L'autre paraissait suffisamment jeune pour être son apprenti et c'était un lourdaud aux épaules voûtées, dont les yeux fureteurs paraissaient soupeser tout ce qu'ils touchaient. Pour une raison qui m'échappait, il me paraissait familier, mais je n'y aurais pas prêté attention si je n'avais pas remarqué la réaction épidermique de Cole, qui s'était réfugié au détour du bar.

Disa posa la main sur l'avant-bras de Vayl, faisant se lever en moi une envie irrépressible de l'étrangler.

— Ma Voyante disait que nous le trouverions une fois que nous serions en présence de Cole, répondit-elle. Et que tout deviendrait limpide à ce moment-là. N'est-ce pas déjà un sentiment ineffable, de retrouver le plus jeune de tes fils ?

Pendant que Disa faisait son baratin à mon *sverhamin*, j'allai retrouver Cole. Une partie de moi-même restait centrée sur la reine des garces qui déployait un charme que je ne la soupçonnais pas de posséder. Mais l'autre observait la posture figée de mon partenaire.

— Que se passe-t-il ? lui demandai-je à voix basse.

Je m'étais poussée pour que Dave et Cam, qui s'étaient rapprochés, puissent entendre aussi.

— Tu veux parler de ces deux mecs à l'entrée ? demanda-t-il.

— Ouais.

— Celui qui est en train de s'asseoir, le petit gars en face de nous, c'est Petrov Kublevsky.

Ah ah ! Je me disais bien que j'avais déjà vu ce visage.

— Ce n'est pas lui qui a tué…

Cole ne me laissa pas le temps d'achever ma phrase.

— Iaine Wilson, agent du MI5 à la retraite. Oui, c'est bien lui. Il a fait des dizaines d'autres victimes, pour lesquelles nous n'avons aucune preuve. La plus récente est Larainne Delvan.

— Je ne savais pas qu'elle était l'une des nôtres…

— Moi non plus, mais *lui* le savait. C'est la première fois qu'il se risque hors de Russie depuis qu'il lui a tranché la gorge.

— Alors c'est lui, ta cible ?

— Non. En attendant qu'elle se montre, j'ai passé pas mal de temps sur mon ordinateur portable. Et j'ai vu la tronche de ce type apparaître, il n'y a pas quatre heures de ça, sur la page « abattre à vue » de notre site.

Oh, merde !

Disa vint mettre un terme à notre échange en poussant un cri de surprise digne d'une comtesse douairière. La canne de Vayl venait de lui bondir des mains. Parcourue de courtes flammes vertes, elle vola jusqu'à un mètre à peine du petit groupe que nous formions, se mit à l'horizontale et commença à tournoyer sur elle-même.

— Qu'est-ce que c'est que ce bordel ! s'exclama Cam.

— Mais je n'en sais rien ! protesta Disa. Elle m'a simplement échappé des mains. (Après avoir enroulé ses sales pattes autour du bras de Vayl, elle battit des cils à son intention.) À ton avis ? roucoula-t-elle. Que peut-elle bien vouloir nous dire ?

— Peut-être sait-elle qui est mon fils aîné ? suggéra-t-il.

— Qu'avez-vous encore trafiqué, Disa ? demandai-je sèchement.

— Mais je n'y suis pour rien ! s'offusqua-t-elle, outrée. C'est elle qui s'est envolée toute seule !

Je n'allais pas manquer l'occasion de la ridiculiser un peu.

— Vous avez mis au point une nouvelle version du jeu « Faites tourner la bouteille » ? Les gamins n'y jouent plus beaucoup, vous savez. Ils ont trop peur de l'herpès.

— Non ! s'exclama-t-elle. L'épée de Vayl doit savoir quelque chose à propos de son fils. C'est exactement ce qu'Erilynn avait prédit. Elle affirmait qu'une fois que nous aurions retrouvé Badu, l'identité de Hanzi serait dévoilée.

— Vous lui avez arraché le visage dès qu'elle vous a confié ça ? m'enquis-je d'une voix traînante. Ou vous lui avez laissé le temps de donner quelques détails ?

— Je n'ai pas la moindre idée de ce dont vous parlez !

La voix de Disa avait commencé à grimper dans le registre « attention-ou-je-vais-m'énerver ». Une ligne verticale très rouge était apparue le long de son cou, qui semblait à deux doigts de s'ouvrir.

— Laissez tomber la canne et la mise en scène, lui conseillai-je froidement. Nous savons toutes les deux que vous êtes encore en train de le mener en bateau.

— Espèce de petite vipère !

— Tuez-moi, et Vayl risque d'être un peu chagrin. Généralement, c'est le résultat qu'on obtient quand on tue l'*avhar* d'un vampire. Et vous ne pouvez prendre le risque de l'attrister aujourd'hui, n'est-ce pas, Disa ? Alors qu'allez-vous faire ?

Un filet d'une huile claire commença à couler le long de sa gorge. La main de Dave alla chercher son Beretta sous sa veste. Du coin de l'œil, je vis le couple âgé se glisser hors de la salle. Pourquoi les autres ne pouvaient-ils pas faire de même ?

Décidant qu'il n'était plus temps d'écouter le baratin de la *Deyrar*, je donnai un coup de pied à la canne, qui commença à tournoyer en tous sens avant d'aller s'écraser au plafond. Les flammes vertes s'éteignirent et elle retomba au sol où elle rebondit deux fois, heureusement sans qu'aucune de ses pièces ne se brise.

Disa rejeta la tête en arrière. L'affreux bec couleur de cervelle jaillit de son cou. Deux antennes noires se faufilèrent hors de l'ouverture et remontèrent le long de ses joues, jusqu'à encercler ses tempes et son front de manière hideuse. Le bec s'ouvrit ensuite et les tentacules s'en échappèrent, semblables à des anguilles jaillissant de leur grotte, telles que Dave et Blas les avaient décrites. Elles ondulèrent dangereusement en direction de la tête de Vayl. Pour moi, une véritable vision de film d'horreur, présageant l'anéantissement de tout avenir commun avec lui. Plus que jamais, il me fallait briser ce lien cauchemardesque qui les unissait.

Vayl eut le courage indéniable de ne pas bouger d'un centimètre. N'importe qui d'autre aurait jeté un coup d'œil, se serait mis à piailler comme une fillette, et à creuser le sol jusqu'à rejoindre la Chine. Tout au contraire, il s'était si bien figé qu'on aurait pu le croire paralysé. Je savais quant à moi à quoi m'en tenir et je pouvais sentir ses pouvoirs se mobiliser comme l'électricité s'accumule dans l'air ambiant avant que s'abatte l'orage. *Pas de bêtises !* aurais-je voulu lui crier. *Tuez-la et vous y passez aussi…*

— Maintenant, les cinglés, vous allez faire vos saloperies ailleurs !

Je ne compris que le barman avait sorti de sous le comptoir un fusil Baikal qu'il braquait sur Disa qu'en voyant du coin de l'œil Cam tirer son Mark 23 de sous son blouson.

— Jetez cette arme ! cria-t-il, pendant que Dave dégainait à son tour.

Dans le même temps, Disa bondit sur le comptoir et cingla de ses tentacules le visage du barman.

— Disa, non ! s'écria Vayl.

Je tirai sur elle une fois, la blessant légèrement, mais il était déjà trop tard. Elle s'était emparée de l'arme du barman, qu'elle lui arracha des mains, même si celui-ci avait réussi à tirer avant d'avoir à la lâcher. La charge alla exploser le plafond. Une pluie de plâtre s'abattit sur nos têtes et nos épaules tandis que la victime de Disa agonisait, la moitié avant de sa tête arrachée de son corps par ses appendices affûtés comme des rasoirs.

Elle fit volte-face quand ma balle l'atteignit, ses extensions ondulant devant elle telles des anémones de mer.

— Maintenant, tu vas mourir ! lança-t-elle dans un coassement répugnant, en sautant agilement au sol.

En dépit du fait que mes intestins n'étaient plus que gélatine, je m'étonnai moi-même en ouvrant la bouche pour répliquer :

— Vraiment, Disa… Vous êtes la *Deyrar* d'une Alliance redoutée, sur le point de se faire la belle avec l'un des meilleurs tueurs patentés d'Amérique, et c'est tout ce que vous trouvez à dire ? Qui plus est – et c'est ma curiosité qui parle –, pensez-vous réellement que Vayl pourra connaître la moindre extase après ça ? Votre fameux plan n'est qu'une bonne grosse rigolade qui tombe à l'eau. À présent que Samos est mort, que diriez-vous de libérer Vayl de ce Lien d'attache ridicule et de nous laisser rentrer chez nous contents ?

— Non ! hurla-t-elle, au-delà de toute raison désormais. Je peux le forcer à l'extase s'il le faut ! Je suis sûre que le monde ne serait pas rempli de drogués s'il n'existait pas exactement la molécule qu'il me faut pour le plonger dans l'état voulu. Ce qui veut dire que vous ne nous servez plus à rien, ni à l'un, ni à l'autre.

Je la vis se précipiter sur moi, ses bras de méduse fouettant l'air, et je réagis instinctivement en bondissant en arrière. Je le fis à une vitesse qui me surprit moi-même et qui m'évita la décapitation. Il ne faisait pour moi pas l'ombre d'un doute que mon échange avec Trayton y était pour beaucoup. Je tirai mon bolo de ma poche alors que Vayl s'interposait pour me défendre, en poussant un rugissement outragé.

— Vayl, non ! criai-je en le voyant surgir entre Disa et moi.

Je m'affalai en arrière contre Dave, qui m'attrapa le bras pour m'aider à retrouver mon équilibre. Cam fit cracher son arme. Sous l'impact de sa balle, Disa chancela, mais elle eut le temps de lancer un deuxième assaut sur moi. Sauf que Vayl, qui se trouvait sur son chemin, dut subir toute la force de l'attaque.

Et pour la deuxième fois de mon existence, je ne pus rien faire pour empêcher l'homme que j'aimais de mourir à ma place.

— *Vayl!*

Je m'arrachai aux bras de Dave et m'agrippai au dos de mon *sverhamin*, certaine qu'il ne tenait encore debout que parce que son cerveau n'avait pas eu le temps de prévenir le reste de son corps qu'il était cette fois tout à fait mort. Mes doigts entrèrent alors en contact avec une chair dure et glacée.

Des larmes roulèrent instantanément sur mon visage, et peu m'importait que l'on puisse me voir pleurer.

— Vous… vous l'avez fait ! balbutiai-je à mi-voix.

Vayl avait mobilisé son plus puissant pouvoir, qu'il n'avait que récemment acquis, dans des conditions qu'aucun de nous ne parvenait encore à comprendre. *In extremis*, il avait développé un exosquelette de glace.

Tout va s'arranger, maintenant.

Ouais. Je m'étais réellement laissée aller à penser ça.

L'idiote !

Une douleur atroce fulgura dans ma main gauche, me donnant l'impression qu'elle s'était brisée en six endroits. Cirilai en était la cause, mais Disa n'y était pour rien. L'avertissement était sérieux, cette fois. Le charme opéré par Disa pour le lier à elle, combiné à l'attaque qu'elle avait lancée sur moi, avait cette fois eu raison des derniers restes de *self-control* de Vayl.

Il l'attrapa à deux mains. La première se fixa dans ses cheveux, parce que la préhension lui était plus difficile avec ses doigts rigidifiés par la glace et parce qu'il avait besoin de l'empêcher de fuir. L'autre fonça droit sur les tentacules et les arracha. La part de moi-même qui tenait par-dessus tout à se tenir à distance songea : *C'est comme regarder un électricien arracher les câbles d'un tableau électrique.*

Mais naturellement, ce n'était pas du tout comme ça. Et lorsqu'il n'en resta pas là, je compris que nous allions vers de graves ennuis.

— Vayl ! (Je posai mes deux mains sur ses épaules, même si sa chemise avait commencé à s'arracher et que le gel me brûlait la peau.) Il faut vous arrêter !

Cole fit un geste brusque qui attira mon attention. Il s'était tenu tranquille jusque-là, observant ce qui se passait sans quitter de l'œil l'homme recherché par la CIA. À présent, il avait sorti son Beretta Storm et le braquait sur lui. Je jetai un coup d'œil par-dessus mon épaule. Le compagnon de Peter Kublevsky s'était effondré sur son verre, comme s'il en avait déjà vu plus qu'il ne pouvait en supporter. Il était vrai que notre petite sauterie avait de quoi rappeler à un alcoolique ses pires cauchemars éthyliques. Kublevsky s'était redressé à demi sur sa chaise sans avoir compris que Cole le tenait en joue. Du moins, c'était ce qu'il semblait. Mais alors qu'il se rasseyait, je vis une lueur métallique briller à hauteur de sa poitrine.

— Cole ! criai-je aussitôt. Il est armé !

Ils tirèrent en même temps. Cole avait remporté plus de concours de tir que ses murs ne pouvaient accueillir de trophées. Il aurait pu sans problème atteindre sa cible et s'en tirer avec une égratignure. Mais Vayl et Disa continuaient à se battre, et presque à lutter. Dans leur élan, ils le bousculèrent alors qu'il faisait feu. De ce fait, il se retrouva en plein dans la ligne de mire de Kublevsky, que la balle de Cole ne fit qu'effleurer, alors que lui-même prenait en pleine poitrine celle qui n'aurait dû que lui égratigner l'épaule.

— Sale fils de pute !

Renonçant à viser Disa, Cam vida son chargeur sur le Russe, qui ne put répliquer qu'une fois avant d'aller valser contre un mur.

Je me mis à crier en voyant Cole tomber et Cam s'effondrer sur un tabouret de bar avant de chuter à terre.

Voyant Dave se porter au secours de son sergent, j'allai m'accroupir à côté de Cole. Penchée au-dessus de lui, je me sentis aussi démunie et incapable de penser qu'un boxeur qui vient d'être sonné pour le compte.

— Vayl ? murmurai-je. (Il se pencha pour récupérer sa canne, mais ses doigts enrobés de glace ne lui permirent pas de s'en saisir.) Que dois-je faire ? repris-je. C'est… exactement comme dans la prophétie. Peut-être Cassandra se trompait-elle. Peut-être, après tout, avez-vous *réellement* rencontré vos fils ? Et parce qu'il était trop tôt, ils sont morts de nouveau.

Je baissai les yeux sur le visage tordu par la douleur de Cole, réprimant l'envie de passer un peigne dans ses cheveux ébouriffés, puis je reportai mon attention sur Cam, allongé sur le flanc. Quand je levai de nouveau les yeux sur mon *sverhamin*, je m'aperçus qu'il m'avait entendue. Et qu'il avait compris. Fixement, il regardait les deux jeunes hommes étendus à ses pieds.

Quand nos regards se croisèrent, je compris qu'il ne me voyait plus du tout.

— C'est toi qui as fait ça ! cria-t-il en se retournant vers Disa.

Je reconnus l'expression qui déformait ses traits. C'était celle que mon propre visage avait arborée dix-sept mois plus tôt : un mélange explosif de chagrin et de rage qui avait failli me rendre folle.

Vayl lança violemment une de ses mains contre sa poitrine, fracassant la gangue qui entourait ses doigts. Des échardes de glace volèrent en tous sens comme autant de dards empoisonnés. Une nouvelle fois, il se pencha pour ramasser sa canne. Sa main dévissa le fourreau et l'envoya valser à l'autre bout de la pièce tandis qu'il se redressait. Disa, qui le regardait faire, les yeux écarquillés, se mit à crier :

— Vayl ! Tu es un vampire ! Je suis ta compagne !

Il la crucifia de ses yeux noirs et déjà presque morts et répliqua :

— Tu n'es rien pour moi.

Sans hésiter, il transperça ensuite son cœur de la lame de son épée. Puisqu'elle était en métal, elle ne la tua pas. Mais déjà affaiblie par ses précédentes blessures, Disa ne put supporter celle-ci en plus et se laissa glisser à genoux. Sèchement, Vayl récupéra son arme. Instantanément, je sus ce qu'il avait en tête, comme si j'avais pu le lire dans son esprit.

— Vayl, non ! m'écriai-je. Vous allez mourir aussi !

Mais c'était bien plus que de la glace qui le retranchait du monde à présent. Il prit son élan pour transmettre toute sa force à son coup d'épée. Ne sachant que faire d'autre, je me tournai vers Dave et lui criai :

— Banzaï !

Mon frère se détourna de Cam, qu'il venait d'aider à s'asseoir. *Quoi ?* Mon esprit malmené chercha une solution à l'énigme tandis que nous nous précipitions tous deux sur

Vayl, comme au ralenti. Mes yeux partirent à la recherche de Cole. Lui aussi était en train de se redresser et ouvrait sa chemise pour évaluer les dégâts occasionnés à son gilet pare-balles.

— Vayl! criai-je alors que Dave et moi courions vers lui. Stop! Cam et Cole sont vivants!

Nous l'atteignîmes juste au moment où la lame de son épée tranchait le cou de Disa. Je poussai un nouveau cri, de douleur cette fois, lorsque ma clavicule percuta la cuisse de Vayl enchâssée dans la glace. Pris en sandwich entre Dave et moi, il nous suivit dans notre chute sur le sol. Constatant qu'il ne bougeait pas, je jetai un coup d'œil à Disa. Elle était toujours en un seul morceau, mais il s'en était fallu de peu. La lame avait profondément entaillé son cou et s'était logée dans sa colonne vertébrale. Elle s'était effondrée en tas sur le carrelage, sur lequel son sang formait une mare sans cesse grandissante.

Je ne fus pas surprise de voir s'élever de cette flaque rouge l'habituel visage, qui me regardait en clignant des yeux, sous le coup d'une intense frustration.

— Elle doit mourir! exigea-t-il.

— Pas question! Si elle disparaît, Vayl la suivra. Trouve-moi une autre solution.

Je n'avais jamais vu personne grincer des dents – au sens propre – avant cette minute. Pas très joli à voir… Surtout quand c'est un visage de sang qui s'y colle. Mais finalement, comprenant sans doute que je ne transigerais pas, celui-ci finit par déclarer:

— Si c'est comme ça, d'accord. Il y a peut-être une autre option. Mais elle risque de ne pas être très populaire…

Chapitre 31

Le voyage du retour s'effectua en avion, puisque nous étions trop nombreux pour l'hélicoptère et un peu pris par le temps. Jack nous harcela durant tout le trajet de Skofja Loka jusqu'à Patras, grimpant sur les gens, s'immisçant partout et bousculant nos jambes de son fort poitrail, si bien que je commençai à considérer d'un autre œil son éternel sourire, qui jusqu'alors m'avait paru uniquement amical. Tandis qu'Admes nous ramenait en minibus à la villa, je lui murmurai au creux de l'oreille :

— Tu n'as pas besoin de me dire à quel point ce plan est nul. Mais à moins que tu aies une meilleure idée, c'est le seul que nous ayons.

À la frontière du territoire de l'Alliance, nous rejoignîmes Trayton et sa meute, ainsi que Kozma et les cinq ours-garous qu'il avait pu réunir en si peu de temps. Ils nous suivirent tous dans la villa, fournissant les troupes nécessaires pour rassembler tout le monde dans le corridor menant aux appartements de Hamon. Plus que tout le reste, c'était la présence des garous qui avait convaincu les vampires et ceux qui les servaient de se plier à mes ordres.

— C'est ça ou la guerre, leur avais-je expliqué froidement. Les garous ont accepté de laisser de côté leurs légitimes griefs contre vous en échange de votre participation à mon plan.

Ouvrir les portes conduisant à la suite de Hamon se révéla une autre paire de manches, qui m'obligea à avoir recours une dernière fois à la vision de sang.

De mon bras valide, je fis signe à Genti de me rejoindre, puis je demandai à Trayton et Phoebe de le tenir pendant que je sortais mon couteau.

— Tu dois répondre de beaucoup de choses, annonçai-je au vampire tout tremblant. Difficile de savoir par où commencer. (D'un signe de tête, je lui désignai Aine, qui se tenait au dernier rang, la tête recouverte par un voile rouge sombre, la main posée sur l'avant-bras d'Admes.) Mais je pense, conclus-je, que tu peux dès à présent lui rendre ce que tu lui dois.

J'ordonnai à Phoebe de lui tenir le bras au-dessus du bloc en verre contenant le chapeau de feutre. D'un geste assuré, je fendis ensuite la manche de sa veste chic, occasionnant une coupure d'une trentaine de centimètres le long de son bras. À ce spectacle, Phoebe retroussa les babines, ses paupières passées au fard argenté frémissant de plaisir tandis que le sang se déversait sur le verre.

— Trayton se rappelle parfaitement t'avoir entendu te réjouir pendant qu'il combattait, glissa-t-elle à l'oreille du vampire. Pour moi, suceur de sang, ta souffrance est comme une friandise…

— Ôte tes crocs de là, la prévins-je. Tu connais le marché : tu mords qui que ce soit, et c'est le début d'une nouvelle guerre dans laquelle je ne jouerai pas les juges arbitres cette fois.

Phoebe jeta un coup d'œil à Trayton, qui lui ordonna d'un geste de reculer. Il me rendit mon hochement de tête reconnaissant et l'assortit d'un clin d'œil qui me rappela que je n'étais pas seule dans cette épreuve. Du regard, je cherchai ceux de Cole et Dave, qui me gratifièrent chacun d'un sobre coup de menton. Il était bon d'avoir de nouveau derrière moi des êtres en qui je pouvais avoir toute confiance. Cela rendait tout ce poids sur mes épaules plus facile à supporter.

En reportant mon attention sur le sang répandu, je murmurai :

— OK, Hamon. Le moment ne serait pas plus mal choisi qu'un autre pour…

Il ne s'éleva pas dans les airs, cette fois. Le sang de Genti se réarrangea simplement sur le verre pour former l'image familière du visage d'Eryx. Personne d'autre ne réagit, ce qui me donna presque envie de pouvoir refiler à l'un de ceux qui m'entouraient cet œil supplémentaire qui m'était poussé. *Presque, mais pas tout à fait… Au fond, Dave avait peut-être raison,* songeai-je. *Je peux trouver tout un tas de prétextes pour râler et me désoler, au sujet de ma Sensitivité comme d'une potentielle attraction amoureuse. Mais si je n'avais ni l'une ni l'autre, où en serais-je aujourd'hui ?*

— C'est fait ? demanda Eryx. (Il cligna ses paupières, ce qui fit courir des gouttelettes le long de ses joues, telles des larmes de sang.) Non, répondit-il à sa propre question. Je peux encore sentir la menace qui plane sur l'Alliance.

— Nous sommes à l'extérieur de votre suite, répondis-je. J'ai besoin de votre aide pour entrer.

Ses yeux se refermèrent. Une intense concentration fit se figer tout son visage. Quelques secondes plus tard, la grille et la porte s'ouvrirent.

— Beau boulot…, commentai-je.

Mais la face sanglante avait déjà disparu.

Je m'engageai la première à l'intérieur, Jack trottinant à côté de moi. Hamon avait également ouvert la porte de la Réserve et les lumières étaient allumées. *Quel accueil!*

Je menai mon petit monde jusqu'au centre de la grande salle, m'immergeant une fois encore dans ce sens de l'histoire que l'on acquiert seulement lorsqu'on se retrouve à partager le même espace que des objets fabriqués par des êtres humains disparus depuis un millier d'années. Mais les costumes et les boucliers, les ossements magiques et les calices tachés de sang ne m'aidèrent en rien à balayer la déprime qui menaçait de m'écraser telle une fourmi sous son talon.

C'est la meilleure chose à faire, tentai-je de me convaincre. *Écoute… Cela ne signifie pas qu'il devra changer, ni que quoi que ce soit devra changer entre vous.* Avant que la cynique petite garce se manifeste en moi pour me ravager d'un rire caustique, je lui servis un Jack Daniel's allongé de Coca et la fourrai dans les bras d'un type conduisant une Ferrari. Là, elle la ferma aussitôt…

Je pris place à côté du masque, que j'avais vu cligner des yeux. *D'accord. Tu n'as qu'à faire comme si cela ne te donnait pas envie d'attraper la batte de base-ball la plus proche pour peaufiner tes* home-run *sur la tronche en bois d'Octavia.* J'eus d'autant moins de mal à m'en dissuader que j'aurais été bien incapable de manier la fameuse batte. Dave s'était chargé d'immobiliser mon bras au cours du vol du retour, et en tant que membre honoraire de la meute de Trayton, Krios m'avait sans rechigner envoyé un toubib à l'aéroport dans une chouette infirmerie roulante. Il m'avait fait une piqûre d'anesthésie locale, posé une attelle et fait promettre d'aller me faire soigner à l'hôpital dès que j'aurais un moment de libre.

Cole arrivait derrière moi, porteur de l'avant de la civière de Vayl. Je m'autorisai un bref moment de bonheur en me rappelant que je n'avais finalement pas dû le regarder mourir. Cassandra avait vu juste, même si cela ne nous servait pas à grand-chose en l'occurrence. Mon boss était entré dans une sorte d'état comateux. Personne n'avait pu lui expliquer que ses fils étaient toujours vivants et que Cam et Cole n'avaient rien à voir avec eux.

La glace avait fondu dès que Vayl avait perdu conscience, laissant derrière elle ses vêtements dans un état lamentable. J'avais trouvé dans l'avion une fine couverture jaune, dans laquelle je l'avais enveloppé, ce qui lui donnait des allures de gamin ayant trop longtemps attendu à l'infirmerie de son école ses parents en retard pour venir le chercher.

Cam portait l'autre extrémité de la civière de Vayl. Malgré le mal de chien que me faisait ma clavicule, j'aurais pu danser la gigue tellement j'étais heureuse de voir ses deux yeux ouverts, même s'il n'y flottait pas l'habituelle lueur malicieuse depuis que son visage sombre ne se départissait plus du masque de guerrier qu'il portait au combat. Il n'avait survécu que parce qu'il avait porté sous ses vêtements son armure corporelle, qui l'avait protégé davantage encore que le gilet pare-balles de Cole. Il pouvait remercier l'inspiration qui l'avait incité à la garder, car la balle du Russe l'avait atteint à l'aisselle. Un coup mortel auquel seul pouvait survivre un soldat des Forces spéciales, habitué à tirer le meilleur parti de tout.

Genti et sa bande arrivaient derrière, gardés par Dave, qui avait chargé son arbalète avec un Bergman spécial. Ce qui signifiait, comme il s'était fait un plaisir de le leur rappeler, que, si l'un d'eux décidait de jouer au con, il aurait droit à une resucée de la mésaventure de Koren. Sauf que cette fois nous resterions là à attendre que le petit malin se fasse cramer.

Niall et Admes escortaient Aine. Ils contournèrent le dais pour aller se placer sur le côté opposé à celui que j'occupais. Les gardes de Disa étaient flanqués par Kozma et ses ours, des garous baraqués aux larges épaules qui donnaient l'impression d'avoir passé leur week-end à participer à un concours de lancer de troncs d'arbres. Ils portaient Disa sur une deuxième civière, à côté de laquelle marchait Tarasios pour s'assurer que l'épée toujours fichée dans son cou ne lui causait pas davantage de dommages.

La meute de Trayton venait en dernier, conduite par Krios, qui m'avait promis que les siens sauraient se tenir, y compris le docker si pressé de déclencher une guerre la dernière fois que je l'avais vu.

Ouais. On pouvait dire que je n'avais rien laissé au hasard.

Dès l'instant où j'avais compris ce que désirait la vision, à Skofja Loka, aussitôt que j'avais pris conscience des ramifications que cela entraînerait, j'avais fait appel à toutes les bonnes volontés. Afin de m'aider à orchestrer un événement qui allait me forcer à aller à l'encontre de ce que me dictaient mes instincts les plus basiques.

Par exemple, d'attraper Vayl et de l'emmener aussi vite et aussi loin que possible de cette monstruosité de masque à côté de laquelle je me trouvais. Mais cela, je le savais, suffirait à le tuer.

Les gardes déposèrent Disa sur le sol, devant le masque. Cam et Cole avaient déjà installé Vayl sur le tapis, à côté de moi. Ils le flanquaient en une bonne imitation des sumos de Disa, quoique portant l'un et l'autre une arbalète armée. Le message à l'intention des membres de l'Alliance rassemblés n'aurait pu être plus clair. Ce qui ne m'empêcha nullement de dégainer Chagrin et d'enfoncer le bouton magique. Jack leva la tête vers moi en entendant les rouages se mettre à ronronner.

— Pas bouger ! lui ordonnai-je.

Je le vis s'asseoir à mes pieds. Un bon début…

Admes, Niall et Aine vinrent se placer à côté de moi.

— Êtes-vous prête ? me demanda Niall. (Je ravalai l'obscénité qui m'était montée spontanément aux lèvres, mais il dut en lire un écho sur mon visage.) Vayl fera un excellent *Deyrar*, reprit-il. Et il n'aura pas à renoncer à son travail avec vous pour s'occuper des affaires de l'Alliance ici.

Je soutins son regard sans ciller. Je me sentais plus glacée que si j'avais été morte.

— Vayl a fui cet endroit pour une raison précise, répliquai-je. Et voilà que nous le condamnons à y rester. Si vous ne comprenez pas qu'il en sera furieux et malade à crever, vous ne le connaissez pas du tout.

Cole posa sa main sur mon avant-bras et j'appréciai son geste. Car je savais que j'étais en train de trahir tout ce pour quoi mon *sverhamin* s'était battu si dur quand il s'était séparé du monde des vampires, des décennies auparavant. Mais j'avais déjà vu des blessures aussi graves que celle de Disa. Les vamps n'y survivaient jamais. Ils mettaient simplement plus de temps à en mourir.

Cam et Cole s'avancèrent pour enlever le masque de ses supports. Dès qu'ils le touchèrent, il s'en éleva une plainte lancinante. Le son sortait de la bouche, tel le chant funèbre d'un chanteur d'opéra. Jack commença à gémir. Je secouai la tête pour l'en dissuader.

Admes et Niall allèrent s'agenouiller de part et d'autre de Disa et la redressèrent en position assise, afin que l'on puisse faire coulisser le masque sur sa tête et son torse.

— Faites attention qu'aucune partie de votre corps n'aille dans le masque avec elle, les prévins-je. Je ne sais pas ce qui se passerait, mais je présume que cela ne serait pas joli-joli. (Du regard, je consultai mes hommes.) Prêts ? leur demandai-je. (Ils acquiescèrent d'un hochement de tête.) OK, conclus-je. Allons-y.

J'allai me camper au chevet de Disa, empoignai l'épée de Vayl, cherchai un appui en posant un pied contre sa poitrine, et tirai d'un coup sec. Cela ne lui fit ni chaud ni froid. Le toubib de Krios lui avait administré tant d'antidouleurs qu'elle aurait continué à sourire si un éléphant lui était passé dessus. En fait, on pouvait même affirmer qu'elle se trouvait dans un état de douce extase...

Dès que l'épée fut libérée, mes hommes abaissèrent le masque au-dessus d'elle. Un cri perçant se fit entendre. Ensuite, dans un bruit écœurant de chair mixée et d'os broyés, son corps tout entier commença à disparaître à l'intérieur.

Cole me regardait, les yeux plus ronds que les jetons de poker glissés dans ma poche.

— C'est dégueulasse, Jaz…, gémit-il. Pire que de regarder à la file tous les *Vendredi 13*, ce que j'ai fait une fois.

— C'est ce qu'elle voulait faire subir à Vayl, répondis-je.

Je me rendais compte à quel point c'était dur de dire ça, et j'en étais désolée. Par pour Disa, qui n'avait que ce qu'elle méritait, mais pour moi, à qui cela ne faisait rien du tout.

Soudain, les yeux du masque s'ouvrirent et se rivèrent sur les miens. Je me sentis légère, presque séparée de moi-même, comme cela m'était arrivé lors de ces rares fois où j'avais voyagé hors de mon corps. Je dus poser ma main valide sur le masque pour ne pas tomber. Une puissance énorme se libéra en moi. On aurait dit que l'Alliance au grand complet avait rassemblé ses forces psychiques pour me les balancer d'un coup au fond de la poitrine. Enfin, je pus l'entendre. Octavia me parlait comme Raoul le faisait parfois, sauf que sa voix ne me donnait pas l'impression que mon cerveau était sur le point d'exploser. En fait, elle parlait si bas que je comprenais à peine les mots qu'elle prononçait et qui tombaient comme les braises d'une bûche sur le point de se consumer totalement. Néanmoins, je sus enfin ce qu'elle désirait.

— C'est Aine qui doit entrer dans le masque, annonçai-je.

— Quoi ?

La voix de Dave, dont le ton m'annonçait que je venais de m'égarer au royaume de l'Absurde.

Chaque vampire de l'Alliance, à sa suite, commença à protester vivement.

Je me remis à parler, sans reconnaître les mots qui sortaient de ma bouche. À l'évidence, cela n'était pas de l'anglais. Mais si je ne comprenais rien aux paroles qu'Octavia me suppliait de répéter, les vampires, eux, semblèrent les comprendre aussitôt.

— Qu'est-ce qu'elle fabrique ? s'inquiéta Dave.

Je le sentis m'attraper par la taille. Son geste malmena ma clavicule, qui m'envoya une décharge de douleur atroce dans la poitrine et les bras.

— Trayton ! m'écriai-je. Ne le laisse pas m'éloigner du masque !

J'entendis toute la meute se mettre à gronder, ce qui suffit à faire se lever le moindre poil sur ma peau. Dave me lâcha et il me fut possible de poursuivre mon incompréhensible discours. Les mots arrivaient difficilement sur ma langue. Quelqu'un allait-il comprendre ce que je racontais ? *« Octavia, parle plus fort ! Moins vite… Je n'ai pas… C'était quoi, ce mot ? »*

La main de Trayton, passée sous mon coude valide, me soutenait. La confiance indéfectible qu'il me témoignait me rassurait et m'aidait à me concentrer. La voix d'Octavia me parvint plus fortement, plus fluide et plus claire. Je pus répéter mot pour mot son laïus.

— Qu'est-ce qu'elle raconte ? voulut savoir Cole.

Niall, d'une voix distante et curieusement modulée, se chargea de la traduction.

— Attendu que Hamon a été assassiné, attendu que Vayl n'est pas volontaire et que Disa s'est révélée indigne, Octavia peut inverser les pouvoirs du masque. Si Aine accepte à présent de le porter, au lieu de la consumer, il infusera en elle l'héritage psychique de tous les membres de l'Alliance. Ce qui signifie qu'elle aura le pouvoir de la gouverner seule, pour la première fois depuis que notre communauté a été créée.

Ce qui libérerait Vayl de ce piège!

Je laissai retomber ma main et, toujours soutenue par Trayton, je me tournai vers la vampire appuyée au bras d'Admes.

— Aine ? demandai-je. Êtes-vous prête à prendre ce risque ?

Au terme d'un moment de tension intense – au cours duquel je fus certaine d'avoir entendu l'air entrer et sortir de mes poumons –, Aine s'avança d'un pas, les mains tendues devant elle.

Bingo!

À présent, il ne restait rien de Disa, dont le corps tout entier avait disparu dans le masque. Cam et Cole se chargèrent une fois encore de le soulever. Ils marchèrent jusqu'à l'endroit où Aine se tenait, les bras écartés comme pour leur faire un gros câlin. Lorsque ses mains entrèrent en contact avec le bois, elle s'y accrocha et les aida à le laisser descendre lentement au-dessus de sa tête.

Pendant une minute, rien ne se passa. Enfin, Aine commença à griffer l'extérieur du masque, ses ongles creusant de petits sillons à la surface du bois. Ils descendaient depuis les joues rondes jusqu'à la petite trappe dissimulant le cœur et puis recommençaient. Pourtant, elle se tenait toujours debout, apparemment en un seul morceau. Rien ne se produisit, à part ces griffures qui se prolongèrent sans interruption pendant cinq bonnes minutes. Un long cri poussé de l'intérieur du masque vint finalement y mettre un terme.

Admes bondit en avant dans l'intention d'ôter le masque. Cam enfonça l'extrémité de son arbalète dans la poitrine du guerrier.

— À ta place, je m'en abstiendrais..., dit-il simplement.

— Elle est en train de mourir ! protesta-t-il.

— Elle est en train de crier, rectifiai-je. Mais elle n'a rien sur elle pour produire de la musique... Un développement plutôt significatif, non ?

— Admes ! lança une voix de baryton soyeuse que j'avais bien cru ne plus jamais pouvoir entendre. Dis-moi que tu n'es pas en train de menacer mon fils...

L'intéressé leva les mains devant lui et battit en retraite pendant que Vayl se redressait en position assise sur le sol, utilisant pour s'y aider le fourreau de sa canne que nous avions déposé sur sa poitrine.

Je me laissai tomber à genoux à côté de lui. Trayton accompagna mon mouvement pour s'assurer que je n'allais pas me faire mal.

— Vayl...

Je tendis vers lui une main hésitante et touchai du bout des doigts sa peau si froide... Il allait bientôt avoir besoin de sang, et cette fois je m'assurerais que celui-ci sortirait de mes veines.

En glissant une main derrière sa nuque, je repris laborieusement :

— J'ai pensé...

Et je ne pus en dire plus. *Bon Dieu ! Voilà que ça recommence !* Je me reculai un peu, et puis... *Ah ! Merde ! Encore raté !*

— Ne me refaites plus jamais un truc pareil ! me décidai-je à lancer en désespoir de cause. Vous m'entendez ?

Je l'enjambai pour m'installer à califourchon au-dessus de lui, passai mon bras valide autour de son cou et accordai à ses lèvres sensuelles toute l'attention qu'elles méritaient de ma part depuis l'instant où mes yeux s'étaient posés sur elles.

— Nous devrions vraiment faire ça plus souvent, conclut Vayl lorsque je mis fin au baiser. (Il jeta un coup d'œil par-dessus mon épaule.) Mais peut-être avec un peu moins de public ? ajouta-t-il.

— Tout à fait d'accord. Ah oui, euh… à propos de cette histoire de retrouvailles… (Je ne pus m'empêcher de jouer avec son col, jusqu'à ce qu'il décide de capturer ma main entre les siennes.) Désolée, m'excusai-je. Sans doute une nouvelle manie pour tromper ma nervosité. Enfin bref… (Je serrai ses doigts, espérant que cela serait de nature à le réconforter un peu.) Nous sommes quasiment sûrs que Cam et Cole ne sont pas les réincarnations de vos fils, conclus-je enfin. Selon Cassandra, Erilynn n'aurait pu voir aucun d'eux. Et ils semblent avoir été manipulés par Disa pour se trouver à cet endroit au même moment. Je doute qu'elle dispose du moindre contact au sein de l'Agence ou de l'armée. Elle s'est probablement contentée de jeter tous les pouvoirs de l'Alliance dans la balance, ce pour quoi elle semblait plus douée que nous l'avions imaginé. Nous l'avons sous-estimée, Vayl…

Il devint parfaitement immobile, le visage dépourvu de toute émotion. J'eus soudain l'impression de câliner une de ces statues que des artistes facétieux installent parfois sur certains bancs dans les parcs. Au bout d'un moment, cette immobilité cessa. Le seul signe de désappointement que je distinguai, ce fut de voir son menton plonger légèrement et les commissures de ses lèvres s'incliner vers le bas.

— Je dois me lever, annonça-t-il.

— Naturellement.

Trayton vint à mon secours pour m'aider à me relever. Il continua à me tenir la main lorsque Vayl fit de même sans me regarder ni me toucher, aussi barricadé dans son propre monde que l'amoureux de cet affreux poème qu'Eryx aimait tant. Debout dans ses vêtements déchirés et trempés, semblable à quelque surfer malchanceux, il laissa ses yeux d'un violet profond se poser sur Cole et Cam.

Trayton se pencha en avant pour attirer mon attention.

— Regarde-moi…, m'ordonna-t-il.

Je tournai la tête vers lui et ne pus m'empêcher de sourire quand il me fallut chercher l'éclat de ses yeux au milieu du fouillis de ses fins cheveux noirs.

— Qu'est-ce qu'il y a ? m'étonnai-je.

— Il ne va pas être facile à aimer, répondit-il en jetant un regard en biais à mon boss.

— Qu'est-ce qui te fait dire ça ?

— J'ai moi-même une partenaire assez compliquée.

Sur ce, il adressa un clin d'œil à Phoebe, qui paraissait prête à me sauter à la figure pour m'arracher les cheveux dès l'instant ou Krios lui aurait donné la permission de quitter son poste.

— *Tu vas te calmer, oui ?* articulai-je en silence à son intention.

D'un regard insistant, elle désigna mes doigts, toujours emmêlés à ceux de Trayton. Sous prétexte de devoir rajuster Cirilai sur mon doigt, je les libérai.

Vayl revint vers moi. En désignant Aine qui luttait toujours à l'intérieur du masque, il demanda :

— Que se passe-t-il ?

Je le lui expliquai tandis que Jack collait son museau contre ma cuisse, à la recherche de sa part d'affection. Puisqu'il s'était assis entre Vayl et moi, mon *sverhamin* nous aida, le chien et moi, en s'accroupissant pour lui accorder sa séance de caresses en bonne et due forme.

— Je suis désolée, dis-je en achevant mon récit. Je savais que vous n'auriez jamais voulu cela, mais je n'avais aucune autre option pour vous sauver la vie.

Vayl leva les yeux et je sentis ses pouvoirs se tendre vers moi comme jamais auparavant. Et bien qu'il n'ait pas fait un geste pour me toucher, une douce et fraîche brise me caressa comme un vent d'hiver sur un lac glacé. La sensation était si douce que je faillis fermer les yeux. Je ne pus pourtant m'y résoudre, car notre travail n'était pas tout à fait terminé et le moment n'était pas venu de se détendre.

Nous dûmes nous en souvenir lorsque Aine cessa de gémir, de s'agiter et de griffer le bois. Un grand calme tomba sur elle. Le masque se mit à pleurer. Des larmes de sang perlèrent au coin de ses paupières, roulèrent sur ses joues, s'insinuèrent dans les sillons que Vayl avait pris pour des moustaches. Ces minuscules ruisseaux d'hémoglobine se répandirent sur toute la surface du masque, et au-delà, empruntant des routes que celui qui l'avait sculpté n'avait pas prévues. Il en fut bientôt entièrement recouvert. Alors, le masque soudain se mit à trembler, à se fissurer… et il tomba en pièces aux pieds de celle qui le portait.

Tous ceux qui se trouvaient là, humains comme alterhumains, poussèrent un cri de stupeur collectif en découvrant que le masque avait offert un nouveau visage à Aine. Elle ressemblait désormais à une cousine de Disa. Les yeux étaient ceux d'Octavia. Peut-être le cœur et l'épine dorsale appartenaient-ils aussi, au moins partiellement, à l'ex-compagne de Hamon. Mais le reste du visage appartenait sans conteste à Disa.

Aine s'avança vers nous. Je ne reconnus pas sa voix. Peut-être était-ce la sienne – sa véritable voix –, à présent qu'elle avait tous les organes nécessaires pour la faire entendre sans avoir à passer par les cordes et les touches d'un piano.

— Quelques paroles de remerciement seraient inadéquates, dit-elle. Nous sommes vos débiteurs à jamais.

Ce « nous » n'était pas de majesté. Je compris qu'en s'exprimant ainsi, elle impliquait tous les membres de l'Alliance dans ses remerciements. Je n'étais pas certaine que Genti et sa bande allaient apprécier, mais j'étais prête à passer au-dessus de ça s'ils pouvaient quant à eux se décider à la boucler.

— Vraiment, Aine, c'est le meilleur scénario possible pour nous tous, lui assurai-je. Eryx ne m'avait laissé qu'une alternative à la mort de Disa, et même si nous allions nous y plier, je savais que cela allait rendre Vayl très malheureux.

— Quand as-tu rencontré Hamon ? s'étonna Dave.

— J'ai eu plusieurs visions au cours desquelles il m'est apparu, répondis-je. Chaque fois que je me trouvais confrontée à une flaque de sang, il s'y trouvait.

— Pourquoi n'en as-tu rien dit ?

— Cela ne ressemble pas trop à une expérience qu'une personne saine d'esprit pourrait faire, alors…

— Il m'est apparu dans le masque également, précisa Aine.

— Et à présent ? m'enquis-je. Est-il… parti ?

Aine hocha gravement la tête.

— Oui. Lui et Octavia. Et puis le masque… (Elle jeta un coup d'œil aux fragments minuscules répandus sur le sol, qui constituaient tout ce qu'il en restait.) Il est dépourvu de tous ses pouvoirs. Il va nous falloir trouver une nouvelle façon de gouverner cette Alliance.

Elle regardait Vayl en disant cela, et je n'eus aucun mal à percevoir le sous-entendu. Lui dut le sentir également, car il commença à secouer négativement la tête sans la laisser en dire plus.

— Ma place est en Amérique avec mon *avhar*, expliqua-t-il. Mais tout d'abord… (Son regard dériva jusqu'à Cole et Cam.) Oui, reprit-il. Je pourrais peut-être faire un petit voyage dans mon pays natal. Je pense qu'il est temps finalement de régler quelques vieilles affaires trop longtemps négligées. Ensuite, je serai prêt à repartir à la recherche de mes fils d'un cœur nouveau. (Ses yeux s'accrochèrent aux miens.) Un cœur assez gros pour y faire de la place à toutes sortes d'amour.

Vayl poursuivit sur sa lancée. Et Cole fit une remarque acerbe, qui témoignait de son mécontentement. Pourtant, je n'y prêtai pas attention, car mon esprit avait commencé à planer dès que le mot « amour » était sorti des lèvres de mon *sverhamin*. Qui plus est, il l'avait prononcé d'un ton possessif qu'il n'utilisait que pour parler de ce qui comptait le plus pour lui. Habituellement, il le réservait aux conversations où il était question de ses fils. Devais-je croire qu'il m'avait permis de les rejoindre dans son panthéon personnel ?

— *Tout va bien. Pas de panique ! C'est une bonne chose. Comme de gagner le gros lot. Avec des crocs.*

Sous mon crâne, Mamy May caquetait comme une mère poule en agitant ses mains devant elle pour disperser les invités de la fête. À présent que tout danger était écarté, elle les incitait à rejoindre leurs pénates. En la regardant faire, je m'attendis à la voir sortir le mouchoir et à essuyer les larmes versées pour moi.

— *On peut dire que tu sais les choisir, Jazzy ! s'exclama-t-elle en secouant la tête. En deuxième saison, j'espère bien que vous nous ferez un petit... J'aimerais tant avoir un hobbit pour arrière-petits-fils.*

— *Tu la boucles, Mamy. Je pourrais très bien trouver une charmante maison de retraite pour toi. Du genre où on ne sert ni macaronis au fromage ni tarte aux pommes...*

Un grand silence se fit sous mon crâne. Sans doute n'allait-il pas durer. Déjà, je pouvais sentir les craintes qu'éveillait en moi ce deal peut-être trop parfait que Samos avait passé avec le diable. Sans compter que Cole attendait toujours sa réponse. Que celle qui s'en était prise à mon père pouvait revenir. Et que je pouvais faire quelque chose de phénoménalement stupide pour gâcher ma chance avec Vayl.

Je plongeai au fond de ses yeux couleur d'ambre. Mon cœur fondit en les voyant se plisser aux commissures des paupières.

Ou pas.

BRAGELONNE – MILADY, C'EST AUSSI LE CLUB :

Pour recevoir le magazine *Neverland* annonçant les parutions de Bragelonne & Milady et participer à des concours et des rencontres exclusives avec les auteurs et les illustrateurs, rien de plus facile !

Faites-nous parvenir votre nom et vos coordonnées complètes (adresse postale indispensable), ainsi que votre date de naissance, à l'adresse suivante :

Bragelonne
60-62, rue d'Hauteville
75010 Paris

club@bragelonne.fr

Venez aussi visiter nos sites Internet :
www.bragelonne.fr
www.milady.fr
graphics.milady.fr

Vous y trouverez toutes les nouveautés, les couvertures, les biographies des auteurs et des illustrateurs, et même des textes inédits, des interviews, un forum, des blogs et bien d'autres surprises !

Achevé d'imprimer en septembre 2011
Par CPI Brodard & Taupin - La Flèche (France)
N° d'impression : 65960
Dépôt légal : octobre 2011
Imprimé en France
81120617-1